人类起源
三部曲

A. G. Riddle

THE ATLANTIS PLAGUE 2

亚特兰蒂斯

末 日 病 毒

[美] A.G.里德尔 / 著　邢立达 何锐 / 译

四川文艺出版社

图书在版编目（CIP）数据

亚特兰蒂斯. 2，末日病毒 /（美）里德尔著；邢立达，何锐译.
— 成都：四川文艺出版社，2015.6（2020.4 重印）

ISBN 978-7-5411-4182-9

Ⅰ. ①亚… Ⅱ. ①里… ②邢… ③何… Ⅲ. ①科学幻想小说—美国—现代 Ⅳ. ① I712.45

中国版本图书馆 CIP 数据核字 (2015) 第 223404 号

图进字：21-2015-92

YATELANDISI:MORIBINGDU

亚特兰蒂斯 2：末日病毒

（美）里德尔 著　邢立达 何锐 译

策划出品　磨铁图书
责任编辑　周　轶
特约监制　何　寅
产品经理　沈夜莺
特约编辑　胡瑞婷
装帧设计　唐　旭　棱角视觉

出版发行　四川文艺出版社（成都市槐树街 2 号）
网　　址　www.scwys.com
电　　话　028-86259285（发行部）　028-86259303（编辑部）
传　　真　028-86259306

邮购地址　成都市槐树街 2 号四川文艺出版社邮购部　610031
印　　刷　三河市冀华印务有限公司
成品尺寸　166mm × 235mm　成　　本　16 开
印　　张　26.5　字　　数　339 千
版　　次　2016 年 1 月第一版　印　　次　2020 年 4 月第十三次印刷
书　　号　ISBN 978-7-5411-4182-9
定　　价　48.00 元

献给那些敢于在无名作者身上下注的勇敢者

THE ATLANTIS PLAGUE

目录

引子

70000 年前

今天的索马里附近

科学家睁开双眼，晃了晃脑袋，让自己清醒一点。飞船加快了她的唤醒程序。这是为什么？唤醒过程通常都按部就班，除非……管子里面的浓雾散去了一点，然后她看到墙上有盏红灯正在闪烁——有警报。

管子打开了，冷空气冲了进来，围绕着她，咬噬着她的肌肤，驱散了最后几缕白雾。科学家离开管子，踏上坚实的金属地板，踉跄着走向控制台。绿色和白色的光形成闪光的波浪，仿佛是彩色萤火虫形成的泉水，从台面上喷涌而出，淹没了她的手。她晃了晃手指，壁式显示器有了响应。是的——一万年的休眠期提前了五百年结束。她朝身后的两个空管子望了望，然后朝最后那根管子看去，那里面装着她的同伴。这根管子也已经开始启动唤醒程序。她飞快地移动手指，希望能让进程停下来，但为时已晚。

他的管子嘶嘶作响着打开了。

“发生什么事了？”

“我还不清楚。”

她调出一幅世界地图和一系列统计数据：“我们有个人口数警告。也许是一次灭绝性事件。”

“来源？”

她把地图锁定到一个小岛上。整个岛都被一片巨大的黑色烟雾笼罩着，“赤道附近的一次超级火山喷发，全球气温出现了急剧下降”。

“受影响的亚种？”她的同伴边问边走出他的管子，蹒跚着走向控制站。

“只有一个，8472 号，在中央大陆上。”

“这可真让人失望。”他说，“他们本来很有前途的。”

“是啊，他们本来是。”科学家在台面上一撑，站起来，她现在能站直身子了，“我想去查看一下。”

她的同伴对她露出个满是疑问的表情。

“只是去采集样品。”

四小时之后，科学家已驾驶着这艘巨大的飞船飞到了这颗小小星球的另一边。在船上的消毒舱内，她把衣服上的最后几个锁扣扣好，戴好自己的头盔，然后站在那里等待大门打开。

她开启了头盔内部的扬声器：“音频检查。”

“音频正常。”她的搭档说，“视频也已收到，你可以出发了。”

大门分开，露出一片白色的沙滩。不到二十英尺[①]外，沙滩就开始被一层厚厚的灰烬覆盖，灰烬一直延伸到一座石山上。

科学家望了望布满灰烬的昏暗天空。大气层中剩下的火山灰最终也会落下来，阳光会重新照耀大地。但到那时候，对这颗行星上包括亚种 8472 在内的很多居民来说就已经为时太晚了。

科学家艰难地爬上山顶，回头望着自己的飞船。巨大的黑色飞船停在岸边，好像一条硕大无朋的鲸鱼，只不过是机械的。整个世界一片昏然寂静，她之前研究过的许多尚未产生生命的行星都这样。

“最后记录到的生命信号就在山那边，转向二十五度。”

“收到。”科学家边说边略微调整了一下方向，然后快步前行。

她看到前方有个巨大的洞穴，它周围的岩石区域上的火山灰比海滩上更多。她继续朝洞穴走去，但放慢了移动速度。她的靴子在灰烬和岩石上时不时打滑，就好像她正在一块铺着碎羽毛的玻璃表面行走。

① 1 英尺 ≈30.5 厘米。

就在快走到洞穴入口处的时候，她感到靴子踩到了别的东西，不是灰烬，也不是岩石，是骨头和血肉，是条腿。科学家往后退了几步，让头盔里的画面对准那边。

“你看到了吗？”她问道。

“是的。正在对你的画面做增强处理。”

画面清晰起来。这里有成打的……人体，层层叠叠堆在通往洞穴入口的路上。这些消瘦的黑色尸体和身下的岩石、落在身上的火山灰混为一体，形成条状和块状的突起，看起来更像是一棵巨树露在地面上的树根。

让科学家惊讶的是，这些身体都是完整的。“非同寻常。没有同类相食的迹象。这些残存者彼此认识，他们可能是一个部落的成员，有着共同的道德观。我认为他们到这里来是想到海边去，寻找隐蔽场所和食物。”

她的同事把她那边的显示切换到了红外视图，证实那些人全都死了。他无言的信息很清楚：继续前进。

她弯下腰，拿出一个小圆筒。“我要采集一份样品。”她把圆筒拿到最近的尸体旁，等待着它收集 DNA 样本。等它的工作结束以后，她站起身来，用公事公办的语气说道：“阿尔法登陆艇，科学探险日志，正式记录：初步观察确认，亚种 8472 经历了一次灭绝水平事件。疑似原因为一次超级火山喷发和随后的火山冬天。该物种大约是于本记录之前 130000 个本地年进化出来的。试行从已知的最后幸存者身上采取样本。”

她转过身，走进洞穴。头盔两边的灯“唰”地亮了起来，照出了洞内的景象。人体密密麻麻地堆在墙边，不过红外画面显示没有任何生命信号。科学家朝洞穴深处缓缓走去，几米开外不再有尸体，她朝地上瞥了一眼，有些拖痕。是新近留下的吗？她继续深入洞穴。

她的头盔显示器上有一个微弱的绯色小块从岩壁后透了出来——生命信号。她转过拐角，暗红色小块变成了一片琥珀色、橙色、蓝色和绿色的辉光。有个幸存者。

科学家迅速地按动了几下自己的掌中控制器，把画面转换回通常视角。

这个幸存者是女性。她的肋骨异常突起，把她黑色的皮肤绷得紧紧的，仿佛只要她轻轻吸一口气，它们就要穿透皮肤，在肋骨下方的腹部不像科学家预想的那样是凹陷的。她再次开启了红外视觉，证实了自己的猜测，这个女性怀孕了。

科学家正要伸手拿出另一个采样圆筒，却骤然停了下来。她听到身后有响动——是脚步声，很沉重，似乎是在岩石上拖着脚走路的声音。

她刚转过头就看到一个大个子的男性幸存者跌跌撞撞地走进了这个狭小的空间。这家伙比她之前看到的其他男性尸体的平均身高要高出接近20%，而且双肩距也更宽。是这个部落的首领吗？肋骨凸出得简直夸张，看起来他饥饿的程度比那个女性更严重。他抬起一只前臂，遮在眼前，挡住从科学家的头盔上射来的灯光。他东倒西歪地朝着科学家走来，手里握着什么东西。科学家伸手摸出自己的电击棍，磕磕绊绊地后退了几步，离开那个女性，但这个大个子男人还在向前。科学家打开了电棍开关。那个男性在即将走到她面前的那一刻却猛地掉转了方向，朝着那个女性身边的石壁走去。他把手中握着的东西交给了她——一块花花绿绿的烂肉。她疯狂地咀嚼起肉来，而他则把头往后一仰，靠到岩壁上，闭上了眼睛。

科学家竭力控制住自己的呼吸。

头盔里响起了她搭档的声音，简短，急迫。“阿尔法登陆队队员一号，我看到了异常心电信号。你处于危险当中吗？”

科学家迅速地在掌上控制器上按了几下，关闭了衣服里的传感器和视频传输。“否，登陆队员二号。”她停了一下，“可能是衣服出故障了。继续从亚种8472已知的最后一名幸存者身上收集样本。”

她抽出一个采样圆筒，在那个大个子男性旁跪下，把圆筒放进他右臂肘内。碰到他的那一瞬间，男性朝着她抬起自己的另一只手臂。他把自己的手放在科学家的前臂上，轻轻握住。这个濒死的男人只能做出这样的拥抱了。在他身边那个女性已经吃完了这块烂肉——这多半就是她的最后一餐了——用几乎毫无生机的眼神望着科学家。

采样圆筒的哔哔声响过一轮，然后又响了一轮，但科学家没有把它抽出来。她坐在原地，一动不动，她身上发生了某些事。然后那个男性的手从她的前臂上滑落，他的头朝后面的石壁仰过去。科学家在意识到发生了什么之前已经把这个男性举了起来，把他甩到自己的肩上，然后把那个女性扛到自己另一边肩膀上。这套衣服的外骨骼很轻松地撑起了这份重量，但她走出洞穴以后，在那片覆盖着火山灰的岩层上要维持平衡比之前更困难了。

十分钟之后，她穿过了沙滩，飞船大门分开了。进入飞船之后，她把那两个人的身体放在两个轮动担架上，扯下自己的环境服，迅速把这两个幸存者送进了一间手术室。她扭头往后看了看，然后聚精会神地在工作站上操作起来。她进行了几次计算机模拟，然后开始修正程序。

她身后一个声音响起："你在干什么？"

她猛地转过身，惊慌失措。她没听到门打开的声音。她的同事站在门口，扫视着房间。他脸上的表情开始一片迷惑，然后变成了警惕："你难道是——"

"我……"她迅速思考了一下，然后说了她唯一能说的话，"我在策划一次实验。"

上部

机密

CHAPTER 1

西班牙

马贝拉兰花坊[①]

凯特·华纳医生看着这个女人抽搐着，把临时手术台上的绑带绷得紧紧的。痉挛越发激烈了，血开始从她的嘴巴和耳朵里流出来。

凯特完全帮不上这个女人什么，这是让她最难过的事情。在医学院求学时期和她的住院医师实习期里，凯特一直也没能习惯看到一个病人死去。她希望自己永远也不会习惯。

她往前走去，站在病人的身边，握住她的左手，直到她的抖动停息。那个女人呼出了她最后一口气，脑袋朝边上耷拉下去。

整个房间陷入了一片寂静，只有台面上的血在“啪嗒啪嗒”落下，在下面的塑料上散开，整个房间都被厚厚的塑料包裹着。这个房间是这个度假胜地里最接近手术室的房间了——休闲健身中心里的一间按摩室。凯特使用这张三个月前有钱游客们在上面接受护理的桌子，做些她也还搞不懂的实验。

在她头顶上，一部电动机的低沉吱嘎声打破了静寂。那台微型摄像机的镜头从那个女人那边移开，对准了凯特，催促着她，仿佛在说：提交你的报告。

凯特猛地拉下自己的面具，温柔地把那女人的手放到她的腹部。“亚特兰蒂斯瘟疫实验阿尔法-493号：结果，阴性。受试者马贝拉-2918号。”凯特望着那个女人，试图想个名字出来。他们拒绝为受试者标名，但凯特为他们每个人都起了一个名字。他们不太可能会为了这种事处罚她，也许是他们认为把人名隐藏起来会让她感觉工作轻松点。可这样没用。没人希望自己只是一

---

① 译者注：原文 district 通常译为区，但这里指的是一个划定边界，禁止随意外出的居住区，类似于唐代城市的坊。

个数字，作为一个无名氏死去。

凯特清了清嗓子："受试者名为玛丽亚 · 罗梅罗。死亡时间：当地时间 15 点 14 分。可能的死因……和这张手术台上之前三十个人一样。"

凯特猛地拽掉自己的橡胶手套，把它们扔到那片还在扩大的血泊旁盖着塑料的地板上。她转过身，朝门口走去。

天花板上的扬声器咔咔响起。

"你还得进行检查。"

凯特恼火地瞪着摄像机："你自己来做啊。"

"拜托了，凯特。"

他们几乎什么都不让凯特知道，但还是让她知道一件事：他们需要她。她对亚特兰蒂斯瘟疫免疫，因此是进行他们实验的理想人选。自从马丁 · 格雷——她的养父，把她带到这里来之后她已经干几个星期了。渐渐地，她开始要求回答。对方总是许诺会给她解释，但解释一直也没来。

她清了清嗓子，用更强硬的语气说："我今天的工作做完了。"她拉开房门。

"等一下，我知道你想要答案。只要你去取了这个样本，我们就来谈谈。"

凯特检查了一下像之前三十次一样等在房间外面的金属小车。一个词在她心中闪过：影响力。她拿出抽血工具，回到玛丽亚身旁，把针头插进她的肘弯。心脏停止跳动以后，抽血要花的时间会更长一些。

等管子装满以后，她抽出了针头，走回到推车旁，把样品管放进离心分离机。管子旋转了一两分钟，这时她身后的扬声器里传出一个指令，她知道那是在说什么。她看着离心分离机渐渐停下，她抓起样品管，把它塞进自己的口袋，朝门廊走去。

完成工作之后她通常会去看看那两个男孩，但今天她先要去做点别的事情。她走进自己的小房间，"扑通"一下倒在"床铺"上。这房间几乎跟监狱里的单间差不多：没有窗户，墙上什么都没有，只有张钢框架的轻便小床，上面铺着一张仿佛来自中世纪的床垫。凯特认为这里之前应该是住保洁员工的地方，她觉得这条件对员工也太不人道了。

她弯下腰，开始在床底下的黑暗中摸索。最后她终于抓到了伏特加瓶子，把它拿了出来。她从旁边的桌子上拿起个纸杯，吹了吹上面的灰尘，然后倒了一大杯酒，一饮而尽。

她把酒瓶放了回去，在床上躺成个“大”字，然后抬手过头，按下按钮，打开了那台老式收音机。这是凯特唯一获取外面世界信息的渠道，但她很难相信从里面听到的东西。

广播报道里描述了一个已经从亚特兰蒂斯瘟疫中拯救出来的世界，全靠一种奇迹般的药物：兰花素。察觉到全球性暴发之后，工业国家纷纷封闭了自己的国境,并宣布实行军管。她一直没听人说起这次传染病已经杀死了多少人。活下来的人口，不管怎么说还是挺多的，被赶进了“兰花坊”——一些巨大的营地。人们在里面苟延残喘，每天服用一剂兰花素，这种药物能阻止瘟疫病情恶化，但永远都无法治愈它。

凯特十年来都在做临床研究，最近几年专注于寻找自闭症疗法。药物不会在一夜之间就开发出来，不管花多少钱，也不管需求多么紧迫。兰花素必定是个谎言。既然如此，那外边世界的真实情况到底是什么样子呢？

她只能瞥见一鳞半爪。三周之前，在深埋于直布罗陀海峡底下的一处宏伟建筑里，马丁把她和她的自闭症研究项目中的两个男孩从必死的绝境中救了出来。凯特和那两个男孩是逃到直布罗陀那边去的——她现在相信那里就是失落的亚特兰蒂斯之城。他们是从南极洲冰层下两英里一处庞然大物中逃过去的。她的生父——帕特里克·皮尔斯在直布罗陀引爆了两颗核弹，掩护了他们的撤退。爆炸摧毁了那里的远古遗迹，把碎片抛向直布罗陀海峡，几乎把海峡封闭起来。马丁在爆炸之前几分钟用一艘短航程潜水器把他们偷偷接走。潜水器的燃料刚好够开出碎片覆盖的区域，开到了西班牙的马贝拉——一个旅游城镇，距离直布罗陀海岸大概有五十英里。他们把潜水器抛弃在码头上，趁着夜色进入了马贝拉。马丁说只会在这里暂时待一会儿，于是凯特完全没注意自己周围的环境。她只知道他们进入了一栋有守卫的综合体大楼，之后她和那两个男孩就一直被关在这个休闲健身中心里。

马丁告诉凯特说她会对这里进行的研究做出贡献——这里正在试图找出治疗亚特兰蒂斯瘟疫的方法。但自从她到这里以后，她几乎没见过他，也没看到别人——给她送来食物和工作指导书的搬运工除外。

她拿出样品管，在手中把弄着，好奇着为什么这东西对他们会如此重要，他们什么时候会来取它。还有，谁会来取它。

凯特抬头看了看钟。下午的新闻时间很快就要到了，她从不错过这个节目。她告诉自己，她希望知道外面在发生什么，但真相要简单得多。她想听到的新闻其实只是关于一个人的——关于大卫·威尔的。可她想要的报道一直没来，很可能永远也不会来。要离开南极洲的那些墓穴有两条路——一条路是通过南极洲冰层下的出入口，另一条则通过直布罗陀。她父亲已经把直布罗陀那边的出口永久性地封闭了，而伊麻里的军队正守在南极洲，他们是绝不会让大卫活着离开的。凯特努力想把这些念头挥去，就在这时收音机里响起了主播的声音。

您正在收听的是英国广播公司，人类的《胜利之声》栏目。今天是亚特兰蒂斯瘟疫暴发的第 78 天，接下来的一个小时内，我们将为您带来三份特别报道。第一，四名海上石油钻井工在海上漂流了三天，没有食物，但他们活了下来，安全抵达了得克萨斯州的克伯斯克里蒂斯市，在那里的兰花坊他们获得了救助。第二，来自雨果·戈登的特别报道。他前往德国德累斯顿郊区的巨型兰花素生产基地进行了采访。他对那些恶毒的谣言进行了驳斥：那些谣言声称这种对抗瘟疫的药物的生产正在减速。我们将用一次圆桌辩论结束这个小时的节目，参与者是四位卓越的英国皇家学会会员，他们预言在几周内治愈瘟疫的疗法就会出现，而无须等到几个月后。

但首先还是听听来自巴西南部的一份充满了勇气和坚韧不拔精神的报道。在那里，自由斗士们昨天刚刚赢得了一场决定性的胜利，击败了伊麻里控制下的阿根廷派出的游击队……

CHAPTER 2

佐治亚州

亚特兰大

疾病控制与预防中心（CDC）

保罗·布伦纳揉了揉眼皮，在自己的计算机前坐下。他已经有二十个小时没睡觉了，脑子里一团糨糊，这影响到了他的工作。理智上他知道自己需要休息，但他无法让自己停下工作。计算机屏幕亮了起来，他决定要检查一下自己的电子邮件，然后让自己打个盹儿，就一个小时吧——顶多一个小时。

一条新信息。

他拿起自己的鼠标，点了一下，感觉身体里涌出一股新的力量……

来自：马贝拉（108 号兰花坊）

标题：阿尔法 -493 号试验结果（受试者 MB-2918）

邮件里没有正文，只有一段立刻开始自动播放的视频。凯特·华纳医生占据了他的整个屏幕，这让保罗在椅子上坐立不安。她显得光彩夺目。出于某些原因，仅仅是看到她就会让保罗神经紧张。

亚特兰蒂斯瘟疫，阿尔法 -493 号试验……结果，阴性。

视频结束之后，保罗拿起了电话："召开一次会议——让他们全部参加——是的，现在。"

十五分钟之后，他坐在一张会议桌尽头，看着面前的十二个显示屏。每个屏幕上都有一张脸，属于在世界另一个地方的另一个研究者。

保罗站起身来："我刚刚收到了阿尔法 -493 号试验的结果。阴性。我——"

科学家们开始互相质问、指责。十一周以前，在刚发现瘟疫暴发的时候，这群人曾经是冷静的、文明的……一心扑在工作上的。

现在占据上风的情绪是恐惧，他们的确有理由恐惧。

CHAPTER 3

西班牙

马贝拉兰花坊

还是同样的梦，可这梦凯特总也做不够。现在她甚至觉得自己几乎可以控制这个梦境了，它现在就像是个视频，她可以把它任意快放或者重播。如今也只有这个梦还能带给她一点快乐了。

她在直布罗陀，躺在一张床上，在紧挨着海边的一幢别墅的二楼。通往阳台的门敞开着，一股凉风从外吹来，把轻薄的白色亚麻布窗帘吹进了房间，然后又让它们落回到墙上。微风和着下面的海浪一起进进退退，躺在床上的她也随着这个节奏悠长、缓慢地一呼一吸。这是个完美的时刻，所有的东西都那么和谐，仿佛整个世界是一颗巨大的心脏，在和谐地搏动着。

她仰躺在床上，盯着天花板，不敢合上自己的眼睛。大卫就在她旁边，俯卧着睡着了。他肌肉发达的胳膊随意地横在凯特的肚子上，把那里那条大大的疤痕基本盖住了。她很想摸摸他的胳膊，但她不敢冒这个险——也不敢做出任何别的可能会结束这个梦境的举动。

她感到那只胳膊微微动了一下。这个微小的动作看起来会打碎整个场景，就像是地震，先是微微一颤，然后剧烈的震动让墙壁和天花板都塌了下来。整个房间最后抖动了一下，整个隐入了黑暗中，隐入了她在马贝拉这狭小的“单间”的昏暗中。柔软舒适的双人大床消失了，她还是躺在这张狭小的轻便床上，身下是硌人的床垫。但……那只胳膊还在，这不是大卫的胳膊，是别人的，而且还在移动，在她的腹部上摸索着，凯特一动也不敢动。那只手绕过她的身子，拍了拍她的口袋，然后探了探她紧握着的那只手，试图抽出样品管。她抓住了那只贼手，用尽全力朝边上扭过去。

一个男人疼得大叫起来。凯特站起身来，拉下顶灯的开关链子，朝下瞪着……

是马丁。

“他们派来的是你啊。”

她的养父挣扎着重新站立起来。他已经六十好几了，而且过去几个月的经历对他的健康颇有损害。他看起来有些憔悴，但他说话的声音仍然温和，就像个慈祥的老爷爷：“你知道吗，你的行为有时候真是太过分了，凯特。”

“闯进别人的房间，然后摸黑在人家身上拍拍打打找东西的可不是我啊。”她举起样品管，“你们为什么想要这个东西？这里到底发生了什么事？”

马丁揉了揉自己的手腕，眯着眼睛看着她，仿佛房间顶上那个晃来晃去的灯泡让他觉得刺眼。他转过身，从墙角的小桌子上抓起一个袋子，递给凯特：“把这个戴上。”

凯特把袋子翻过来。这压根儿不是个袋子，是顶白色的太阳软帽。一定是马丁从某个来马贝拉度假的人的尸体上拿的。“为什么？”凯特问道。

“你就不能直接相信我吗？”

“显然不能。”她朝床比了个手势。

马丁的语气变得冷淡，直截了当，平铺直叙：“为把你的脸藏起来。在这栋楼外头有好多警卫，他们一旦看到你，就会把你抓进牢里去。更糟的是，他们还可能会一看到你就开枪把你打死。”他走出了房间。

凯特犹豫了一会儿，然后抓起帽子压在自己身侧，跟着马丁走了出去。

“等等。为什么他们会要杀我？你要带我去哪里？”

“你不是想要答案吗？”

“是的。”她犹豫了一下，“但我想在离开之前先去看一下那两个男孩。”

马丁瞧了瞧她，点点头。

凯特把那两个孩子的小房间门推开一条缝，发现他们正在墙上写写画画。他们 99% 的时间都在做这件事。对大多数七岁和八岁的男孩来说，他们只会画些恐龙和士兵的涂鸦，但阿迪和苏利耶则几乎在四面墙上都写满了方程式和数学符号。

这两个印度尼西亚孩子还是表现出大量自闭症患者的典型特征，他们完全沉浸在自己的工作中，两人都没有注意到凯特进入了房间。阿迪正踩在一把他放在桌上的椅子上，朝上伸手，往墙上的一片空白地方写字。墙上已经没多少空地方了。

凯特冲向阿迪，把他从椅子上拉了下来。他在空中舞动着铅笔，用凯特听不明白的话抗议着。她把椅子放回到原来的位置：它应该在桌子前面，而不是上面。

她蹲下去，抓住阿迪的肩膀："阿迪，我告诉过你的：别把家具摞起来站上去。"

"我们没地方了。"

她转向马丁："拿些能让他们在上面写字的东西来吧。"

他怀疑地望着她。

"我是认真的。"

马丁离开了，凯特重新把注意力放到孩子们身上。

"你们饿不饿？"

"他们早先给我们送来了三明治。"

"你们在做什么？"

"不能告诉你，凯特。"

凯特严肃地点点头："没错。绝对机密。"

马丁回来了，递给凯特两个黄色的标准拍纸簿。

凯特伸出手，抓住苏利耶的手臂，好保证他注意到自己。她举起拍纸簿："现在开始，你们把东西写在这上面。明白了吗？"

两个男孩点点头，接过拍纸簿，从头到尾翻了一遍，检查着每一页上的标号。最后他们满意了，于是晃晃悠悠地回到桌边，爬上椅子，再度默默回到工作中。

凯特和马丁静悄悄地退出了房间，回到走廊，马丁走在前面。"你认为让他们这样继续下去好吗？"马丁问道。

“尽管他们没表现出来,可他们现在很害怕,而且困惑不解。他们喜欢数学,这能让他们的大脑远离烦扰。”

“是的，但让他们这样痴迷于此，健康吗？这样不会让他们的状况变得更糟糕吗？”

凯特停下了脚步:“怎么更糟糕？”

“唉，凯特——”

“这世上最成功的那些人都是痴迷于某些事情的——某些这世界需要的事情。那两个男孩找到了他们热爱的富有创造性的工作，这对他们来说是好事。”

“我的意思只是说……如果我们必须让他们转移，这会让他们很难受的。”

“我们要让他们转移？”

马丁叹了口气，朝旁边看去:“戴上你的帽子。”他领着她穿过另一条走廊，在走廊尽头的门上刷了一下门禁卡。他推开门，太阳的光芒简直要把凯特刺瞎了。她扬起一只手臂，努力跟上马丁。

凯特的视野渐渐清晰。他们刚离开的地方是一栋单层别墅，就坐落在海边上，位于度假村的边缘。在她右边，有三座涂成白色的度假楼，高耸在茂密的热带丛林和曾经有人精心维护的场地之上。闪闪发光的旅馆大楼和开发区边上的铁丝网围栏形成强烈的反差。这些围栏足有二十英尺高，顶上是带刺的铁丝。在白昼的大太阳底下，这地方看起来像是个被变成了监狱的度假村。这些围栏的用途是防止人们进来，还是防止他们出去，抑或是二者兼而有之？

他们每往前走一点，空气中那股强烈的臭味就越发刺鼻。那是什么？疾病？死亡？也许是吧，但还有些别的什么。凯特扫视着大楼地基附近的地面，寻找着气味的来源。有几顶长长的白色帐篷，下面是些桌子，有些人在桌边用刀子在处理什么。是鱼，一部分气味来源于此，但并非全部来源于此。

“我们在哪儿？”

“马贝拉兰花窟。[①]”

“是个兰花坊？”

“住在里面的居民管它叫‘窟’。不过的确它是一个街坊。”

凯特小跑了几步，赶上马丁。她用一只手按住头上的帽子：看到这地方和那些围栏让她不得不更加认真地对待马丁所说的话。

她回头望了一眼他们刚从里面走出来的健身中心。它的墙壁和屋顶都被灰色的板子覆盖着，显得阴沉沉的。凯特第一个念头就是，那是铅板，但这看起来也太奇怪了——一座小小的灰色的海滨建筑，被铅板封起来，坐落在洁白闪亮的大楼的阴影之中。

他们沿着这条路往前走去，途中她又朝营地多瞥了几眼。在每一处建筑的每一层楼上，都有个把人站在里面，从玻璃的推拉门往外看，但是任何阳台上都没有哪怕一个人。过了一会儿她看出这是为什么了：每个门上的金属框都有一道参差不齐的银色疤痕，从顶至底。门全被焊死了。

“你这是带我去哪里？”

马丁朝前面的一座平房比了个手势：“去医院。”那座“医院”显然原本是度假村里的一座大型海滨饭店。

在营地另一头，比那些白色的大楼更远的地方，一队重型柴油卡车咆哮着开到门口停了下来。凯特停下来看了看那边，这些卡车很旧，它们载的货物被绿色帆布盖得严严实实。帆布中间被货物顶起一个个“脊刺”，周围软软地松弛着。车队领头的司机朝守卫们叫喊了几句，然后那边的铁丝网围栏分开一个口子，让卡车通过。

凯特注意到门两边的岗楼上各有一面蓝色的旗帜垂下来。起初她以为这是联合国的旗帜——浅蓝色的，中间有白色的图案。但这旗子中间的白色图案不是一个白色的地球包围着橄榄枝，而是一朵兰花。白色的叶子是对称的，

---

① 译者注：原文用词为“（犹太人）聚居区”，比喻贫民窟或者其他受歧视者被限制居住于其中的区域。

但从中心向两边展开的红色图样却参差不齐，仿佛是日食当中的太阳从黑色月球的边缘漏出的光线。

卡车司机将车开进门口不远处就停了下来，士兵们开始从车上拖下一个又一个活人——有男人、有女人，甚至还有几个小孩子。每个人的双手都被绑着，很多还在挣扎着反抗卫兵，用西班牙语大喊大叫。

“他们在抓捕幸存者。”马丁低声说，生怕他们能从那么远以外听到他的话，“去外面是违法的。”

“为什么？”凯特忽然明白过来，“有幸存者——没有服用兰花素的幸存者？”

“是的，然而……他们跟我们原来想的不一样，你会看到的。”他领着她继续前行，走到饭店门口，跟警卫说了几句话之后，他们被放行进入——进入一个塑料衬里的消毒室。房间顶部和侧面的喷嘴口打开了，往他们身上喷洒了些让皮肤微微刺痛的药雾，凯特再一次庆幸自己戴上了帽子。在塑料房间角落里的那盏微型交通信号灯从红色变成了绿色，然后马丁推开房间的活门。他在门外站定脚步：“你不需要那顶帽子了，这里的每个人都知道你是谁。”

凯特把帽子从自己头上取下来，此时她开始看到这个大房间的全貌——这里以前一定是餐厅。她难以置信自己眼前的这幅景象：“这是什么？”

马丁说话的声音很轻：“现在的世界跟他们在广播里描述的不一样。这才是亚特兰蒂斯瘟疫真实的模样。”

CHAPTER 4

南极洲

伊麻里作战基地“棱镜”下方两英里

大卫·威尔忍不住又看了看自己的尸体。他躺在走道里，躺在他的血泊中。他的眼睛还睁着，瞪视着上面的天花板。另一具尸体横在他身上——那是杀死他的人——多利安·斯隆的。斯隆的尸体被打得稀烂：大卫最后几颗子弹在很近的距离击中了斯隆。天花板上，这场死斗留下的那摊残迹时不时落下一片来，好像个正在慢慢解体的皮纳塔彩罐。

大卫让自己的双眼离开这幅景象。把他装在里面的这根玻璃管子宽度不到三英尺，里面飘浮的浓浓白雾让它越发显得狭小。他朝着这个巨大舱室的深处望去，只看到许许多多别的管子从地板上往高高的天花板上堆去，一望无际。那些管子里的雾气更加浓密，把里面的休眠者藏得严严实实的。他能看到的只有侧面对着他的那根管子里站着的那个人。斯隆。和大卫不同的是，他完全没去看周围。斯隆直勾勾地一个劲儿盯着大卫，眼神里满是憎恨，只有下巴上的肌肉偶尔会活动一下。

大卫稍稍跟杀死他的凶手怒目对视了一下，然后继续第一百次研究自己的管子。他在中情局所受的训练可没有教他如何从一根位于有两百万年历史的建筑当中的休眠管子里逃走。这建筑还位于南极洲冰下两英里。也许当年开过一堂课，教他们如何从一个有一百万年历史的建筑里的管子里逃走，可那天他不在课堂上。大卫为自己这个冷笑话笑了笑，无论现在他是处于什么状态，至少他还没失去记忆，也还保留着幽默感。这个念头转过之后，大卫想起了斯隆在盯着这边，于是收起了笑容。他希望雾气把这个笑容挡住，没让他的敌人看到。

大卫感到有另一双眼睛在望着他，他上上下下打量着舱室，空无一人，但大卫肯定刚才那边是有人在的。他努力地往前探身，竭力朝那两具尸体所在的走廊深处望去，可什么都没看到。他左顾右盼，然后察觉到一个异常现象——斯隆现在没盯着自己。大卫随着斯隆的眼神朝巨大的舱室深处望去。在他们的管子之间，站着一个男人，至少，他看起来像个男人。他是从建筑外面过来的，还是从里面出来的？他是不是亚特兰蒂斯人？不管他到底是什么人，他很高，至少超过六英尺，穿着一身类似军装的挺括黑色制服。他的皮肤白皙，几乎是半透明的，胡子刮得很干净。他头上只有顶门上有一蓬厚厚的白发。脑袋相对于他的身体显得有些过大。

这人在那里站了一会儿，来来回回地看着大卫和斯隆，仿佛是个大型赛事之前的赌徒，正在参观马厩，仔细比较两匹纯种马。

然后一个有节奏的声音打破了寂静，开始在舱室里回响：是光脚丫子“啪嗒啪嗒”踩在金属地板上的声音。大卫的目光跟随着声源，是斯隆，他出来了。他竭尽全力踉跄着冲向那两具尸体——还有尸体旁边的枪。大卫回头望向那个亚特兰蒂斯人，就在这时他自己的管子也“哗啦”一下打开了。大卫跌了出去，被他几乎没有反应的双腿绊了一下，然后艰难地往前跑去。而斯隆已经在拿枪的半路上了。

CHAPTER 5

西班牙

马贝拉兰花坊

凯特感觉自己无法理解看到的景象。这个临时的医院被隔成了两片区域。在房间中摆着一排排小床，一张挨一张，仿佛这里是个战地医院一般。人们躺在床上，呻吟着、抽搐着。有些已经濒临死亡，另外一些时而清醒，时而昏迷。

马丁起步往房间深处走去。

“这场瘟疫和1918年的第一次暴发情况有所不同。”

马丁说的第一次暴发指的是西班牙流感，它在1918年横扫全球，杀死了大约五千万人，感染了大约十亿人。凯特和大卫之前好不容易才发现了马丁和他的伊麻里同事们差不多一百年前就知道的事情：这场瘟疫是一件上古遗物释放出来的，是她父亲帮助伊麻里把它从直布罗陀的亚特兰蒂斯遗迹里挖出来的。

凯特的脑子里满是问题，但此刻，望着这一排排病床和上面垂死的人，她能问出来的只有一个：“为什么他们在死去？我以为兰花素能中止瘟疫的病程的。”

“它的确能。但我们发现它的疗效正在急剧减弱。我们估计要不了一个月，兰花素就不会再对任何人有效了。有些濒死者成了实验志愿者。你见过的那些人都是。”

凯特走近一张病床，观察着上面的病人，有些疑惑……

“兰花素失效后会怎么样？”

“没有兰花素的药效，几乎90%的感染者会在七十二小时之内死去。”

凯特简直不敢相信自己的耳朵，这个数字一定是搞错了：“不可能的。

1918 年的致死率——”

“是的，要低得多。这是这场瘟疫与之前不同的方面之一。我们开始研究幸存者之后又发现了其他一些不同。”马丁停下脚步，朝着餐厅墙边上的一些半封闭的小间扬了扬脑袋。凯特看到那些房间里的人看起来很健康，但大多数都蜷成一团，根本不看外面。他们身上有些地方很不对劲，但她一时不能确定那是什么。她朝那边走去。

她刚走出一步，马丁就抓住了她的胳膊：“别靠近他们，那些幸存者看起来基本上是……退化了，似乎他们的大脑神经系统遭到了破坏。有些人情况更严重，有些人好点，但退化会持续进行。”

“所有的幸存者都会这样吗？”

“不。大约有一半的人惨遭这种‘反进化’。”

“另外一半呢？”凯特简直有些害怕听到答案了。

“跟我来。”

马丁和房间尽头的一名守卫简短交谈了几句。对方让开了，他们通过那里进入了一间小点的餐厅。这里的窗户全被封死了，整个房间被分成了几大块，只在正中间留出了一条狭窄的走道。

马丁没有继续往房间里面走：“这里就是剩下的幸存者——他们在营地里制造了不少麻烦。”

这个拥挤的房间里关着的幸存者至少也有一百来个，也许更多，可房间里却是一片死寂。没人走动，每个人都站在原地，用冰冷、毫无感情的眼神盯着凯特和马丁。

马丁用低沉的声音继续说道：“他们的身体没出现任何大的变化，至少我们没看出来。但他们大脑神经的连接方式和之前那些人一样发生了变化，他们变得更聪明了。跟那些退化者一样，这种效应的程度也因人而异，但有些人显示出的解题能力简直是高得爆表了，有些只是比原来略强。还有另外一个现象：同情心和同理心出现了减弱。程度同样因人而异，但所有的幸存者都显示出社交能力大幅度下降。”

就像要为他的话做注脚似的，房间两边的人群都分开了，露出他们身后墙上写着的红色字母。他们用血写下的文字。一边墙上是：

兰花素无法制止达尔文。

兰花素无法停止进化。

兰花素无法阻止瘟疫。

在房间另一边，另一个幸存者写下的是：

亚特兰蒂斯瘟疫 = 进化 = 人类天命

隔壁的墙上写着：

进化无可避免。

傻瓜才会与命争。

“我们不只是在跟瘟疫战斗。”马丁低声说，“我们还在跟那些把瘟疫视为人类的下一步或者是一个全新起点、不希望出现治愈瘟疫的办法的人战斗。”

凯特呆呆地站在原地，不知该说什么好。

马丁转过身，带凯特走出了这个房间，回到医院的主厅，然后通过另一个出口走进了一个小房间。这里之前肯定是厨房，但现在是个实验室。半打科学家坐在凳子上，操作着放置在钢桌顶上的设备。他们望向凯特，然后一个接一个地停下了手中的工作，开始发呆，互相压低声音交谈。马丁用一只手臂搂住她，歪过头对她耳语：“继续走。”他边说边带着凯特迅速穿过厨房，然后在厨房后的狭窄走道边上的一扇门前突然停下脚步。他往门旁的小控制板上输入了一串密码，然后门嘶嘶作响着打开了。他们踏进门里，门随即严丝合缝地关上了。马丁伸出手来：“样品。”

凯特用手指触摸着口袋里的塑料样品管。马丁只告诉了她一部分故事——只是为了获得他想要的效果。她突然问道：“为什么这次瘟疫产生的效果有所不同？为什么它没像 1918 年的时候那样？”

马丁走开几步，跌坐进一把椅子里。椅子旁边是一张破旧的木头桌子。这里一定曾经是饭店的经理办公室。这房间有一个小窗，能看到外面的场地。桌子上到处都是凯特不认得的仪器设备。墙上挂着六块大型计算机显示屏，上面显示着地图和图表，有块显示屏上正滚动着一行行文字。文本无始无终，就像是股票市场里的滚动新闻。

马丁揉了揉太阳穴，翻动着文件："瘟疫的后果和过去不同是因为我们和过去不同。人类的基因并没有变化多少，但我们大脑的运行机制跟一百年前相比已经大不相同了。我们处理信息的速度更快了，我们每天花大量的时间阅读电子邮件，观看电视，从因特网上狼吞虎咽各种信息，智能手机从不离身。我们知道，生活方式、食谱甚至是精神压力都能影响基因的活化表达，后者会直接影响病原体对我们的作用。我们发展到今天的这个程度，可能正是设计亚特兰蒂斯瘟疫的人所一直期待的时刻。这种瘟疫被创造出来似乎就是为了这一时刻，这一人类大脑成熟到能够被派上用场的时刻。"

"派上什么用场？"

"问得好，凯特。我们还不知道这个问题的答案，但我们有一些线索。如你适才所见，我们已经知道，亚特兰蒂斯瘟疫主要影响的是脑部神经连线。在一小批幸存者身上，它看起来会强化脑神经网络。在剩下的幸存者身上，它会破坏脑神经网络。它杀死余下的人——显然那些人没有用了。这种瘟疫在从遗传学层面改变人性——它正有效地把我们塑造成为设计者想要的某种新生物。"

"你们搞清瘟疫的靶向基因了吗？"

"我们还没，不过快了。目前我们的猜测是，亚特兰蒂斯瘟疫实际上是一次基因层面上的更新，目的在于操控亚特兰蒂斯基因。它试图完成大脑神经连接方式的改变，这改变始于七万年前，由另一次亚特兰蒂斯瘟疫引发——第一次大跃进。但我们还不知道瘟疫的终极目的是什么。是第二次大跃进——推动我们变得更高级——还是一次大退步——人类进化历程中的大幅度退化？"

凯特努力消化着这些话。窗外，在最近的一栋大楼旁爆发了一场大乱斗。一排人散开，一群人冲向警卫。凯特觉得这就是早先被带进来的那一群人，但是她不能肯定。

马丁朝窗外略略瞥了一眼，就又把注意力集中到凯特身上："这里经常发生骚乱，尤其是有一批新人被带进来的时候。”他伸出一只手，“我真的很需要那个样品，凯特。”

凯特又扫视了一下这个房间——那些设备、那些屏幕、墙上的那些图表……

“这实验是你在主持的，是不是？房间里的那个声音就是你。我一直在为你工作。”

“人人都为其他人工作——”

“我告诉你，我想要答案。”

“答案是，是的。这是我主持的实验项目。”

“为什么？为什么要对我说谎？”凯特的声音里有无法抑制的伤心，“我本来就会帮你啊。”

“我知道。但你帮我的同时会提出很多问题。我害怕这一天——害怕告诉你真相，告诉你我在做什么，告诉你这世界的局势。我想要为你挡风遮雨，哪怕……一小会儿也好。”马丁转头看向别处。这一刻他仿佛一下子老了许多。

“兰花素。那是个谎言，是不是？”

“不。兰花素是真的。它能停止瘟疫的病程，但它只能为我们争取点时间，而且效果正在消失。我们在生产方面遇到了麻烦，而且人们渐渐绝望。”

“你们不可能一夜之间忽然就把它研发出来。”凯特说。

“我们没有。兰花素是我们的一个后手——实际上，是你父亲留下的后手。他要我们假想一场瘟疫会被释放出来，他催促我们去寻找疗法，以防万一这种情况真的发生。我们研究了好几十年，但一直没有实质性的进展，直到我们发现了治愈艾滋病的方法。”

“等等，艾滋病有治愈的方法？”

“所有事情我都会告诉你的，凯特，我发誓。但我需要样品。我需要你回到你自己的房间里。空降特勤队[①]明早就会来接你，为安全起见，他们会把你

① 译者注：英国的特种作战空降兵部队。

带到英国。”

“什么？我哪儿也不去。我想要帮忙。”

“你也的确能帮上忙，但我需要确定你是安全的。”

“什么会让我不安全？”凯特问道。

“伊麻里。他们正在向地中海调动部队。”

凯特听到的广播报道谈到伊麻里的时候，总在说他们的武装力量又在第三世界国家被击败了。她从没在这上面花太多心思。

“伊麻里构成威胁吗？”

“绝对。他们已经占领了南半球的大部分。”

“你不会是说真的吧？”

“我是认真的。”马丁摇摇头，“你还不明白。当亚特兰蒂斯瘟疫袭来时，二十四小时之内就有超过十亿人被感染。一夜之后，还没有垮台的政府都宣布了军事戒严，然后伊麻里开始扫荡世界。他们提出了一个新的解决方案：建立一个幸存者的社会——但‘幸存者’只包括那些快速进化的人，他们把这种人称为‘被拣选者’[①]。他们从南半球开始下手，首先对准那些靠近南极洲的人口大国。他们控制了阿根廷、智利、南非，还有十一二个其他的国家。”

“什么？”

“他们正在建立一支军队，用于进攻南极洲那边。”

凯特瞪着他。这不可能，英国广播公司报道里形势一片大好。她下意识地把样品管从自己口袋里拿了出来，递给马丁。

马丁接过样品管，就坐在椅子上转了个身。他按下一个热水瓶似的容器上的一个按钮，上面有个小小的数显，看起来就像是个卫星电话，附在容器边上。容器的顶部打开了，马丁松手让那根塑料管掉了进去。

窗外，营地里的战斗越发激烈了。

“你在做什么？”凯特问道。

---

① 译者注：基督教术语。指世界末日时蒙神恩得救者。

“把我们的实验结果上传到网络。”马丁扭头看着她，“我们是几个工作站点之一。我相信我们接近成功了，凯特。”

现在从小窗看出去营地里满眼都是爆炸，即便隔着墙凯特也能感觉到热浪袭来。马丁在键盘上敲击了几下，屏幕上转而显示出了营地的景象，然后是海滨的景象。几架黑色的直升机占据了整个屏幕。马丁刚站起来，刹那间建筑就晃动起来，把凯特震倒在地。她在耳鸣中感到马丁扑到了她身上，护住她。碎块从天花板上砸了下来。

CHAPTER 6

南极洲

伊麻里作战基地“棱镜”下方两英里

多利安马上就能够到尸体了——也就要够到枪了。它们就在这个巨大空旷的舱室外面的走廊上。他听到身后大卫的赤脚踩在地板上的啪嗒声。多利安正要纵身一跃，却被大卫抱住了腿，面部朝下摔倒在地板上。他的皮肤在冰冷的地板上擦过，发出一阵刺耳的摩擦声。

他们一路滑到了尸体——他们的尸体——旁边渐渐干涸的血泊上才停下。多利安抢在追捕他的大卫之前跳了起来。他把自己沾满了血的身子从地上稍微抬起，刚好能一胳膊肘杵到大卫脸上。

大卫往后踉跄了一下，多利安抓住了这个空隙，转身把大卫甩开，朝六英尺开外的手枪爬去。他必须抓到枪，这是他唯一的机会。大卫毫无疑问是他见过的最优秀的空手格斗者之一，尽管多利安口头上绝不会承认这点。这是生死之战，没有那把手枪的话，多利安知道自己会输的。

多利安感到大卫的手指甲抓到了自己的大腿背面。一刹那之后，大卫一拳击中了他的腰部。疼痛从他的背后传到了腹部，又向上朝着胸部放射，多利安感到一阵阵恶心，吐了出来。就在这一刻第二拳又来了，这一拳往上了些，击中了他背后中部的地方，正中脊椎。他全身上下的疼痛几乎都消失了，他的双腿完全失去了知觉。他倒在地板上，大卫爬到他身上，准备朝他的后脑来一下好干掉他。

多利安把手掌放在染血的地板上，用尽他能聚集起的每一分力量撑起身子，把头部往后撞去，正好撞中了大卫的脸颊，撞得他失去了平衡。

多利安跌回到地板上，随即以突击队员的姿势往前爬去，用双肘把自己的身子拖过血泊。他抓到了枪就飞快地翻过身，刚好赶上大卫跳到了他身上。

多利安举起枪，却被大卫抓住了手腕。多利安的眼角瞥见那个亚特兰蒂斯人走了过来。他冷漠地望着这边，就像是个旁观者，在观望着一场自己不曾下注的斗狗比赛。

多利安努力思考着——他必须想个办法重新取得优势。他放松了手臂，任双臂迅速落回到地面上。大卫向前仆倒，但仍抓着他的手不放。多利安把右手里的枪掉了个方向，对准亚特兰蒂斯人，然后扣动扳机。

大卫松开了多利安的左手，竭力想要把他右手里的枪抢下来。多利安把左手绷直成楔铁状，然后猛地朝大卫的上腹部打进去，麻痹了他的膈肌。大卫喘不过气来，上半身往后仰去。多利安乘机甩开了大卫的手，抬起枪，一枪打中了他的头部。然后他转过枪口，朝那个亚特兰蒂斯人开火，一口气打空了弹夹。

CHAPTER 7

南极洲

伊麻里作战基地“棱镜”下方两英里

那个亚特兰蒂斯人以一副略感有趣的表情望着多利安，多利安的子弹全部从他身上穿了过去。多利安的眼神移向舱室里的另一把手枪。

“想试试另一把枪，多利安？去吧。我会等你。我的时间充裕得不得了。”

多利安的身子僵住了，这东西知道他的名字，而且他毫无恐惧。

亚特兰蒂斯人走近多利安，他站在血泊之中，脚上却滴血不沾：“我知道你到这里来做什么，多利安。”他盯着多利安，眼睛一眨不眨，“你来这里拯救你的父亲，杀死你的敌人——为了保障你的世界的安全。你刚才已经杀死了这里你唯一的敌人。”

多利安勉强把自己的目光从这个怪物身上移开，扫视着房间，想找个他能用得上的东西，什么都好。他的腿已经恢复了知觉，于是他站了起来，踉跄着倒退，盯着这个亚特兰蒂斯人，渐渐拉开和对方的距离。亚特兰蒂斯人只是微笑着看着多利安，安然不动。

我必须逃出去，多利安想道。他飞快地思考着，我需要什么？一套环境防护服。他自己那套已经被他父亲给穿走了，凯特的那套已经被弄破了，但也许他能修好它。孩子们穿的那两套对他来说太小了，但他或许能利用上面的材料来给凯特那套打补丁。他只需要抵御外面的寒冷几分钟就行——这段时间足够他上到冰面，命令部下发起攻击。

他转过身，沿着走廊奔跑。但他面前的门“砰”的一声关闭了，周围别的门也纷纷关上，封死了他所有的出路。

亚特兰蒂斯人突然出现在他面前：“我说你能走的时候，你才能走，多利安。”

多利安瞪着他，脸上半是轻蔑，半是震惊。

“接下来要怎么样呢，多利安？是简单的方法还是困难的方法？”他等了一会儿，见多利安没有反应，冷漠地点点头，“那就这样吧。”

多利安感到空气在被抽走，房间里仿佛变成了真空。所有的声音都消失了，他胸部猛然感到一阵剧痛。他张开嘴，在痛苦中努力想要吸进一口空气。他跪倒在地上，眼前的景物模糊起来，地板向上奔来，他坠入了黑暗中。

CHAPTER 8

西班牙

马贝拉兰花坊

凯特把马丁从身上推开，然后迅速观察了一下他，评估伤情。他后脑上破了道口子，在流血。凯特觉得他多半出现了轻微脑震荡。但让她惊讶的是，马丁眯起眼睛，眨了几下，然后就一跃而起。他扫视着房间，凯特随着他的目光望去，大多数计算机和桌上的设备都被破坏了。

马丁走到壁柜旁，拿出一部卫星电话和两把手枪，他把其中一把递给了凯特。

“伊麻里会试图包围这个营地。”马丁边说边开始往一个背包里装东西。他匆匆检查了一下台面上那个热水瓶似的仪器，然后把它也塞进了包里，跟几个笔记簿和一台电脑放在一起。“他们在逐渐占领地中海上的岛屿，从外围开始测试，想弄清兰花诸国能不能和他们对抗。”

“能吗？”

房间现在不再晃动了，凯特想要给马丁治疗一下头上的伤口，但他在房间里转来转去，速度太快。

“不行。兰花同盟只是在勉强维持局面，各国所有的资源——包括军队——都忙于兰花素生产。援军一时还来不了，我们需要逃出去。”他把一个蛋形的装置放到桌子上，在它顶部扭动了一下，这东西开始嘀嗒作响。

凯特努力集中精神。马丁正在准备破坏整个办公室，他们再也不会回到这里来了，她立刻想起了健身中心和那两个男孩。

“我们得去带上阿迪和苏利耶。”

“凯特，我们没那个时间了。我们会回来找他们的——跟现在还在半路上的空降特勤队一起。”

“我绝不会离开他们的，我不会的。”凯特说话的语气决绝，她知道马丁能听得明白她的态度。凯特六岁的时候就被他收养了，就在她的生父失踪之后。马丁对她熟悉得足以明白，她在这件事上绝无通融余地。

他摇了摇头，脸上的表情半是为难，半是难以置信：“好吧，但你最好做好使用那东西的心理准备。”他指了指凯特的枪。然后他输入密码，走出了房间，等在门口。凯特一从房里出来，他就又从外侧输入一串密码，锁上了房门。

走廊里满是烟雾，在走廊和厨房相接的地方，一团火焰凶猛地燃烧着，有尖叫声从烟雾中传来。

“这里有没有别的出口？”

“没有，消毒室那边是唯一的出口。”马丁边说边走到她前方。他举起手中的枪，“我们跑过去，有人想要拦下你的话就开枪射击打死他，不管那是谁。”

凯特朝自己的枪瞧了瞧。这时，一股恐惧攫住了她的心。她以前从没开过枪，她也不确定自己能不能开枪打人。马丁抓住这把枪，把枪栓往后一拉，按下了什么东西。“那并不复杂。只要瞄准，然后用力一扣。”他转过身，朝着浓烟滚滚烈焰腾腾的厨房冲去。

CHAPTER 9

南极洲

伊麻里作战基地“棱镜”下方两英里

多利安使劲想看清面前那个模模糊糊的轮廓。他无法深呼吸——只能断断续续地小口吸气，这让他感觉自己仿佛快要淹死了。他浑身上下都疼，每吸一口气肺部都在作痛。

那个身影清晰起来，是那个亚特兰蒂斯人——他站在多利安身边，俯视着他，等待着……他在等什么？

多利安想说话，但是他的肺部无法吸进足够的空气，嘴里只能发出嘶嘶声。他闭上了眼睛，空气又多了一点，他睁开眼：“你……想要什么？”

“你想要的也就是我想要的，多利安。我想要你去拯救人类免于灭绝。”

多利安斜睨着他。

“我们并非你所以为的那样，多利安。我们绝不会伤害你们的，就跟父母不会伤害他们的子女一样。”他点了点头，“的确如此。我们创造了你们。”

“鬼扯。”多利安生气地对他说。

亚特兰蒂斯人摇摇头：“人类的基因比你们现在所知的还要复杂得多。我们调整你们的语言功能的时候遇到了很多麻烦。显然我们还需要做更多工作。”

现在多利安开始能正常呼吸了，于是他坐了起来。这个亚特兰蒂斯人想要什么，为什么要演这种明显的假戏？他显然控制着这艘飞船，他为什么还需要我？

亚特兰蒂斯人回答了多利安的问题，仿佛他把自己的想法说出声来了似的：“别为我到底想要什么忧心。”房间另外一边，沉重的大门滑开了，“跟我来。”

多利安站起身来，想了想。我还有什么选择吗？只要愿意，他随时都可以杀死我。我只能把这出戏演下去，等待时机。

亚特兰蒂斯人带着多利安穿过另一条走廊，走廊的墙壁也是灰色金属的，里面灯光昏暗。他说："你让我吃惊，多利安。你很聪明，但你被自己的憎恨和恐惧所控制。理性地考虑一下吧：我们是乘坐宇宙飞船而来的，这飞船上应用的某些物理学概念你们甚至都还没发现。你们只能稍微离开这颗小小的行星，坐着涂着涂层的铝制容器，用远古动物的液化残骸做燃料。你真的以为你们能在战争中击败我们吗？"

多利安想起了那三百颗布置在飞船外围成一圈的核弹头。

亚特兰蒂斯人转向他："你以为我们不知道核弹是什么，我们开始分裂原子的时候，你们都还没学会劈柴火呢。这艘飞船能抵御这颗行星上任何一颗核弹头的爆炸。你引爆那些弹头只会融化这片大陆上的冰层，让世界被洪水淹没，毁灭你们的文明。理性点，多利安。如果我们想杀掉你们，你们早就死光了，你们几万年前就会死光了。但我们拯救了你们，从此以后我们一直在引导着你们。"

这个亚特兰蒂斯人一定在说谎，他是不是想要说服多利安放弃攻击？

亚特兰蒂斯人笑了："你还是不肯相信啊。我想我不该为此感到惊讶。我们本来就是这么设计你们的——一切为了生存。你们会攻击任何可能危及你们生存的威胁。"

多利安对他的话充耳不闻，他伸出手臂，走近对方，把手一划。他的手从亚特兰蒂斯人的身上穿了过去。

"你不在这里。"

"你看到的是我的化身。"

多利安环顾四周，他第一次感到有点希望了。

"你在哪里？"

"我们回头再说这个。"

一扇门打开了，亚特兰蒂斯人走进门里。

多利安打量着这个小房间，墙上挂着两套环境防护服，衣服下面有一张长凳，凳子上放着一个闪闪发亮的银色手提包。他开始在心中规划逃亡计划。

他不在这里，他只是个投影，我能让他失去作用吗？

“我跟你说过了，我们下面可以走简单的道路，也可以用困难的方法。多利安，我会让你走的，现在，穿上那套衣服。”

多利安看了看那套衣服，然后扫视了一下房间，竭力想找到任何可供利用的东西。门“砰”地关上，多利安感到空气在被抽出。他伸手拿起那套防护服，开始往身上套，在他心中已经制订好了一个计划。他把头盔夹在自己的右臂下。亚特兰蒂斯人这时往那个银色的提包指了指。

“拿上这个包。”

多利安望了望那东西。

“那是什么？”

“我们的对话已经结束了，多利安。带上这个包，别打开，无论发生什么，都别打开。”

多利安拿起提包，跟着亚特兰蒂斯人走出房间，沿着过道回到了尸体所在的空地。那些之前砰砰作响纷纷关闭的滑动门现在都开着，他面前展开的就是那巨大的墓穴。多利安望着那个大卫从里面走出来的管子。他和多利安都……在死后从管子里“复活”了。大卫还会再度回来吗？如果会的话，这就意味着麻烦。多利安朝大卫那根空管子指了指：“他会——”

“我会处理他的，他不会回来了。”

多利安又想起了一件事：时间差异。他的父亲下来了八十七年，但在这里面只过了八十七天。在飞船边上的“钟”形成了一个时间膨胀泡。里面一天，外面一年。现在外面是哪一年了？他在管子里待了多久？

“现在是哪年？”

“我已经把你们叫作‘钟’的装置关闭了。只过了几个月。现在走吧，我不会再对你说什么了。”

多利安没再说什么，开始沿着走廊前行。地上有一行细小的血迹——是他父亲的。让多利安安心的是，越往前走血滴就越小，最终消失无踪。我们很快就会团聚了，然后我们会结束这一切。他一辈子的梦想再次触手可及。

在长长的消毒舱里，他看到了凯特被撕破的防护服，还有两套小些的防护服，那是她实验室里的两个孩子穿进来的。

多利安走到出口旁，扣好自己的头盔。他等在那里，用右手托着那个提包。

出口大门分成了三片三角形，旋转着散开，多利安迅速朝门外走去。就在他走出门之前的一刻，他把提包扔到了一边。

多利安撞到了一道坚硬得有如一堵钢墙的无形力场上，被弹回到了舱内。

“别忘了你的行李，多利安。”那个亚特兰蒂斯人的声音在他的头盔里响起。

多利安捡起那个闪闪发亮的手提包。我还有什么选择吗？我可以把这个提包丢在出口外面，那就不要紧了。他走出飞船，然后停下，打量四周的环境。周围的场景基本都和他起初走进大门之前差不多：一个洞顶高不可及的寒冰洞穴，一堆雪里埋着一个摔坏了的金属吊篮，还有一堆钢缆绳，最后还有一个大约十英尺粗的圆形冰井，通往两英里之上的冰层表面。不过还是有些新东西的。在洞穴正当中，就在冰井筒的下方，有三颗核弹头放在一个钢制平台上，用一捆电线绑在一起。一个接一个地，弹头表面的一些小灯泡闪动起来，它们的引信被激活了。

CHAPTER 10

西班牙

马贝拉兰花坊

凯特跟在马丁后面穿过燃烧着的厨房，进入之前被用作医院主场地的开放式餐厅。破坏的范围之广是她始料不及的，对面的墙壁有一半都被炸飞了。人们正在从房子里往外涌去，边闪开掉落的碎块边从病人和跑得慢的人身上踩过去。

马丁冲进了人堆当中，用胳膊肘开路，奋力向前。凯特努力跟上他。马丁的敏捷简直让她吃惊，考虑到他现在头上还有伤，这就更惊人了。

他们从楼里出来以后，凯特首先看了看营地——或者说营地剩下的部分。岗楼之前所在的地方，大火正沿着围栏燃烧。那一大片卡车和吉普车上喷出一股股粗粗的烟柱，或黑或白。橡胶和塑料燃烧时发出的毒气让凯特呛咳不止，她赶忙用自己的衬衫捂住了鼻子和嘴巴。那些白色的宾馆大楼看起来安然无恙，但每栋大楼的底部都有一股仿佛无穷无尽的人流在涌出来。

度假村的地面上现在到处都是人。人们成群结队地往各个方向奔跑，狂乱地搜寻着出口或者安全的地方，希望能躲开似乎几秒钟就会发生一次的爆炸。他们看起来简直像是一群群热带草原上的牛羊，成群地逃避着一个隐形的捕食者，每个群体的成员都只是单纯地在对身边的动静做出反应。

马丁环视四周，希望找到一条出去的路。

凯特从他身边跑过，笔直奔向那栋被铅包着的健身中心大楼。楼房的一边有处小火，除此之外它倒是在袭击中完好无损。她听到身后曾经是马丁办公室的地方有爆炸声传来。

凯特跑到了通往健身中心的大门口，举起手中的枪准备朝门锁射击。但马丁这时赶到了她身旁："省点子弹吧。"他拿着自己的门卡在门上刷了一下，锁立刻就打开了。他们跑过走廊。凯特猛地推开阿迪和苏利耶的房门，然后她只觉得浑身都轻松了下来：房间两头，那两个男孩各自坐在桌旁，在他们的拍纸簿上写着东西，对外部世界毫不关心。

“孩子们，我们必须离开了。”

两个男孩都没理她。

她走到阿迪身边，把他拉了起来。他很瘦，但体重还是约有四十五磅。凯特奋力把他抱起，但他在凯特的手臂中挣扎着，竭力想拿回他的拍纸簿。她把他放下，把本子递给他，他立刻就安静了许多。在房间对面，她看到马丁也对苏利耶如法炮制了一番。

他们几乎是把男孩们硬拖出了这栋建筑。这次马丁领着凯特横穿过营地，冲进那一大群人当中。在四处逃散的人群对面，凯特能看到西班牙军队在作战，对方是幸存者组成的队伍——其中一部分人的脸她曾在那些囚室里看到过，另一部分是那些才被带进来的人。在他们头上，一面淡蓝色的兰花旗蜷曲着在风中摆动着，燃烧着。

马丁把手伸进背包，然后递给凯特一个绿色的蛋状物，上面有个把手。“你的胳膊比我的好使。”他说，“要等那些西班牙人输了的话，我们就没机会逃出去了。”他拉下安全栓，凯特这才意识到这是什么东西，她差点把它掉到地上。马丁捧住她的手：“丢出去。”

凯特周围的人潮越发密集了，有人冲到了她身上，把她和阿迪紧握在一起的手给撞开了，把这个小男孩撞倒在地上。他们会踩死他的。凯特把手雷朝大门口传来交火声的方向投去，然后奋力分开暴民们。她把阿迪拉到自己怀中，爆炸的声音和热气随即透过人群传来。

烟雾升腾，人群纷纷掉转方向，朝着大门涌去。凯特、马丁和男孩们聚在一起，成功地冲出了大门。紧跟着交火声就再次响起了——这次是在他们身后。

从度假村的背面出去是一条小路，小路连着高速干道。面前的景象让凯特为之驻足——太惊人了。高速路上她目所能及之处，到处都是被丢弃的小汽车。兰花坊的入口附近，两边车道上乱七八糟地停满了小汽车。大门敞开着，街道上丢满了衣服、腐烂的食物，还有些凯特无法辨识的东西。当初人们开车来到这里，为了寻求安全，为了那救命的药物。如果凯特、马丁和孩子们能坐进停在最外面的某辆车里，他们就能迅速离开这里了。

马丁看起来似乎读出了她的心思，他摇了摇头："他们好几周之前就把里面的油全抽空了。我们必须到老城区去，那是我们唯一的机会。"

他们继续随着人群前行，但每往前一步，密集的人群就变小一点儿。人们一家家或者一个个地从人群中分离出去，踏上他们自己的路途，离开海岸，也离开兰花坊里的死亡。马丁和凯特各牵着一个孩子，他继续走在前头。

在高速路尽头，街道两边排列着的招牌：海滨便利店，连锁超市，还有旅店。任何西班牙度假小镇都是这样。店里全都空空如也，而且大部分窗户都被打破了。现在太阳快落山了，可远方的交火声仍然激烈，不过比先前放缓了些。

凯特走着走着，忽然感觉到多了点什么：一股味道，略有点香，但还是令人恶心。尸体的味道。在营地外面到底有多少尸体？马丁早先说过的话又浮现在她的脑海里：90% 的人都会在七十二小时之内死去。在兰花坊建立之前有多少人死了？他们在围栏外会发现什么？

他们默默走过了几个街区之后，街道换了一副模样。沥青路换成了卵石路，周围的房子也和之前不同。这边的商店更小，比较古老。沿街散布着艺术电影院、咖啡馆，还有售卖手工小饰品的礼品店。它们的状态比大道两边的商店好得多，但周围还是有不少骚乱的迹象：被烧毁的建筑、被丢弃的汽车，还有到处都是的垃圾。

马丁在一堵白色的墙壁前停下来喘口气。墙上有一扇铁门——大概是通往老城区的门。之前在营地里驱动他的肾上腺素分泌高峰看起来已经过去了，凯特觉得他从没这么憔悴过——就像是个狂欢了一夜之后的醉鬼。他双手撑在膝盖上，做着深呼吸。

凯特转过身，观察着他们后面的海滨地带。马贝拉老镇坐落在一座小山上，这边的地势出奇地有利于观察。如果没有那些烟柱的干扰，地中海上的落日和白色的沙滩本该会美得让人窒息的。在烟柱的对面,出现了一些黑色的物体,大概有一打：是一支直升机部队。

她抓起阿迪和苏利耶的手，转身要跑，但马丁伸出一只手拦住了她。他的五指在凯特肩头收紧，把她和男孩们圈到自己身后，用自己的身子挡在他们和某些东西之间。凯特从他的肩头窥过去，看到了那是什么。

在前面的十字路口,有两只狼晃悠了出来。这两只动物静静地站了一会儿,倾听着声音，然后缓缓地把头转向凯特、马丁，还有两个男孩。这静寂的一刻看起来仿佛会一直延续下去。然后凯特听到了脚爪轻轻踏在卵石路上的声音，又有两只狼加入了原来那两只狼的队伍，然后又有一只，接着又有三只。现在一共是八只狼，全部站在街面上，盯着他们。

其中最大的一只从狼群中走了出来，朝着他们步步逼近，双眼盯着马丁，一刻也不移开。第二只邋遢的动物紧跟在它后面。

它们在马丁几英尺开外停下，打量着他。凯特的手开始发抖了，她握着男孩们的手心里湿漉漉的。

在他们身后，直升机的嗡嗡声越来越响。

CHAPTER 11

南极洲

伊麻里作战基地“棱镜”下方两英里

多利安抬起手臂，让那个提包掉到下方结实的雪地上。他还能指望他那些伊麻里的战友会怎么做呢？他刚从里面走出来，穿着一身亚特兰蒂斯人的衣服，拿着一个神秘的手提包。要是他自己的话，恐怕已经直接按下核弹开关了。

头盔上的观察窗是反光的——所以他们看不到多利安的脸。他需要跟对方联系的途径，某种发出信息的方法。他扫视着满是寒冰的周围，想找到自己能利用的东西。他不可能在冰上刻下信息——这里的冰冻得太硬了。他开始用手在空中比画，比出字母，拼出自己的名字。核弹上，第二轮灯亮了起来。他又比了一遍，还是没用。他朝周围又望了一眼，拼命想找出用得上的东西，什么都——

墙边上，有一具尸体靠在那里，几乎已经全部被冰雪掩盖。多利安跑到尸体旁，砸开它边上的冰，努力想把它挖出来，也许他能激活这套衣服里的无线电。他擦去头盔上的冰，立刻震惊得踉跄后退。是他父亲，他脸上满是一道道结成了冰的血痕。这里的寒冷气候让他的尸体保存得十分完整。他们杀了他　　确切地说是让他被“钟”杀死。为什么？是谁干的？多利安坐在地上，呆看着他父亲的尸体，那些炸弹他已经完全不在意了。

从走廊的尽头传来一声钢铁撞到冰上的声音，在整个洞穴中回荡。多利安转过身。一个笼子落在地上，在那里等着他。炸弹上仍然亮着灯，不过没继续亮起新的了。

多利安把他父亲的遗骸从冰里拖出来，用自己的双臂抱起，然后走向吊篮。他轻柔地把父亲的尸身放下，站在一旁。吊篮开始朝冰面升去。

CHAPTER 12

西班牙

马贝拉老城区

凯特现在看清楚了:那八只动物不是狼,它们是狗——消瘦的、绝望的……

凯特松开了自己握着阿迪的那只颤抖的手，伸手去拿口袋里的枪。她才把枪抽出来，那条最大的狗就开始露出牙齿，低吼起来，然后它那些凶猛的同伴也跟着这样做了。两条狗都蹲下准备冲刺，它们身上的毛都竖了起来。

马丁用手握住凯特的手，慢慢地推着她把枪放回了口袋里，离开了那些狗的视线。他朝前望着，但眼神从不和那两条狗对上。

渐渐地，那两条狗似乎松了口气。它们的毛倒伏回了背上，凌乱不堪地缠成一团团。它们咆哮的白牙也消失了，它们甚至开始眨巴着眼睛。然后它们转过身，缓缓走回狗群中，然后一声不吭地迅速离开了街道。

马丁摇了摇头:“它们正在聚集成群，但它们出来只是来觅食的。这里有些食物它们能吃，而我们吃不了。”

这时直升机的声音几乎就在他们头顶上了。凯特看到一束探照灯的光芒划破了夜空。这些人在找什么?

马丁握住苏利耶的手，凯特和阿迪紧紧跟随。“从这里过去几个街区有家教堂，它离我们约定的会合点不远。”他说，“如果我们能坚持到天亮，我们就能去撤离点和特种航空兵部队会合了。”

凯特奋力迈动双腿,跟上马丁的步伐。每走一步,白昼的残痕就退去一分。在头上，现在夜空中有三个探照灯了。

凯特在街上停下了脚步，那些直升机正在投下什么东西。看到炸弹落下，她和马丁几乎是一头栽进了最近的巷子。一个大炸弹在他们头顶上四十英尺的地方爆炸了,向他们倾泻出……许多张纸片。凯特抓起一张纸,是一张传单。

这些直升机正在空投宣传品，纸上印的是西班牙文，不过她翻过来就看到了英文版。

致安达卢西亚被囚禁的人民。[①]

我们已听到了你们的呼声。

自由触手可及。

伊麻里国际是为你们而来，是为了把基本的人身自由权利还给你们，兰花国集团剥夺了你们的这一权利。

和我们站在一起吧，宣布自己有权选择自己的生死。

你们的专制者夺走了你们选举自己的政府的权利。

那么把床单放在你们的屋顶上，让世界看看你们的选择吧。

我们为和平而来，但我们绝不惮于一战。

凯特扫视着地平线。白色的床单从那些直升机上飘落，覆盖了整个城市。伊麻里显然正在伪造“选举”。它们要干吗？拍下卫星照片，然后给全世界看，把自己的侵略行为正当化？

凯特发现马丁已经回到了街上，在尽可能快地朝着教堂推进。凯特把传单塞进自己的口袋，追上前去。

在她身后，空中响起了又一批直升机的嗡嗡声。这次它们扔下了些别的东西。一些降落伞，下面系着……士兵？是伞兵？

马丁朝直升机瞥了一眼。凯特看到他的眼中有恐惧之色一闪而过。

他们从海滨逃离的那场心跳大冒险和之后的跋涉毫无疑问已经让他的血压突破了极限——对任何头上有个伤口的人来说这都不是啥好事。凯特能看到血在从他后脑上的伤口里流出。她必须把伤口封闭止血，还得赶快。

---

① 译者注：安达卢西亚系马贝拉所在的西班牙南部自治区，下辖八个西班牙省。古代为摩尔人王国所在。

他们继续冲向前方，跑过一个又一个老城的街区，几乎是一闪而过。

在头顶上，有一个降落伞静静地前后晃动着飘落。

马丁和凯特停了下来，让男孩们也停在他们身旁，他们已经无路可走了。可是……降落伞的系绳下并不是人，而是一个金属桶。

那个桶当啷啷撞到了卵石路上，滚动了一下，然后底下有个塞子掉了下来。它一边朝街上喷出些绿色的气体，一边疯狂转动起来。

马丁示意凯特撤退："他们正在往城里施放毒气。跟我来，我们必须进屋里去。"

他们在边上的街区找遍了每一栋房子，想找个窗户没被打破的店铺，但每家店铺的门面都是一样的：门被铁链封着，窗户上的玻璃早就被打破了。阿迪的速度开始慢下来了，凯特拖着他的手臂。两个孩子都累了，凯特停下来，抱起阿迪。她看到马丁也抱起了苏利耶。他们能带着孩子们跑多远？在前方，一团绿色的气体从路口飘出。

凯特必须争取点时间。她放下阿迪，抓起地上的一张床单。她把床单撕下四块，用两块包住男孩们的口鼻，然后把另一块递给了马丁。

在他们左右两边的巷子里都有气体一团团涌出来，前方和后方的路口也是一样的情形。她举起阿迪，跟着马丁闯入了那些气体中。

CHAPTER 13

南极洲

作战基地“棱镜”外

多利安平静地等待着，吊篮在一片黑暗中向上升去。下面冰洞中微弱的光亮早就看不到了，上面也没有阳光或者人造光源，只有完全的黑暗。

多利安在他父亲的尸体旁蹲下，思考着到上面之后自己该做什么——还有别人会做什么。

把吊篮放下来接他是一步妙招。他们把多利安假定成了一个敌方的战士。那么在一个你选择的战场，在靠近己方军队的地方作战总会好些。伊麻里能派到井下的部队数量有限，而且等他们到了井底，他们也可能会发现更多亚特兰蒂斯人部队已经等在那里了。增援不可能马上就被送到下面，所以他们派去的无论是什么部队都很容易被消灭——甚至还可能更糟糕：被抓住，然后向对方提供伊麻里的军力和防御能力方面的情报。

多利安肯定了一件事：吊篮一到达上面，他们就会让他失能。

他在吊篮里仰面躺下，和他死去的父亲肩并肩。他观望着，等待着。上面的平台上灯火通明，照彻了黑夜。灯光越来越亮，最终显出了形状。

吊篮“咔嚓”停下，在风中微微摇晃。多利安听到靴子踩在雪地上的“嚓嚓”声冲着他奔来。没一会儿，他就被人围了个里三层外三层，每个人都用自动步枪指着他。

周围静寂无声，有一阵子，什么也没有发生。他们在等他先动。多利安也没动。最后一个士兵走上前来，把他的手脚绑上。然后两个士兵把他和他的父亲抱起，带着他们往基地走去。周围灯光明亮，照出了基地的景象。最近的一部分和多利安记忆中的一样：一条巨大的“毛毛虫”，长度超过足球场，两端弯曲。但现在这里还有更多的“毛毛虫”——至少有三十条——他目力所及到处都是。在这里安营扎寨的有多少军队？他希望有足够的数量。他会找出杀死他父亲的凶手，让他付出代价，但首先他必须应付来自冰下的威胁。

士兵们押着他进入了一间巨大的消毒室。喷头打开了，把多利安和看守着他的士兵全身都喷了个透。等液体停止喷出之后，那些人把他带出去，丢到了一张台子上。

最靠近的一个士兵打开了多利安头盔的扣锁，把它拿了下来，随即目瞪口呆。

“我逃出来了。现在把我解开吧。他们已经醒来了。我们必须发动攻击。”

CHAPTER 14

南非开普敦

伊麻里训练营“亚瑟王庭”

雷蒙德 · 山德斯望着第一批穿过那座桥的士兵。他们在全速奔跑——速度近三十五公里每小时——而且背着二十五公斤的背包。远方，朝阳正从南非的群山中升起，但山德斯无心欣赏。他目不转睛地看着这支日趋壮大的军队，这支许多和下面正在训练的这些人一样的超级士兵组成的军队。

“时间？”山德斯头也不回地朝他的助手科斯塔问道。

“十四分二十三秒。”科斯塔摇晃着脑袋，“难以置信。”

这时间让山德斯也为之惊异。他们给这些士兵越大的压力，就会让他们变得越发强壮。“不过我们出现了伤亡。”科斯塔说。

“多少？”

“六个。这个支队开始时是两百人的队伍。”

“死因？”

科斯塔翻了翻手上的文件：“四个在昨天的急行军中倒下死了。我们正在做尸检。可能是心肌梗死或者脑出血。昨晚又死了两个，也在安排尸检。”

“相对于取得的成果来说，3% 的代价很小。其他的支队呢？”

“也有提高，但都不如第五支队。”

“把剩下的测试都取消，但我们继续试验。”山德斯说。

“还是在这些支队？”

“不。我们从新人开始。我不希望之前接受过的训练课程扭曲结果。科学家们有没有新计划？”

科斯塔点点头：“多得堆成山。”

“很好——”

“但我必须得说，先生，他们已经进入了高原期。我们早就已经越过了边际效益递减点[①]——这些是人啊，不是电子表格里可以随意涂改的数据。这让我觉得——”

“他们还能变得更好，更强，更快，更聪明。最近这次认知测试的成绩比以前更好。”

“的确，但我们必须在某个时候决定他们已经够好了。我们不能不停地把终点线往后挪。拖——”

“听起来好像你打算说‘拖延’啊，科斯塔。我记得不是很清楚了，但是我相信我才是这儿的主管，而你只是帮我管文件的。”他动作夸张地晃了晃脑袋，“有个办法能搞清楚我记得对不对。如果我让他们把你放进下一个支队，然后他们的确这样做了，那么，砰——我们就找到答案啦。”

科斯塔咽了口唾沫，指着窗外那成排的帐篷和一眼望不到头的军营：“我只是想帮点忙，并且……我想说的是……我们已经有将近一百万士兵了。我们还通过一系列的训练流程，让他们强大得几乎到达了他们的极限，而且我们不知道我们还有多少时间。”

“而且我们知道我们只有一次机会。我们只能往那墓穴里派出一支部队，要么他们成功，要么之后我们就要面对莫测的未来。我不想那样，你想吗？你可以服从我的命令，你也可以到下面的帐篷里去，加入他们。现在告诉我，我们在西班牙南部进展如何？”

科斯塔拿起另一个文件夹：“我们已经占领了安达卢西亚的主要城市——塞维利亚、加的斯、格林纳达，还有科尔多瓦。我们还控制了所有重要的海滨城镇，包括马贝拉、马拉加，以及阿尔梅里亚。我们正在对新闻机构做工作，强迫他们播出我们这边的说法。我们的特工说他们正在动摇。如果他们认为我们有取胜的机会，他们就会开始减少对兰花那边的支持。我们很快就会知

① 译者注：经济学术语。指投入—产出曲线上进一步加大投入时投入—产出比持续下降的点。

道结果的。我们的登陆部队正在沿岸各地进港。”

“兰花同盟那边有什么反应吗？”

“目前还没有。我们预期不会遇到多少抵抗。时钟塔那边说盟国正在关注法国和西班牙北部出现的兰花素生产下滑，各个成员国都深陷恐慌之中。”

时机真是太完美了，山德斯也没法策划得更好了。

门打开了，一个伊麻里军官走了进来：“先生——”

“我们正在工作呢。”山德斯没好气地说。

“南极洲的那个出入口打开了。”

山德斯只是望了望他，没说话。

“多利安·斯隆走了出来。他还带着一个提包。他说——”

“他现在在哪儿？”山德斯直接问道。

“他们把他带到了冰面上。他正在主会议室听取情况简报。”

“你他妈的在涮我玩吧。”

将军看起来满脸困惑：“他可是伊麻里理事会的成员之一啊。”

“我要你仔细听好我说的话，将军。我现在是伊麻里理事会的成员之一。多利安·斯隆在下面的建筑里滞留了将近十一周。我们不知道他在下面做什么，但我向你保证，那不会是对我们有利的事情。我们必须假定，他们已经给他重新设定了程序，给他洗了脑，然后派他出来执行某个使命。”

“那我们应该怎么——”

“让在当地的时钟塔特工小分队动手。让他们告诉斯隆，他们有些东西要给他看。把他带到一间科学实验室里，用麻醉气体把他放倒。然后把他送进审讯室，把他结结实实绑好。别低估他，天晓得他们会对他动些什么手脚。在门外设置警卫。”山德斯考虑了片刻，“你提到了一个提包，那包现在在哪里？”

“斯隆把它留在了井底。他说他认为那东西很危险，认为我们不该去打开它。”

山德斯又考虑了一会儿。他的第一个想法是提包里是颗炸弹，也许斯隆实际上也是这么认为的。如果他们把它拿上去，它可能会摧毁整个营地，甚至还可能更糟糕。还有一种可能：斯隆把它留在那里是因为他，或者说亚特兰蒂斯人需要它留在那里。会不会亚特兰蒂斯人的军队需要它在外面才能从墓穴里出来？或者说它在那里是为了别的什么目的？会不会它能融化冰层，把飞船解放出来？他需要答案。他不能把它留在那里，可他也不能移动它，除非他知道它是什么。

“我们在那边的科学研究团队是什么规模的？”

“最小的。我们开始重组部队为攻击做准备的时候，几乎把所有科研人员都撤走了。”

“先把我们现有的人员派到井下去。搞清楚提包里面是什么，但别打开它。派些对我们的防御力量一无所知的人下去。如果他们知道了那是什么，直接给我打电话。”

将军点点头，等在那里。

“就这些了，将军。”当这个将军离开以后，山德斯转身面对科斯塔，“取消之前的安排。事情正在发生，我们必须以我们现有的部队投入战争。而且我有个预感，我们将会需要更多部队，加速在安达卢西亚的清洗。我们的运输作业进行到哪儿了？”

“我们还在试图集结船队。”

“要更加努力，我们需要把一百万部队运到南极洲，而且要快。”

CHAPTER 15

您正在收听的是英国广播公司，人类的《胜利之声》栏目。今天是亚特兰蒂斯瘟疫暴发的第 79 天。

英国广播公司已经确认，有多份报告显示，伊麻里已经侵入了欧洲大陆。这次入侵始于昨日黄昏，当时若干直升机和无人机朝西班牙南部多个城市发射了火箭。伤亡数字目前尚未可知。

来自西班牙安达卢西亚地区的目击报告称，当地的兰花坊是伊麻里袭击的首要目标。政论专家几周来都在推测，伊麻里首先会将欧洲和亚洲易于攻击的人口收入囊中。看起来他们已经在西班牙南部展开了战役。

任职于智库“西方世纪”的专家斯蒂芬·马科斯博士早先曾这样说过：“没人真的知道伊麻里的终极目的何在。但有个事实是清楚的：他们正在建立一支军队。人们不会主动建立军队，除非需要用它去保卫自己，或者想要用它去攻击敌人。很难相信兰花同盟能发起任何反击。”

兰花同盟的虚弱让全世界越发担心，伊麻里在安达卢西亚的突袭可能只是个前奏，随后将会发生对欧洲大陆的更大规模的入侵——兰花同盟无力击退这样的入侵。

一位兰花素生产方面的专家珍妮特·鲍尔，同意发表如下陈述：“盟国在维持兰花素生产上已经尽力了。他们无法进行战争。即使他们想打仗，要把兰花素送到前线让士兵们活着的可行性之低也让他们无能为力。组织一支由幸存者组成的盟国军队会造成另一个完全不同的问题，那就是忠诚度。绝大多数脑部功能正常的幸存者都是伊麻里的同情者——他们被安排在兰花坊中居住将近三个月了，很多人觉得那其实是拘禁。”

专家们认为，伊麻里现在只是在试探欧洲的反应——通过占领一个盟国无法防卫的地区，他们正在测试盟国的决心和人民的意愿。简而言之，伊麻里在试图掌控欧洲的脉搏。

马科斯博士对此问题进行了详细论述：“这是个简单的战略：侵略者稍微突破战线，然后等待着结果，看等来的会是绥靖还是惩罚？由我们的反应来决定他的下一步行动。如果他感到我们软弱无力，他就会采取下一步行动，然后是再下一步。”

这个下一步行动，很多人相信，会指向德国。鲍尔女士也同意这点：“德国是真正有价值的目标，它是整个大陆的关键所在。德国生产的兰花素占整个欧洲产量的70%。如果伊麻里的部队打到了德国，对欧洲来说游戏就结束了。德国一旦陷落，欧洲大陆也就随之陷落。”

为对伊麻里公平起见，我们同意宣读他们对这次袭击的声明。

“伊麻里国际昨天在西班牙南部发起了一次大规模的行动。在将近三个月里，安达卢西亚的人们生活在集中营里，被违背他们的意愿强行施用药物。伊麻里国际建立在创造一个全球化社会的理念之上。我们起初从事贸易工作，把世界各地联系在一起。我们今天仍继承了这个传统理念，但兰花诸国强加于世界各国人民的悲惨境遇让我们开始进行一项新的事业，为全球人民争取自由。我们是非暴力的，但我们将会保护全世界的人民对抗压迫，对抗任何侵犯他们自由意志的行为。”

英国广播公司希望它的听众能明白，在武装冲突中，本公司并不站在任何一方的立场上。我们一直在报道新闻，未来也将继续报道新闻，无论它们是来自战胜者还是战败者。

CHAPTER 16

南大西洋上空，

飞往南极洲途中的“伊麻里一号”专机

雷蒙德·山德斯从飞机舷窗前转过身来，拿起自己的卫星电话接听：“我是山德斯。”

“我们刚刚收到一份检查提包的队伍发来的报告。他们说里面是空的。”

“空的？”山德斯没料到会是这个结果，“他们怎么知道的？”

“他们用一台便携式X光仪进行了透视。他们还说，它的重量也显示里面除了空气不可能还装着别的东西。”

山德斯靠到座位的椅背上。

“先生？”

“我还在。”山德斯说，“还有别的发现吗？”

“有的。他们认为这个提包可能在发出某种辐射。”

“这意味着什么？它是——”

“他们也不知道，先生。”

“目前的猜测是？”山德斯问道。

“他们无从猜起。”

山德斯闭上双眼，揉了揉眼睛。在那个建筑里面的不知什么人希望这个提包被放到外面。

“斯隆把这个提包放在出入口外边。有没有这种可能：亚特兰蒂斯人需要它在那里才能出来，它放在那里有某种特殊目的？”

“我觉得有可能，可我不知道我们要怎么检验这个假说。现场的科研人员和设备都很有限。”

“嗯……我们把提包从那里拿出来吧。把它放在铅盒里面，或者别的什么能屏蔽辐射的东西里面。然后把它送到我们的大型研究中心去——在那里我们能找到真正的答案。”

“我们该让谁来研究它？”

山德斯考虑了一下：“那个非常谨慎小心的科学家叫什么？常？”

“他正在地中海的一艘瘟疫船上——”

“不，不是他。那个搞核科学的。”

“蔡斯？”

“对。让他去研究这玩意儿。告诉他，直接向我汇报他的发现。”

CHAPTER 17

西班牙

马贝拉老城区

现在那些绿色的气体已经浓得犹如一场大雾，凯特已经看不见前方几米以外的地方了。她紧跟着马丁，希望他知道自己在往哪儿走，希望他们很快就能找到避难场所。他已经不再观察店铺的窗户了，他现在只是带着苏利耶能跑多快就跑多快。阿迪的脑袋搁在凯特的肩膀上,她用自己的手臂紧抱着他。每过几秒钟，他就会咳嗽，咳得浑身都在轻轻颤抖。

这气体让她的眼睛有些刺痛，在她嘴里留下了淡淡的金属味。她有些好奇这到底是什么气体，它会对他们造成什么影响。

在前方的马丁突然拐向右边，跑进了一个小院子。庭院对面矗立着一座白色外墙的教堂，马丁朝着它沉重的木门跑去。当他们靠近教堂的时候，凯特观察了一下那些彩绘玻璃的窗子，那些绝望的马贝拉市民居然没有打破它们。

马丁猛地推开大门，凯特和孩子们冲了进去。他立刻关上了门，只有一缕绿色的气体飘了进来。

凯特把阿迪放下，差点摔倒在地上。她完全筋疲力尽了，虚弱得甚至顾不上打量一下教堂内部。她用自己最后一点力气把盖在阿迪和苏利耶脸上的布扯了下来，迅速地观察了一下每个孩子。他们都累坏了，但除此以外，一切还好。

她转过身，走到最近的一张木头长椅旁，倒在上面。几分钟后，马丁过来了，把一根蛋白棒和一瓶水悬在她上头。她把两样东西都接过来，吃了一口，喝了一点，然后缓缓闭上双眼，进入了梦乡。

马丁看着凯特的睡姿，等待着保密聊天线路连通。

聊天窗口打开了，一串文字弹了出来。

23 号站，华盛顿 > 状况如何？

97 号站，马贝拉 > 糟糕透顶。伊麻里正在进攻马贝拉。我被困住了。带着凯特，还有贝塔 1 号和贝塔 2 号。暂时安全。但不会太久了。请求立刻撤退。不能多等。目前的位置是：圣玛丽[①]教堂。

23 号站，华盛顿 > 稍等。

23 号站，华盛顿 > 前方小队在两小时之前报告：已到达马贝拉外。镇上被施用了毒气，但正在散去。将会在当地时间 9 : 00 到达预定会合点。/ 报告结束 / 附注：队伍由五个穿西班牙军服的士兵组成，全副武装。

马丁往后一靠，长出了一口气，也许他们有机会。他朝凯特望去。她扭了扭身子，露出痛苦的表情。她正在做噩梦，而且躺在坚硬的木头长椅上多半也对她没好处；但马丁现在能为她提供的只有这样的条件了，他知道她需要休息。

凯特正在做梦，但这梦境让她觉得十分真实。她又回到了南极洲，回到了亚特兰蒂斯人的墓穴中。那些微微反光的灰色墙壁，还有地板和天花板上那些发光的小珠子，让她浑身战栗。这地方一片寂静，只有她独自一人。她的脚步声很响，把她自己吓了一跳。她低头看去，她穿着一双靴子——而且是某种制服套装中的靴子。大卫在哪里？她父亲呢？孩子们呢？

“喂？”她大声喊道，但她的声音只是在这空荡荡的地方的冰冷空气中回响。

在她左边，一道巨大的双开门朝两边分开，让光线照进了昏暗的门厅。她走进大门，扫视里面的房间。她认得这个房间，她以前就看过这里。房间里有十二根管子，每根都竖立着，每根里面都装着一个不同的人类祖先，人类的每个亚种一个样本。但现在只有一半的管子里面装着躯体，其他的哪儿去了？

“我们正在获取更多实验结果。”

凯特迅速地转过身，但她还没能看到身后那人的脸，整个房间就消失了。

---

① 译者注：即圣母马利亚。

CHAPTER 18

南极洲

伊麻里作战基地“棱镜”

多利安认出了这个房间——这正是他曾经把凯特·华纳关在里面的那间审讯室。后来她从里面逃走了。有人在里面加了张审讯椅——可能是用一张牙医椅改装的，在脚上、手腕上和胸部有厚厚的绑带。那些士兵把他绑得太紧了，他几乎不能呼吸。麻醉气体造成的虚弱无力的状态似乎会永远保持下去。为什么他的手下背叛了他？那个出入口又打开了吗？另一个多利安·斯隆走出来，讲述了另一个说法？或者带着另一个提包？还是说自己拿出来的那个提包爆炸了？

多利安没等多久就知道了答案。门被推开了，一个趾高气扬的男人缓缓走进房间，身边跟着两个伊麻里特种部队的士兵。多利安认识这个男人，他的名字是什么？桑福德？安德斯？是山德斯，就是这个名字。他是个中层管理人员，在伊麻里中央工作。山德斯脸上的表情告诉了多利安现在的状况：这是一次权力斗争。这个发现让多利安浑身都轻松了许多，权力斗争他能对付得了。

多利安浅浅吸了一口气，正想说话，他的对手却抢先开口了：“多利安，很久不见了，你怎么样？”

“我们没时间做这种事——”

他点点头，一副会然于心的神情：“没错，亚特兰蒂斯人正在醒来，即将出来，我们正在处理这事。”

“下面有什么东西在里面控制着那艘飞船，我们必须从外面摧毁它。”

山德斯朝多利安走近了几步，打量着他，审视着他：“他们对你做了什么？我是说，你看起来状态太好了，简直像是刚出生的，这么光滑的皮肤。你可真是从你过去糟糕至极的模样中摆脱出来了，当初你总是一副精疲力竭、被掏空了身子的样子。”

这是山德斯的计划——羞辱多利安，向从玻璃那边观看的人显示山德斯控制着局势，多利安毫无威胁。多利安在绑带下挣扎着，竭力想让身子往上抬起一点。他几乎是在一个词一个词地吐出话语：“好好听我说，山德斯。你要把我放开，我们会忘了这些的。如果你不这样做的话，我向你发誓，我会把你活活撕开的，还要一边看着你死去一边喝你的血。”

山德斯猛地把头往后一缩，扬起他的眉毛，把这个表情保持了好一会儿。接着他大笑起来：“我的老天啊，他们到底对你做了什么啊，多利安？你居然比以前更疯了。谁能想到你居然还可以更疯？”他从多利安身边走开，然后转过身，恢复了严肃的表情，“现在，我要你好好听我讲话，因为这才是下面实际上要发生的事情。你会被继续捆在这张椅子上，会在上面挣扎，在上面喊出更多疯狂的话语。然后我们会给你下药，接着你会把在下面发生的所有事情都告诉我们。等我们审完了，我们就会把你动弹不得的身体扔到那个洞下面去，你会在那里被冻死。这个死法比我的前任给你那个疯狂爹地的死法要好多了。”

多利安的脸上满是震惊之色。

“是的，是我们干的。我该说什么呢，多利安？管理层变动有时候可能会相当暴力。马上，我就会让你看到我这话是什么意思。”山德斯转向一个卫兵：“把药拿过来，我们马上开始。”

一股冰冷的怒火在多利安的心中燃起，他的全部思维完全被憎恨集中在一起，但这是股使得他的头脑更清晰、更迅速地计算着利害得失的憎恨。他的目光迅速扫过他双手上和胸部的绑带，他不可能挣断任何一根，他的手臂会先断掉的。他猛力把左手从绑带里往回抽，没用，他感到手上传来一阵剧痛，他几乎把自己的大拇指弄断了。他更加用力猛抽，然后他感到自己的大拇指关节脱臼了。疼痛和怒火在他的大脑里展开了一场对抗，怒火胜利了。

山德斯握住了门把：“我想这次就是永别了，多利安。”

一个卫兵偏过脑袋，朝多利安走来，他发现多利安正在干什么了。

多利安用尽身上的每一分力气把左臂猛地往上抽。他的食指和小指的关节都变形了，从中指下面弹了出来，让他的手臂从绑带下面被拉了出来，但这只手也受了重伤——他只剩下中间两根手指还能用了。足够了吗？他伸出手，抓住捆着他右臂的绑带。他的中指几乎没有足够的力气来把绑带在手心握紧，但他抓稳了，虽然疼得钻心。他猛地往后一拉，绑带被扯开了。士兵朝他冲过来。多利安把胸部的绑带也扯掉，然后坐了起来，用右手掌猛地拍这个卫兵的鼻子，然后转动身体，朝前扑去。他刚好来得及抓住了山德斯的腿。

多利安腿上的绑带把他束缚在椅子上，但他把山德斯拖倒在地上，然后拖到了自己身旁。在山德斯的惨叫中，多利安一口咬到了他的脖子上。血喷到了多利安的脸上，喷到了地板上，白色的地面一下就被淹没在血泊中。多利安推开山德斯，正好看到另一个卫兵抽出自己的佩枪。他把两颗子弹打进了多利安的脑袋。

CHAPTER 19

西班牙

马贝拉

道成肉身[①]圣玛丽教堂

有人在狂热地敲打键盘。凯特被这声音惊醒了，她抬起一只手，揉了揉眼睛，拂去睡意，然后她一瞬间发现了自己浑身都酸痛不已。从兰花坊开始她一直在疯狂逃亡，之后又睡在这张硬木长椅上。这些让她付出了代价。自从马丁把她带到马贝拉以来，她第一次怀念起健身中心来：怀念里面的那张狭小床铺，还有那里她平静的隐居生活。

她坐起身来，环顾四周。教堂里很暗，只有正中间的走道上点着两支蜡烛。一台笔记本电脑显示屏发出的亮光照亮了马丁的脸。一看到她起来，马丁立刻合上了电脑，从背包里抓出些东西，侧身过来。“你饿了没？”他问道。

凯特摇摇头。她在昏暗的教堂里寻觅着那两个男孩。他们蜷缩在旁边的长椅上，互相依偎着，身上裹着好几层那些直升机扔下来的白色床单。他们看起来如此平和。马丁肯定是在她昏睡过去之后回到外面拿来了这些床单。她把注意力集中到他身上：“我想完成我们的对话。”

马丁一副十分为难的样子。他转过身，避开凯特，又从背包里抽出了两件东西。“好的。但是首先我要你做些事。确切说，是两件事。”他举起一个采血器，“我需要一份你的血样。”

“你觉得我和这场瘟疫有某些关联？”

马丁点点头：“如果我没搞错的话，你是拼图中很重要的一片。”

---

① 译者注：道成肉身是基督教神学术语，指圣子耶稣降生为人。道成肉身圣玛丽是对圣母玛丽的敬称之一，这种修辞就类似‘救苦救难观世音菩萨’。

凯特想问他为什么，但另一个问题更让她困扰："第二件是什么？"

马丁拿出一个塑料圆瓶子，里面装着些棕色的液体："我要你把头发染了。"

凯特朝马丁伸出来的双手盯了半天。"好的。"最后她说，"但我希望能知道是谁在找我。"她拿起那个采血器。马丁伸手帮她。

"所有人。"

"所有人？"

马丁把目光从她身上移开。

"是的。兰花同盟，伊麻里，还有二者之外那些垂死国家的政府。"

"什么？为什么？"

"在尼泊尔的研究所发生爆炸之后，伊麻里国际发表了一份声明，说是你发动攻击，释放出了瘟疫，一种被改造成了武器的流感亚种——你的研究成果。他们有录像证据，当然，是真的。而且它和之前印度尼西亚政府的声明一致。那份声明里点出了你的名字，说你和对雅加达的袭击有关，而且在患有自闭症的孩子们身上进行非法的研究。"

"那是谎言。"凯特呆呆地说。

"没错，那是谎言。但媒体一再重复这个谎言。一个被多次重复的谎言就成了公众的认知，而认知就等同现实，而且这种认知很难再改变。当瘟疫在全球蔓延的时候，每个人都需要指责的对象。关于你的故事是第一个出现的，而且出于多种原因，是最好的故事。"

"最好的故事？"

"仔细想想吧。一个据说精神错乱了的女人，独自工作，创造出一种病毒，感染了全世界的人，为了达到她自己妄想中的目的。和其他的可能相比，这种描述的恐怖程度要低得多。一个精心策划的阴谋要更可怕；或者是一种自然发生的疫病，它可能在任何时间、任何地点暴发——那就是最糟糕的可能了。所有其他的故事里，威胁都仍在继续。这世界不想要被持续威胁。他们需要一个疯狂的、孤身一人的女人，据信已经死亡的女人。或者，更好些，一个被抓住、得到了惩处的女人。这世界如今陷入了绝望；抓住一个坏人，杀死她，这在计分板上会得一分，会让每个人对于我们能撑过这场瘟疫多一点希望。”

“可真相呢？”凯特边说边把盛着自己血液的样品管递给他。

马丁让样品管从那个“保温瓶”的顶部落进里头。

“你觉得谁会相信真相？伊麻里在直布罗陀下面挖出了一个远古遗迹，有几十万年的历史。然后它的安保装置释放出了一场全球性传染病？这是真相，但这太夸张，比小说还夸张，而绝大多数人的想象力是很有限的。”

凯特捏了捏自己的鼻梁。她成年以来一直在研究自闭症，努力有所发现。现在她成了头号全民公敌，太荒诞了。

“我之前没告诉你，是因为我不想让你烦心。你对此无能为力。我一直在为了让你安全转移和避难进行谈判。两天前我刚刚谈成了一笔交易。”

“一笔交易？”

“大不列颠政府同意带走你。”马丁说，“我们再过几小时就去跟他们的部队会合。”

这时凯特忍不住朝睡在长椅上的那两个男孩瞥了一眼。

“孩子们会跟你一起的。”马丁迅速补充道。

听到马丁早有计划，他们很快就会安全了，这让凯特心中的紧张和恐惧减少了一部分：“为什么是英国？”

“我的第一选择本来是澳大利亚，但我们离那里太远了。联合王国比较近，而且可能也一样安全。欧洲大陆多半会落入伊麻里之手。大不列颠则会坚持到最后的。以前他们就坚持过来了。你在那里会很安全的。”

“你是用什么和他们做交易的呢？”

马丁站起身来，拿起那瓶染发剂：“来吧，你的化装时间到了。”

“你答应他们会找到治愈方法。这就是你用来交换我的安全的东西。”

“总要有人找到治愈方法的，凯特，现在来吧，我们的时间不多了。”

CHAPTER 20

德国

纽伦堡郊外

伊麻里公司研究中心

奈杰尔·蔡斯博士透过宽大的玻璃观察窗盯着无尘室里面。那个神秘的银色提包就被放在桌子上，闪烁着，反射着房间里明亮的灯光。从南极洲来的那批人一小时前把这个奇怪的提包送了过来，奈杰尔到目前为止仍然对它一无所知。

该是进行些实验，好开始进行推测的时候了。他小心翼翼地轻推摇杆。无尘室里的机械手猛地动了一下，差点把提包从钢质桌面上给撞到地上。他永远也没法钩住提包的把手的。这东西就像是食品杂货店里那种愚蠢而复杂的机械，你喂给它一个二十五分硬币，然后就可以试着从里面钓出一个填充玩偶动物。那里面的动物他也从没钓出来过。他擦去自己额头上的汗水，想了一会儿。也许他不需要转动提包，只要用机械臂去移动设备就好了。

“要我试试吗？”他的实验助手哈维问道。

奈杰尔对他姐姐菲奥娜有多爱，差不多就有多后悔接受她的儿子哈维成为自己的实验助手。但菲奥娜希望哈维能走出家门，而为此哈维就需要一个该死的工作。

“不了，哈维。不过还是谢谢你。你能跑一趟，帮我买罐健怡可口可乐吗？”

十五分钟后，奈杰尔已经把设备的方位调整好了，可哈维还是没把他要的健怡可乐拿回来。

奈杰尔在计算机上编写程序，开始用各种辐射朝提包轰击一轮，然后坐回到椅子里，透过窗户望着里面，等待着结果。

“健怡可口可乐卖完了。大楼里的每台自动售货机我都去查过了。”哈维拿出一个易拉罐，“我给你买了罐普通的可口可乐。”

有一小会儿，奈杰尔真想对哈维说，合乎逻辑的行为应该是去买罐别的牌子的低热量饮料。但这男孩已经很努力了，跑了很长一段路。

“谢谢你，哈维。”

“进展如何？”

“没呢。”奈杰尔边说边“咔嗒”一下拉开易拉罐，啜了一口焦糖色的液体。

计算机发出“哔哔”声，一个对话框占据了整个屏幕。

正在接收数据。

奈杰尔马上放下饮料，俯身向前研究着屏幕上的内容。如果读数无误的话，这个盒子正在发射中子——这是一种亚原子微粒，在放射性衰变或者太阳以及核反应堆里进行核反应的时候才会释放出来。它们怎么可能出现在这里？

然后读数闪动着变红，中子计数慢慢跌回了零。

“发生了什么事？”哈维问道。

奈杰尔已经陷入了沉思，没理会他。这个提包会对辐射做出反应？它是不是某种信号，类似于夜间亮起的导航灯？或者是一个求救信号，就像故事里说的，轻敲三下做暗号——只不过是用亚原子微粒？

奈杰尔是个核工程师——他的研究主要集中在核能系统领域，尽管他在20世纪80年代也曾经搞过一段时间核弹头，在90年代搞过潜艇上的核反应堆，可粒子物理在他的熟悉领域之外。他有点想去找别的专家来，找个有粒子物理背景的人来，但有些因素让他迟疑。

“哈维，让我们改变一下辐射程序，看看这个包会怎么样。”

一个小时之后，奈杰尔喝光了第三罐可乐，开始在地板上踱来踱去。那个盒子最近一次发射出的粒子可能是快子。快子一直只存在于理论上，它们的运动速度可以高于光速：按照爱因斯坦的狭义相对论，这是不可能的。在设想中，这些粒子还可以让时间旅行成为可能。

“哈维，我们再试试新的测试程序。”

奈杰尔开始在计算机上编程，由哈维去操作摇杆和机械手。这年轻人干得相当漂亮。也许电子游戏和当今的年轻人都还是有些优点的，奈杰尔想。

奈杰尔完成了辐射程序的编制，看着无尘室里的装置开始旋转。奈杰尔有个理论：也许这个提包能控制“变色龙子”——一种假想中可能存在的标量粒子[①]，它的质量会随着周围的环境变化。变色龙子在太空中的质量很小，但在地球表面这样的高密度环境下质量较大，使得它们有可能被探测到。如果这个猜测是对的，奈杰尔可能已经站在一个大发现的边缘上了。他可能将会发现暗能量和暗物质，还有宇宙膨胀背后的推动力。

但变色龙子只是他的猜想的一部分。另一部分是，这个手提包其实是一件通信工具——它其实是在指引他们，告诉他们它需要什么类型的粒子来执行它想要完成的任务。这个提包在要求某些特定的亚原子微粒。但为什么它需要它们？这些粒子是不是要制造什么东西的“配料”？或者说联合输入这些粒子将会把这个容器打开？奈杰尔相信他们已经找到了钥匙，找到了这个提包需要的辐射程序。也许这是个亚特兰蒂斯人的智力测验，一个挑战。这很合理，数学是全宇宙通用的语言，亚原子微粒则是宇宙中书写这语言的石板或者莎草纸，这个盒子想要表达的是什么？

计算机屏幕亮了起来。房间里出现了巨量的输出——中子、夸克、引力子，还有一些甚至是未知的粒子。

奈杰尔透过窗户望去，那个提包正在变形。闪亮的银色外皮正在失去光泽，然后上面弹出了无数微小的颗粒，仿佛它光滑的表面正在变成沙子。然后那些沙粒在原地晃动了一下，就朝中间滑去，在那里形成了一个旋涡。

那个黑色的旋涡正在从里面吞噬这个小提包，然后整个提包完全崩塌了，整个房间充满了强光。

大楼在一阵白色的闪光中爆炸了。周围的六座办公楼都瞬间被白光吞没了。然后这光芒向周围扩散出去好几英里，沿途的树木全都被吹倒，大地尽化焦土。然后它忽然又消退了，飞快地退回了它出发的原点。

---

① 译者注：自旋量为零的粒子。

有一阵子,漆黑的夜色中没有任何动静。然后一束细小的亮光从地面飘起，仿佛是一根发出荧光的细线，随风摇动着不断上升。从这根发光的细线上冒出来无数触须，它们和其他的细线连接在一起，最后形成了一张大网。然后这张网被编织得越来越密实，于是它变成了一堵实心的光墙，顶部拱起，高度大约是一扇普通房门的两倍。这个光门静静地闪烁着，等待着。

CHAPTER 21

西班牙

马贝拉

道成肉身圣玛丽教堂

凯特坐在浴室里的铸铁管道边上，等着染发剂染好头发。

马丁坚持要监视整个过程，好像凯特会试图在染发工作中偷工减料似的。全世界都在追踪她，这是个奇怪的但有说服力的变装理由。不过……她心里负责逻辑思考的部分，超理性的部分在叫喊着：如果全世界都在找你，染个发是救不了你的。话说回来，似乎她也做不了别的事情，而且这反正对她也没伤害。她把自己现在染成了棕色的一缕头发绕在指间，不知道颜色的转变完成了没有。

马丁坐在她对面的砖头地上，伸着腿，背靠着浴室的实心木门。他在计算机上不停地打字，偶尔停下来思考着什么。凯特有些纳闷他在做什么，不过姑且就随他去吧。

别的问题萦绕在凯特心头。她不知道从哪里开始，但马丁之前说过的一件事仍让她困扰不已：这场瘟疫在二十四小时之内就感染了超过十亿人。对她来说这太令人难以置信了——尤其是马丁和他的同伴们还为应对这次疾病暴发已经秘密准备了几十年。

她清了清嗓子：“在二十四小时之内就有十亿人被感染？”

“嗯，嗯。”马丁埋头盯着笔记本嘟囔道。

“这不可能。没有什么病原体能扩散得这么快。”

马丁抬起眼望了望凯特：“的确如此。不过我也没骗你，凯特。没有任何已知的病原体能扩散得那么快，但这场瘟疫有所不同。听着，我会把所有事情都告诉你，但我希望等到你安全以后再说。”

“我的安全不是我最关心的问题。我希望知道现在到底在发生什么，我希望做点事情。告诉我你到底在隐瞒什么。反正我总是要知道的，至少让我从你口里听到吧。”

好半天马丁都一动不动。然后他合上笔记本电脑，叹了口气：“好吧。要告诉你的第一件事是，亚特兰蒂斯瘟疫比我们之前以为的更复杂，我们现在才刚搞清楚它的作用机理。最大的谜团还是在‘钟’上头。”

提到“钟”让凯特感到一阵不寒而栗。1918 年，伊麻里在直布罗陀发现它的时候，这个神秘的装置被装在亚特兰蒂斯人的遗迹外头。凯特的父亲帮助伊麻里发掘出了这个建筑。“钟”被挖出来之后，就把西班牙流感释放到了世上——那是现代史上最致命的流行病。伊麻里最后从“钟”的四周下手，把它挖了下来，然后搬走以供研究。多利安 · 斯隆，伊麻里保安的领导人，用“钟”新近杀死的人的尸体向全世界散播亚特兰蒂斯瘟疫，再次制造了瘟疫暴发，以找出对它具有先天免疫力的人。他最终的目标是要建立起一支军队，去攻击那些创造了“钟”的亚特兰蒂斯人。

“我还以为你们已经知道了‘钟’的工作机理，知道了它所影响的基因呢。”凯特说。

“我们之前也这么想，但我们犯了两个严重的错误：第一是我们的样本太小了；第二是我们只研究了直接和‘钟’接触过的尸体，从没研究过被这些尸体再传染的人。‘钟’本身并不会释放出任何感染源，它放出辐射。我们现在认为，‘钟’的辐射会引起一种内源性逆转录病毒的突变。基本上就是重新激活了一种来自远古的病毒，然后这种病毒会通过操控一系列基因和表观遗传标记[①]来改变宿主。我们相信，这种远古的病毒就是一切的关键。”

凯特举起一只手要求暂停，她需要处理一下这些信息。马丁的理论，如果是真的，实在令人难以置信。这个理论认为存在一种全新的病原体，甚至是一种全新的致病机理——病毒被辐射激活，然后开始工作。这可能吗？

---

① 译者注：又名表观遗传修饰。指 DNA 分子长链外侧的一些影响基因表达的基团。

逆转录病毒其实就是些能把DNA分子注入宿主的基因当中，从遗传层面上改变宿主的病毒。它们在某种意义上相当于“计算机软件升级包”。当一个人接触到逆转录病毒之后，他实际上就会接受一次DNA注射，他体内的一部分细胞里的基因将会发生变化。感染逆转录病毒的结果可能是负面的、正面的或者是良性的[①]，到底是什么要看注入的基因的性质。而且由于每个人的基因组都互不相同，结果几乎完全无法预测。

逆转录病毒的存在只是为了一个目的：制造更多它们自己的DNA。而且它们精于此道。实际上，这颗行星上的遗传物质中病毒占了大多数。如果你把所有人类、其他动物，还有每一株植物体内含有的DNA全部加在一起——甚至再加上地球上其他的非病毒生物身上的——得到的DNA总量仍然小于地球上全部病毒的DNA总量。

病毒并不会朝伤害其宿主的方向进化——实际上它们要依赖一个活着的宿主才能自我复制，这也正是它们行事的方式：找到一个合适的宿主，然后住在里面，进行良性的自我复制，直到宿主寿终正寝。科学家们把这些宿主叫作“储存宿主”。储存宿主虽然身上携带着病毒，但实际上却不出现任何病症。例如，扁虱携带着洛矶山斑疹热；田鼠身上有汉坦病毒；蚊子身上有西尼罗病毒、黄热病，还有登革热；在猪和鸡身上则有流感病毒。

其实，人类也是无数细菌和病毒的储存宿主。当中很多微生物甚至还没有被辨识出来。从鼻腔里取得的遗传信息大约有20%和任何已知或者已辨识的生物都不吻合。在肠道里，全部DNA的40%到50%都来自尚未辨识的细菌和病毒。

即使在血液里，也有些“生物学暗物质”，最多可达2%。在很多方面，这些生物学暗物质，这个未知的病毒和细菌的汪洋大海，是人类的终极防线。

几乎所有的病毒都是无害的，直到它们转移到另一种宿主身上。新的宿主是一种和它们的天然宿主不同的生命形式。病毒这时就会和一个全新的基

① 译者注：医学上指无严重后果的病变。

因组相结合，引起一系列新的、始料不及的反应——一种疾病。

这就是病毒根本的危险所在。但马丁刚才说的不是这些从外面进入人体的传染病毒。他描述的是在过去被感染的病毒的激活，一段惰性的病毒 DNA，源于人体内部，深藏在基因组中。这就好像是自己让自己染上了传染病毒——犹如一个 DNA 的特洛伊木马，苏醒过来，开始在人体内部进行大肆破坏。

这些所谓的人类内源性逆转录病毒（缩写 HERVs），实际上是“病毒化石”——过去发生的某些改变了宿主基因组的感染留下的残迹。它们实际上已经被整合到了宿主的生殖细胞的 DNA 当中，因此会传给宿主未来的后代。科学家们最近才发现，全部人类基因中最多可能有 8% 的部分是由内源性逆转录病毒组成的。这些过去的病毒感染留下的化石记录同样出现在我们的遗传学近亲身上：黑猩猩、尼安德塔人，还有丹尼索瓦人身上都有。许多我们身上感染的病毒也同样感染了他们。

凯特在脑子里把这些概念过了一遍。内源性逆转录病毒一直都被认为是惰性的，实际上每个人的基因组当中都有一大片所谓的“垃圾基因”，内源性逆转录病毒就是其中的一部分。这些逆转录病毒不具备传染性，但是它们的确会影响基因表达。科学家最近才开始考虑一种可能性：内源性逆转录病毒可能和自体免疫性疾病相关。红斑狼疮、多发性硬化病①、斯耶格伦综合征②，甚至癌症都可能和它们有关。如果在亚特兰蒂斯瘟疫背后的病毒是一种内源性逆转录病毒，这就意味着……

“你是说，全人类都已经被感染了。我们在出生的那天就被感染了——亚特兰蒂斯瘟疫背后的病毒已经成了我们的 DNA 的一部分。”她停了一下，“‘钟’和它制造出的尸体只是激活了蛰伏的病毒。”

---

① 译者注：又名脑脊髓多发性硬化、播散性硬化。患者的中枢神经系统髓鞘逐渐被破坏，导致相应的器官或者组织失去控制。多见于发达国家，特别是美国的白人。

② 译者注：一种慢性病，患者出现角膜、鼻腔和口腔干燥，腮腺肿大及多发性关节炎等。中年以上绝经期间女性较多见，男性得病概率比女性低很多。著名网球选手大威廉姆斯就患有此病。用发现本病的瑞典医师的名字命名。

“正是如此。我们相信，亚特兰蒂斯瘟疫中病毒的组分在数万年前就被插入到了人类基因组当中。”

“你们认为这是故意的吗？那个植入内源性病毒——亚特兰蒂斯瘟疫的人或者是别的什么，知道它会在未来某天被激活？”凯特问道。

“是的。我相信亚特兰蒂斯瘟疫是蓄谋已久的。我认为‘钟’就是一个激活装置，为了启动人类种族的最终转化。亚特兰蒂斯人要么是想制造又一次大跃进——一次终极跃进——要么是想制造一次大倒退，把人类退化回引入亚特兰蒂斯基因之前的那个状态。”

“你们分离出瘟疫背后的病毒了吗？”

“没有，而且我们就是卡在这里了。实际上我们现在认为，可能有两种内源性逆转录病毒都在起作用，就好像是在人体里进行一场病毒战争。这两种病毒互相对抗，都要控制亚特兰蒂斯基因，可能胜者将会令它发生永久性的改变。在90%的感染者身上，这场病毒战争摧毁了免疫系统，导致患者死亡。”

“跟西班牙流感一样。”

“完全正确。然后我们本来以为会发生的是——一次生物学上常见的暴发，通过一般的途径传播：体液、空气传播及其他。我们准备应对一次这样的事件。”

“怎么准备？”

“我们有一大群人——主要是政府雇员和科学家。在过去二十年里，我们一直在秘密研究一种疗法。兰花素就是我们用来对抗瘟疫的终极武器——它是一种非常尖端疗法的产物，参考了艾滋病的治愈疗法。”

“艾滋病的治愈疗法？”

“2007年，一个叫作蒂莫西·雷·布朗的男人，后来人们叫他‘柏林病人’，接受治疗后他的艾滋病好了。布朗被诊断患有急性髓细胞样白血病。他的艾滋病病毒呈阳性，使对他进行的治疗变得越发复杂。在化疗当中，他同时又要和败血症做斗争，医生们不得不探索非传统的治疗方案。为他治疗的血液病专家吉罗·胡特，决定试用一种干细胞疗法：全骨髓移植。胡特实际上是跳过了骨髓配型相符的捐赠者，而是用了另一个捐赠者的骨髓，这人身上带有一个特殊的基因突变型：CCR5[①]- 德尔塔 32。CCR5- 德尔塔 32 能让细胞对艾滋病毒免疫。”

“难以置信。”

“是啊。最初我们认为，德尔塔 32 型突变一定是出现于欧洲暴发黑死病的期间——有 4% 到 16% 的欧洲人身上带有至少一份这个突变基因，但我们对它进行的追溯上行到了更早的年代。然后我们觉得它可能由天花引起，但随后我们就发现青铜时代[②]的 DNA 样品当中也含有这个基因。这个突变的起源是个谜，但有件事是确定无疑的：这次带有 CCR5- 德尔塔 32 的骨髓移植同时治好了布朗身上的白血病和艾滋病。在移植后，他停止服用抗病毒药物，之后他也没有再检出艾滋病病毒阳性。”

“这有助于兰花素的开发？”凯特问道。

“这是一个巨大的突破，打通了整条研究道路。CCR5- 德尔塔 32 实际上不光能让携带者抵御艾滋病，还能预防天花甚至耶尔森氏鼠疫杆菌[③]——引起鼠疫的细菌。我们把研究力量集中在它上面。当然了，我们当时还没完全意识到亚特兰蒂斯瘟疫的复杂性，但我们研发出了兰花素，将它改进到能停止病程的地步。当瘟疫暴发的时候，我们还没准备公布它——它还不能完全治愈这种疾病。但我们别无选择了。除此以外，这种瘟疫的某些性质我们还没能识别出来。但……我们认为，我们可以利用兰花素。遏制是我们的目标。如果我们能把感染者控制起来，压制病症，我们就能停滞它的发展，为自己争取些时间，直到我们能分离出那些导致瘟疫、操控亚特兰蒂斯基因的内源性逆转录病毒——瘟疫的真正源头。这就是为什么……你的工作如此……让人感兴趣。”

“我还是搞不懂这个传播速度——辐射是怎么回事？”

---

① 译者注：缩写。全称为化学增活受体 5 号。细胞表面的一个蛋白体，对艾滋病侵入细胞有重要的辅助作用。发生了下面的德尔塔 32 这个突变的人的细胞会出现 CCR5 缺失。

② 译者注：考古学术语，指人类大量使用青铜作为工具的时代。欧洲的青铜时代大约在公元前 4000 年到 3000 年。已知最早的人类天花病例为公元前 12 世纪的埃及木乃伊。

③ 译者注：耶尔森是发现鼠疫杆菌的瑞士裔法国科学家。

“我们一开始也搞不懂。在瘟疫暴发的最初几个小时内，发生了一些始料不及的事情。这种瘟疫能透过我们用来对付它的任何检疫程序和隔离措施。凯特，这就好像一场野火，跟我们之前见过的任何疾病都完全不同。已被感染的个体，即便在隔离中，也能感染其他离他们超过三百码远的人。”

“这不可能。”

“我们刚开始也觉得肯定是我们的检疫程序出了问题，但全世界到处都是如此。”

“怎么会？”

“一种突变。某些地方的有些人，他们身上有另一种内源性逆转录病毒，另外一种来自远古的病毒，埋藏在他们的基因组中。这种病毒被激活后，整个世界就在几小时之内沦陷了。十亿人在二十四小时之内被感染。就像我刚才说过的，我们的样本尺度太小了，没有发现这种现象；而且压根儿也没办法事先了解到这一种内源性逆转录病毒的存在。事实上，我们现在仍在寻找它。”

“我还是没明白，它怎么能影响传播速率。”

“我们花了好几个星期才搞清楚这点。我们的——全世界的——所有那些经过几十年的精心安排的隔离措施，全部在那最开始的几天里崩溃了。亚特兰蒂斯瘟疫的扩散根本无法制止。每次它一进入某个国家，感染者的人数就爆炸式增长。我们最后发现的真相是我们之前从没想到过的。感染者身上会发出更多辐射，而不仅仅是在身上的组织内携带着‘钟’造成的辐射残余。我们认为这第二种内源性逆转录病毒实际上是打开了某些基因开关，让人体改变自己放出的辐射。”

凯特努力理解着她听到的信息。每个人身上都会放出辐射，但这些辐射就像背景噪声，稳定不变，它们是亚原子水平上的“汗液”。

马丁继续说道：“每个病毒被激活的人都会变成一个辐射信号塔，他们会激活、感染周围的每个人——即便他们被关在生化隔离帐篷里面。一个人站在你一英里以外的地方，和你没有任何面对面接触，他也有可能感染你。没有哪种措施能应对这样的疫情。这就是为什么全世界的政府都接受了普遍感染的现状——他们无法制止这一过程。工作焦点变成了控制民众，好让伊麻里和那些幸存者不能掌握全世界。他们开始建立起兰花坊，把那些活下来的民众赶到里面集中管理。”

凯特想起了那栋用铅包裹起来的建筑，她曾在里面进行实验：“这就是为什么你们要用铅皮把房子包起来——为了隔绝辐射。”

马丁点点头：“我们非常担心再发生别的突变。坦白说，我们对此一无所知。我们在谈论的是量子生物学：能操控人类基因组的亚原子微粒。这是生物学和物理学的交叉科学，这远远超出了我们目前对于生物学和物理学的了解。我们刚开始了解到目前所知的这些，在这场对抗中我们一开始就落后了，但我们在过去的三个月里已经学到了很多。我们知道你和孩子们对这瘟疫是免疫的，因为你们在尼泊尔活了下来。我们正试图分离制造出辐射的病毒。我们最害怕的是辐射，来自那些实验参与者的身上——发生了新突变的人们身上——会泄漏到营地里，危及兰花素的疗效。这种事情一旦发生，就再也没有任何东西能阻碍瘟疫的进程了。兰花素的效果正在下滑，但我们需要它，我们需要再多一点点时间。我认为我们离找到治愈瘟疫的方法很近了，最后还差一样东西。我以为它就在这里，在西班牙南部，但我错了……我搞错了几件事情。”

凯特点点头。她觉得好像听到外面有隆隆声，仿佛是远方滚动的雷霆。有些事情还是困扰着她。作为一个科学家，她知道最简单的解释通常就是正确的解释。

“你们怎么能这么快把这问题搞清楚的——怎么知道有另一种内源性逆转录病毒的？是什么让你们如此确定有两种逆转录病毒参与其中而不是一种？一种病毒也可以造成这些不同的后果——进化和退化的结果，还有引发辐射。”

“没错……”马丁停了一会儿，仿佛在考虑该说什么。凯特张开嘴想说话，马丁却举起一只手让她停下，自己继续说道，“是那些船，它们不一样。”

“船？”

“那些亚特兰蒂斯人的飞船——在直布罗陀的和在南极洲的。当我们在南极洲发现那个结构体的时候，我们曾以为它大概跟直布罗陀那边的年代差不多，构造也差不多。”

“其实不是？”

“压根儿不是。我们现在相信，直布罗陀那边的飞船是，或者确切地说，曾经是一艘登陆舰，一艘在星球表面漫游用的飞船。而南极洲的那艘则是一艘太空巨舰，一艘大船。”

凯特努力想弄明白这跟瘟疫有什么关系：“你们认为登陆艇是从南极洲的大船里开出来的？”

“我们开始的确这么认为，但碳测年显示这不可能。直布罗陀的那艘船年代比南极洲的更久远。而且更重要的是，它在地球上也待得更久，可能要多待了十万年。”

“我搞不懂了。”凯特说。

“据目前我们所知，那两艘船里使用的技术是相似的，都有‘钟’，但它们来自不同的时间。我认为这两艘船属于亚特兰蒂斯人的不同派别，他们处于战争之中。我认为这两个派别都在试图操控人类的基因，为了他们的某些目的。”

“亚特兰蒂斯瘟疫是他们用来给我们塑形的生化工具。”

马丁点点头：“我们的理论就如此。听起来很疯狂，但这是唯一能说得通的。”

外面的隆隆声更响了。

“那是什么？”凯特问道。

马丁听了听，随即迅速站起来，走出了房间。

凯特走到水槽旁，望着镜子里的自己。她的脸比平时更消瘦了，加上那头暗色的、明显是染出来的头发，让她看起来简直像是哥特式[①]恐怖片里的角色。她把水打开，开始把手指上残留的棕色洗掉。水声让她没听到马丁回来的声音。他把身子靠在门框上，努力调匀呼吸：“把你头发上那些乱七八糟的玩意儿洗掉吧。我们必须马上离开了。”

---

① 译者注：一类以中世纪建筑和各种神秘传说、故事为背景，风格独特的恐怖小说和电影。其中多有对人类病态感情的描写。

CHAPTER 22

西班牙

马贝拉

道成肉身圣玛丽教堂

凯特迅速弄醒了孩子们，带着他们走出了教堂。马丁在院子里已经等得不耐烦了。他肩上挂着那个沉重的背包，脸上满是焦急的神情。原因就在院子外面，凯特一眼就看到了。一大群多得没完没了的人正在街头涌动。人们在盲目地疯狂奔跑着，脚重重地踏在鹅卵石路上。他们的模样让她想起了奔牛节上那些狂奔的公牛。

在院子的角落里，两条狗躺在教堂的白色外墙旁，已经死了。男孩们挣扎着想要捂住自己的耳朵。

马丁缩短了和她之间的距离，牵起阿迪的手："我们要带他们走。"

"发生什么事了？"凯特边问边设法把苏利耶抱了起来。

"狗显然是被气体毒死了。伊麻里正在把所有人都驱赶到一起。我们要迅速转移。"

凯特跟着马丁汇入人流。现在没有妨碍视野的气体了，凯特注意到狭窄的街道上到处都是马贝拉陷落时留下的各种残迹：被烧坏的汽车、被抢掠的电视之类的商品。街道和小巷旁那些废弃已久的咖啡店里到处都是被打翻的桌椅。

太阳从街道旁的建筑物上冒了出来。凯特眯起眼睛，想躲开阵阵强光。她一点点地适应了，持续不断的脚步、轰响声现在听起来跟晨跑时的背景噪声差不多。

有人在凯特背上猛地推了一把，差点把她推倒在地。马丁抓住她的胳膊，稳住她的身形，继续向前。在他们身后，新跑来一批人，他们以比其他人更快的速度穿过人群，沿路推开那些跑得慢的人。凯特看到有些人显然是发病了——一天没有兰花素已经导致亚特兰蒂斯瘟疫的症状重新发作了。他们看起来惶恐不安，情绪激动。

马丁朝前方十米开外的巷子指了指。他说了些什么，凯特听不见。但她跟着马丁，朝街道侧翼的建筑物靠近了些。他们冲进巷子，离开了人群。他们留下的那点空隙迅速地被更多人填上了。

马丁继续向前跑，凯特努力跟上去。“我们这是去哪儿？”她问道。

马丁停下脚步，把手放在膝盖上，气喘吁吁。他已经六十岁了，身体状况远不如凯特，她知道他不能长期坚持这样快跑的。“北边。去山区。那些傻瓜们，”他说，“他们正在被引导到一起。我们快到会合点了。走吧。”他重新抱起阿迪，继续沿着这条窄巷朝前走去。

他们一路向东，朝着城市被废弃的部分走去。渐渐地，身后大股人流发出的隆隆声听不到了。凯特时不时听到看起来空空如也的建筑物里有动静。

马丁朝那些建筑物点点头：“他们可能逃跑，或者是藏起来了。”

“哪个选择比较聪明？”

“藏起来，大概吧。伊麻里对城市进行的清扫完毕之后，他们会把部队撤走，去下一个城镇。至少在别的国家他们是这么干的。”

“既然藏起来更安全，为什么我们要跑？”

马丁看了看她：“我们不能冒险。空降特勤队会把你救出去的。”

凯特停了下来：“把我救出去？”

“我不能跟你一起去，凯特。”

“你这是什么意思——”

“他们也在找我。如果伊麻里已经打到了北边，那路上会有检查站。如果他们抓到了我，他们就会开始密切注意附近，开始搜索你。我不能冒让你暴露的风险，而且这里有些……我必须找出来的东西。”

凯特还没来得及开口抗议，前方和小巷交叉的街道上就传来一阵柴油发动机的轰鸣声。马丁跑到巷子口，在建筑物的拐角旁跪下。他从包里抽出一面小小的镜子，把它伸出去，调整了一下角度好从里面看到街上的情况。凯特在他身边把他扶稳。一辆大卡车正缓缓驶过街道，车后面有绿色的车篷，盖住了下面的货厢，和之前凯特看到的那辆把幸存者带进营地的车一模一样。戴着防毒面具的士兵们在车子两侧展开。他们正在挨门挨户地检查，扫荡每栋建筑物。在他们身后的街道上，一团团毒气正在升起。

凯特想开口说话，但马丁迅速地站起身来，朝这段巷子中部的两栋建筑物之间的狭小通道比了个手势。他们冲进那条狭窄的缝隙，又开始竭力奔跑。

跑了几分钟以后，这条小路的出口外出现了一条宽一些的巷子，巷子前面是一条敞开的散步广场，有个巨大的石头喷泉。

“马丁，你必须和我们一起——”

“保持安静，”马丁不耐烦地说，“这没什么可商量的，凯特。”他在即将踏入广场之前停了下来，又把那面小镜子从包里拿了出来，然后把它举起来，对着阳光。随着他的动作，广场对面出现了闪光。

马丁刚转身面对她，广场上就发生了爆炸，尘土飞扬。凯特的耳朵里嗡嗡直响，除了灰尘几乎什么也看不到。她感到马丁抓住了她的胳膊，于是她也依次抓住阿迪和苏利耶，他们一起走出巷子，投身于正爆发出一片混乱的场地中。

透过正在落下的尘土，凯特看到伊麻里士兵在从边上的街道和巷子里涌出来。几个穿着西班牙军服的士兵——无疑就是马丁发信号的对象，那些空降特勤队的救助小组——隐蔽在那个巨大的石头喷泉后面，朝伊麻里的人开火。手榴弹和自动火器的枪声迅速变得震耳欲聋，两个特勤队的士兵倒下了。剩下的人也被包围了，寡不敌众。

马丁拽了拽凯特，拉着她转向往北的街道。他们刚走到街口，侧面的街道就有一拨人流出现，朝着凯特、马丁和两个男孩滚滚而来。

凯特回头看了看广场。最后的几声枪响的余音也消失了，空中剩下的只有雷鸣般的响声——那堵正朝着他们压过来的人墙的轰然脚步声。那些空降特勤队的士兵都倒下了。两个人死在喷泉的池子里，池水都被染红了。另外两张脸朝下倒在鹅卵石的路面上。

CHAPTER 23

西班牙

马贝拉老城区

凯特无法把自己的目光从身后的伊麻里士兵们身上移开。她本以为他们会冲过广场，把她和马丁还有两个孩子一并抓起来。可他们没有，他们只是在通往广场的街道和巷子出口处巡逻，在那些大卡车前面来回踱步。他们全都拿着自动步枪，在那儿等着。有些边等边抽烟，还有些在对着无线电对讲机讲话。凯特不知道他们在等什么。

她转向马丁："他们在——"

"这是个装卸区。他们是在等人们自己送上去。跟上来。"他朝着狭窄的街道冲去，逆着正涌过来的人潮。

凯特犹豫了一下，然后跟在马丁后面。人群离他们还有一百来米，正在快速接近。

马丁试了试身边最近的门。那是家一楼的店铺——门锁着。

凯特跑到街对面，试了试一家咖啡店的门，过不去。她把孩子们拉到自己身边。人群还有五十米，她试了试旁边居民家的门，也锁着。人群还有几秒钟就会冲到凯特和男孩们面前，把他们践踏到地上。也许她可以把孩子们推到门洞里面，护在自己身前。她把孩子们移动到前面，等待着。

离人群还有三十码了。有几个跑得快的人从人堆中脱颖而出，他们向前直冲，眼神冰冷、坚定。最前面的几个人跑过凯特、马丁和男孩们身边，看都不看他们一眼。

二楼的窗户后面有人把一片薄的白色窗帘拉了起来，一张脸贴在窗户上，是个跟凯特年纪差不多的女人，有着黑色的头发、橄榄色的皮肤。她往下看过来，和凯特四目相对。下一刻，那女人的表情从戒备变成了……关切？凯特张开嘴想对她喊话，但那女人消失了。

凯特把男孩们推进门洞里：“别动，孩子们。这很重要。”

马丁回头看了看冲过来的人群。

这时他们面前的门“咔嗒”一声开了，让凯特、马丁和男孩们一起跌倒在地板上。一个男人把他们一个个拉起来，与此同时，之前出现在二楼窗口的那个女人“砰”的一下关上了门。人群嘈杂的声音透过门窗隐约可闻。

男人和女人把他们往房子深处带去，离开前厅，进入了一间起居室。房间里有一个大壁炉，没有窗户，点着蜡烛照明。凯特努力适应着这个奇怪的地方。

马丁开始快速地用西班牙语和那两个人交谈。凯特想看看孩子们有没有事，但他们扭过头去，拒绝她的鼓励。他们快要到达承受的极限了，两个男孩都焦虑、疲惫、困惑，她该怎么办？再这样下去他们会受不了的。我们能躲在这里吗？马丁之前说过：要么逃，要么藏。

她打开马丁背上的背包，拿出两个笔记簿和几根铅笔，然后把它们递给阿迪和苏利耶。他们俩马上抓过文具，往墙角冲去。他们需要一点点正常生活的碎片，一点点他们明白的东西才能平静，哪怕一小会儿也好。

马丁正在用手比画着什么，让凯特几乎无法重新把背包关好。他一直在重复一个词：“地道。”那对夫妻面面相觑，迟疑了一下，然后点点头，告诉了马丁什么。看起来他得到了想要的回答。他回头望着凯特：“我们得把男孩们留下。”

“绝不——”

马丁把她推到一旁，靠近壁炉，压低声音对她说：“他们在瘟疫中失去了自己的儿子们。他们会照管这两个男孩的。按照伊麻里之前的清洗模式，带着小孩子的家庭会被放过的——如果他们宣誓效忠的话。只有那些十几岁的少年少女和没有孩子的成年人会被征召。”

凯特环顾四周，心里寻找着反论。她注意到在壁炉顶上的台子上有张照片，上面是那两个男人和女人。他们站在海滩上，手放在两个欢笑着的男孩的肩膀上。孩子们的年龄跟阿迪和苏利耶差不多，头发的颜色和肤色乍看起来也差不多。

她看了看那对夫妻，又看看孩子们。他们正安静地坐在墙角的一堆蜡烛旁，埋头在自己的笔记簿上工作。她眯起眼睛，努力思考："他们不会说西班牙语……"

"凯特，他们基本什么话都不会说。这两个人会尽力照顾他们的。这是我们唯一的出路了。想想吧，我们这样会拯救这里的四条生命。"马丁朝那两个大人比了比，"如果那些家伙把我们和孩子们一起抓到，他们马上就会知道孩子们的身份。我们带着他们只会增加他们的危险，我们只能这样做了。我们会回来找他们的。除此以外，我们也不能把他们带到我们要去的地方。那里……压力会更大。"

"我们要去的地方是——"

马丁压根儿没等她说完，他又快速地朝那对夫妻说着什么。他们开始朝起居室外走去。

凯特没跟过去。她走到墙角的男孩们身旁，拉起他们来了个拥抱。他们挣扎着想推开她，抓回自己的笔记簿。但过了一小会儿，他们就平静了下来。凯特吻了吻两个孩子的额头，然后松开了手。

那对夫妻带着马丁和凯特从起居室外一条狭窄的走廊走进了一间拥挤不堪的工作室，里面有张很大的橡木桌子，书柜从地板顶到天花板上。男人走到后墙边上的一个书架前，然后开始把架子上的大部头书籍往地上丢。女人也过去帮他，很快架子上就空了。男人站稳脚步，把那个书架从墙边拖开，然后按下旁边书架上的一个按钮。"咔嚓"一响，墙后退了一点。他使劲一推，那面墙旋开了，露出了一条黑暗、肮脏的石头隧道。

CHAPTER 24

西班牙

马贝拉老城区

凯特讨厌隧道。石头的隧道壁潮乎乎的，看起来还在往外渗些黑乎乎的脏水，每转个弯就溅到她身上。她已经数不清自己转了几次弯了。片刻前她小声问了问马丁知不知道在往哪儿走，而他只是飞快地朝她嘘了一声。她觉得那就是表示他也不知道。但他们还能去哪儿呢？马丁点亮了一根发光二极管照明棒，微弱的光线刚好能照亮隧道，让他们不至于把脑袋撞到满是污泥的石墙上。

在这条狭窄隧道前方是一个圆形的路口，分出去三条岔路。马丁停下来，把发光棒举到自己脸旁："你饿了没？"

凯特点点头。马丁拉开拉链，从包里翻出一根蛋白棒和一瓶水。

凯特咀嚼着蛋白棒，灌下一大口水。等嘴里空出来之后，她低声说："你完全不知道我们在往哪儿走，是不是？"

"不完全是。实际上,我都不能确定这些隧道是不是真的通到什么地方去。"

凯特疑惑不解地看着他。

马丁把发光棒放在他们中间的地上，小口喝着他的那瓶水。

"和地中海地区多数古老的城市一样，马贝拉几千年来常常成为人们厮杀的战场。希腊人、腓尼基人、迦太基人、罗马人、穆斯林……这个单子可以一直列下去。马贝拉被攻陷过上百次，我知道老城区的旧商业房屋应该有逃生隧道。那些有钱人利用隧道逃过城市被攻陷时会发生的所有那些可怕的事情，有些隧道其实仅仅是个藏身的隐蔽所。有些可能会通到城市外头，不过我不能肯定。最好的情况下，它们会连到新城区的下水道。但我想我们在这里是安全的，暂时是。"

“伊麻里不会搜索隧道？”

“我很怀疑。他们会挨家挨户地搜过去，但搜得很粗略。他们主要是想找出制造麻烦的人和其他在大范围搜捕中没抓到的人。我想在这下面我们要面对的最糟糕的问题会是老鼠和蛇。”

凯特听到这里，想象着一条蛇隐身在黑暗中朝自己爬来，不由得畏缩了一下。想到要在这下面睡觉，跟蛇和老鼠一起……她伸出双手，做出祈求的姿势：“有些细节你可以不必说出来的。”

“啊，的确。对不起。”他抓起背包，“还要吃吗？”

“不了，不过谢谢。现在干吗？我们要等多久？”

马丁考虑了一会儿：“以马贝拉的规模来看，我会说，两天。”

“外面在发生什么？”

“他们会把所有人都集中起来，然后做个初步的分类。”

“分类？”

“首先他们会从幸存者当中挑出垂死的病人和感染者们。剩下的幸存者将面临一个选择：宣誓效忠伊麻里，或者拒绝。”

“如果拒绝的话？”

“伊麻里会把他们跟垂死的病人和感染者关在一起。”

“另外那些会……”

“伊麻里会把整个地区的人都撤走。他们会把那些宣誓效忠的人和其他人都装上瘟疫船，往他们的基地开去。只有那些宣誓效忠的人会到达目的地。”他捡起发光棒，抬高了些，好让自己能看到凯特的脸色，“这很重要，凯特。如果我们在半路上被抓到了，你在面对选择的时候一定要宣誓效忠。答应我，你会宣誓的。”

凯特点点头。

“只不过是一句话罢了。现在生存才是重要的。”

“你也会宣誓吗？”

马丁把发光棒掉到了地上，黑暗再次笼罩了他们之间的空间。

“我的情况不同，凯特。他们会认出我是谁的。如果我们被抓到了，我们一定要分开。”

“但你会宣誓效忠的吧。”

“对我来说这没得商量。”马丁发出了一声嘶哑的咳嗽，就像是个老烟枪。凯特有些纳闷他们在隧道里是不是吸进了什么微粒。他晃了晃脑袋，“我加入过一次了。那是我这辈子最大的错误。对我来说不一样的。”

“那只是一句话嘛。”凯特说道。

“是啊是啊。”马丁嘟囔着，“解释起来很困难……”

“试试。”凯特又喝了一小口水，“我们正好要有点时间呢。”

马丁又咳了起来。

“我们得让你呼吸点新鲜空气。”凯特说。

“不是空气的问题。”马丁把手伸到包里，掏出一个小小的白色盒子。

借着发光棒微弱的光线，凯特看到他把一片白色的药片放进了嘴里。药片的形状看起来像朵花，有三片大大的心形花瓣，中间有个红色的圆圈。一朵兰花。

凯特大感震惊，连一句完整的话都说不出来了：“你——”

“我没有免疫力，没有。我不想让你知道的，我知道你会担心的。如果我们被抓到，我会被关到那些垂死的人所在的营地里。如果真的那样了，你必须完成我的研究。拿着。”他从包里拿出个东西递给凯特——是个小笔记本。

凯特对此毫无兴趣，把它放到一边。“你还剩下几片药？”她问道。

“够用了。”马丁平静地说，“别为我担心。现在休息一下吧。我来站第一班岗。”

CHAPTER 25

西班牙

马贝拉老城区

“凯特！醒醒！”

凯特睁开眼睛。马丁站在她身旁。借着LED发光棒微弱的光，凯特看到了他脸上的惊慌。

“跟我来。”马丁边说边拉凯特站了起来。他抓起背包，把它递给凯特。他拿出来一样东西，是把手枪。“把包背着，待在我身后。”他边说边转向这个圆形房间对面的那个出口。

凯特什么都没看到，不过那边有些微弱的响动，是脚步声。马丁抬起枪指向通道出口，另一只手伸向下方，静静地把灯关了。他们陷入了完全的黑暗中。

脚步声越来越大，每一秒仿佛都拖拖拉拉没完没了，有两个脚步声。通道里出现了一点光，慢慢地光线越来越亮，聚在一起，最后显出了一盏提灯。提灯越过了门槛，不到半秒钟，提着它的人也现身了：一个胡子拉碴的肥胖男人。有个年轻女人跟在他后面，几乎完全被他挡住了。

看到马丁和他手中的枪，那男人把提灯丢到了地上，朝后退去，把身后的女人撞倒在地上。

马丁逼近了几步，那男人马上高举双手，开始迅速用西班牙语说着什么。马丁看看他，又看看那个女人，然后用西班牙语和他交谈了一会儿。等他们说完之后，马丁停顿了一下，打量着他们，然后看起来是判断自己听到的说法是真的了。他转向凯特：“拿着灯。他们说隧道里有狗，士兵们正在靠近。”

凯特抓起提灯，马丁晃了晃手中的枪示意那一男一女站起来，朝另外一边的通道走去——马丁和凯特是从第三条路来的。那一对男女顺从地走在前面，仿佛两个被游街示众的犯人。他们四个人开始快步向前，一言不发。

那条通道通往另一个圆形的房间。他们发现里面已经有六个人了。他们匆匆交谈了几句，新的这群人也加入了凯特和马丁他们的队伍，然后再次出发。

凯特有些好奇他们要怎么对付那些狗和士兵。她的枪还在包里。她几乎想要违背自己的意愿，伸手去把它拿出来了。但在她采取行动之前，地道就到了尽头。前面是个巨大空旷的房间，形状是正方形的，天花板很高，没有出口。

房间里站着两伙人。凯特和马丁这群人进去的时候，所有人都把头转了过来。

凯特听到身后那个胖男人在喊什么。她转过身去。他正在对一部手持步话机讲话。怎么——

对面的墙被炸开了，尘土、碎块和一股无形的冲击波冲进房间。凯特感到自己撞到了隧道的地面上。尘埃渐渐落定，光线照进了房间。她能看到伊麻里的士兵们从炸开的口子涌进来，他们把人们一个个从碎石堆里拖出来。那个胖男人和跟着他的女人都在给他们帮忙，还有五六个其他的人也在这样做。

强光和耳朵里的轰鸣声让凯特分不清东西南北。她头晕眼花，觉得自己快要昏倒了。

凯特看到一个士兵把马丁的枪从地上捡起来，装进自己口袋里，然后把他拽了起来，带出了房间。然后一个士兵抓住了她。她挣扎了一下，可无济于事。他们抓住她了，她和马丁都被抓住了。

CHAPTER 26

多利安睁开双眼，透过面前宽大的玻璃窗往外望去。他不在管子里——至少不在之前他醒来时所在的那种管子里。我在哪儿？我死了吗？这次是真的死了吗？一定是吧，警卫射中了他的头部啊。他往下瞧了瞧，他看到一身制服——跟之前那个亚特兰蒂斯人穿的一样。眼前的景物渐渐清晰，大窗户外面是太空。窗外的下半部分被一颗蓝色和绿色的行星占据，巨大的机器在行星表面爬行，吸进地上的泥土，然后把红色的尘土喷出，红色的尘柱直上云霄。不，那不是泥土——那些机器正在移动的是山脉。

“地质勘测结果出来了，阿瑞斯将军。北半球的地壳板块在四千年内都不会有问题。这样可以了吗？”

多利安转身看着身边站着的那个人，他们俩所站的地方肯定是一艘太空船的观察甲板。多利安听到他自己说道：“不，他们可能在四千年后还没能力修正它们。现在就做好调整措施。”他转回身子，看着窗户。在玻璃上的倒影中，他看到了自己。但那个回望着他的人不是多利安——而是那个亚特兰蒂斯人——不过是个更年轻的版本。他满头都是淡金色的头发，朝后梳着。

玻璃消失了，空气和引力也发生了变化。远处一颗炸弹爆炸了。多利安意识到自己身处一个巨大的城市中，但这不是地球上的任何城市。他瞬间就意识到了这一点，每栋建筑的外形看起来都一模一样，它们闪闪发光，仿佛昨天才刚造好，用的还是某种他从没见过的材料。连接建筑物的空中走道在城市上空纵横交错，仿佛是张巨大的蜘蛛网，连接着一个水晶洞里闪闪发亮的晶体。然后一栋建筑物倒塌了，把它和相邻的建筑物连在一起的天桥断裂开来，自由下落，仿佛是手臂随着身体的倒下而松开。又是一声爆炸，另一栋建筑物也倒下了。

多利安身边的士兵清了清嗓子，平静地说：“我们该开始了吗，长官？”

“不。再等一会儿。让我们叫这世界看看，我们在和什么样的人作战。”

又发生了一次爆炸。然后地平线隐入黑暗，眼前现出的景象又变成了澄澈的太空。这会儿多利安站在另外一处观察甲板上——在行星上。不，在一颗卫星上。他可以看到那颗行星在他的右手边，但太空中的景象比行星更加壮观得多。一支舰队，直排到远方燃烧着的白色星星那边。有好几百艘，也许是好几千艘的飞船。这支舰队的景象让他屏住了呼吸，他感到他手臂上的汗毛直竖。他的心中只有一个念头：我取得了胜利。

多利安努力想要看清眼前的景象，但画面又移动了。他现在到了另外一个地方，在一颗行星上，沿着一条长长的混凝土道路朝着一个巨大的纪念馆似的建筑物走去。路上只有他一个人，但两边都排满了人，很多人在推挤，用胳膊肘攘人，好能看他一眼。在前方巨大的石头纪念碑底部，一个女人和两个男人在等着他，身后就是幽暗的建筑物出口。多利安完全看不懂大门上方铭刻的是什么字，但不知怎的他已经知道了那上面写的是什么：“这里躺着我们最后的战士。”

女人往前走来，开口说道：“我们已经决定了。你要走上永恒长路。”

多利安知道，这个女人是在摄像机前表演，她讲的话全是为了历史记录。她背叛了他。“每个人都有权死亡。”他说。

“传奇永远不死。”

多利安转过身，刹那之间他有种想逃走的冲动。可这样后人只会记得他最后的这个丢脸行为。他走进了坟墓，走过那些石头的立面，走进船舱。灰色的墙壁反射着天花板和地板上射出的灯光，闪闪发亮。他身后的隧道照进来的最后几束阳光也消失了。巨大的舱室内的灯光自动进行了调校。一排又一排的管子直排到他视野的尽头。里面全是空的。第一排的第一个管子嘶嘶响着缓缓打开。多利安大步朝它走去。就这样吧。

管子刚关上,就又打开了。多利安在刚才的圣殿外头奔跑。天空漆黑一片，只有他周围不断出现闪光。他眨了眨眼睛，然后就站在另一个蜘蛛网似的城市的一条荒废的街道上了。这边的爆炸比之前的要强烈得多。整个城市的建筑看起来都在倒塌，他看到天上有飞船出现。

然后他又回到了那个放着许多管子的大房间。管子里现在装满了人。他沿着长长的走道跑去。他惊恐地看着那些亚特兰蒂斯人，他的那些同胞惊醒、尖叫，踉踉跄跄地走出管子，然后死去，没完没了。每个人死掉之后，一个备份身体就在管子里成型，然后无尽的痛苦循环就再次开始。多利安跑到了一个控制站上，舞动着自己的手指。白色和绿色的光芒在他的手上刷过。他必须把复活程序停下来，必须结束他们的痛苦。他们永远也无法真正醒过来了，但他可以让他们不再受苦，他是个战士，这是他的工作……他的职责。

他走出了控制站，然后又出现在一艘飞船的观察甲板上。下方一颗蓝色、绿色和白色的星球飘进了他的视野。天空是清澈的，下面的土地未经开发。没有城市，没有文明，一张白纸，一个重新开始的机会。

他转过身，就又回到了坟墓里，但这次他不在那个装着管子的房间里。他站在一个小些的房间里，这里有十二根管子，都空着。他眨了眨眼睛，中间的管子里出现了一个身体——一个史前人类。他又眨了眨眼，就又出现了一个人类的祖先。

房间消失了，他出现在野外，一座大山的顶上。视野有些扭曲，因为前方是一块弯曲的玻璃——头盔上的观察窗。他穿着一件环境服，样子跟那个亚特兰蒂斯人给他的差不多，站在一辆金属的战车顶上，车子飘浮在树顶上方一点的高度。

太阳高高挂在天上，下面是浓密的绿色森林。一些石崖夹在森林中，朝着下方的山谷延伸出去，好似一级级台阶。

在悬崖旁，许多穴居人正在用石头和木制的工具打斗。然后多利安分辨出下面有两种人。其中一方的个子比较小，但他们的工具更好。他们在一拨拨地攻击他们那些大个子敌人。他们会投掷长矛，喉咙里嘶叫着互相交流，协调发动攻击。

太阳往前走了些，山谷里现在满是战斗。战争十分激烈，大屠杀接近尾声了。地上流满了鲜血，染红了白色和灰色的岩石。多利安飘在空中，在战车上观察着，等待着。

然后太阳忽而落到了山谷那头，又迅速升起。山谷里一片寂静，谷底的尸体重重叠叠，多利安甚至都看不到地面。苍蝇在这个巨大的墓地里成群飞舞，秃鹫在上头盘旋。在石崖上，那些获胜的人站在那里，手里拿着长矛和石斧。他们静静地看着下方，身上满是战斗留下的红色和黑色的残迹。一个个子大些的人——多利安觉得应该是首领——走向前方，点起一支火把。他说了些话，或者是嘎嘎叫了几声，然后把火把丢进了下面的山谷。石崖上其他的人也跟着照做。最后火把如雨落下，点燃了山谷里的灌木丛，引燃了树木和尸体。

多利安笑着激活了头盔里的记录仪："亚种 8472 表现出了相当可观的组织战事的天赋。他们是合乎逻辑的选择。终止其他的基因线。"望着那些原始的好战种族，他第一次感到有了希望。

烟雾在整个山谷中弥漫，然后缓缓往上飘来，吞没了森林，最后也吞没了石崖。那群刚刚大获全胜的人消失在烟雾中，黑色和红色的烟柱升起，包围了多利安。烟柱吞没了他，然后它们散去时，多利安又回到了南极洲，在那个房间里的那根罐子里，朝外看去——这和那个亚特兰蒂斯的家乡世界的房间是同一个。他的思想又回到了自己的控制下，身体也一样。

一具新的身体，又一具。

那个亚特兰蒂斯人站在那里，静静地观察着他。多利安也在研究他，望着他的脸，还有他头上那堆白发。在梦里，在那艘船上的就是他。那真的是个梦吗？

管子打开了，多利安朝外走去。

CHAPTER 27

南极洲

伊麻里作战基地“棱镜”下方两英里

多利安盯着那个亚特兰蒂斯人看了好久，然后他转头望着周围说：“好吧。你成功地吸引到了我的注意。”

“你真是让我惊喜，多利安。我向你展示了我的世界的陷落，你的种族的起源，而这些仅仅赢得了你的注意而已？”

“我想知道我看到的是什么。”

“记忆。”亚特兰蒂斯人说。

“谁的？”

“我们的、你的和我的。我过去的记忆，你未来的记忆。”亚特兰蒂斯人从他身边走开，朝着出口走去。多利安和大卫的尸体所在的房间就在那边。

多利安跟在他身后，琢磨着他刚才那些话。不知怎的，多利安知道那是真话，那些事情真的是——是他的记忆。为什么？

亚特兰蒂斯人带着他在灰色的金属走道里走着，边走边说：“你有些与众不同，多利安。你一直都知道你是特别的，你有天命在身。”

“我是——”

“你就是我，多利安。我的名字叫阿瑞斯，我是个战士，我的人民当中的最后一位战士。由于命运中的某些奇特的扭曲，你继承了我的记忆。它们一直潜藏在你的内心深处。我只是在你进入这个舱室的时候激活了它们。”

多利安眯着眼睛看着这个亚特兰蒂斯人——阿瑞斯，不知道该说什么。

“在你内心深处，你知道这是真的。1918 年，他们把一个垂死的七岁大的男孩放进了直布罗陀的一根管子里。当你在 1978 年醒来的时候，你已经和之前不同了。改变你的并不是时间，你内心充满憎恨，渴望着要寻求复仇，要建立一支军队来打败人类的敌人，要找到你的父亲。你对你的天命有所察觉——为了你的种族的未来而战，这就是你到这里来的原因。你甚至已经知道了你必须做什么——从基因层面上改变整个人类。你知道这一切，是因为我知道，那些也是我的渴望。你拥有了我的记忆，你拥有了我的力量，你拥有了我的憎恨，我的梦想。多利安，这个宇宙中有个大敌，它的强大远远超乎你的想象。我的人民在已知宇宙中是最发达的种族了，可这个敌人击败我们只花了一天一夜。它们会找上你们的，只是个时间问题，但你能打败它们——如果你愿意做好那些必须做的事情。”

“哪些事？”

阿瑞斯转身面对多利安，望着他的双眼：“你一定要保证你的种族基因转变能进行完全。”

“为什么？”

“你知道为什么的。”

一个念头在多利安脑海中闪过：为了建立我们的军队。

“正是如此，”阿瑞斯说，“我们在打一场战争。在战争中，只有最强者才能生存。一直以来我引导着你们的进化，只为了这一个目的：生存。没有最终的基因转变的话，这里的人都将不能幸存，我们谁都一样。”

多利安内心深处知道，这是真的。他一直都知道是这样的。现在所有一切都说得通了：他那勃勃野心，他那盲目、非理性的渴望，他想要改变人类，想要打败一个看不见的敌人。在他人生中头一次，所有一切都说得通了。他的心中满是平安喜乐，他找到了终极问题的答案。他把注意力重新集中在手头的任务上：“我们要怎么建立我们的军队？”

“你带出去的那个提包，它能发出一个新的辐射信号，让转变过程完成。即使是兰花素也无法阻止被它引发突变后的病毒。在我们说话的此刻，一拨新的感染正在从德国中部的爆炸地点向外扩散，很快它就会散布到全世界。要不了多少天，最终的大清洗就将到来。”

“如果是这样，那我还有什么要做的？显然一切情况都尽在你的掌控之中啊。”

“你必须保证没人能找到治疗方法，外面有我们的敌人存在，然后你必须把我解放出来。我们的力量加在一起，就能控制住那些幸存者，能为这颗行星打赢未来的战争。他们将是我们的人民，他们将是我们派去攻击我们那个宿敌的军队。我们最终将会赢得这场战争。”

多利安点点头：“把你解放出来，要怎么做？”

“那个提包有两个用途。它会释放出致使兰花素无效的辐射，同时还会打开一个通往我所在的地点的传送门——一个人造虫洞，一座超越时空的桥梁。”亚特兰蒂斯人停下脚步，多利安这才发现他们已经走到了之前放着提包和两套衣服的那个房间门口。门滑开了，露出一个空荡荡的房间，里面只剩下最后那一套衣服了。

多利安一言不发地走进房间，开始穿上那套衣服。

“还有另外一件你必须做的事情，多利安。你一定要把之前在这里的那个女人带过来。你一定要找到她，然后带着她一起穿过那个传送门。”

多利安把第二只靴子拉上来，抬起头：“女人？”

“凯特·华纳。”

“她关系到什么重大事情吗？”

亚特兰蒂斯人带着他走出房间，沿着走廊向前：“她关系到一切，多利安。她是所有问题的关键。在不久的将来，某个时刻，她会获得一段信息——一段密码。这段密码是解放我的钥匙。你一定要在她获得密码之后抓到她，把她带到我这里来。”

多利安点点头，但心中不由得想道：这个亚特兰蒂斯人怎么知道？

“我知道是因为我阅读了她的思想，借助同样的方式我也可以阅读你的思想。”

“这不可能。”

“只是在你们的科学知识当中不可能。你们叫作亚特兰蒂斯基因的东西实际上是件非常复杂的生物和量子技术制品。它利用的物理原理你们还没有发现。你们的进化当中它充当着引领之手的角色。它还有许多功能，但其中之一就是启动你们身体中的几个控制辐射的进程。”

“辐射？”

“每个人的身体都会放出辐射。亚特兰蒂斯基因把这种恒定的粒子流变成了一个有序的信息馈送——不断上传你的记忆和身体上的变化，精确到每个细胞的水平。就像是在做增量备份[①]，每一毫秒向中心服务器传输一次信息。”

他们站在了那个安着看起来无穷无尽的一排排管子的舱室门口。

“当这个房间里收到一份死亡信号，确认不会再有新的数据传来的时候，它就会装配出一具新的身体，一个精确到每个细胞，延续最后一刻记忆的复制品。”

“这地方是——”

“一艘复活船。”

多利安试着理解这个概念：“所以他们都死了？”

“他们很久很久以前就死了，而且我不能让他们苏醒，也不会让他们苏醒。你看到了的，他们死得很痛苦。那个世界已经太久没有人因为暴力而死了，久到没人记得那是怎么回事了，但你和我可以拯救他们。他们是我们的人民中的最后一批人了，他们全靠你了，多利安。”

多利安望着这一大片管子，心中带着全新的感觉。我的人民，还有其他人吗？

“在直布罗陀的那艘飞船呢？那是另一艘复活船吗？”

“不是，那是另外一种船，一艘科学船。那是用于探索地面的，没有深空[②]航行能力。它是艘登陆艇——这边的科学探险队放出的‘阿尔法号’登陆艇，它上面有八个复活舱。探险是个危险的工作，有时候科学家们会不幸遇难。你知道，复活舱还有治疗的功能。复活只对亚特兰蒂斯人有效，而且它

① 译者注：计算机术语。信息备份的一个类型，只复制上次备份以来改变了的所有文件。

② 译者注：在行星或者是恒星大气层影响范围极限以外的太空。

的作用范围有限。直布罗陀发生的核爆炸多半已经把那边的复活舱摧毁掉了，现在只有这里的管子能复活你了。但如果你冒险前往离这里一百公里以外的地方，你就无法复活了。如果系统收不到更新数据，它就不会制造备份——普罗米缇亚法则[①]。如果你到外面的世界去，你会再次成为可以被杀死的凡人。如果你死在那里，你就永远死掉了，多利安。”

多利安望了望大卫的尸体：“为什么他没有——”

“我关闭了他的复活进程，你不必担心他了。”

多利安瞧了瞧通往外面的走道：“他们之前把我抓起来了。他们不信任我。”

“他们之前看到你死了，多利安。等你再次走出这里，从死亡中复生，还记得之前发生在你身上的事情，就不会有人再敢跟你作对了[②]。”

多利安犹豫了一下，还有最后一个问题，但他不太想问。

“什么问题？”阿瑞斯问道。

“我的记忆……我们的记忆……”

“时候一到，它们就会来。”

多利安点点头：“然后我就会很快和你重逢了。”

---

① 译者注：普罗米缇亚是普罗米修斯的阴性形式，被用来给世界上第一匹克隆马命名，有时被借指克隆。这条法则的意思大概是克隆并非复活，在收不到信号的时候制造备份会变成克隆而不是复活，因此系统被设定成收不到信号就不启动备份制造程序。

② 在基督教文化中复活是有特殊意义的，常常和耶稣—圣子—基督联系在一起。

CHAPTER 28

大卫·威尔睁开双眼。他又站在一个管子里了，但所在的地方和上次不一样——不是在南极洲下面，那个里面的管子看起来有无穷无尽的房间。这个房间很小，长宽都不超过二十英尺 。

随着他的眼睛渐渐适应了环境，房间里的景象渐渐清晰。这里还有另外三根管子——都空着。一张巨大的屏幕几乎占满了对面的墙，屏幕下方是一个高脚台，跟之前他在直布罗陀和南极洲的亚特兰蒂斯建筑中看到的控制台很像。在台子底下的地板上丢着一套皱巴巴的制服。房间两头各有一扇门，都关着。

这是哪里？我怎么了？在大卫看来，这房间和南极洲的那些明显不同 ；这里看起来更像是凯特的父亲在日记里描述过的直布罗陀那个建筑里的科学实验室。这里也是个科学实验室吗？如果是的话，为什么我在这里？为了某个实验？除此以外，他还在疑惑，为什么每次多利安·斯隆杀死他之后他就会在这些管子里又苏醒过来。现在他已经被枪打死好几次了，这是怎么一回事，实在很难搞懂。但他必须把注意力集中在更为紧迫的问题上：要怎么从管子里出去？仿佛是听到了他心中的问题，管子嘶嘶作响，打开了。里面一团团灰白色的雾气飘入房间，渐渐消散。

大卫停了一小会儿，打量着周围的环境，等待着那个看不见的把他抓到这里来的人采取下一步行动。等了一会儿，见什么也没发生，他便挣扎着走出管子，拖着几乎没有反应的双腿进入房间。他走到控制台前，扶着台子稳住身子。他脚下地上放着的是件环境服，衣服的头盔靠在控制台后面的墙边上。大卫现在能看到这套衣服是破的，他弯下腰，把衣服翻开，和他在直布罗陀的全息影片中看到的亚特兰蒂斯人穿着的衣服是同一个类型的。那两个亚特兰蒂斯人就是穿着它离开飞船，在直布罗陀巨岩附近从一次献祭仪式中救出了一个尼安德特人的。

他更仔细地检查了一下这套衣服，躯干部位有条老大的裂口，这是被武器打中的结果吗？衣服的材料看起来被切断了，但是没有烧焦的痕迹。这意味着什么？在他看到的那个视频里，直布罗陀的飞船是在被巨大的海啸冲到岸上，然后又被卷回海里之后爆炸了。伊麻里的人猜测，是海床上的一系列甲烷包发生了爆炸，把这艘飞船撕成了几块。

爆炸让一个穿着这身衣服的亚特兰蒂斯人瘫倒在地，另外一个亚特兰蒂斯人把他或者她带到了一扇门里——可能是带往南极洲去了。

这套衣服是直布罗陀那两个亚特兰蒂斯人身上穿着的吗？大卫站起身来，在房间里寻找别的线索。在控制台后面的一个小凳子上，他看到有套衣服整整齐齐地叠着放在那里。

他蹒跚着走向凳子。他的腿现在好些了，但还没完全恢复。他把那包衣服打开，这是一套黑色的军服。他把衣服举起来，对着地板上和天花板上的LED灯发出的微弱灯光。衣服看起来在反光，上面闪闪发亮，它看起来简直好像是星空的投影。他把衣服移动了一下，它的样子也随之改变，和灯光以及后面的墙壁相配。这是某种主动伪装技术，最上面一部分——制服里面的上袍——是完全反光的，表面光溜溜的，除了领口以外完全没有任何记号。领口的右边有个方形的符号：[II]。

[II]，这是“伊麻里国际”的缩写，这是件伊麻里的军服。

在左边领口，铺着一片银色的橡树叶——上校级别的徽章。

大卫把制服扔回凳子上，他宁愿就一直像现在这样光着身子也不愿穿上那件制服。

他走回到控制台前，在上面挥舞着自己的手。凯特的父亲曾设法学会了如何操作这些亚特兰蒂斯的控制台。他以为会有蓝色和绿色的光亮起，和他的手进行交互，但这个控制台暗淡无光，毫无反应。大卫把手指按在上面，但它还是没有任何反应。

他来回打量着那两道门，看起来他一点也不像一只关在笼子里的老鼠。

他走向最近的门，在门口站了一会儿，但它没打开。他在旁边的控制面板上晃了晃自己的手，没反应。他把手按在灰色的金属上，用力推了推，但门纹丝不动，这门是封死的，就像是潜水艇上的水密舱门。

他在对面的门上同样这么试了一遍，但得到的结果也一样，他被困住了。这里有多少空气？在他被饿死之前还能坚持多久？

他默不作声地坐到凳子上。他独自一人,和自己的思想为伴。可想着想着，无论他怎么努力，都忍不住又想到凯特。大卫很想知道她此刻在哪里，他祈祷她平安无事。

他想起了直布罗陀，想起了他们在一起的那个夜晚，想起了那一刻他的感受有多么不同寻常。然后他醒来时却发现她离开了，他能原谅她这样做了，她是为了想要救他。但他犯了第二次错误，再次让她离开了自己的视线。当时他在南极洲，留在后面阻击多利安和他的手下们。

大卫决定，自己绝不会让这种事情再发生了。如果他能从这个房间里出去的话，他会找到凯特，无论她在哪儿，无论这个世界变成什么样子，而且他绝不会再一次让她离开自己的视线了。

CHAPTER 29

西班牙

马贝拉

凯特在一辆半自动拖车里醒来。车里一片漆黑，到处都挤满了人。人们堆在一起，简直像是一车刚被捕捞上来的鱼，正在从码头被送到鲜鱼市场的半路上。至少闻起来像：又咸又腥。拖车不断地颠簸，人们弓着腰咳嗽。前面拉着拖车的卡车一定是在全速驶过马贝拉崎岖的街道。

凯特想找到马丁，但前方一两英尺以外的东西她就几乎完全看不见了。她最后在拖车里找了个人稍微少点的地方，靠着车厢壁沉默地坐下。她坐的地方在车厢前部，离尾部的双开门很远。

车子减慢了速度，停了几秒钟，然后继续往前开，但这回几乎没再颠簸了。过了一会儿它猛地刹住了，空气刹车发出很响的吱嘎声。轰鸣的引擎几秒钟后也安静了下来。

拖车里的人群当中出现了一阵骚动，人们都站了起来，朝门口冲去。几分之一秒后，门打开了。

夕阳的余晖照在外面的景物上。凯特站在那里，观察着，任人流从她身边绕过。

挂在围墙上的两面蓝色兰花旗现在只剩下被烧焦的残片了。伊麻里让剩下的部分就这么挂着，可能是作为一个标志他们胜利的符号吧。他们把自己的黑色旗帜挂在了营地大门的两边。身穿黑色制服的伊麻里士兵们在门边的岗楼上——这一侧的岗楼没被完全破坏——来回踱步。

拖车里正在迅速地变空。凯特的心中有了一个计划。她把背包从肩上卸下，打开了它。这包的衬里很厚，防火防水的吗？凯特打量着里面的东西：一把手枪、一台笔记本电脑、一个卫星电话、马丁的笔记簿，还有那个他往里面放了样品的热水瓶似的仪器。她把枪拿了出来，她是不可能开枪杀出一条路逃离这里的，实际上，她都不能肯定自己能不能开枪。她需要个更好的方案，而且如果她带着枪被抓到……她让手枪滑进了更隐蔽的角落里。另外那个设备她要保住——马丁当初逃走时还要抢救这个东西。它对于找到治疗方法一定很重要。

马丁已经告诉了她下面会发生的事情：伊麻里会对所有人进行鉴别。濒死的人会被丢下等死。幸存者要么宣誓效忠，要么被消灭。

她必须做出选择。

CHAPTER 30

佐治亚州

亚特兰大

疾病控制和预防中心

保罗·布伦纳博士在满墙的显示屏前踱来踱去。那上面显示的世界地图上布满了红点：每个兰花分区一个。在每个点上都浮动着一个数字：这一区域的兰花素失效率。瘟疫暴发以来，兰花素无效的感染者比例一直在 0.3%左右。现在这个数字正在攀升。在德国的一个区域，几乎有 1% 的居民现在正因为瘟疫濒临死亡。兰花素最终失去作用了吗？

他们以前也遇到过短期的、局部的兰花素失效现象，但那些可以归因于配方问题——制造工艺的问题。这次的问题是全球性的。如果这是另一次……突变……保罗不愿意想到这个词，可如果是的……

“回放。”保罗说，“显示一个小时以前、两个小时以前的兰花素失效率。继续一个小时一个小时地回放，直到数值稳定的时候。”

保罗看着数字不断减小，最后趋于不变。“停下。”他看着数字稳定下来的那个时间。

他走到自己在大会议室里的工作台前，在一大堆文件里翻找着。那一刻发生了什么？是不是伊麻里释放了一种兰花素无法阻止的变种病毒？他们可能有这种计划，至少这是个说得通的猜想。他把注意力集中在那些报告伊麻里的活动的备忘录上。有一份文件吸引住了他的目光，他检查了一下时间，很接近。他浏览了一下内容。

仅供传阅

德国纽伦堡附近的伊麻里集团研究中心疑似发生核爆炸。

原因（目前最好的假说）：工业事故，也可能是伊麻里先进武器计划中的某种实验性武器的爆炸。

保罗知道伊麻里的研究部门在研发各式各样的先进武器。但这个东西……他看了看备忘录后面的部分。

其他可能的解释：

（1）伊麻里据信从南极洲将某些物体运送到了德国进行研究，可能与此相关。

（2）伊麻里可能是在有意破坏设施，以免在他们入侵西班牙南部以后这里被盟军没收。

保罗深深吸了口气，他能肯定两件事：第一，兰花素正在世界范围内失效；第二，这是由伊麻里的行动引起的。他们还有多少时间？一天，或者可能有两天？在这点时间内他们能做到什么吗？

“召集团队上线。”保罗说。这种时候唯有孤注一掷了。[①]

---

① 译者注：原文为“来一记万福马利亚传球”。指美国橄榄球比赛中向前远距离长传。失败可能性很高，一般只有在即将输掉比赛的情况下才会这样做，故被用于比喻孤注一掷。得名于1922年某球队这样做之前先念万福马利亚祷文进行祈祷。

CHAPTER 31

大卫已经数不清自己究竟在门和控制面板上试了多少次了。他甚至还跑回去站进那根管子里，指望这样会激活一条逃生通道。自从他醒来以后，这房间没有丝毫变化。他能感到自己越来越虚弱了，他大概只剩下几个小时可活了。

他必须采取行动。他走到那件被揉成一团丢在地上的亚特兰蒂斯破衣服旁。也许如果他穿上这身衣服的话……他把衣服举到胸前，让裤腿垂下来。它们几乎还没到他的小腿。大卫身高六英尺三英寸，肩宽体壮。这件衣服的主人应该不到六英尺高，而且体形偏小，很可能是个女性。他丢下这套衣服，看着另外一套——那套伊麻里上校军服。那套是崭新的，干干净净。

他在衣服旁的凳子上坐了好一会儿。他只剩下这件事没有试了。我还有别的选择吗？他心不甘情不愿地穿上了那条裤子，然后套上靴子。他站起来，拿着上衣停了一会儿。房间里的四个椭圆形的玻璃管上全都倒映着他的形象，虽然有些变形。他胸部和肩膀上最近受的那些枪伤全都不见了。在他胸部，旧的疤痕也已经被去掉了。“9 · 11”爆炸中他困在坍塌的建筑物中时所受的烧伤，在雅加达郊外的一次行动中他肋骨下方的一处戳伤，还有在巴基斯坦飞溅的弹片造成的擦伤，都没了，他是个全新的男人了。但他的眼神还是原来的样子——严肃而不严酷。

他伸出一只手捋了捋自己金色的短发，深深吸了一口气，然后盯着手上的上衣看了好一会儿，整套衣服就剩这一件了。他把上衣扯上身子，它闪烁着，适应着周围的光线。

大卫有些好奇，如果他又死了，会不会再次在一根管子里苏醒过来。仿佛读出了他的心思，第一根管子上出现了一个小小的纵向裂纹。然后蛛网似的裂纹朝着四面八方扩展，不断增多、延长，就像是一群细胞，正在培养皿上生长分裂。其他的几根管子也步其后尘。最后四根管子上都布满了裂纹，看上去都变成白色的了。管子上一连串轻微的“噗噗”声滚滚而过，然后裂开的细小玻璃碎片纷纷往管子里面掉落。

之前矗立着四根管子的地方，现在只剩下几堆圆锥形的玻璃片了。在灯光下它们闪烁着炫目的光彩，仿佛一堆堆钻石。

我猜这就是那个问题的答案了,大卫心想。在这个房间外无论发生了什么，这里都不会再让他复活了。

他右手边的门发出嘶嘶声，缓缓从墙上脱开，滑到一边。大卫走进门洞，朝外张望。他目力所及能看到的只有一条狭窄、坚固的走道，一直向前延伸。天花板和地板上的灯泡发出的亮光微弱，刚刚能照亮中间的空间。

他开始沿着这条长长的走廊向前走，身后通往放着管子的房间的门关上了。走道两边都没有门，而且这条走道的尺寸比他之前看到的通道都小。这是条逃生管道，或者是条维修管道？几分钟之后，走廊到了尽头。前面是个椭圆形的大门。他走近门口，门自动打开了，露出一个圆形的房间。这一定是个升降梯。大卫走了进去，等待着。感觉上他似乎在原地没动，但是他的确感觉到脚下的平台在旋转。

过了一分钟之后，门抖动了一下，打开了。空气猛地冲了进来，把大卫吹到了背后的墙上，但很快压力就消失了。

这里的空气湿度很大，肯定是地中海附近的。门外的空间一片黑暗，仿佛是在夜里。大卫跨过了门槛。边上的墙壁是岩石的，但很光滑——这里是个机器钻出来的洞。我在哪里？周围很凉快，但并不冷。这不是南极洲，是直布罗陀吗？

前面的路是倾斜向上的，坡度有二十来度。它是通往地面的吗？隧道尽头没有光，也许在前面转弯了。

大卫伸开双臂，开始往前走，一边走一边用自己的手指划过两边的洞壁，希望能感觉到点变化。什么变化也没有，但越往前走，空气就越温暖、干燥。前面始终是一片黑暗。然后他忽然感到一股电波扫过全身，就好像是一个静电场扫过，他的皮肤上啪啦直响，阵阵刺痛。

阴凉、黑暗的隧道不见了。大卫站在露天，身处一片山区。外面是夜晚，天上闪耀着明亮的星星——比他之前看到过的星空都更亮，他甚至在东南亚也没见过这么明亮的星空。如果这里是欧洲或者北美，那当地所有的光污染一定都消失了。如果是这样的话……在远处，最近的石崖对面有枪声和爆炸声响起，在夜空中回荡。大卫冲向前方，爬上崎岖不平的岩石，在石崖顶上稳住身形。

在他左边，山脉延伸入海，形成的海岸线直伸向远方。大卫竭力想要理解自己看到的景象——眼前的场景看起来简直就像是来自不同年代的两个世界被丢到了一起。

下面是个后世界末日式的“城堡”，或者说是个未来版的军事基地。它坐落在一个半岛上，旁边有个长长的码头。这半岛往海里突出至少有五公里，和大陆相连的位置窄到可能只有一百米宽——形成了一个完美的咽喉要道，在那里可以轻易抵御来自陆地的攻击。在那里耸立着一堵高墙，俯瞰着下面一片被烧焦的废土。一群骑着马的士兵在一拨拨朝着围墙冲锋、开枪、嘶喊。看起来简直就像是来自中世纪的人在袭击一座城堡——一座来自遥远未来的城堡。为之诧异的大卫朝崖边靠近了些，想要看得更清楚点。这时领头的骑兵丢出了什么东西。

墙边发生了巨大的爆炸，升起一朵火焰般的蘑菇云，照亮了城堡周围的区域，让大卫往后趔趄了几步。一瞬间，大卫看到了狭窄海面的另外一头，一个巨大的岩柱，高高突起在水上。直布罗陀巨岩。他现在在北摩洛哥，直布罗陀海峡的对面。这个半岛是西班牙的一个无名小城休达的所在地，或者说是曾经的所在地。有人把它变成了一个城堡，还能看出一些城市的痕迹，但——

大卫听到身后有卡车发动机的声音。他刚转过身，正好看到一束灯光亮起，晃花了他的眼睛。刚才的爆炸发出的光亮让山上的人看到了他。

一个男人的声音从上方传下来：“不许动！”

大卫跳下了石崖，子弹成排地犁过崖顶。他爬回到先前出来时所在的岩面上，竭力想在周围摸到那个出口，它不在。他通过的看来是个单向门，里面有某种从外面看上去或者摸起来都跟岩石一模一样的力场。

他听到身后响起了靴子踏地的声音。他一转过头，就看到一群伊麻里的士兵涌上了这片岩床，包围了他。

CHAPTER 32

南非开普敦

伊麻里训练营“亚瑟王庭”

多利安站在落地窗前。下面一眼看不到头的伊麻里部队正在拆除他们的营地，准备开拔前往港口。运输船已经等在那边了。

一个女人正在给一群士兵指路。她的仪态……很优雅，多利安想着。还有些别的什么，他还说不清楚到底是什么。“科斯塔。”他对自己身后正在伏案工作的新助手说。

这个矮胖子小跑着赶到窗边，站到多利安身旁：“长官？”

“那个女人是谁？”

科斯塔朝下方望去：“哪个？”

多利安指了指：“在那儿，金发的，并且……很与众不同的那个。”

科斯塔踌躇了一下：“我……我不知道，长官。是不是她表现不好？我可以给她换个工作——”

“不，不。去搞清楚她是谁就好。”

“好的长官。”科斯塔没立刻离开，“剩下的船差不多都在这里了。我们还在努力搜集更多寒冷气候下使用的装备——”

“我们不需要那东西。”

“长官？”

“我们不去南极洲，我们要往北航行，我们的战场在欧洲。”

中部

真相、谎言和叛徒

CHAPTER 33

安哥拉海岸附近

伊麻里舰队

多利安用手指沿着乔安娜赤裸的背部划下去，划过她的臀部，划到她的腿上。太美了。绝妙。

他把手指从她身上抬起，她“嘶”地抽了口气，抬起头，拂开挡在自己眼前的金发。“我打鼾了吗？”她睡眼惺忪地问道。

多利安觉得她的口音像是荷兰腔，他喜欢这口音。她的父母是搬到南非的第一代移民吗？问她这问题会表现出对她的个人兴趣，等同于暴露自己的弱点。他一直在告诉自己，她浅薄无聊，她不符合他的爱好。这艘船和舰队里其他船上这样的女孩不知有多少，她只是其中一人。但……她有些与众不同之处，不是谈吐举止。她在他房间里的时候，多半都是光着身子躺在那里，要么是翻阅那些老八卦杂志，要么是睡觉，要么就是在取悦他。

他往边上翻了个身：“如果你打鼾了，那你就不会还在这里了。”

她的语调变了：“你想要……”

“我想要进行性行为的时候，你会知道的。”

正在这时，房间的铁门上响起了轻轻的敲击声。

“进来。”多利安大声叫道。

门“咔嗒”一声打开了，科斯塔走了进来。他一看到多利安和那女人在床上，马上转过身子，朝门外走去。

“老天爷啊，科斯塔你难道从没见过一对光着身子的人？停下，你他妈的是来干吗的？”

“一个小时之内他们就能准备好对那些西班牙俘虏进行广播了，先生，”科斯塔还是背对着多利安说，“通信组想核对一下讲话要点。”

多利安站起身来，穿上裤子。女孩跳起来找到了他的汗衫，笑着把衣服递给了他。多利安避开了她的眼神，把汗衫扔到桌子前面的椅子上。

“科斯塔，我的讲话要点我自己写，到时间了来叫我过去。”

多利安听得到乔安娜在床上翻来覆去的声音，她想要吸引他的注意力，他无视了她，他必须集中注意力，找到正确的用语。这次讲话很重要——它会为接下来向欧洲内陆的进军乃至之后的一切行动定下基调。

他需要让他们关注些生存以外的、个人利益以外的东西。他需要把选择加入伊麻里包装成某种更棒的东西——选择加入一场运动。宣布独立，一个崭新的开始，自由，摆脱兰花素……和什么呢？西班牙如今的时代精神是？流行的话题是？在亚特兰蒂斯瘟疫之前他们的“瘟疫”是什么？世界对此会做出什么反应？

他在纸上打着草稿。

瘟疫＝全球资本主义：一种无法阻止的达尔文主义的力量；它渗透到每个国家当中，抛弃弱者，青睐强者。

兰花素＝中央银行刺激政策：得来容易的快钱，一种错误的疗法，它永远也不能解决根本问题，只是压制症状，延长痛苦。

目前的暴发＝就像是又一次全球金融危机：无法遏制，无法治愈，无法逆转，无法避免。

这样不错。不过他还是决定把调门略降低点。

阿瑞斯是对的，多利安想道，瘟疫是重塑人性的最佳机会。一个统一的人类社会，没有阶级之分，没有内部摩擦。一支团结如一人的军队，朝着一个目标奋进：为了安全。

乔安娜把床单甩开，向他展示着自己妖艳的身体：“我改变我的主意了。”

改变你的主意？多利安想着。要说她居然会有啥自己的“主意”就够让他感到惊讶的了，而现在她还说自己重新考虑了这个“主意”。他猜想着下一步她会说什么,也许她又要大谈一通某某多利安从没听过的“明星”可能分手,或者“你认为这套衣服我穿着漂亮吗?”——仿佛这衣服是放在船上的商店里的待售商品似的。

“真有意思……”多利安嘟囔着,回到自己的工作中。

“我意识到我更喜欢你不工作的时候,睡觉、喝酒,还有操我。”

多利安呼出一口气,放下了笔。演讲稿可以等等再写。

CHAPTER 34

西班牙

马贝拉

伊麻里甄别营

凯特站在队伍里，观察着营地，思考着，努力想找出办法。兰花坊已经成为一片废墟，一片烧焦的瓦砾堆，那样子让人很难联想起之前马丁带她走过的避难所，更不用说在瘟疫之前曾在这里的五星级海滨度假村。警戒塔楼和停车场上还有暗火，一缕缕黑烟升向空中，从这边看过去仿佛是一条条蛇，在往白色的宾馆大楼上攀爬。橙红色的夕阳挂在地中海上空，凯特所在的队伍正沉默地朝着海边前行，就像是一群排队前往屠宰场的羊羔。

伊麻里的士兵们正在做马丁之前说过的事情：对每个人进行甄别。病人被安排前往最近的大楼，门口拿着枪和电棒的警卫们把他们赶进里面。凯特不知道他们在里面会被怎么对待。丢在那里等死？没有兰花素的话，那些人会在三天内死去。马丁也在那群人当中的什么地方。自从被抓到以后，凯特就没再见到过他。她在人群中寻找着马丁的身影。

“往前走！”一个士兵喊道。

马丁也许已经被他们带进楼里了，也可能还在她后面。她无法把目光从关病人的大楼上移开。几天之后里面就会塞满了死人，到时候他们要怎么办？等他们撤离马贝拉的时候会怎么样？在她心中仿佛已经看到了这样的场面：爆炸撼动了建筑物的底部，然后整栋大楼都塌倒在地上。无论如何，她必须把马丁弄出来。她——

“往前挪啊！”

有人抓住她的胳膊，把她朝前拖去。另一个人捏住她的脖子，摸了摸她的淋巴结。第二个人把她往左边一甩，然后又一个人——这位看样子不是士兵，大概是个医生——把一根长长的棉签沿着她脸颊内部插进她嘴里。他把棉签拿出来，放进一根贴着条形码的塑料管里。许多这种管子正依次进入一台大机器。DNA 样品。他们正在对幸存者做基因组测序。凯特染过的头发和在隧道里沾满了污垢的脸让她有几分把握不会被士兵们认出来——她的样子和二十四小时之前完全不同了。但如果他们拿到了她的 DNA 样本，就可以进行数据比对，他们会确实无疑地知道她是谁了。

这时另一边的一个警卫抓住她的手腕，猛地塞进另一台机器上的一个圆洞里。她手腕上骤然一阵刺痛，但还没等她叫出声来，就结束了。警卫在她背上用力推了一把，让她面对另一个警卫。这人拿着一根探测棒在她身上扫了一下。

“阴性。”他边说边把凯特推到医师和机器的另外一边。

凯特在原地待了一会儿，不知道该做什么。人群略微分开了一点，这时她看到两张熟悉的面孔：在地道里面那两个给他们引路的男女——那两个协助抓捕她和马丁的伊麻里的拥护者。

有个人走近了她，一个矮胖的中年人，肤色苍白，没有半点日晒痕迹。“没事了。都过去了！”他说，语调既紧张又兴奋，“你是个幸存者。我们得救了。”

凯特回头看了看那些医师，然后又看了看自己的手腕，看了看上面黑色的条形码和周围灼痛红肿的伤痕。

“你怎么知道——”

“怎么知道你是个幸存者？你身上没有兰花国的身份识别——没有那个植入物。”

植入物？马丁没说过有什么植入物。

那个神经兮兮的男人似乎看出了凯特的困惑：“你不知道植入物的事情？”

“我有些……消息闭塞。”

“噢，天哪。让我猜猜……你是来这里度假的，然后在瘟疫暴发以后躲起来了？我也是！”

凯特慢慢地点点头：“是啊，差不多就是。”

“天哪，真让人惊奇！我该从哪儿说起呢？好吧，你身上没有植入物，所以你从来没被抓到过，没被迫接受那些强制治疗。你听了可能都不敢相信呢。在瘟疫暴发以后，西班牙政府宣布实行军事戒严。他们接管了所有一切，把每个人——每个还活着的人——都赶到巨大的集中营里去。他们让每个人都服用一种药物，兰花素。这药物能延缓病程，但无法治愈它。他们还给每个人都植入一个东西，是个生物技术制品，它能利用人体本身的氨基酸或者什么别的东西合成一种治疗药物。反正他们就是这么说的。鬼才知道那玩意儿到底是干吗的。但是你身上没有那东西，所以你肯定是没得病的幸存者。我们现在没事啦。伊麻里已经解放了马贝拉。有传闻说整个西班牙南部都被解放啦。他们准备扫荡这片地方，让世界回到正轨。”

凯特又观察了一下人群。这回她看出来了，人群被分成了两部分。她这边的人群要小得多——照这男人的说法，这边是未染病的幸存者。另外一边的人群大多了。他们一定是兰花坊里那些没有显露出感染迹象的人。DNA样品，条形码……凯特忽然全明白了。伊麻里正在给所有人编制名录，进行他们自己的实验——现在是公开地，试着分离出控制亚特兰蒂斯基因的内源性逆转录病毒。这就是他们的目标——扩大他们的样本数。“解放”只是附带的，或者说是表面的伪装，或者还有什么别的好处？

马丁的话在她脑海中响起：答应我你会宣誓效忠的。凯特不愿意这样，在他们做出那些事之后，在他们还在这样做的时候。她宣誓效忠了又能怎么样呢？他们迟早还是会找到她的，她无法推迟这一过程，而且她也看不出要怎么可以拯救马丁。有选择的话，她宁可去死，至少这样她死的时候知道自己从未发过假誓，从未屈身事敌。

在凯特身后，一个巨大的布幕亮了起来。那些士兵把许多块白色的床单拼在了一起，做成了一个露天投影幕——类似汽车影院里那种。银幕上显出了一张简陋的木头桌子，后面是扇钢铁的水密舱门。是哪艘船上的船长办公桌？一个男人从镜头前走过，坐到桌边。他的腰背挺得笔直，他的脸部线条刚硬，面无表情。

凯特觉得自己紧张起来，她的嘴里发干。

“我的名字是多利安·斯隆。”

凯特的耳中，声音渐渐消失。她心中只剩下一个念头：如果多利安活着，那么大卫就死了。证据现在就在银幕上，十英尺高、二十英尺宽的银幕上，朝下面惊恐的人群了无生气地播映着。如果多利安活着，那么大卫就死了。确认了这点以后她才知道之前自己有多么希望他活着。泪水模糊了凯特的眼睛，她眨了眨眼，把眼泪挤出去，然后深吸一口气，遏制住擦拭眼睛的冲动。她周围，其他人正在擦着眼泪，但他们流泪的原因和她完全不同。人群中的许多人都在鼓掌，互相拥抱、欢呼。有些人和凯特一样，脸部僵硬，还有不少人干脆低头或者望着边上，不看银幕。多利安继续絮叨着，对下面的欢呼和阴郁的凝视都一无所知。

“在你们面前的我，不是解放者，不是拯救者，也不是你们的领袖。我只是一个平凡的人类，一个努力生活的人，一个想要尽我所能多拯救几条生命的人。这是我个人的立场。而作为伊麻里国际集团的董事，我恰好拥有一些资源，能有所作为。伊麻里拥有一个保安部，一个私人情报机构。它拥有许多自然资源，多家通信公司，许多运输业团体。不过最重要的可能还是它拥有的科技研发团队，这个团队是全球顶级的团队之一。总而言之，我们所处的位置让我们有能力在如今的艰难时刻做点什么来帮助大家。但我们的资源毕竟有限。从某种意义上来说，我们只能打那些我们有把握取胜的战斗。但我们不会逃避战斗，不会逃避我们身为人类的责任，我们会尽力拯救生命。看看你们自己的样子，看看世界各国政府是怎么对待你们的。

“我们所面临的这场危机是人类进化史上前所未有的，这是一个转折点，也是一次大灾难。这个新的世界里，没能幸免的人们的血泊已经淹到我们腰间了。那些政府只是在把你们和那些无法在这血海中游泳的人绑在一起，他们要让你们也被拖着溺死。我们则是从救生筏上向你们伸出一只手，我们向你们提供一条前进的道路，提供一个选择的机会。伊麻里国际集团有勇气去做必须做的事情，可以拯救的生命我们就拯救；救不了的人们，我们给他们以宁静的终结。这就是我今天要给你们的：生命，以及幸存者们建立的一个新世界。我们自己不求任何回报，只求你们在创造这个新世界的过程中能忠诚协作。我们即将面临真正的挑战，我们只是想找到在这未来的可怕灾难中发挥自己的一点作用的机会。所以我现在请求各位：加入我们，或者离开。如果你们选择离开，我们不会伤害你们的。我们会把你们送到那些和我们意见不一的人那里，好让你们去寻找自己的解决方案。我们不希望再出现流血了；这世界已经染上够多的血了。

“我们的敌人管我们叫作帝国。他们散布谣言，拼命想要维系自己的权力。想想看他们用这些权力都做了什么吧——他们建立了一个世界，将其中的国家分为两个等级：发展中国家和发达国家[①]。然后他们让每个国家——无论是发达国家还是发展中国家的公民，都被资本主义践踏，人们按照各自的经济价值被迫分隔开来。一个人在社会中的地位由这个世界愿意为他每天创造的东西付多少钱来决定。几个世纪以来，他们用来区隔我们的这套手段跟这场瘟疫没多少差别，只不过后者是用生物学手段。

“伊麻里的解决方案很简单：同一个世界，同一个民族。所有人一起工作。如果你更喜欢那个老世界，如果你喜欢兰花素，喜欢在集中营里坐着发呆，坐等一个永远也不会到来的治疗方案，坐等生死分晓，你可以去那边。不过你也可以选择充满活力的生活，选择一个公平的世界，选择一个机会——去创造一些全新的东西。现在就选择吧。如果你不想参加到伊麻里的解决方案中，那就站在原地。如果你想要支持我们，想要帮助我们尽力拯救生命，那就向前走，去那些拿着伊麻里国际集团的牌子的人那里。坐在桌边的那些人会和你们面谈，搞清楚你们有什么一技之长，你们能为你们的同胞做出什么贡献。”

凯特周围的人群开始分散开来。大约只有十分之一的人还站在原地，可能还不到。

---

① 译者注：原文为第三世界和第一世界。第二世界从前后文看是被作者跟第一世界当作一体了。为避免混乱改译。

凯特讨厌承认这点，但多利安刚才做的演讲确实很有说服力，对任何不知道他真面目的人来说都是如此。他是个很会说话的人，对此她再清楚不过了。她站在那儿，望着人们向伊麻里的士兵们蜂拥而去，心中闪过一幅幅画面。她的父亲：为试图防止伊麻里进行一场大屠杀而死。她的母亲：死于伊麻里释放出的瘟疫之手。大卫：死在多利安的手上。而今她的养父马丁很快也会成为他们的下一个受害者。他做出了那么多艰难的选择和牺牲——许多都完全是为了她的利益，为了保障她的安全。这么久以来他一直在竭力保护她。

她不能抛弃他，她不会抛弃他，不管发生什么，而且她一定会完成他的研究。

她摸了摸挂在背上的包，里面装着找到疗法的钥匙吗？

她往前迈出一步，又一步。她会玩好这场游戏——只要她必须去玩。这是她父亲做过的事情，但他最终和他们决裂了，然后被他们埋在了直布罗陀地下的矿井里。她不会那样不小心的。

桌边的人群越来越大，人头攒动，人们飞快地交谈着。凯特汇入其中。

“你在这儿啊。”

凯特转过身去，是之前和她说过话的那个中年男子。

“嗨，”凯特说，“抱歉，我之前可能没太搭理你。我……还不肯定你是哪边的人，看来我显然是个幸存者。”

CHAPTER 35

摩洛哥北部

休达郊外

在漆黑的夜里，靠着远处闪烁的那点灯火，大卫只能隐隐约约看到前方巨大的军事基地的轮廓。

基地周围的空地和基地一样奇怪。车队里的三辆吉普车正疾驰而过的这块地区，让大卫想起了一座暂时休眠的火山。被烧焦的地面上分布着许多隆起，时不时升起缕缕青烟。这股味道证实了大卫最担心的事情，伊麻里在城市的这部分周围挖了一条壕沟，然后纵火焚烧，把剩下的部分夷为平地——最终制造出一片白地，让来攻击他们的敌人必须穿过这片无遮无掩的空地。聪明的办法，激进，粗暴，但是聪明。

这个场景让他想起了些东西：一次演说。一瞬间，他仿佛回到了哥伦比亚。那时候这个世界还没有改变，还没有朝着他轰然崩塌下来——这不仅仅是形容。给他上课的教授的声音在讲堂中回荡。

“罗马皇帝查士丁尼命令要把尸体烧掉。当时是6世纪中叶，各位。西罗马帝国已经被哥特人攻陷，这些家伙洗劫了罗马城，自称控制了朝廷。东罗马帝国以君士坦丁堡——今天的伊斯坦布尔——为中心，是那时文明世界中一支举足轻重的力量。在当时，君士坦丁堡是地球上最大的首都城市[①]，它支配着波斯[②]，掌控着地中海，控制着每个它的战船能开到的岛屿。541年暴发的瘟疫永久地改变了这一切。这样的传染病这世界之前从未遇到过——之后也

---

① 译者注：此说法不准确。541年左右东魏的邺城和南梁的建康都比当时的君士坦丁堡更大，稍前的北魏洛阳和稍后的隋大兴也更大。

② 译者注：不准确。波斯此时处于萨珊王朝的统治下，和控制着叙利亚等地的东罗马帝国多次交战，互有胜负。

没有。城市的街道都被尸体流出的血染红了。

“尸体实在太多了，查士丁尼只好命令把死者丢到海里去，可还是太多了。罗马人挖掘了巨大的墓穴，每个能装进七千具尸体，就在城墙外不远的地方。焚烧尸体的大火烧了好几天。”

历史总在重复，大卫沉思道。如果休达已经这样了，世界其他地方的情况又是怎样的？多巴计划释放出的瘟疫已经暴发了，他最近十年都在努力想要预防这个计划的实施——他失败了。有多少人已经死了？他的思绪无法自控地集中到了一个人身上——凯特。她从直布罗陀逃出去了吗？如果是的话，她现在在哪儿？西班牙南部？摩洛哥这里？她在这世界上犹如稻草堆里的一根针，但如果他能从前头隐隐出现的那只巨兽里头活着出来，哪怕是把这稻草堆烧了他也要找到她。他必须等待时机，等待一个逃走的机会。大卫从吉普车的后面观察着经过的最后一片被烧焦的城市。

车队在巨大的城墙中央的钢门前放慢了速度。门的两侧各挂着一面黑色的旗帜。门打开来让吉普车通过的时候，一股风吹起了蜷在那里的旗子，把它们打开来：[II]。伊麻里国际集团。这道白色的高墙向上至少有三十英尺高，墙上到处都有大片狭长的被烧得焦黑的区域，无疑是那些马背上的敌人发动攻击时留下的痕迹。多了这些黑色的条带之后，白墙和大门看起来简直像是一只斑马，正在张开大嘴吞噬车队。飘动的旗帜就是它那在风中颤抖着的耳朵。身入虎口啊，大卫想着。他们从城墙下面通过，身后的门迅即关闭。

在山上那八个抓到他的士兵把他的手绑了起来，用绳子系在腰间。从山上下来的这一路上车子不断颠簸，有时候颠得很厉害。他一直安静地坐在吉普车的后座上，忍受着。他设想了好几次逃走会怎么样，但怎么想最后的结果都会是他从吉普上跌下去，摔断若干根骨头，失去全部战斗能力。

此刻他在座位上蠕动着，左顾右盼，打量着基地的内景，寻找着逃跑的机会。在高墙里面，伊麻里的士兵们正在忙着给沿墙散布的高塔补充弹药。这场景的规模让大卫一再回顾。这里有多少部队？至少有好几千人正在朝着陆地的这面墙沿线工作。朝着大海的那些墙壁肯定也有人在管理。从城墙向内，经过防卫塔和宽阔的补给线之后道路两侧出现了一排排的房子。大部分看起来都没人住，但偶尔有个把士兵会从某间房子里出来。

路的两边各有三排和道路平行的耕地。地里每隔 20 英尺左右就杵着一根木头杆子，看上去就像是锯短了的电线杆。每根杆子上都挂着两个鼓鼓囊囊的袋子，袋子之间隔着几英尺的距离。一开始，大卫以为那些是大马蜂的窝。

在前面耸立着另一道刷成白色的高墙，跟外墙几乎一模一样。看到这个大卫明白这里是什么地方了：杀伤区。就算伊麻里的敌人成功地在外墙上打开了缺口，他们也会在这里被伊麻里的部队粉碎掉。泥土路两边的耕地里毫无疑问埋着地雷，而那些挂在杆子上的袋子，大卫现在认为它们里面应该装满了用过的子弹壳、金属碎片、钉子和其他的破片。一旦爆炸开来，这些碎片会让所有在两面高墙之间的人支离破碎。

这套古老的防御体系还有另外一个进行了现代化升级的地方——每座防御塔上都装着重机枪。大卫认不出机枪的型号，是新型号吗？很多屋子的房顶都没了，大卫认为里面藏着防空火力点。应该是那种装在液压升降平台上，随时可以升上来把任何来犯的敌空军给打下来的。虽然他很怀疑那些骑马的人里有没有空军。

士兵们用对讲机和里面联络了一会儿之后，内墙上的大门向两边分开。这道墙上被烧焦的地方比外墙少多了，但还是有几条“斑马纹”从顶上一直拖到底部。通过了内墙的门以后，大卫觉得自己逃走的机会更小了。“击倒最近的一个看守然后逃跑”的简单办法在这里是行不通的。他必须集中精力想办法。

在内墙的大门里面是另一条街道。这回街道两旁是住房和商铺，没有地雷和简易爆炸装置了，这里看起来才更像是个历史悠久的古城。街上有很多穿着便衣的人，可士兵更多。这显然就是基地里的主居住区了。

在第二排居家和商店的后面耸立着另一道高墙。这是面石墙，很有些年头了，墙上的门开着。这城市简直像是个俄罗斯套娃，一层套一层的。

休达当初建立的经过和地中海沿岸的其他城市基本上没啥差别。几千年前，这地方的居民们最初显然只是在岸边建起了一个小小的定居点。这个定居点成为贸易据点，逐渐繁荣起来。繁荣带来了更多的居民，也引来了一些不那么循规蹈矩的机会主义者：海盗和小偷。接下来的商人和犯罪者们看着第一道城墙建起，然后许多个世纪过去，城市多次扩张，每次都会建起一道新的外城墙来保护新增的市民们。

这道墙里的建筑物比外面要古老得多，周围完全没有穿便服的人了，只有士兵和一眼望不到头的一堆堆枪械、军火和其他装备。伊麻里正在准备战争，这里显然是个重要的转运中心。这里是这座城市的中心所在。他会在这里受到审讯。

大卫转向吉普车上坐在他身边的士兵："下士，我知道你是在执行命令，但你得把我放开。你正在犯下一个严重的错误。让我通过城市的大门，然后放了我。没人会知道的，这样你可以免于因为干扰了秘密行动而被军事法庭审判。"

这个年轻人瞅了瞅大卫，犹豫了一下，然后迅速移开了目光："我不能这么做，上校。规章要求我们对任何在墙外的人，要么逮捕，要么格杀。"

"下士——"

"他们已经把这件事报上去了，长官。你得去跟主管官员谈。"这个年轻士兵转过身。吉普驶进了一个停车场的大门，场子里停满了一排排吉普。车队停了下来，士兵们把大卫拖了出去，押进了大楼里，走过几条过道，然后把他推进一间牢房里。牢房前面是粗重的铁栏杆，后面的小窗开在很高的地方。

大卫站在囚室里等待着。他的双手仍然被捆在一起，用绳子系在腰间。过了一会儿，石板地上响起了沉重的脚步声，然后出现了一个军人。他穿着笔挺的黑色制服，肩上有道银色的杠杠，是个中尉。他面对着大卫，但和栏杆保持了一段距离，开口问话："请表明身份。"和车上那个下士不同，他说话的语气毫不犹豫。

大卫朝他走过去："你难道不是该说：请表明身份，上校？"

这男人的脸上现出了犹豫之色，然后他慢慢地说道："请表明身份，上校。"

"你没收到在摩洛哥进行的秘密行动的简报吗，中尉？"

中尉的目光左顾右盼。他在怀疑："不……我还没收到通知……"

"你知道为什么吗？"大卫抬起他被捆着的双手，"不必回答。刚才是个反问句。你没被通知是因为本就应该如此。这次行动是秘密，机密。你把我出现在这里的事情记录归档，我的行动就完蛋了。你晋升的机会也就此完蛋，以后你除了在厨房削土豆再也没别的事情好做了。听懂了？"

大卫让这些话在那年轻男人的脑海里发酵了一阵子。然后他放缓了语气继续说道："现在，我还不知道你的名字，你也不知道我的，这很好。现在这还只是个无心之过，由一个低级别的外围巡逻人员犯下的愚蠢错误。如果你把我放了，给我一辆吉普车，这事会被忘掉的。"

中尉踌躇了一阵子。最后大卫觉得他想要伸手到兜里去拿出啥东西——可能是钥匙了。可就在这时响起了"啪嗒啪嗒"的脚步声。又一双靴子踏在石板地上，另一个军人出现在走廊里，是个少校。这个高级军官看看中尉，又看看大卫，仿佛把他们抓了个正着。但他的表情并不严厉，几乎是没啥表情。大卫觉得他的表情某种程度上近乎愉悦。

中尉在少校的目光下挺直腰杆说："长官，他们在穆萨山[①]后面的山坡上发现了这个人。他拒绝表明自己的身份，我也没接到过任何调令。"

大卫打量着这个少校。好啊，他认得这个男人。他的头发比几年前长些，脸瘦了些，但眼神还跟几年前大卫在照片上看到的一样。当时那张照片是附在一份打印出来的行动总结报告上的。那位特工书写报告时用的是整齐的大写字母，仿佛每个字母和词语都是经过反复揣摩似的。是的，这位少校曾是一位时钟塔的特工——大卫曾跟他所在的秘密行动小组共事过。大卫最近才知道，时钟塔实际上一直处于伊麻里的控制之下。这个少校也许知道大卫是谁。

① 译者注：休达不远处的一座山。以 8 世纪穆斯林占领北非和西班牙南部的军事行动的长官穆萨 · 本 · 努赛尔的名字命名。和埃及的摩西山 / 西奈山同名。

但如果他不知道的话……无论如何，如果大卫不演下去的话，他就死定了。

他走向铁栏杆。那个中尉往后退了几步，把手放在他的佩枪上。少校站在原地没动，慢慢地把头转了过来。

“你是对的，中尉。”大卫说，“我不是上校，就像站在你身边的这个男人也不是少校一样。”他不等中尉反应过来就继续说下去，“我会再告诉你一些你不知道的关于这位‘少校’的事情。两年前，他刺杀了一名极其重要的恐怖分子头目，那人叫奥马尔·库索。他在黄昏时分从将近两英里以外的地方开枪打死了那家伙。”大卫朝这位少校点点头，“我记得这件事，因为当我读到那份行动总结报告的时候，我在心里对自己说，嘿，这可真是个神枪手啊。”

少校偏了偏脑袋，耸了耸肩，终于没再盯着大卫了：“说老实话，那一枪更多的是靠运气。我都准备上子弹再来一枪了，然后才意识到库索再也没爬起来。”

“我……听不明白。”中尉说。

“很简单。我们这位神秘的客人刚才描述的是时钟塔的一次机密行动。这意味着他要么是个分站站长，要么是个情报主任。我不认为情报分析员们有半点可能拥有我们这位上校这么壮实的身板。放了他。”

中尉打开牢房，解开了大卫手腕上的绳索，然后转回头问少校：“接下来我该——”

“你该自己悄悄走开，中尉。”少校转过身，开始往外面的过道走去，“跟我来，上校。”

大卫沿着石头的过道向前走去。他不知道自己这是踏上了逃脱之路，还是在往陷阱里钻得更深。

CHAPTER 36

摩洛哥北部

伊麻里休达军事基地

少校领着大卫走出了牢房所在的建筑，穿过一个宽阔的院子，院子里满是围栏。大卫能听到围栏里传来阵阵沙沙声。里面关着他们的家畜吗？声音在夜里远远传来，他却听不出发出声音的是什么。

少校看起来注意到了大卫对那边有些兴趣。他瞥了瞥那些围栏："等船夫的野蛮人。"

大卫有些好奇他这句话是什么意思。在希腊神话里，"船夫"会把新逝者的灵魂载过斯堤克斯河和阿刻戎河[①]，带他们进入冥土。可他决定还是不管这事了，他有更加紧要的谜团要解开。

他们沉默着走完了剩下的路，进入内城中心的一栋大楼。

大卫迅速打量了一下少校的办公室。他不想表现得太好奇，可有几样东西实在让他惊讶。首先，它太大了。这里显然是基地指挥官的办公室。其次，它太空了，墙上光秃秃的，露出了白色的石膏板，屋子里也没几样东西：角落里有面伊麻里的黑旗，中间摆着张简陋的木头桌子，后面放着张金属的旋转椅，桌子对面有两张折叠椅。

少校"扑通"一下坐到桌后的椅子里，从桌下最上面的抽屉里抽出一盒雪茄，飞快地用火柴点燃了一根。他拿着火柴，抬头看了看大卫："来一根？"

"瘟疫暴发之后我就不吸烟了。因为考虑到要不了几周，这世界上的香烟就会一根也不剩了。"

少校甩熄了火柴，扔进烟灰缸里："幸好我没你那么聪明。"

---

① 译者注：希腊神话中的两条冥河。

大卫没坐到桌边，他希望和对方之间保持一定距离。他走到窗口，朝外眺望，琢磨着，希望少校最终会主动开始谈话，给大卫一个突破口。

少校吐出一片烟云，缭绕在他们之间，然后开始说话。他说话的时候很小心，仿佛每吐出一个词都要事先斟酌一下："我是亚历山大·卢金。上校，你……"

他很厉害，大卫想。直入主题，无懈可击。我要怎么办？这个房间，一个少校——指挥这么大的基地？这不太可能。但大卫感觉这个地方没有更高级的官员了："我记得这个基地的指挥官应该接到了我要来的通知，以备我们万一发生接触。"

"他可能收到过。"卢金又吸了一口雪茄。大卫感到有些地方发生了改变，是他的态度变了吗？

"他现在在西班牙南部，指挥进攻。他几乎把所有人都调走了。我们的机构现在只剩下了基本骨架，勉强支撑运作。我们的站长盖瑞特上校两天前被人点掉啦。那个婊子养的蠢货当时正在巡视。他一一走访每座警卫塔，跟人们频频握手，搞得好像他是在这鬼地方竞选市长似的。柏柏尔人的狙击手一枪就干掉了他。我们认为射手就在山上，所以我们增加了巡逻。一方面也是为了外头那些找死的家伙啦。现在我想要知道，你为什么会在这里。"

嗯，卢金在给他提供些无用的细节。他希望大卫会投桃报李，讲述自己的故事，然后露出破绽："我来这里是为了一项任务。"

"是什么——"

"那是机密。"大卫边说边转身面对卢金。我有多少时间？也许在他发现我是冒牌货之前能有一个小时？做得好的话，我还可以多争取点时间，"和上头联系吧。如果你有权限的话，他们会告诉你的。"

"你知道我做不到这点。"

"为什么做不到？"

"那次爆炸。"卢金打量着大卫的表情，"你不知道？"

"显然不知道。"

“有人在德国的伊麻里总部引爆了一个亚原子核装置。现在没人能跟上面联系了，更别提验证保密行动的真伪。”

大卫没能掩藏住自己的惊讶，但这正是他需要的突破口。

“我一直在……移动中，没有进行通信联络。”

“从哪儿来？”

考验来了。

“累西腓[①]。”大卫说。

卢金往前俯身：“在累西腓没有时钟塔的站点——”

“当对分析员们的清洗开始的时候我们正在建站，然后瘟疫袭来。我差点没能逃出来，那之后我就在执行特殊使命。”

“有趣。上校，这真是个有趣的故事。下面是现实：如果你不马上告诉我你是谁，你为什么在这里，我就不得不把你关回牢里去，直到我能验明你的身份。我要不这么做，我就是个婊子养的。”

大卫盯着他：“你是对的。这是……行动守密，老习惯。也许是我在时钟塔当特工的时间太长了。”然后大卫对他讲述了他从穿过第一道大门时就一直在构思的故事，“我是来帮助拯救这个基地的。你知道休达对我们的事业有多重要。我的名字是亚历克斯·威尔斯。如果总部已经被破坏的话，就得找从特种行动部门出来的人才能证明我的身份了。”

卢金在一个拍纸簿上匆匆记了几笔：“在那之前，我不得不把你禁足在基地当中。你能理解吧，上校？”

“我理解的。”大卫说，“我争取到一些时间了。”这段时间够不够逃出这里？大卫的心中想起了自己唯一的目标：找到凯特。要做到这点他需要情报，“不过我有个……请求。正如刚才说过的，我一直在旅途中。我想听听你们这里有些什么新消息。当然，是不保密的那些。”

卢金靠回了椅背上，第一次显得放松下来：“传说多利安·斯隆回来了。

① 译者注：巴西的一个城市。

自然，他刚一出现在南极洲的那个遗迹之外就被逮捕了。但他们说他带着一个提包。那帮管事的蠢货把那个提包带回了总部，然后它把整栋大楼都炸飞了。要是你问我对此有啥评价的话，我会说这是进化论在起作用了。”

“斯隆怎么样了？”

“最奇怪的就是这部分了。据说在审讯中，他杀死了一个警卫，撕开了当时的董事会主席山德斯的喉咙。自然，做出这种事以后，他被警卫们杀死了——近距离朝他脑袋上啪啪两枪。可一个小时之后，他又从那个建筑里走了出来。一具全新的身体——带着他全部的记忆，身上连个擦痕都没有。”

“这不可能……”

“还没完呢。伊麻里急不可待地四下传播关于他的这个神秘故事，很有效，那些普通成员现在都很崇拜他。末日来临，弥赛亚，关于‘被提’的修辞学问题[①]……在休达这里以及其他所有飘扬着伊麻里旗帜的地方，人们都开始谈论这些。让人恶心。”

“你不相信？”

“我相信整个世界现在就像是马桶里抽水的漩涡，而伊麻里国际集团只是漂在水面上的一坨屎。”

“那……让我们祈祷它能继续漂着，不会沉没吧。少校，一路奔波让我有点筋疲力尽了。”

“没问题。”

卢金叫进来两个士兵，让他们把大卫押送到宿舍里去，并安排24小时轮班看守。

亚历山大·卢金捻灭了雪茄，盯着纸上写的字。

门打开了，他的副手卡茂走了进来。

① 译者注：基督教神学中认为基督再临前后一部分信徒会“被提”，对于这个词的意义神学家们存在争议。

这个高个子黑人说话的声音缓慢、低沉。“你相信他的故事吗，长官？”

“那还用问吗？这故事的真实性大概跟复活节兔子的故事[①]差不多。”卢金又点起了另一根雪茄，然后往盒子里看了看，还剩三根。

“他是什么人？”

“完全不知道，不过他肯定是个人物，一个职业老手。也许是我们的人，也许是他们的。”

“要我去调人吗？”

“务必。”卢金把那几张纸递给了他，“对他要严密看守，保证他不会看到任何盟军那边已经从空中就看到过的东西。”

“好的长官。”卡茂研究了一下那几张纸片，“亚历克斯·威尔斯上校？”

卢金点点头。“我不确定这是不是化名，但这名字和亚瑟·威尔斯利看起来奇怪地相似。”

“威尔斯利是谁？”

“威灵顿公爵，他在滑铁卢战役中击败了拿破仑。别在意这个。”

“如果这家伙是冒充的，为什么我们不现在就把他抓起来，审讯他？”

“你是个好军人，卡茂，但你在情报工作方面的水平太糟糕了。我们需要知道我们在这里对付的到底是谁，他可能会让我们发现一个更有价值的目标，或者是向我们揭示一个更大规模的行动，有时候你需要放长线钓大鱼。”

少校捻灭了雪茄，他很善于等待。“给他找个妞，看看他和女人一起的时候嘴巴会不会松些。”他又看了看雪茄盒子，“另外给我再弄些烟来。”

“基地商店里的香烟昨天就断货了，长官。”卡茂说，“不过我听说肖中尉昨晚在打牌的时候赢了些香烟。”

“是吗？那些烟被偷掉真是太不幸了，总有些人输不起啊！”

“我会去调查此事的，长官。”

---

① 译者注：传说复活节兔子会把糖果和其他礼品装在彩蛋里藏在不同地方，送给发现彩蛋的孩子们。

大卫揉了揉自己的眼睛。他现在可以肯定两件事：第一，卢金少校并不相信他的故事。第二，他不可能从这里杀出去。大卫决定自己还是先休息一下，然后试着避开门外的守卫。然后要怎么办，他还没想到。

一阵轻轻的敲门声打断了他内心的单人研讨会。

大卫站起身来："请进。"

一个身材苗条的女子走了进来，她有着一头飘逸的黑发，浅褐色的皮肤。女人飞快地带上了背后的门。"卢金少校向您致意。"她没有看大卫，只轻声说道。

这女孩确实很美，但对这种事情大卫见得越多就越讨厌。

"你可以走了。"

"请——"

"出去。"大卫坚持道。

"求您了，先生。如果你把我赶走，我会有麻烦的。"

大卫已经在心目中设想出了他睡着以后这女孩爬到他身上，拿出一把匕首割向他的喉头的景象。他不会相信卢金的，他冒不起这个风险。

"如果你留下来，我就有麻烦了。出去，我不会再重复一遍了。"

她没再说话，离开了。

又有人敲门了，这次的声音急促得多。

"我说过不要——"

门打开了，露出一个高个子黑人，他朝门口的两个卫兵点点头，走进屋里，紧紧关上房门。

大卫的心里只有一句话，游戏结束了。

"卡茂。"他低声说。

"你好，大卫。"

CHAPTER 37

摩洛哥北部

休达

伊麻里军事基地

有好一阵子，大卫和卡茂谁也没有说话，他们只是站在那里，对望着彼此。

大卫打破了沉默：“你是来带我去见少校的吗？”

“不是。”

“你告诉他我是谁了吗？”

“没有，我不准备说。”

大卫的心中只想着一个问题：他到底是哪边的人？他需要找个办法试探卡茂到底忠于哪边，而不暴露自己的立场。

“你为什么没告诉他？”

“因为你没告诉他，我相信你没告诉他是有原因的，虽然我不知道是什么原因。三年前，你在亚丁湾救过我的性命。”

大卫还记得那次行动：来自多个国家的时钟塔人员组成了一支联合打击力量，想要消灭一群海盗。卡茂当时是来自内罗毕[①]站的一名特工。他是个有经验的老兵，那天只是运气不好。他所在的队伍登上了三艘海盗船中的第二艘，然后迅速被优势敌兵包围了——行动前他们无法估计出每艘船上有多少战斗人员。大卫的队伍清理完了他们所登上的船，然后前往支援卡茂所在的队伍。可对很多人来说为时已晚。

卡茂继续说道：“我从没见过有人战斗得像你那么英勇，之后也没见过。如果把你的身份保密能让我偿还一点欠你的恩情，我就会保守秘密。如果你

① 译者注：肯尼亚首都，东非最大的城市。

来这里要做的事情跟我想的一样，如果你想要我帮忙，我就会帮。”

大卫有些怀疑，他说这话是不是释放了个诱饵，想要引蛇出洞？他心中渐渐开始倾向于相信卡茂，不过他还需要更多的信息。

“你怎么到这儿来的？”

“三个月前，有块弹片溅到了我腿上。时钟塔给我放了病假，我想到内罗毕之外的地方走走。我在丹吉尔[①]有亲戚。我在那边养伤，直到瘟疫袭来。几天之内它就摧毁了整座城市。我就到这边来了。他们把所有的时钟塔特工都编入了伊麻里军队现役。我被授予了上尉军衔。站长们被授予上校军衔，这是让卢金少校部分相信了你的故事的原因。北非对任何孤身在外的人都很危险，即便是士兵也一样。我是逃到这里来的，我别无选择。”

“这是什么地方？”

卡茂露出了困惑的表情：“你不知道？”

大卫聚精会神地盯着对方。下一句回答会显示出卡茂的立场，显示出他真实的信仰。

“我想从你嘴里听到。”

卡茂挺直了腰杆：“这是个糟糕透顶的地方，地狱的大门，这是个处理中心。他们把来自非洲和地中海岛屿的幸存者都送到这里来。很快西班牙南部的幸存者也会被送过来。”

“幸存者……”大卫说，然后他忽然明白了，“瘟疫中的？”

卡茂看着他，越发疑惑不解了。

“我处于……消息闭塞的状况好一阵子了，我需要你帮我跟上形势。”

卡茂告诉了他传染病在全球各地爆发，世界各国纷纷沦陷；告诉了他兰花坊的建立，还有伊麻里的总体规划。大卫消化着这些信息。这真是一副噩梦般的场景。

“他们把幸存者送到这里来，”大卫说，“然后怎么处理？”

---

① 译者注：摩洛哥北部海港城市，在休达西南约 70 公里外。

“他们会把强壮的人和病弱的人分开。”

“病弱者会怎么处理？”

“他们会把那些人送到瘟疫船上，然后丢进海里喂鱼。”

大卫在桌边坐下，努力想要抑制住心中的震骇。为什么？

卡茂看起来读出了大卫的心思：“伊麻里正在建立一支军队，历史上规模最大的军队。有流言说他们在南极洲找到了某些东西。不过现在流言太多了。他们说多利安·斯隆回来了，说他是杀不死的。卢金告诉的你那件事是真的：昨天在德国的伊麻里总部发生了爆炸。有人在谈论全面战争，但盟国遇到了另外的麻烦。他们说盟国的那个奇迹般的药物‘兰花素’，不再有效了，说现在死亡之潮正在全世界卷土重来。有些人相信世界末日到了。”

大卫揉了揉自己的太阳穴：“你说你相信你知道我到这里来的目的。”

卡茂点点头：“你是来摧毁这个地方的，不是吗？”

听到他说出这话，大卫下定了决心。为正义而战，即便输掉也无怨无悔，一个战士的行事方式不正该如此吗？而且他还能怎么办呢？他急切地想要找到凯特，但他不会逃跑，不会逃避该做的事情，他宁愿战死。实际上，这已经成为他的习惯了。他努力不去思考自己从管子里复苏的事情，不去想自己到底是什么。此时此刻——重要的只在当下。

“是的。我是来摧毁这个地方的。你说你会帮我？”

“我会。”

大卫看着卡茂，仍然有些犹疑要不要相信他：“为什么你以前不试着去做？你到这里已经……”

“两个月了。”卡茂背对着大卫走了几步，“我到这里之前还不知道伊麻里的计划，我也不知道时钟塔是他们的秘密行动分支机构。我得知真相的时候大为惶恐。”

大卫懂得那种感受，他默然等着卡茂继续。

“我被困在休达这儿了。整个世界都陷入了绝望，我只知道幸存者前来这里寻求庇护。我完全不知道……我会跟魔鬼做交易以求苟延残喘。我没办法攻下这个基地，我别无选择。在昨天之前，还有接近十万伊麻里的部队驻扎在这里。”

“现在呢？”

“大约六千。”

“有多少会和我们一起战斗？”

“没多少。只有不到一打的人可以让我把自己的性命托付给他们。我们将要提出的要求也等于是要他们把性命托付给我们。”

一打，要对付六千，最好的情况下也胜算渺茫。大卫需要一个妙计，需要一个能撬动局势的支点。

“你需要什么，大卫？”

“现在需要一段时间的休息。你能把卢金缠住，不让他搞清楚我是谁吗？”

“可以，不过不会很久。”

“谢谢你。午夜后 0600 时[①] 回来找我，上尉。”

卡茂点点头，然后离开了。

大卫爬上了床铺。自从他从那根管子里走出来以后，他第一次感到有了些信心，踏实多了。他知道这是为什么：现在他有个明确的目标了，有个任务要完成，有个敌人要击败。这感觉很好，他很快就睡着了。

---

① 译者注：西方军队中描述时间的方式。0600 也就是 06:00。

CHAPTER 38

西班牙

马贝拉

伊麻里甄别营

伊麻里士兵们把凯特和其他宣誓了的幸存者带到了一栋白色的度假大楼里，安排他们两个人住一间。几小时之前太阳就落山了，但凯特还是往玻璃拉门外望了望，就像昨天她看到的那些兰华坊居民一样。

地中海上没有半点灯光。她从未见过如此黑暗的地中海。只有海对面有一点点微弱的光芒，那应该来自摩洛哥北部的某个城市。

“你要那张床吗？”她的室友问道。她朝窗户边上那张床指了指，离凯特最近的就是那张床了。

“没错。”

她的室友把她的东西放到另外一张双人床上，开始搜索整个房间——凯特想不出她在找什么。

凯特想打开背包，找找看有没有自己能用得上的东西，但她实在是太累了，身心俱疲。

她把背包放到床铺下，爬上床去，很快坠入了梦乡。

她不在任何一处亚特兰蒂斯的建筑里，凯特瞬间就明白了这点，这里感觉上更像是地中海边某个城市里的别墅，可能是马贝拉老城区里的。大理石地板的走廊通往一扇上面刻花的木门。凯特有种感觉，如果她打开了门，会发生某种重要的事情，会有某个发现。

她向前迈出了一步。

在右边有两扇门，她听到最近的门里有动静。

“你好？”

动静消失了。

她走到门口，慢慢地推开门。

大卫。

他坐在床头，一张加大号的床，床上被单凌乱。他光着上身，正弯下腰解开自己的黑色高筒靴上的鞋带。

“你在这里啊，你还……活着。”

“显然我一直都很难杀死。”他抬起头看着她，“等等。你以为你不会再见到我了，你对我已经不抱希望了。”

凯特关上门：“我从不放弃对我所爱的人的希望。”

凯特醒来的时候感觉很怪异：她能记得梦里的每分每秒，仿佛她真的曾身临其境。大卫，他还活着吗？还是说仅仅是她的大脑在给自己希望？她需要集中精力。马丁，逃脱，这些才是现在要优先考虑的事项。

第一缕阳光洒进了房间，她的室友已经起床了。

凯特打开背包，开始在里面找东西。她打开那个小笔记簿，翻开第一页。

马丁给她写了一条留言。

我最亲爱的凯特：

如果你读到这条留言，我们一定是被他们抓到了。在过去40天里，我最害怕的就是这种事。我试了4次想要让你远离这些事，但太晚了。30个病人死在了实验中，我每次都希望这一个会让我们找到疗法，但我们没时间了。自从你父亲在29号，5月，87年失踪以来，我醒着的所有时间里都在努力保护你的安全。我完全失败了。

请实现我最后的愿望：拯救你自己。别管我。我只有这个要求。

我很骄傲把你养成了现在这样一位女性。

马丁

凯特合上笔记簿，又打开它，重新读了一遍留言。马丁给她的留言意思很清楚，也很感人，但她觉得里面还有些别的东西。她从包里拿出一支铅笔，把留言里所有的数字圈起来。这些数字连起来就是：

4043029587

一个电话号码。凯特在床上坐起身来。

“那是什么？”她的室友问道。

凯特太专注于自己的思考了，几乎没听到她的声音：“嗯……是个……填字游戏。”

她的室友放下手中的书，翻了个身，显然对此很有兴趣：“等你做完了能给我做做吗？”

凯特耸耸肩：“抱歉，我在上面写了字。”

她的室友不高兴地皱起眉头，没再说什么，从床上下来，重重地踏着地板冲进了浴室。浴室门“咔嗒”一声锁上了。

凯特从包里捞出卫星电话，拨打了那个号码。

卫星电话“哔哔”响了一下，然后“咔”了一声，接着立刻响起了一个声音，从语调就能听出来这是电话录音。说话的人是女性，听口音是美国人。

“统一体。下面是数据播报。记录时间：亚特兰大当地时间 22:15，瘟疫后第 79 天，实验 498，结果阴性。”

实验 498，她之前做的最后一次实验的编号是多少？玛丽亚 · 罗梅罗就死在那次实验当中。马丁从她那里讨走了那根管子，把结果放进那个热水瓶似的圆筒里。上边的编号是？493？那么那之后又有五次试验了。显然是在别的站点进行的。

“网络状况：崩溃，找话务员请按零。”扬声器停了一下，然后里面的声音变了：“统一体，下面是数据播报……（德语）”

这是在用德语重复留言了，凯特按了一下键盘上的 0。她听到浴室里传来沙沙声。

如果凯特的室友看到了卫星电话，她会马上报告的。然后凯特会被调查。士兵们已经在幸存者大楼中公布了“荣誉法则”[①]：所有的“成员”手上的任何武器或者电子产品都必须上交。他们没被搜身——显然伊麻里的洗脑政策中包括假装他们都是志愿者，不是囚徒，而强制搜身会破坏这一假象。不过伊麻里仍然宣布对任何有二心嫌疑的行为都将予以严惩。无论是谁，被抓到有任何可疑物品，任何反光的尖锐的东西，任何带开关的玩意儿，都会立刻被送到另一栋楼里——跟那些没宣誓效忠的人关到一起。

凯特把电话用枕头挡住，这样如果她的室友从浴室里出来，一时也看不到电话。凯特低头凑到电话旁边，半个脑袋都埋到了枕头后面，听着电话里的声音。

一个女人接电话了。她飞快地说：“接入码？”

凯特愣了一下才想明白她刚才说的是什么。

“我……”

“接入码。”

“我不知道。”凯特边瞧着浴室的门边悄声说话。

“表明你的身份。”那女人说话的语气里多了点东西，像是关心，或者也可能是在怀疑。

“我……我是和马丁·格雷一起工作的。”

“让他接电话。”

凯特想了一下。她心底里其实想要瞒住消息，先从对方那里获取更多信息，可要怎么做？她的时间不多了——选择也一样。除了讲出自己的经历然后请求援救之外她还有别的选择吗？

浴室门“咔嗒”响了一下。

凯特直接把电话丢到了枕头后面，然后赶忙把结束通话键按了下去。

她抬起头就看到她的室友正盯着她。

---

① 译者注：列举禁止事项的行为规范。

凯特努力把目光集中在自己另外一只手上拿着的笔记簿上。“怎么了？”她装作一无所知的样子说道。

“你在跟什么人说话吗？”

“自言自语。”凯特拿起笔记簿，“帮我拼一下字吧。我拼写水平低得可怕。”说谎的水平也一样。她心里想着。

她的室友脸上露出一丝怀疑的神色，但她没说什么，回到了自己的床铺上，又开始看书。

接下来的三个小时在沉默中度过。凯特躺在自己的铺位上，沉思着，不知道自己要怎么才能把马丁救出来。她的室友还在读书，读着读着偶尔笑一下。

早餐铃响了，她的室友站了起来，几秒钟之内就到了门旁。她在门边停了一下：“你也一起来？”

“我准备等排队的人少点。”凯特说。

门关上的一瞬间，凯特就又开始拨号了。

“接入码？”

“还是我。我跟马丁·格雷一起工作。”

“让格雷医生——”

“我做不到，我们被分开了。我们被伊麻里抓到了。”

“你的接入码是？”

“听着，我不知道我的接入码，我们需要帮助。他一直瞒着我，我什么都不知道，但如果我们得不到帮助，马丁要不了几小时就要死了。”

“表明你的身份。”

凯特深吸了一口气：“凯特·华纳。”

电话那边沉默了，凯特觉得可能是断线了。她瞧了瞧电话的显示屏，通话秒数还在增加。“喂？”她等了一下，“喂？”

“保持通话。”

电话里“哔哔”了两下，然后响起了一个男人的声音。年轻，充满活力，精神集中的男人：“华纳医生？”

“是我。”

“我是保罗·布里纳，我和马丁共事过一段时间。我实际上是……我看过你所有的报告，华纳医生。你现在在哪儿？”

“马贝拉的兰花坊。伊麻里攻占了这里，攻占了整个城市。”

“我们已经知道了。”

“我们需要救援。”

“接线员说你和格雷医生被分开了。”

“是的。”

“你能拿到格雷医生的研究笔记吗？”

凯特看了看床上的包。这个问题让她有些不安：“我……能拿到。为什么问这个？”

“我们相信他有些我们急需的研究结果。”

“嗯，而我们急需要逃离这个见鬼的地方，所以让我们做个交易吧。”

“我们帮不了——”

“为什么不行？北约呢？你们不能派些特种兵来这里把我们救出去？或者想点别的办法？”

“北约已经不复存在了。听着，事情比你以为的要更复杂——”

“那就告诉我现在的状况。”

“兰花素对瘟疫不起作用了。人们正在死去——在每个地方。美国总统几个小时前死了，副总统不久之后也步其后尘。”

“现在谁在领导政府——”

“本来该众议院议长继任总统，但他随即被爆出了丑闻。他被怀疑是个伊麻里同情者，据说参谋长联席会议插手其中，然后参谋长联席会议主席宣布他自己为非常总统。他正考虑制订一个计划……华纳医生，我们需要那个研究。”

“兰花素为什么会失效？”

“又一次突变。听我说，我们认为马丁正在研究某些东西，但我们不知道那是什么。我需要跟他讲话。”

凯特打开笔记簿，开始阅读里面的内容。她不明白自己看到的东西。

“华纳医生？”

“我在这里。你能把我们弄出去吗？”

那边停了好一阵子：“我们无法让任何人进入兰花坊，但如果你们能出来……我会查查看我能不能安排交通工具。但——我们的线人说，伊麻里按计划将在今夜晚些时候撤离西班牙南部，至少会把幸存者全部撤走。”

凯特瞧了瞧玻璃门外，太阳现在差不多完全升起了。今天将会是漫长的一天。

“我会再给你打过去的，请准备好。”

CHAPTER 39

摩洛哥北部

伊麻里休达军事基地

大卫被闹钟吵醒了。这是他这辈子听到过的第二响的闹钟声。最响的那次他是在 2003 年的弗吉尼亚州兰利市听到的，当时一个气喇叭被放到他脑袋边上，闹得他半裸着身子从床上直接跳了下去。中情局的教官把他就这么半裸着拖出了兵营，丢进了弗吉尼亚北部的林莽中。

“这片树林中有六个狙击手。你必须在黄昏前回到兵营里。他们的弹头里装着染料。只要你身上沾上一点，我们就不要你了。”

他们把他推下卡车，甚至都没停车。太阳落到那片军营的平房后面的时候，他又见到了那些人。

自从那一夜开始，他便再没有在睡觉的时候只穿内衣。唯有一次例外，唯有那一次小小的放纵，唯有那一个软弱的时刻。在直布罗陀，他和凯特在一起的那一晚，他卸下了自己的防备。

此时从门外传来了一阵急促的脚步声。他转移到了屋里斜对着房门的角落里，随时准备攻击进来的人。卢金弄清真相了吗？他们在房间里放了窃听器？他有可能什么都听到了。

门“咔嗒”响了一声，但并没完全打开。两只手从门缝里伸了进来，十指笔直摊开，显示出手心里没东西。这双手的主人在门外叫道：“我是卡茂。”他身后传来一阵匆忙的脚步声。

“进来，然后把门关上。”大卫保持半蹲的姿势说道。说完之后，他赤着脚，迅速地跑到了房间的另一个角落里，没发出半点声音：对从门口进来的人那边是个视觉死角。

卡茂进入了房间，掩上身后的房门。他朝之前传出大卫声音的墙角注视过去，然后迅即转向另一个墙角，面对大卫。

“我们正遭到攻击。”他说。

“被谁？”

“不知道。少校请你过去。”

大卫跟着卡茂走进走廊。走廊里现在满是男人，全都在忙着赶到自己的岗位上，没人注意大卫和卡茂。

在居住区外，这个城市内墙里的广场上也已经满是忙碌的人群。大卫想停下来，做个战术评估，但卡茂继续向前迈进，朝着一栋高楼跑去。

他们快步爬上摇摇晃晃的钢梯。卡茂在踏上最后一级阶梯前抓住大卫的胳膊：“他们也不知道发生了什么事，他在试探你。”

大卫点点头，跟着卡茂走进了指挥中心。里面的样子完完全全出乎大卫的预料。这房间有八面墙，除了门这边，每隔一面墙就有一扇大窗户，从地板直开到天花板，几乎占满了整面墙壁。从房间里面往营地的任何方向望去，视野都很清晰。另外四面墙上装满了计算机显示屏，上面显示着地图、图表和一些大卫完全摸不着头脑的数据。

在房间中央，两个技术员正弯腰看着桌上的计算机屏幕。他们身边放着一把椅子，少校占据着座位。“命令火力点四和五，自由开火。”他旋过身子，面向大卫。

“你知道这是怎么回事吧。”

“我都不知道‘这’是怎么回事。”

一个技术员喊道：“飞机已经投下了上面的载弹。”

少校盯着大卫。

侧窗外，北面城墙上的枪炮迅速转动起来，朝着夜幕开火。

这一轮射击看来立竿见影：空中发生了一连串爆炸。前来攻击的飞机的残骸如雨点般坠入下面的水中。

“目标数七，击落数七。”另一个技术员说。

这套防空系统的威力让大卫叹为观止。地对空防御武器系统他了解不深，但刚才他看到的这套东西比他所知的任何一个系统都要先进得多。

想从空中攻陷这个基地是行不通的。

刚才发射出拦截弹幕的那个技术员又在键盘上按了几下，摇了摇头："雷达上没有别的目标了，就这一拨。"

少校站起身来，走到窗口："我只看到七次爆炸。为什么没有东西打到我们？他们的导弹没打准吗？"

"它们质量有问题吧，长官。"

西面的窗外升起了一根发光的水柱。

"见鬼，那是什么？"卢金恼火地问道。

技术员在他们的计算机上忙碌起来。另一个人站起身来，指着墙上的一块显示屏："我不认为他们的目标是我们，长官。我认为他们是要在海峡里布雷。我认为刚才是某架飞机的一块碎片掉下去，撞上了一颗水雷。"

少校在原地站了一会儿，盯着水面上那个飞机碎片引发爆炸的地方。"给我通知董事会主席的舰队。他需要改变航向。"他边说边挥手让大卫和卡茂离开房间。

大卫在指挥中心外面俯瞰下面那些围栏——他之前进来的路上听到过里面的声音。里面全是人，人们挤在一起，堆在里头。里面肯定有两千人，甚至三千人。等待着船夫的野蛮人，卢金当时这么说。这些会是什么人？

在回到居住区的路上，卡茂和大卫一路无语。进入房间之后，大卫作势让卡茂稍留片刻。

"刚才到底是什么人？"

"英国皇家空军的一支飞行中队，我们好几个月没看到他们了。他们在瘟疫暴发后不久曾尝试过攻打基地，当时伊麻里还没烧掉城市并布置防空火力。我们还以为英国人已经没燃料了。"

"他们为什么要丢下水雷？"

"多利安·斯隆正在来这里的路上，他正带着伊麻里的主力舰队北上，准备要入侵欧洲。我想那些英国人在海峡里布雷是为了阻止他进入地中海。"

“斯隆离这里还有多远？”

“主力舰队还有几天的路程。我刚看过一份备忘录，上面说斯隆乘坐飞机离开了港口，现在率领着一支规模较小的先遣舰队。他正在追踪什么东西。可能今晚他就能到达这里。”

大卫点点头。斯隆，到这里来。在他到达之前占领休达，就能拯救比大卫原以为的更多的性命——如果他能杀死或者捕获斯隆的话。而且他刚刚看到了能做成这件事的关键。

“那些枪是什么？”

“是轨道枪。”

“不可能。”

“它们是伊麻里研发部开发的一样机密武器。”

大卫知道美军一直在对电磁轨道枪技术进行实验，但一直没有投入实际运用，主要问题在于能源。轨道枪要消耗大量的电力来把弹丸加速到高超声速——超过六千二百千米每小时的速度。

“他们怎么解决能源问题的？”

“他们有个专用的太阳能电池阵列，在港口附近。还有好几组反光镜。”

“射程多少？”

“我不清楚。我知道在入侵西班牙南部的时候，他们从这里攻击了马贝拉，甚至还有马拉加[①]的目标——后者离这里超过一百公里了。”

难以置信。休达这些轨道炮看来可以摧毁任何靠近的舰队，甚至可能足以消灭西班牙南部的全部伊麻里大军。如果他们能利用它们——

卡茂似乎看出了他的心思：“那些炮是不能被转过来对着基地里面的，就算我们占领了控制塔也一样。”

大卫点点头：“那些骑兵是什么人？”

“瘟疫中的幸存者，柏柏尔人。文明崩溃之后，他们就回到了他们的文化

① 译者注：西班牙南部海滨大城市。

之根。除此以外，我们对他们所知很有限。”

“有多少人？”

“不知道。”

大卫努力想拼凑个计划出来：“说说卢金，他是个什么样的人？”

“残忍，很有能力。”

“不良习惯？”

“只有抽烟以及……女色。”

大卫脱掉穿着的伊麻里军服的上衣。提到女人让大卫想起了那个到他房间里来的女孩，一瞬间他的大脑又把她在精神中的意象换成了凯特的。他努力把这个念头丢开，但他必须知道……明知道这有些冒险，可大卫还是问出了那个问题。自从他抵达休达以来他一直想问的问题：“你有没有看到有哪份报道提到个叫作凯特·华纳的人？”

“看到了上千份，她现在是全世界的头号通缉犯。”

大卫感到一股恐惧油然而生，他没想到会这样。

“谁在通缉她？”

“所有人。伊麻里和兰花盟都在追捕她。”

“她可能在哪里？”

“伊麻里不知道，或者至少我们没有确切消息。”

大卫点点头，她可能还活着。他希望凯特正藏在某个遥远的地方，伊麻里所不及之处。就算他去找她，他也多半永远都找不到，而且他眼下在这里有事情要做。

“好吧。我希望你给我弄些便服来，还有你能找到的最好的马匹。”

CHAPTER 40

地中海上

瘟疫船“命运”号

船长转向那两个人说：“我们干完了，你们可以开始了。还有，去看看常医生和雅努斯医生有没有尸体要丢的。”

两人里面较年长的那个点点头，他们离开了舰桥。

在下面的甲板上，他们开始穿上每次去那边都得穿上的衣服。

“你有没有想过我们正在做的事情？”年轻些的那人问道。

“我努力不去想。”

“你想过这是错的吗？”

年长者抬眼看了看同伴。

“他们是人啊，只是病了而已。”

“是吗？你是科学家吗？我不是。清洁工想再多也不会多拿工资。”

“没错。但是——”

“别这样，别对这事想太多。在外面我的后背是交给了你的，我的性命放在你的手里。你对我们在做的事情想太多，就可能让我们俩都被杀掉，最重要的是你会让我被杀掉。就算甲板上那些怪胎没抓到我们，控制室里的那些疯子也会抓到我们。我们在这里只有一个机会：干好自己的活儿。所以，闭嘴，快穿衣服。”

年轻人看了看边上，然后继续往衣服上贴胶带，时不时看一下年长者。

“你在瘟疫之前是做什么的？”

“我什么也不做。”年长的男人答道。

“失业中？我也是。西班牙每个跟我年纪差不多的人似乎都找不到工作。[①]但那时我刚找到一份代课老师的职位——”

“我那时在监狱里。”

年轻人顿了一下，然后问：“为什么？”

“我所在的监狱里头，人们是不能问你是为什么被关进去的。人们在里面也不能交朋友，跟这地方很像。听着，小家伙，我把这事对你说穿了吧：那个世界已经完蛋了。现在值得人们好奇的只剩下谁会活下去而已。现在还活着的有两种人：拿着火焰喷射器的人和被他们喷火烧的人。你现在是拿着个火焰喷射器的。所以闭上嘴，高兴点吧。还有，别交朋友，如今这世道你永远也不知道你接下来得去烧了谁。”

就在这时，门打开了，一位科学家走进了这个小房间。船员们管这人叫“不干活儿医生”——而他的真名叫雅努斯医生。他脸上看不出表情，眼神绝不跟这两人相接。两个实验室助手把装着尸体袋的小车飞快地推了进来，随即同样迅速地离开。

“都在这里了？”年长的男人问道。

“暂时是。”医生轻声对着空中说。他转身抓住门把手，但那个年轻人就在他准备离开的时候开口朝他问道：“有进展吗？”

雅努斯医生顿了一下，然后说：“这要看……你对‘进展’的定义是什么了。”他走出了房门。

年轻些的那人转向年长者：“你想……”

“我发誓，你再说一次‘想’这个字，我就亲手把你给点火烧了。继续干活儿吧。”

他们戴上头盔，走上楼梯，打开牲口棚的门。棚子里关着那些退化者和拒绝宣誓效忠的幸存者。几秒钟之后，第一具人体开始朝着海中滚落。

---

① 译者注：西班牙经济长期低迷，青年人失业率多年维持在 50% 以上。

CHAPTER 41

西班牙

马贝拉

伊麻里甄别营

凯特从七楼的窗户望着外面度假村的地上，她和其他的幸存者住的这栋楼是最靠近海边的，士兵们自己占据了中间的一栋。再过去那栋楼离大海最远，离大门最近，被死者和垂死的人们塞得都快爆了。马丁就在那里，凯特想知道他是在哪一群人当中：死了的人还是垂死的？凯特盯着那栋楼，看着在门口晃悠的四个守卫。他们在抽烟、谈笑、阅读杂志。

等待让她痛苦万分，但她必须等待，她必须耐心等待，直到时机到来。要救出马丁，她只有一次机会。

她转过身，坐到自己的床上。她的室友躺在房间那边的床上，读着一本旧书。

“你在看什么书？”凯特问道。

“她。”

“她？”

那个女人翻了个身，把书皮对着凯特：“《她：一段冒险历史》。[①] 等我看完了你要不要看看？”

“谢谢，不过不用了。”凯特说，说完又用非常小的声音嘀咕了一句，“我现在面对的冒险已经让我疲于应对了。”

“什么？”

---

① 译者注：幻想冒险小说经典名著，创作于 19 世纪末。多次被重印，已翻译成多种语言。尚无中文版。

“没啥。”

门边上重型卡车的轰鸣声滚过整个营地。凯特跳起身来，从玻璃窗往外望去。她等待着，希冀着，然后——是的，他们又带进来新的一批“货物”。伊麻里一直都在不断运来新人，可能是从马贝拉周围的乡村地带抓来的吧。这里看起来是他们在附近地区的集结地。每隔几个小时，就有一支新的车队带来更多的病人和健康人，还有和这些人在一起的部队。骚动，一个小时的混乱，一个机会，凯特朝门口奔去。

“你要去哪儿？二十分钟内就要挨个房间点人数了——”她的室友叫道。但凯特没有停步，她连蹦带跳冲下楼梯。她跑到底层之后找到了前台，寻找着楼层平面图。这栋楼里有她需要的东西吗？如果一个守卫制止了她或者是发现她居然离开了房间，她该怎么说？他们每天要清点两次人数，她不知道如果发现数字加起来对不上他们会做什么——还从没发生过这种事。

在前台桌面上，她找到了她需要的第一件东西：一个名牌。泽维尔·玛蒂娜，巴尔加斯度假村。没关系，她只需要一个名牌。如果他们要检查的话，那她反正是要被抓到的。

她走过礼品店。让她高兴的是，饭店就在前方的建筑物拐角处。她冲进阴暗的餐厅，穿过不锈钢的双开大门，进入了厨房。里面的恶臭简直让人不堪忍受。她捏着鼻子朝房间深处走去。这里很暗，太暗了。她把双开门打开，用一张凳子撑住，继续搜索。

在角落里她找到了需要的东西：一件厨师外套。她把衣服打开。这衣服脏透了：前面尽是花花绿绿的斑痕。她觉得要让它派上用场，非得动刀子不可。她从房间中央的桌上抽出一把切肉刀。在把衣服修好之前她不得不把手从鼻子上拿开。然后她把衣服内外翻转，匆忙穿上了它。接着她把泽维尔的名牌挂在了新割出来的翻领上，在不锈钢冰箱的表面上照了照自己的倒影：白色的外套，上面吊着名牌，棕色的头发在脑后编成了马尾辫，脸颊消瘦，面色苍白。她脑海中只有一个想法：这他妈的不可能成功的。她深深吸了口气，用一只手捋了捋自己的辫子。见鬼的，我在做什么啊。

可除此以外她还能做什么呢？她快步走出厨房，回到前台。阳光透过玻璃的旋转门洒进大堂，有两个士兵守在前头。我应该把这身玩意儿脱掉，回到我的房间里。她摇了摇头，如果他们抓到她会怎么样？但她不能回头。她必须做点事情，她不能明知道马丁正在死去，整个世界正在死去还坐在那儿干等着。她要冒这个风险，这是她唯一的机会了。

她走到旋转门前，推门穿过。卫兵们停下了交谈，盯着她。她迅速走过他们身旁，他们朝她喊话。她回头看了看，挥挥手，走得更快了一点。没太快，没到会引起怀疑的地步。他们追过来了吗？再回头看的话会暴露的。

凯特眼角的余光里瞥见了些令她吃惊的东西：水上有光。她在酒店的房间里看不到海岸。她停了一小会儿，好看清楚那是什么。海面上一艘巨大的白色船只正闪闪发光。它移动的速度缓慢，但目的地毫无疑问是马贝拉。它看上去差不多像是……没错，是艘游轮，船尾架着许多大炮。那是艘瘟疫船吗？幸存者们——包括她——是不是会被集结起来装到那艘船上？她必须在它到达港口之前找到马丁。

在前方，卡车上下来的人排成了几条长龙。和昨天的凯特一样，那些人也在朝着桌子和桌边的登记员走去。他们会把多利安的演说重新播放一遍吗？就像是每晚黄昏时分重播的户外影院？想到他就让凯特生气，也让她更坚强了一点。

她排进队伍，站在一男一女两人后面。这两个人一边咳嗽，一边踉踉跄跄朝着病人楼走去。

那四个卫兵自顾自地交谈着，对进入楼里的似乎无穷无尽的人流视若无睹。可当凯特走到旋转门前时，一个卫兵瞧了她一眼，皱了皱眉，朝她走来：“嘿，你这是——”

凯特捏住泽维尔的名牌，伸向前方，但没把它从临时制作的翻领上摘下来。“公——公务。”她磕磕巴巴地说。

她飞快地一头钻进了旋转门里。公务？老天啊，她会被抓到的。旋转门把她推进了大堂里。凯特观望着四周，等着眼睛渐渐适应。她怎么也想不到会看到这样的景象。

她踉跄着要往后退，但身后的人们冲了进来，涌进楼里。

到处都是人。有的死了，有的垂死，有人在咳嗽，有人在哭叫，还有其他各种各样的举动。这是一个没有兰花素的世界。整个西班牙南部也都正在发生这样的事情——如果保罗·布伦纳没错的话，整个世界也都如此。第一天里有多少人已经死去？几百万？又一个十亿？她现在不能想这些，她必须集中精力。

她之前看到了人们涌入这栋大楼，但对于里面有多少人没概念。在大堂这个狭小的空间里至少挤了有上百人。整栋楼里有多少人？可能好几千吧？这楼有三十层。这样她绝对不可能找到马丁的。

她朝身后看去，看到那个卫兵进入了旋转门。他发现了，他来追她了。

凯特动了起来，她猛地冲过大堂，冲进了楼梯间。如果他们要拆掉整栋楼的话，会是在什么时候？

她沿着相对还比较空的楼梯往上蹿去，把这些想法从脑海中挥去。她该试试哪一层楼？下方楼梯间的大门猛地开了。

“站住！”那个卫兵站在底层喊道。

她知道自己不该回头，但还是从栏杆旁往下看了一眼，和卫兵四目相对。他朝着楼梯上跑来。

凯特打开了五楼的门，然后——

走廊里满是人，有些躺着，其他的坐着。很多人已经死了。一个女人一看到她就抓住了她的白色外套：“你来救我们了。”

凯特摇了摇头，想要掰开那女人的手，但其他人围了上来，一起开口说话。

她身后，门又开了。卫兵进入了门洞，手中举着枪：“好了。转过身来。从她身边走开。”

围着她的人群散去了。

“你在这里干什么？”他问凯特。

“我在……取样。”

卫兵看起来有点糊涂了。他靠近了一步，瞧着凯特的名牌，她的假名牌。困惑变成了震惊："转过身来，把手放在背后。"

"她是跟我一起来的。"另一个士兵从楼梯上漫不经心地走出来，插话道。他比这个追凯特的卫兵更高，肌肉也更发达。凯特觉得他说话带点英国口音。

"见鬼的，你又是什么人？"

"亚当 · 肖。我是跟着从福恩吉罗拉[①]过来的那批货一起来的。"

小个子卫兵晃了晃脑袋，似乎这样能把自己晃明白："她戴着一块假名牌。"

"当然了。你想要这些人知道她的身份吗？你认为他们知道一块真正的伊麻里研究人员的身份牌长什么样？"

"我……"卫兵又看了看凯特，"我必须报告这件事。"

"去吧。"新来的士兵边说边走到这人背后，迅速地抓住他的脑袋和脖子，用力一拽。门洞里响起了一记响亮的"咔嚓"声。卫兵倒在地上，这人走进了走廊。走廊里剩下的那些人，那些还算是活着的人都散开了，留下凯特独自面对这个神秘的士兵。

他盯着凯特："到这里来是件很愚蠢的事情，华纳医生。"

① 译者注：马贝拉东北的小镇，旅游胜地。

CHAPTER 42

摩洛哥北部

伊麻里休达军事基地

亚历山大 · 卢金少校调整了一下狙击枪的位置。透过枪上的瞄准镜，他能看到那个神秘的上校正骑在马背上靠近柏柏尔人的营地。那男人骑马出去的时候穿上了便装，似乎这样有助于执行他的使命。

上校对他外出的目的闪烁其词，而卢金对此只是略作抗议，点到即止。实际上，这也是卢金一直等待着的机会。他在上校的衣服里面放了一个追踪器和一个窃听器。追踪器会准确显示出他去了哪里，窃听器会听到他说的每句话。还有一个小组在暗中尾随他，以防万一他要逃跑。那样也会让他暴露。非此即彼，卢金很快就会知道这个“亚历克斯 · 威尔斯”的目的何在了。

上校停下了坐骑，然后跳下马去，举起双手。

三个柏柏尔人从帐篷里跑了出来，他们拿着自动步枪叫喊着，但上校只是静立在原地。他们围住他，朝他脑袋上狠狠来了几下，然后把他拖进了帐篷。

卢金摇了摇头：“基督啊。我本以为这傻瓜能有个好点的计划的。”他把狙击枪收起来，递给卡茂，“我恐怕这会是我们最后一次看到这位神神秘秘的上校了。”

卡茂点点头，朝帐篷营地的方向最后看了一眼，然后跟着少校走进屋顶通往下方的楼梯间。

“我到这里来是为了你们的利益。”大卫坚持道。

那个柏柏尔人士兵把他身上最后一点衣物也扒了下去，然后拿着衣服走出了帐篷。

酋长往前走来：“别对我们说谎。你来这里是为了你自己的利益。你不了解我们。你也不在乎我们。”

“我是——”

“不要对我们说你是谁，我想要自己看。”酋长朝站在帐篷入口处的一个男人做了个手势。那人点了点头，随即离开了，然后拿着一个小麻布袋回来。他把帐篷的门帘放下，帐里几乎一片漆黑，只剩下几点烛光，在周围的布幔上舞动着光影。酋长从那人手中接过袋子，然后把它丢到大卫怀里。

大卫把手朝袋口伸去。

“要我的话就不会这么做。”

大卫抬起目光，然后就感觉到了那个东西。肌肉，一个狭长形的东西滑上了他的前臂。然后另一根“绳子”从袋里溜出来，爬上他的大腿。是蛇。他的眼睛已经差不多适应了帐篷里微弱的光线，于是他立刻知道了那是什么：两条埃及眼镜蛇。一口就能要了他的命，被咬到的话他会在十分钟之内死去。

大卫想要控制住自己的呼吸，但他渐渐失去了控制。他感到自己的肌肉绷紧了，他觉得蛇做出了反应。他前臂的那条顺着他的胳膊往上爬的速度加快了。上面是他的肩膀，他的脖子，他的脸。他又浅浅吸了一口气。他不能大口喘气——肌肉的收缩会惊动它们。他慢慢地让空气从鼻子里呼出，把注意力集中在呼出的气体和鼻子尖相接的地方，体味着那里的感受，忽略其他所有的感觉。他的眼睛笔直地盯着前方，望着地上的一个黑点。他的锁骨上传来一下刺痛，但他把注意力集中在自己的呼吸上。吸气，呼出，空气吹到他鼻尖上的感觉。他感觉不到蛇的存在了。

在他眼角的余光里，他模模糊糊看到了酋长朝他走来。

“你很害怕，但你控制住了你的恐惧。行走在这世间的正常人没人不会恐惧。只有能控制住自己的恐惧的那些人，才能过上免于恐惧的生活。你是个曾生活在蛇群中，学会了隐藏自我的男人。你是个会说谎话，会说得自己也信以为真的男人。这很危险，现在来说对你比对我更危险。”酋长朝那个玩蛇人点点头，后者蹑手蹑脚，小心翼翼地靠近大卫，把蛇收了起来。

酋长坐到了大卫对面：“接下来，你可以对我说谎。你也可以说真话。做出明智的选择吧。我见过许多说谎的人，然后我也埋葬了许多。”

大卫讲述了他来这里要说的故事。他说完以后，酋长扭头看着旁边，似乎陷入了沉思。

大卫开始在脑海里迅速思考着酋长可能提出的问题，默默地准备着回答。但没有问题。酋长站起身，离开了。

三个男人冲进帐篷，抓住大卫，把他朝着这个临时城镇中心点着的一堆公共篝火拖去。经过的一路上，部落里的人纷纷跟了过来。在他们即将到达火堆的时候，大卫终于站了起来，把右边的人甩开，但另一个男人紧紧抓住他的左臂。大卫用力朝他脸上打了一拳，打得他松开了手，径直摔倒在沙地上。大卫转过身去，但又来了三个士兵。他们扑到他身上，把他按倒在地上，抓住了他的胳膊。然后另一个身影笼罩到他上方——是酋长。有什么东西往下冲来，是把剑，或者是长矛。它被烧得通红，上面青烟直冒。酋长把烧红的烙铁戳到大卫的胸口。一阵灼痛传遍他的全身，一股肌肉和毛发烧焦的恶臭冲进他的鼻子，大卫拼尽全力抑制住呕吐的冲动。他的眼珠子往上翻了起来，然后他失去了意识。

CHAPTER 43

西班牙

马贝拉

伊麻里甄别营

凯特安全了，或者说她觉得安全了。那个高个子英国士兵，亚当·肖，杀死了另外那个卫兵，而且……他知道她的名字。

“你是谁？”凯特说。

“我是派来救你们的空降特勤队小组的第五名成员。”

“第五——”

“我们在战术方面出现了一点分歧。我认为伊麻里侵入马贝拉之后我们应该改变计划。其他四个人不听我的。”

凯特看着他身上的军服：“你怎么——”

“现在不少地方都很混乱。有很多新面孔。我们一直以来对伊麻里的军队组织进行了广泛的研究，我知道的东西已经足以让我伪装成功了。弄到这套军服很简单，只要把他们的人杀掉一个就行了。说到这个，”他朝着死掉的卫兵弯下腰，“帮我把他的制服脱下来。”

凯特看着那个死人：“为什么？”

“你这话是认真的？你难道想就穿着现在那身走出去？白痴都能看出你穿着的是裁剪过的厨师服。而且就算大家看不到，老天哪，隔着一公里都能闻到上面的味道。你简直是堆会走路的农家肥。”

凯特耸起肩膀，装作不经意地闻了闻这件白褂子。嗯，味道是不怎么清新。厨房里无处不在的那股恶臭当时让她的嗅觉有些麻痹。

肖把那人的上衣递给了她，然后扒下裤子，也递给了她。

凯特犹豫了一下：“转过身去。”

他笑了："让我猜猜看，凯特。你有两个形状完美的波，一片异常平坦的小腹，还有一双结实的美腿。这种东西我以前看过，公主殿下。在瘟疫之前，我家里有网络的。"

"没错。但我的身体不在网上，所以，转过去。"

他摇了摇头，然后转身背对她。

凯特觉得他似乎在嘟囔着"假正经的美国人"之类的话。她迅速穿上了制服，只当那是耳边风。衣服稍微大了点，但还过得去。

"接下来呢？"

"接下来我要完成我的任务——把你带回伦敦。你会完成研究，找出这场梦魇的解药，从此世人就会快乐地生活下去啦。我会跟女王合影留念，这样那样。只要你别再做出什么愚蠢的举动，我们就能安全离开。"

凯特绕过卫兵的尸体，面对着肖："这里有个男人——马丁·格雷医生。他是我的养父，而且跟你的政府做交易的是他。我们必须找到他，带他跟我们一起走。"

肖带着凯特走出了走道，进入楼梯间。

"如果他在这里，那他要不已经死了，要不正在死去。我们帮不了他。你是我的任务目标，他不是。"

"现在他是了。他不在的话我不会离开这里的。"

"那你就不离开这里好了。"

"而你就无法完成你的任务，也无法拜谒女王。"

他皱起了眉头："我刚才是在开玩笑，现在这是严肃话题。"

凯特点点头："的确如此，一个人的生命危在旦夕。"

"不，凯特，几十亿的生命都危在旦夕。"

"没错，可他们没抚养我长大。"

肖深深吸了一口气，朝走廊里那个死去的卫兵比画了一下："另外三个卫兵很快就会来找他的，我们得离开这栋人楼。"

凯特琢磨了一下肖的话："听起来这应该是你必须处理的问题啊。"她又想了一会儿。她绝不可能搜遍整栋建筑的，她需要某个出发点。马丁会去哪里？他知道这些建筑的楼层结构，也知道伊麻里的入侵方案。她的脑海中出现了旅店的保管箱。大楼倒塌的时候它能承受住吗？不，那只会把他困在里面，他的食物坚持不了多久——指望有人会挖开瓦砾，那风险也太大了。食物。当然了。

“等你收拾了那些卫兵以后，去厨房跟我会合。”

“厨房？”

“马丁就在那里。”她开始下楼梯。

“等等。”肖捡起卫兵的枪和腰带，把两样东西都系在凯特腰间，“带上这个，但最好别用。”

“为什么？”

“一个原因是开枪会引来注意。另外，如果你对这里身上带枪的人开枪的话，他们多半打得比你准些。”

“你怎么知道我不是个射击高手？”

“我读过你的档案，凯特。当心点。”他没再说什么，开始下楼梯。他几乎是在跳下阶梯，凯特还没反应过来他就已经从底下冲了出去。

凯特按自己的步调跟了下去。在大堂里的那些人慌忙从她身边逃开，给她腾出了一片开阔地。

透过旋转门的玻璃，她看到肖正和那三个卫兵说话，边说边挥舞着双臂。那三个人大笑不止。

凯特起步朝着餐厅走去。这边的餐厅和另外那栋楼里的看起来一样，但她觉得也许布置的主题有所不同，尽管现在里面已经太乱了，看不出来是否如此。里面也有人，但比她以为的要少得多。随着她的脚步声在餐厅里响起，人们纷纷爬动着远离她。

她推了一下厨房的门，但门没开。她又推了一下，可还是打不开。她从门上椭圆形的玻璃窗往里望去。

马丁瘫坐在里面的地板上，靠着台面下的不锈钢橱柜。他的脚边堆着一堆空了的水瓶，凯特看不出他是死是活。

CHAPTER 44

摩洛哥北部

休达

伊麻里军事基地

哨兵调整了一下双筒望远镜，希望把那个骑在马上的人看得更清楚些。那匹马是他们的，那个上校骑出去的那匹。骑在马上的人戴着贝都因人的头巾。哨兵拉响了警报。

五分钟之后，哨兵和其他一些外墙守军站在一起，看着那个骑马的人停在城门口，缓缓举起双手。他伸手抓住裹在头部的红布，解开了它。

哨兵转身对其他人说：“虚警，是上校。”然后他转回头望着下面的男人，这人身上有些地方和之前不同。

大卫走进军官休息室，直奔少校而去。

少校放下了手中的牌，往后靠到椅背上，笑着说：“伟大的战士策马归来啦！我们还以为那些野蛮人会拉你共进晚餐呢。”

大卫一声不吭，从边上的桌旁直接抽过来一把椅子，径自把它塞进少校桌旁的两个人之间，把那两人给挤开来，也不打招呼。他解开自己的衬衫，露出被灼伤的红肿皮肉。

“他们试过。可我对他们来说太难下肚了。”大卫看了看桌边的其他人，“能给我们点隐私空间吗？”

少校点点头，那些人全都心不甘情不愿地从座位上站了起来，最后看了一眼手中的牌，然后边把它们扔回桌上边嘟嘟囔囔，好像每个人都觉得自己拿着一手好牌似的。

“我能解决柏柏尔人给你带来的麻烦。”

“我听着呢。”卢金说。

“把酋长的女儿还给他们，袭击就会停止。”

少校微微偏了偏头：“那是谁？”

“你派到我房间里去的那个女孩。”

“鬼扯。”

“是真的。”

“真的诡计。”

“他只想要回那个女孩。他会回心转意，停止攻击。见鬼，他甚至还会帮助我们约束其他的部落。他已经在商谈攻击的时间和地点了,很快他就会敲定。但对他来说，要回他的女儿和其他女人是第一位的。”

“不可能的，我不能把她们交回去。”

“为什么不行？”

“首先……”卢金看起来一副舍不得放人、使劲找理由的样子，“释放那些女人多半只会增强他们的力量。那个酋长会把那些女人作为一个标识，来炫耀自己的强大，显示我们的弱小——我们的妥协、投降，这会成为他的纪念碑。这还只是一部分的原因，我需要这些女人来……保持士气。在这个与世隔绝的鬼地方，她们几乎是我唯一能提供给这里的男人们的娱乐了，她们离开城墙的下一秒我就得准备对付哗变了。”

“男人没有性也能活，之前他们不也没有吗？而且酋长会制止攻击的。你看，我有个任务——在董事会主席到来之前拯救休达。我已经给了你机会来完成它，你可以拒绝，但如果斯隆到来的时候那些骑马的家伙冲着他的飞机胡乱开枪，你就得向他解释这件事了。”

用斯隆和在如此关键的时刻遭受失败的可能来威胁卢金看起来很有效果。他的语气变了：“你确定攻击会停止？”

“确定。”

“怎么会？我是说，这几个月来的这么多次攻击，就是为了想把她弄回去？”

“是的。嗯，实际上那些攻击只是为了估量你们和检测城墙。你看到的只是他们十分之一的力量，他们还有其他的营地。他们只是在寻找攻陷基地的最佳途径，到时候他们不会留俘虏的。”

“他冒这些风险全是为了一个女孩？”

“千万别低估父母要拯救自己孩子的性命的时候能做出什么样的事情。”

卢金看看旁边，想再找些话说。

大卫不等他开口，抢先说道：“我们会把那女孩还回去，然后他们会帮助我们约束其他的部落。这样会拯救这个基地，让我们得以把注意力集中在即将开始的行动上，集中在我们在伊麻里的大计划中的角色上。到时候如果我们还没准备好，还在为了保卫城墙打仗……就有人头要落地了。不会是我的，我已经完成了我的任务，我已经向你提供了拯救休达的手段。”大卫站起身，开始向外走去。整个军官休息室里一片寂静，每张桌子旁的每双眼睛都在盯着他和少校。

少校开口了：“如果我释放了那些女人……那个女儿。老实说，你真的认为当酋长发现了我们对他的女儿做了些什么之后，他不会就地出发，立刻攻击我们？”

“他不会——”

“他——”

“当着整个部落所有人的面对我发下了誓言，这攸关个人荣誉。如果他违背了自己的誓言，即便是对敌人，他也会失去自己人民的信赖，他无法承受这个后果。另外，你搞错了一件事。几个月来他都在祈祷能再次看到女儿，祈祷她没有死。只要能看到她，酋长就会欣喜若狂了。其他任何事情都不再重要。”大卫转过身，走出了休息室，“看你怎么选了，少校。”

CHAPTER 45

西班牙

马贝拉

伊麻里甄别营

凯特将枪柄砸向窗子。窗玻璃破了，碎片撒落到厨房里。砸破窗户的声音吓得剩下的人都逃离了餐厅，留下她独自一人。

她用枪的侧边把窗框周围尖锐的玻璃碴子清干净，然后试图够到马丁插进门把手当中的金属棒。她伸出手臂，感到剩下的一点玻璃碎片戳痛了手臂，于是缩了回来。她把枪拿在前头，又够了一次，这次够到了。她用力一推，棍子当啷一声大响，落到了地上。

她推开门，冲向马丁。他还活着，但在发高烧。凯特用手捧住他的脑袋。他的脸颊上出现了黑色的斑点，他的皮肤快烧焦了。

凯特扒开他的眼睑。他的眼珠四处乱转，原本眼白的部分变成了奶黄色。黄疸，肝功能衰竭。还有哪些器官受到了影响？

“马丁？”凯特试着晃了晃他，他的呼吸节奏加快了。

他勉强睁开双眼，看到是凯特以后就又闭上了。他剧烈咳嗽起来。

凯特在他身上摸索着，想找到装兰花素药片的盒子。现在她也只能做这件事了。可盒子不在他身上，他又咳嗽起来，这次咳得腰都弓了起来。他从柜子旁滚到了地板上，然后凯特看到了药盒子——就在他身后，放在柜子上。

凯特迅速打开了盒子，还有一片药。她回头看着马丁。他正躺在地板上，轻轻咳嗽着。他自己分配了每天的药量，希望能维持得久一点。

厨房的双开门忽然打开了，凯特转过身子。肖站在那里，手中拿着个袋子，上下打量着凯特和马丁：“啊，真糟透了。”

“帮我扶他起来。”凯特边说边奋力把马丁弄回靠着柜子的姿势。

“他已经完了，凯特。这个样子我们没法把他从这里弄出去。”

凯特抓起一瓶水，强行让马丁咽下了最后那片药：“你计划怎么做？”

他把袋子扔到了凯特脚下。凯特看到里面装着又一套伊麻里军服。

肖摇着脑袋：“我以为我们可以走出去的，要是他的状况好点也许可以的。伊麻里的士兵们看起来可不会这么病恹恹的，他等于在我们每人身上画了个靶子。”

马丁晃了一下脑袋，想要说什么，但说出的是一堆乱七八糟的单词。高烧让他精疲力竭了，凯特用制服给他擦掉了些汗水。

“如果他状态还好，离开这栋楼之后你要怎么办？计划是什么样的？”

“我们跟着人群——幸存者走，乘上到休达的瘟疫船，那边是伊麻里的主分类中心。”

“什么？我们是需要离开伊麻里的地盘啊。”

“我们做不到，从这里无路可逃。他们在兰花坊的围墙外烧出了一片杀伤区——宽度接近半公里。”

凯特马上想到了那两个男孩，还有那对老城区里的夫妻：“他们把老城区给烧了？”

肖看起来有些疑惑：“不。只是在营地周围烧出一片空地，方便防守。他们正在把这里变成一个新的处理中心。无论如何，在夜里，墙边会点起火把，瘟疫船会到达这里，那是出去的唯一途径。”

凯特下定了决心：“那我们就上船去。”

肖张开嘴，但凯特打断了他：“我不是在跟你商量，我房间里有个包，你知道在哪里吧？”

他点点头。

“把它拿给我，里面有研究结果，然后找些……”她需要试试看有没有办法能减缓病情的发展。一般来说，对其他病毒来说，解决问题的办法会是抗病毒药和耐心。但如果这疾病作用的机理跟1918年的那次类似，那么马丁正在遭遇一次免疫系统过载，他自己的机体在攻击自己。“给我带些类固醇来。”

“类固醇？”

“是种药片。”凯特努力想着欧洲人怎么称呼这类东西，“泼尼松龙，可的松，甲基泼尼松龙——”

“好了，我明白了。”

“我们还需要些食物。等登船开始之后，我们就把他带出去，就说他是个喝醉了的士兵。”

肖仰面望天：“这主意实在糟透了。”他盯着凯特看了一下，确定她有多认真之后没说什么，直接转身离开。他在门口停了一下，朝那根闩门的金属棒指了指，“我走了以后把这玩意儿放回门上。还有，保持安静。”

CHAPTER 46

佛得角附近

伊麻里第一先遣舰队

多利安走上舰桥。包括舰长在内,舰桥上所有的军官都停下了手中的工作,向他敬礼，这让他有些厌恶。

“看在老天的分儿上，别对我敬礼了。下次再有谁对我敬礼，我就把他降级成零级的水手。”他不知道有没有这个级别，但是房里人们脸上的表情告诉他大家都明白了他的意思。多利安把船长带到一边，“军事基地有新消息传来吗？”

“没有，长官。”

这种情况下，没消息就是坏消息。他从前线收不到任何新消息，这告诉多利安他抓住凯特的计划实际上毫无进展。他开始考虑要不要变更航线了。

那个亚特兰蒂斯人说得很清楚：你必须等她获得那串密码。

“长官，你有新的命令吗？”

多利安转身离开他：“不……保持航向，船长。”

“有别的情况，长官。”

多利安看着他。

“休达有新消息来。他们说英国人在直布罗陀海峡布雷了，我们无法穿过雷区。”

多利安吸了口冷气，闭上眼睛：“你确定？”

“是的，长官。他们已经派了几艘船进去，希望能找出一条路来然后导航我们通过雷区，但英国人布雷封锁得太严密了。不过我们觉得，这消息也有好的一面。”

“好的一面？”

“如果他们准备好了在西班牙海岸迎击我们，他们就不用在海峡布雷了。”

船长的这个逻辑听起来很合理。多利安的脑海中立刻形成了几个方案，但他想先听听船长的方案。

“你有什么方案？”

“两个。我们可以往北开，试着绕开英伦三岛，然后在德国北部找个港口。我们可以从这里自南向北一路杀过去。但我建议不要这样，英国人的希望正是如此。他们肯定缺少航空燃料了，可能已经快没了。但他们的潜艇和半数驱逐舰（原文如此。实际上英国并无核动力驱逐舰）都是核动力的；如果他们有足够的幸存者来操纵这些舰艇的话，他们可以凑起一支小型舰队来。在英国海岸附近，他们可以用海空力量两路夹击，轻松击败我们。”

“那二号方案是？”

“我们停在摩洛哥近海，你坐直升机飞到休达，然后乘坐他们集结的船队中的某一艘船横渡地中海。”

“风险是？”

“你手头的舰队会更小，战舰更少，受过良好训练的我军战士也会更少——只有我们能用那五架直升机和你一起装载过去的那些。你会在意大利北部登陆，然后从那里出发前往德国。地面发回的报道称整个欧洲的兰花坊都在撤退。那边完全是一片混乱。你只要到达了意大利，就没有任何问题了。”

“为什么我们不能直接飞过去？我们肯定可以找到喷气机的。”

船长摇摇头：“欧洲大陆上还有空军。他们的能源储备够用好几年的。任何身份不明的飞行物都会被打下来——近来每天都有好几架。”

“那就去休达。”

多利安回到自己的特等舱客房里的时候，乔汉娜已经醒了，在床上摊开赤裸的身体，读着一本旧八卦杂志。他完全搞不懂她这是为什么。

他坐在床边，脱下靴子：“那玩意儿你不是已经看了起码二三十遍了吗？我来告诉你最新消息：上面那些白痴全都死光了，他们不管做过什么都已经毫不重要了——其实在瘟疫之前也不重要。”

“它能让我想起瘟疫之前的日子，就好像重新回到正常的世界。”

“你觉得那个世界是正常的？你比我以为的还疯啊。”

她把杂志扔到一边，蜷进多利安怀里，轻轻地吻着他脱下衬衫后刚刚露出的肋部。

“在办公室受挫了，大种马先生？”

多利安把她从身上推开：“如果你对我更了解些，你就不会对我这么说话了。”

她无辜地笑了，这笑容和他的冷酷表情形成了鲜明的对比。

“那我没更了解你还真是件好事啊，但……我可确实知道怎么让你快活‘起来’哦。”

CHAPTER 47

摩洛哥北部

伊麻里休达军事基地

大卫站在瞭望塔上，调整了一下双筒望远镜，等待着战斗开始。伊麻里的部队三个小时以来一直在慢慢把柏柏尔人引诱到最佳位置上。大卫这个位置很有利于观察，能看出他们设下的陷阱——在一条高高的山脊上，他们建立了一条防线，摆满了重武器，俯瞰着下面的小山谷。柏柏尔人很快就会翻过对面的山脊，然后进入山谷，接着更大规模的战斗就会开始。伊麻里会获胜，山谷里的每个柏柏尔人要么被他们抓住，要么就会被杀死。

“那些部落状况如何？”

大卫转过头，看到卡茂也来到了平台上，站在他身后。

“不怎么样，他们马上就要进入伊麻里的陷阱了。我们呢？”

“十一个人。”

大卫点点头。

“我还可以把网再撒大些，但那样危险也会增大。”

“不用了。我们就要用十一个人来完成任务。”

几个小时以后，重火器的轰鸣声回荡在一度曾是休达市区的那片焦土上。大卫站起来，走到瞭望塔的边上，举起双筒望远镜。山谷里几乎是一场彻底的大屠杀。在对面的山脊上，一群人正骑在马背上朝着设置在山上的大炮冲锋，但伊麻里射杀了他们身下的马匹，然后用自动火力扫射他们。在他们身后，部落里的人们正成排倒下。大卫把望远镜扔到一边，然后坐回长凳上等待着。

太阳落山时分，伊麻里的车队朝外墙门口开来。大卫从岗楼上眺望着，卢金少校的车在最前头。当他的吉普驶过大门的时候，一瞬间他的眼神和大卫的眼神对上了。少校的嘴角微微上翘，大卫则面无表情地看着他。

大卫坐在自己的房间里等待着，在最终战斗打响之前他会最后打个盹儿。接下来的几个小时会决定他的命运，以及另外数以百万计人的命运。

CHAPTER 48

西班牙

马贝拉

伊麻里甄别营地

凯特强迫马丁又吃下了一点糖块——这是肖四处张罗来的那点少得可怜的“自助餐”中的一部分。她把瓶装水拿到马丁唇边，他贪婪地喝着，他看起来喝多少水都不够。

肖站在角落里，脸上似乎写着：这是浪费时间，会让我们都被杀掉的。凯特现在已经能读懂他的表情了。

她朝银色的双开门扬了扬头。肖转了转眼珠子，然后晃晃悠悠地朝外走去。

“马丁，我需要问问你的笔记，我看不懂。”

他的头在柜子上前后晃动：“答案是……死去的。死去的，被埋葬的。不在活人当中……”

凯特擦去他额头上新冒出来的一层汗珠：“死去的和被埋葬的？在哪儿？我不明白。”

“找到转折点，基因组发生变化的时候，我们研究过……不再活着。我们失败了。我失败了。”

凯特闭上眼睛，揉着眼皮，考虑着要不要给马丁使用更多的类固醇激素，她需要答案，但这样做有风险。她拿起了泼尼松龙的药瓶。

厨房门打开了，肖把脑袋伸了进来：“已经开始了。我们需要行动了。”

凯特点头表示同意，然后帮着肖一起把马丁扶了起来，带着他走出大楼。透过旋转门看到的营地里的景象几乎让她僵立当地，动弹不得。幸存者大楼向外吐出似乎没有尽头的人流。远处看不到的人群流动让上方的棕榈树摇曳不停。卫兵们在晃动着指示灯，指挥人流。一艘巨大的游轮高高矗立在海边，耸立在海岸线上。两条巨大的舷梯正往上输送人群。这情景仿佛是诺亚方舟。

“较远的那个舷梯。”肖平静地说完，开始把马丁往前拖。

四个卫兵看守着较远的舷梯，凯特认为那边是伊麻里的忠心分子登船的地点。

能看清船的样子了。这艘曾经是白色的豪华游轮现在看起来破破烂烂的，让凯特怀疑它能不能浮得起来。

肖在跟那些卫兵交谈，飞快地说着什么“喝了太多‘止咳糖浆’[①]的结果”，还有“明天肯定就好了”。

他们顺利通过了检查点，混进了在爬上舷梯的人群中，这让凯特安心了些。舷梯顶部通往一条过道，两边都封着，但顶上敞开着，月光从上面洒落下来。这里感觉有点像个博览会或者牛仔比赛上的牛棚。他们在走道里穿行，不断朝着船的中央走去。肖走在前面，为了让马丁喘过气来，他们不得不停下两次，紧靠墙边站着，让其他人从他们身边挤到前面的走廊里去。沿着这条走廊两边有许多通往一些方形隔间的门，人们走过去进入一个个隔间里。

“我们得下去，找间客舱。顶上的隔间早上会热得像炼狱。”他指了指马丁，“他会难受的。”

他们从走廊尽头的楼梯往下走了几层，然后又走过了好几条走廊才找到一个空着的房间。“待在这儿，保持安静，关好门。我回来的话会敲三次门，每次三下。”肖说。

“你去哪儿？”

“去弄些给养来。”他说完，没等凯特回答就关上了门。她插上插销，把门锁好。

船舱里一片黑暗。凯特四处摸索着找开关，但没找到。她从背包里拿出照明棒，照亮了整个小房间。马丁半躺在墙边，气喘吁吁。凯特帮他爬上了一张双层床的下铺。这里显然是间船员宿舍：两张双层铺位，在中间有个小

---

① 译者注：酒的代称之一。

衣橱。

她拿出卫星电话，看了看上面的显示“无信号”，她需要爬到船顶上去打完电话，她需要回答。她和马丁的谈话对她毫无帮助，基因转变点，答案……死的，被埋葬的。

凯特完全精疲力竭了，她四仰八叉地躺倒在马丁对面的床位上，她得闭上眼睛休息一下，就一小会儿，能让她恢复思考能力就好。

她时不时听到马丁的咳嗽声。她不知道时间过去了多久，但她感觉这艘巨轮开始移动了。又过了一会儿，她睡着了。

凯特没穿鞋，双脚踩在大理石地板上时几乎不发出半点声响。在她前方是那道木头的拱门，伫立在那条长长的走道尽头。在她右边，出现了同样的两道门。第一道开着：她曾经看到大卫在里面。她往里窥探了一下，没人。她走到右边的第二道门前，推开了它。窗户敞开着，光线从窗户和通往阳台的玻璃门中透进来，照亮了整个圆形的房间。窗户下方铺着一片蓝色的大海，但海上没有船，她能看到的范围之内只有一个半岛，上面是森林覆盖的山脉，再过去又是海水。

房间很空，只有一张橡木台面的绘图钢桌。大卫坐在桌子后面的一张旧铁凳子上。

“你在画什么？”凯特问道。

“一个计划。”他头也不抬地答道。

“做什么的计划？”

“攻下一个城市，拯救生命。”他举起一幅精美的素描，上面画着一匹木马。

“你能靠一匹木头马来攻下一个城市？”

大卫放下图画，继续在上面忙碌着：“以前就发生过这种事。”

凯特笑了：“是啊，没错。”

“发生在特洛伊。”

“噢，是啊。我觉得布拉德 · 皮特在里面演得棒极了。”①

他摇了摇头，从画上擦去了几根线条：“就跟其他的史诗故事一样，人们一直以为那只是一个传说，直到他们找到了证明其真实存在的科学证据。”他用铅笔画了最后几笔，坐回凳子上，端详着素描，“顺便说一下，我对你非常恼火。”

“我？”

“你离开了我，在直布罗陀。你不信任我，我本可以救出你的。”

“我别无选择，你当时受了伤——”

“你应该信任我的，你低估了我。”

① 译者注：2004 年，布拉德 · 皮特在电影《特洛伊》中扮演主角阿喀琉斯。

CHAPTER 49

摩洛哥北部

休达

伊麻里军事基地

卢金少校给自己又倒了一大杯威士忌，一饮而尽，然后倒在他床边的圆桌旁的椅子上，缓缓解开自己制服上衣的纽扣。把扣子全部解开之后，他又给自己倒了一杯酒，还是一大杯。今天是漫长而艰难的一天，但这多半会是他最后一次跟围墙外面那些可恶的野蛮部落交手了，大解脱啊。最理想的情况下他已经杀光了他们全部的人；杀掉一部分，抓住其他的也很不错。基地里的仆从人员一直严重不足。说到这个……女人在哪儿？今天可真是太过漫长，压力巨大的一天啊。

他把满是汗水的上衣剥离身子，甩动胳膊让它落向后面，包在椅子上。他又倒了第三杯酒，这次不小心把一些棕色的酒液溅到了桌上。他喝完这杯，弯下腰开始脱靴子。他的脚一阵阵抽痛，不过随着酒力发作，痛感渐渐消退了。

这时响起了一阵用力敲门的声音。

“什么事？”

“是我，卡茂。”

“进来。”

卡茂推开门，但他没有进来。他旁边站着一个苗条的高个子女人，卢金之前没见过这女人。很好，新来的女孩。卡茂干得不错——这女人比卢金通常的喜好要老点，但他现在正想尝试点新鲜的，变化是生活的调味料。此外她身上有些特殊的地方，她的姿势，她的眼神坚定——不完全是反抗。是自信，毫不害怕。她会学会害怕的。

卢金站了起来：“就是她了。”

卡茂微微点头，在女孩的后腰上推了一把，把她推进门里，然后“咔嗒”一声关上了门。

这女人盯着少校，一眼都不看他巨大的宿舍。

“你会说英语吗？”

她皱起了眉头，轻轻摇了摇头。

“是啊，你们这帮人从来都不会说，是不是？没关系。我们可以用穴居人的方式来办事。”他抬起一只手，示意她待在原地，然后走到她身后，拉起她肩上的外衣，然后把它从她手腕上脱下来。

外套无声地落到地板上，少校把她转过身来好看个清楚——

她的样子跟他的想象大相径庭。她的肌肉很发达，太发达了。腿上和躯干底部散布着伤疤——有些是刀伤，有些是枪伤，其他的……可能是箭伤？难以接受。他可不想在这里看到让自己回想起战斗的东西。他摇了摇头，走向桌边，伸手去拿步话机：把她带回牲口棚里。

他感到一只手强有力地握住了他的胳膊。他惊讶地扭头往后看去，和她四目相对。愤怒，她的信心已经变成了怒火。她知道他拒绝她了吗？卢金转过身，准备重新评估一下她。

他脸上绽放出笑容的同时，她的另一只胳膊飞快地朝他奔来，然后她的拳头深深地打进了他的腹部，正打在他的横膈膜下方。一瞬间他的呼吸停顿了。他双膝跪地，然后瘫倒在地上。正当他努力吸气的时候，她一脚踢到他的左侧肋骨下方，踢得他翻了个面，威士忌涌上他的嗓子眼儿，然后从他的嘴里和鼻子里喷了出来。他边呕吐边喘息，每次猛烈的咳嗽都被液体呛得生疼。他快要在痛苦中溺死了。那一拳和他剧烈的抽搐让他的腹部一阵阵刺痛。

她小心谨慎地绕过他的身子，视线一直盯着他。她的嘴角露出一个浅浅的笑容，眼睛眯了起来。

她在享受这一切，她准备看着我死掉，卢金想道。他翻过身了，朝门口爬去。如果他能喘过气来，他就可以叫出声。如果他能够到门的话，也许——

他感到自己的手腕被女人的双手抓住，然后他的手臂被拉向后方。同时女人的脚紧紧踩在他的后背中央。她正在把他撕成两半。他想要喊叫，但他的肺疼得发不出语声，只能发出一声小动物哀鸣似的声音。他的右肩脱臼了，一阵剧痛袭来，他好像被狠抽了一记，几乎昏倒。如果不是酒精让疼痛减轻了些的话，他大概已经昏倒了，不会仍然清醒。他的左肩也脱臼了，那女人冷酷地继续把他的双臂往后拉。

卢金听到她从自己身边走开了。他希望她是去拿枪的，现在他宁愿快点去死。但接下来他听到的是撕开胶带的声音，女人把他的手腕在背后绑在了一起，每触动一下他的手臂就会又感到一阵剧痛。

他现在勉强喘过气来了，于是他挣扎起来，想要叫喊。但那女人把胶带贴到了他的嘴上，封住了他的嘴巴，然后绕着他的脑袋缠了好几圈。她把他的腿从脚踝到膝盖都绑在一起，然后把他举了起来，背对着墙一把扔到了墙上。当他努力通过鼻子呼吸的时候，压在墙上的双肩传来一阵阵剧痛，疼得他陷入了过度呼吸[①]。

她瞪了卢金一会儿，然后从容地走到桌边。满是肌肉的赤裸身躯只有在她每次悠然地踏出一步的时候才微微屈伸。她看了看酒瓶子，然后从卢金的腰带上拿起了手枪。

快来吧，他想。

她弹出弹匣，然后拉开枪栓，没有子弹掉出来，卢金从来都不上第一颗子弹。她把弹匣重新插了回去，上了一颗子弹。

快来啊。

她把枪放到桌上，坐到桌边，交叉着双腿，瞪着他。

卢金用被胶带堵住的嘴狂叫着，但她不理不睬。

她抓起步话机，扭动顶上的旋钮换了个频道，然后把它拿到自己的嘴边：

① 译者注：又叫过度换气。该症候群发作表现为呼吸太快太多，导致呼出二氧化碳过多，血液碱性化，血管收缩，器官供氧不足，神经系统出现痛感。严重时可导致死亡。

“火焰净化一切。”

过了几分钟，卢金听到远处传来一声巨大的爆炸，然后是第二声，第三声，接连不断，好似阵阵雷霆滚滚。他们在攻击城墙。

CHAPTER 50

地中海上

瘟疫船“命运”号

凯特已经厌倦了等待肖。她翻身下床，她需要到船顶上打电话。她看了看马丁,她不能把他留在这里,她把马丁拉了起来,扶着他走到门口。她打开门,朝外看了看，走廊上没人。

他们一路走到电梯的小门旁。凯特按下了上楼按钮,几秒钟之后电梯“叮”的一声打开了门，露出狭小的电梯间。应该按几楼?凯特按了一下1层，然后等待着。

门分开了，她面前站着两个穿着白大褂的男人，她觉得应该是医生，他们正拿着拍纸簿在讨论着什么。

其中一个医生是中国人，另一个是欧洲人。那个中国医生往前走了一步，偏过头说:“格雷医生？”

半个身子已经走出了电梯的凯特整个人僵住了，她想要退回去，但那个中国医生飞快地走到了她面前。那个欧洲人紧跟在他身后。“你认识这个男人？”他问道。

马丁虽然萎靡不振，还是抬头看了看。“常……”他的声音很轻，几乎难以听闻。

凯特的心脏狂跳起来。

“我……”常欲言又止,他转身对他的同伴说,“我以前跟这个男人共事过。他是个……伊麻里的研究人员。”他看了看凯特，“跟我来。”

凯特瞥视了一下左右两边的走廊，每头都有卫兵在巡视。

她无路可逃了。常正沿着笔直向前的小走道往前走去，那个欧洲科学家正歪着脑袋盯着她，凯特跟在常后面朝前走去。

走道尽头是个用大厨房改造成的研究设施，钢制的桌子被改成了简易操作台。这让凯特隐隐想起了兰花坊里的那间厨房，在那边上的办公室里马丁告诉了她瘟疫的真相。

“帮我把他抬到桌上去。”常说。

那个欧洲人靠近了些，想仔细检查马丁。

马丁缓缓转过头，看着凯特。他面无表情，什么也没说。

常往前迈了一步，挡在另外那个科学家与凯特和马丁之间：“你能不能……给我们点时间，我需要跟他谈谈。”

等那人离开之后，常转向凯特：“你是凯特·华纳吧，是不是？”

凯特犹豫了一下。事实上，他已经怀疑这点了，但他并没有告发她……她觉得自己可以相信他。

“是的。”她朝马丁点点头，“你能救得了他吗？”

“我没多少信心，”常打开一个钢制柜子，拿出一个注射器，“但可以试试。”

“那是什么？”

“一些我们正在研发中的东西，伊麻里版本的兰花素，还处于试验阶段，也不是对每个人都有用。”他盯着凯特，“这有可能会杀死他，也可能多给他几天时间。你希望我给他用药吗？”

凯特朝下望了望马丁，望着他垂死的身体，她点了点头。

常走向前，给马丁进行注射。他朝门口瞥了一眼。

“哪里有问题吗？”凯特问道。

“没什么……”常嘟囔着，把注意力重新集中到马丁身上。

CHAPTER 51

摩洛哥北部

伊麻里休达军事基地

大卫盯着站在武器库里的这十一个男人："先生们，我们的事业成功机会渺茫，但它是正义的。这个基地是通往伊麻里想要建造的世界的大门，地狱的大门。如果我们摧毁它，我们就能给欧洲人民一个反抗的机会。不过……我们人少，火力差，而且处于敌人的心脏部位。我们也有三个优势：出其不意，战斗意志，还有事业的正义性。只要我们能看到明天的太阳，我们就会赢了。今夜将要决定我们的命运，还有数以百万计的其他人的命运。勇敢战斗，不要畏惧死亡。生活中有些事比死亡要糟糕得多——其中之一是以你所不齿的方式活下来。"

他朝卡茂点点头，后者朝前踏了一步，开始给每个人分派任务。

这个高个子非洲人说完之后没一会儿，墙角的步话机咔咔作响，打破了寂静："火焰净化一切。"

"时候到了。"大卫说。

大卫和卡茂带着三个人爬上栈桥。基地的指挥中心在楼顶上，那栋大楼在城市中心，远离城墙，任何攻击者都够不到，而它的高度足以让人用肉眼看清外面在发生什么——用双筒望远镜就看得更清楚了。这很聪明，基地指挥官不想要依赖摄像、监控和战地报告——这些都可能会出故障或者被破坏。他们想用自己的眼睛亲自观察战斗。

大卫在平台上停下，按亮手电筒朝着夜空晃动，朝在外墙外面等着的柏柏尔人兵团发出信号。

最后一次信号的光芒消失之后，他继续往楼顶攀爬，部下们紧随其后。

楼顶上的房间和他记忆中的一样：像是个交通管控中心和战舰舰桥的混合体。四个操作员坐在控制台前，盯着监视墙上的平板显示器，偶尔敲打几下键盘。在墙角正煮着一壶咖啡。

靠他们最近的那个技术员看到了大卫，转过身站起来，手足无措地敬了个礼，似乎不太有把握该怎么处理这次突然到访。另外三个也一个接一个地站起来敬礼。

“不必多礼，先生们。”大卫说，“过去的一天相当漫长。你们可能都已经听说了，卢金少校在山区赢得了一场伟大的胜利。他在楼下庆祝，获得他应得的。”他笑了，露出个名副其实的真诚笑容，“休息一下，去加入他的狂欢吧。有食物、饮料，还有……‘战利品’。新来的。”大卫指了指他的人，“我们来接班。”

技术员们咕哝着“多谢了”之类的话，兴奋地离开了自己的工作岗位。一位上校的命令是他们翘班的最好理由了。

等那些人走后，大卫带来的士兵们坐到了他们的控制台前。大卫有些怀疑地看着屏幕：“你们肯定自己知道怎么操作这些东西？”

“是的，长官。个把月之前我刚被送到这里的时候值过白班。”

卡茂在房间里走了一圈，给每个士兵送上一杯咖啡，然后走到大卫身边。他们俩站了一会儿，望着夜空。大卫觉得，此刻他最好的说话方式就是什么也别说。过了几分钟，卡茂无声地抬起自己的手表：12 点 20 分。大卫打开自己的步话机：“所有人员请报告。”人们一个接一个地报告，他们的声音在大卫的耳机里响起。他等待着拼图的最后一片到位。这些人从特洛伊战争中选择人名作为代号，他们一致认为大卫的代号应该是阿喀琉斯[①]。

“阿喀琉斯，我是埃阿斯。特洛伊人们都在宴会厅里，我们已经开始盛宴。”

开始盛宴是把他们锁在里面，释放麻醉气体的暗语。

“收到，埃阿斯。”大卫说。他走出指挥塔，朝下面的第一个平台走去。

---

① 译者注：实际上木马作战的名义指挥官是阿伽门农，策划者是奥德修斯。而特洛伊之战中最伟大的英雄阿喀琉斯在木马作战之前就已死了。

他再次举起手电筒，摁亮它。他回到指挥中心的时候，边界上已经开始爆炸了。火焰和烟柱冲天而起，盖过了外墙。指挥台前的三个人在忙着操作计算机和步话机。

屏幕上显示出外面的场景。一拨拨骑兵正在围攻城墙，守卫塔上的自动火力在将他们成排地扫倒，但他们还在向前，不屈不挠地冲锋。

一个技术员转向大卫："二号塔希望授权使用轨道枪。"

卡茂朝大卫看了看。

轨道枪会大量杀伤柏柏尔人的进攻力量。不过，授权他们使用它，对于让部队相信基地处于危险中是个很有力的证据。

大卫指了指卡茂身边的狙击枪："等第一轮射击以后干掉他们。"

大卫走到指挥官座椅前，打开麦克风："二号楼，我是威尔斯上校。少校把指挥权交给了我。对轨道枪进行预热，然后随意开火。"他关上步话机，等了一会儿。轨道枪朝夜幕中喷吐出一条火舌，地上炸起一股血和泥土的喷泉。一秒钟之前那儿曾经有人和马，现在只留下一团黑云。那之后有一小会儿，一切似乎都安静了下来。大卫希望柏柏尔人会继续冲过来，他需要他们这样做。

大卫听到了下面的平台上发出的枪响，三次快速连射。轨道枪陷入了沉默。

大卫再次按下控制面板上麦克风的开关："一营、二营，还有三营，朝一号区域运动。重复一遍，一营、二营，还有三营，这里是休达指挥中心，外墙处于危险中，朝一号区域运动，进入防御位置。"

大卫几乎是立刻就看到城市中和外环部位出现了变化。军队涌到地面上，内墙的城门打开，一辆辆卡车快速从中驶过。柏柏尔人加强了攻势，战斗变得越发激烈。

"指挥中心，我是一号塔。二号塔停止活动了。重复，二号塔停止活动了。"

"一号塔，收到。"大卫的一个手下说，"我们已经知道了。增援正在途中。"

大卫下达命令差不多一分钟后，墙下面的区域已经塞满了伊麻里的士兵，总数接近四千。这正是大卫计划中的时机，他们唯一控制基地的机会。他的手微微颤抖，这一刻他有点怀疑自己是不是真能成功。如果失败的话会怎么样？现在已经无法回头了。

技术员们回头看着他，大家都知道下面会发生什么。最后，一个人平静地开口说道：“等待您的命令，长官。”

大屠杀，死者数目四千人——四千士兵，敌人的士兵，一群恶棍，大卫对自己说。但他们不可能都是恶棍，只是群在这场战斗中站到了另外一边的人，一群太不走运的人，环境让他们成了他的敌人。

大卫要做的只是说一句话。然后技术员们会按下按钮，围墙下面的地雷会爆炸，那些简易爆炸装置会被引爆，然后地狱就会被解放到现世。几千士兵——几千人——会死去。

“不会有什么命令。”大卫说。

每个人的脸上都是一副震惊的表情，唯有卡茂例外。他的脸就好像一张面具，丝毫没有情绪流露。

大卫往前走去，走到首席技术员的控制台前。“给我看看该按哪个按钮。”这是他要承担的重任，只有他一人应该担起这个责任，将会担起这个责任的也只会是他一个人。那人告诉了他需要输入的指令序列，大卫记住了。他输入密码，然后墙下的环形区域发生了爆炸，化为一片杀戮之海。血在城墙下聚集，仿佛成了条护城河。呼叫器里瞬间满是呼叫声，一个技术员立刻关掉了它。

大卫打开自己的步话机：“埃阿斯，我是阿喀琉斯。外墙被攻破了。砸开木马。”

“阿喀琉斯，收到。”那个士兵应答道。

屏幕闪动了一下，显示出拘禁区。大卫手下的三个士兵正穿行其中，打开牢房，放出被抓的柏柏尔人，给他们武器。夺取城市和休达基地的战斗即将开始了。

“打开大门，”大卫说，“然后打那个电话吧。”

他一屁股跌坐到“船长席”上，等待着。技术员朝后喊道：“接通了。”

“这里是休达指挥中心，呼叫伊麻里第一舰队。我们正受到攻击。重复，我们正受到攻击。我们的外墙已经被攻破。请求立刻进行空中支援。”

“收到，休达指挥中心。请稍候。”

大卫等待着回话。斯隆就在那支舰队当中，大卫很了解他——他会亲自出马指挥空袭的。斯隆尽管有各种缺点，但会在第一线以身作则。

“这里是第一舰队，休达指挥中心。请注意：我们正在紧急派出空中支援。预计到达时间十五分钟。”

“收到，第一舰队。预计到达时间十五分钟。休达指挥中心，通话完毕。”

等他确认通话频道已经关闭后，他对技术员们发出了最后一条指令：“我希望你们等他们深入我们的射界之后再开火。别碰运气。”

“即便他们开火射击——”

“即便他们对任何他们射程内的目标开火射击，等着。另外，别把轨道枪升起就位，除非你们准备开火。地上的人可能会警告他们。你们把那些直升机打下来，我们就可能改变历史的进程。”他朝门口走去，卡茂等在门旁了，“先生们，这是个光荣的使命。现在我们要去给你们争取点时间了。”

大卫把手朝门伸去。但就在这时一个技术员叫道：“长官，这边有人即将入港——”

“飞机？”

“一艘瘟疫船。离这里还有一英里多一点，从马贝拉回来的。他们刚刚发来了入港请求和客货清单。”

大卫转身面对卡茂：“我们怎么都不知道这事？”

卡茂摇了摇头：“瘟疫船是自己任意往来的，没有固定日程。他们可以在港口外等好几天才入港停泊，所以这没关系。”他穿过房间，在键盘上按了几下。大屏幕上开始滚动显示客货清单。

大卫环顾房间四面：“船上是什么？武器装备？说到这里，这见鬼的瘟疫船到底是什么？”

卡茂边操作计算机边说：“这是艘旧游船。只有最低限度的武器：两部五四口径的机枪，头尾各一。但……从西班牙南部的几个城市撤回来的进攻部队都装在船上。”他站起身来，“差不多有一万人——还有那些对伊麻里宣誓效忠的新成员。谁也不知道那些有多少。船上一共可能有两万敌军战斗人员。本来应该还有个移交过程，但这么靠近休达……他们已经开始下船了。”

大卫揉了揉自己的额头：“他们到达这里还要多久？”

“五到十分钟。”

已经别无选择。两万敌军部队，从港口蜂拥而来，从后方增援这座城市。“击沉它。”大卫说，“无论船上还有什么，把她打沉[①]。”他抓起自己的枪，走出房门，卡茂紧跟在他身后。

科斯塔又冲进了房间。但这次他看到光着身子躺在房间里的多利安和那个女人也没退后：“长官，休达正遭到攻击，他们请求空中支援。”

多利安下床，穿好衣服，离开了房间。女孩没醒。

① 译者注：欧美常把船只视为女性。

CHAPTER 52

摩洛哥

丹吉尔附近

伊麻里第一先遣舰队

多利安沿着狭窄的走道前行。前方的舱门打开着，能看到外面暗淡天色下的甲板，四架直升机在起降平台上呼呼作响。士兵们站在飞机旁等着他，随时准备起飞投入战斗。

他从南极洲的那根管子里醒来之后，第一次感到这才是正常的生活，这种感觉才像是他自己，一个奔赴战场的士兵。他感到自己属于这里。

水手们从沿路的过道交叉口处探出头来，希望能看一眼他——人类历史上最后一个帝国的领袖，死而复生的男人，一个超越了凡人的存在——一个天神，要不就是个恶魔。

一阵赤脚踏在金属地板上发出的“啪嗒”声吸引了他的注意。他转过身，刚好看到乔汉娜正全速朝他冲过来。她一跃而起，多利安接住了她。

她用双臂环抱住他，亲吻他。多利安起初像块石头一样站在原地一动不动，但慢慢地，他抬起一只胳膊搂住她，然后用双臂紧紧地抱住她，回吻了她。

走廊里爆发出一阵口哨声和欢呼声。

多利安放下她的时候，觉得自己在笑。他迅速收起了笑容，转过身，穿过舱口，朝着等待他的士兵和直升机走去。

马丁睁开双眼，他的头脑清晰，他又能正常思考了。凯特在这里。他在实验室或者医院里，一个人俯身看着他，马丁认识他。他回忆起一段记忆：他曾经通过视频会议跟这人交谈过。这个医生是尼泊尔的研究者，负责有关“钟”的实验。他姓……“常医生。”马丁用嘶哑的声音说道。

“你感觉怎么样？”

“糟透了。”

他听到凯特笑起来，然后她走到他身边：“至少你知道你的感觉如何了。这就是个进步。”

他朝凯特笑了笑。不知道凯特为了救他都做了些什么？她是不是冒了生命危险？他希望没有，那样太浪费了。他有太多的话想告诉她，太多的事情想要让她知道：“凯特——”

船身剧烈抖动。马丁被甩到了房间另外一头，撞到了一台钢制的冰箱上，他的视野迅速被一片片黑色的斑点覆盖。

CHAPTER 53

摩洛哥北部

休达郊外

多利安望着下方飞逝的大片林地。透过直升机的挡风玻璃，他看到前方远处出现了亮光，就像是夜空中的萤火虫。很快他们就会投入战斗，再过不久胜利即将到来。

他戴上自己的头盔："检查通信。三角洲突击队，我是斯隆将军。"

四架直升机都回应了他的呼叫。

斯隆放松身子，靠在坐垫上。他又看了一会儿前面的亮光，然后忽然开始好奇现在乔汉娜在做什么，穿着什么衣服，在读什么书。

他怎么了？依恋，怠惰，软弱。他回去以后必须除掉她。

大卫和卡茂下到楼底，迎接他们的是第一拨散落在支架上的子弹。

他们站好位置，背靠着背，背部略微接触，好互相了解对方的动向，然后开火。他们忽左忽右地跳跃着，子弹壳不停地落到地上。

伊麻里的步兵从指挥楼周围的兵营里涌出来，大卫和卡茂把一排排士兵打倒在地，但他们还在不停冲过来。一群伊麻里士兵在庭院对面找好了位置，开始朝着大卫和卡茂集中火力。

大卫开始朝侧面运动，希望能躲到控制大楼对面的楼房后。卡茂配合着他的步伐。

大卫的耳机响了起来："阿喀琉斯，我是埃阿斯。我带来了慕耳弥冬人[①]。我们正朝你的位置靠近。"

---

① 译者注：荷马史诗中阿喀琉斯的部下。

“收到，埃阿斯。”大卫说，“越快越好。”他又打出一梭子弹，直到他的自动步枪打空子弹。他迅速重新上弹，再次开火。

三次大爆炸照亮了夜空，然后海上出现了一团熊熊燃烧的烈火。多利安现在能看到休达基地的轮廓了。

“见鬼，那是什么？”多利安问道。

“多半是城墙上的轨道枪又进行了一轮火力覆盖。”飞行员说。

“多半不是，你这个白痴，燃烧的地方在海上。是谁发出了这轮攻击？”

“前来攻击的部落？”飞行员用半是询问的语气说道。

多利安开动着脑筋，那些野蛮人——马背上的家伙。他们会攻击一艘正在入港的瘟疫船？不太可能，有些地方不对劲。

“三角洲突击队，暂且待命。重复，暂停对休达的攻击。”

直升机继续在夜色里飞行，朝着燃烧中的基地和水上那团神秘的大火高速前行。

他抓住飞行员的肩膀：“降低高度，降低高度。”飞行员照做了，直升机朝下面的树丛俯冲下去。

“突击队——”

最前方的直升机爆炸了，旁边的两架也瞬间炸成两团火球，碎片喷溅到多利安的直升机上。旋翼噼啪作响，直升机开始打转。机舱里烟雾弥漫，但多利安能感到机顶上传来火焰的热度。树木朝上冲来，他看到树枝伸进机舱，然后他飞到了直升机外，坠落下去。

大卫打光了步枪子弹，抽出手枪。他们来得太快了，他开枪的速度都跟不上了。卡茂转身朝着这边，和他并肩开火，打倒了一排从兵营中冲出来的士兵。这些家伙简直是没完没了。

大卫的手枪子弹打空了，他没弹夹了。卡茂站到他前方，继续开火。

大卫打开步话机："埃阿斯，我是阿喀琉斯。特洛伊人快要冲开我们的防守了。"

卡茂往后踉跄，撞到了大卫身上，把他撞倒在地。他能听到埃阿斯在耳机里回话，但完全听不清在说什么。他抓起卡茂的步枪，躺在地上开火，然后翻身单腿跪地。他还有多少子弹？

大卫回头瞥了卡茂一眼，他正在地上抽搐。大卫想把他翻个身，想看看他哪里被击中了。

凯特挣扎着从地上爬起来。船抖动得太厉害了，钢板在弯曲时发出的巨响震耳欲聋。她摸了摸自己背上的包，确定它还没丢，然后爬到马丁身边，把他拉到自己膝盖上。

船体又发生了一次剧烈的抖动，她被甩到了房间对面。那个科学家，姓常的，抓住她，让她没摔倒。"你还好吗？"他大喊道。

门被推开了，肖冲了进来："快来，我们得去登上救生艇。"

那个欧洲科学家紧跟在肖身后，他惶恐地看着房间。"我们的研究！"他朝常喊道。

"别管了！"常大叫道。

常和肖扶着马丁，凯特跟在他们身后。

子弹从大卫身后呼啸而来。他转过身去，准备开火，却发现那是埃阿斯和柏柏尔人的部队。他们从他身边冲过去，打垮了伊麻里的部队。

大卫把卡茂拖到楼边，把他翻过身来，没有血。卡茂朝上望着他，摇了摇头："打在了我的防弹背心上，我只是一时闭过气了。"

埃阿斯和柏柏尔人的指挥官走到他们身边。"现在情况怎么样？"大卫问道。

"我们快要控制住整个城市了。"埃阿斯说，"他们开始投降了，但有几支部队准备战斗到最后。"

“跟我来。”大卫说。他帮卡茂站起来，然后他们一起走进兵营。

外面的交火正渐渐平息。喧闹中不时插入手榴弹的爆炸声。他们停在一道巨大的门前，大卫轻轻敲了几下：“我是阿喀琉斯。”

门开了，那位柏柏尔人酋长在里面，她穿着一件蓝色的衣服，手中拿着一把手枪，示意他们进来。

卢金被堵着嘴，像条死狗似的被绑在地上。大卫的脸上露出一个揶揄的笑容，少校在绳子里挣扎起来，嘴里呜呜叫唤。

大卫转向酋长：“你会遵守你的承诺吧？”

“我会的，就像你遵守了你的承诺一样，那些投降的人不会受到伤害。”酋长朝大卫胸口那个她烙下的印记瞧了瞧，“一个真正的酋长绝不会背弃对她的子民的诺言。”

大卫走到少校身前，把塞在他嘴里的东西拉了出来。

“你是个蠢——”

“闭嘴。”大卫说，“我们已经控制了休达。剩下的唯一问题是今晚还有多少伊麻里士兵将会死去。如果你愿意去指挥中心，跟着这位酋长——”大卫顿了一下，好欣赏少校脸上震惊的表情，“是的，没错，她就是酋长。顺便说一声，那位姑娘是她女儿，柏柏尔人在很长一段历史时期内都由女性担任部落首领。历史和文化知识有时候是能派上用场的，即便在战争中也是。如果你跟着她过去，命令你残余的部队投降的话，你就能救下他们的性命。如果你不这样做，我向你保证，她和她的人马会非常高兴的。”

“你是谁？”卢金追问道。

“这无关紧要。”大卫说。

卢金轻蔑地笑了：“你这种人是赢不了这样的战争的，如今这个世界不属于好人们。”

CHAPTER 54

地中海上

瘟疫船“命运”号

凯特看着肖又打开了一道门，他正要走出去，前面的走廊忽然被火焰填满了。

“后退！”他大叫着猛地摔上门。

凯特看了看他们身后，走廊的尽头烟雾浮动，她甚至都看不到走廊尽头的样子了。火焰正在吞噬这艘船，收紧包围，要让他们窒息。

他们被困住了。

凯特听到头顶上有碎片落到甲板上的声音，天花板上有热气传来。他们会被压死，要不就是被烧死，或者被窒息而死。无路可逃了——他们所在的地方在船体内部太深了。

肖抓住她的胳膊，打开一扇门，带着她继续朝船体深处走去。

“我们不能往——”

“闭嘴。”他边说边打开一间舱房的门，让凯特进去——实际上是把她丢了进去。常帮着马丁跟在他们后面进入了房间，另一个科学家也跟了进来。

“我们不能留在这里——”凯特刚开口说话，肖已经走出了门，还把身后的门关上了。

凯特用力拉门把手，可它一动不动。肖把他们锁在里头了。

基地要塞中的院子里差不多安静了下来，但伊麻里士兵和柏柏尔人战士之间仍在发生冲突，枪声此起彼伏。酋长带着三名族人走在大卫前面，其中一人正抓着卢金少校的胳膊拖着他往前走——每一步都给少校带来一阵剧痛。

在大卫右边，那艘巨大的瘟疫船正在海上燃烧，船上时不时发生爆炸。

战争伤亡，大卫对自己说。卡茂说过，船上的人都是敌军的战斗人员——伊麻里的士兵或者是宣誓效忠了的新雇员，而且他别无选择。

凯特听到连续三声爆炸。房间里一片漆黑，屋里只有马丁、常和那个欧洲科学家偶尔发出的咳嗽或者咕哝声。

凯特听到门上响起了当啷声。她刚走过去，门就开了。肖抓住她的胳膊，把她拖在自己身后。

她掉头看去，希望马丁跟上来了。但她什么也看不到，烟太浓了，浓烟灼痛了她的眼睛，冲进了她的肺里。

她咳嗽起来，干咳不停。肖只顾把她往前拖。他会把她的胳膊扯下去的。

前方走廊上有个交叉口，黑烟在那边略为弱些。凯特先是听到燃烧的声音，感到了热量，然后就看到了火焰。

走道一边的大火正熊熊燃烧，火苗舔到了天花板，正朝着另外一边蔓延。在火焰的前方她看到了一个出口。肖用手榴弹在之前就被炸得四分五裂的船身上炸开了一条出路，确切说是个参差不齐的大洞，就好像有只巨大的生物从船外面猛地咬下一口的结果。

肖把她朝火场拖去。

大卫靠在控制大楼顶上作战中心的门框上。

一个柏柏尔人扯掉了卢金嘴上的胶带，把他推到麦克风前。

卢金看了看酋长，又看了看大卫，终于开始朝着麦克风讲话："所有伊麻里部队请注意，我是亚历山大 · 卢金少校。我现在命令你们立刻投降，放下你们的武器。休达已经陷落……"

大卫对卢金的话充耳不闻，他只是看着显示器上呈现出的大屠杀：基地各处，城墙外面，还有水面上，到处都是杀戮。

我做了什么？他自问道。做了必须做的事情，他告诉自己。房间对面的卡茂朝他看来，两人视线相接。卡茂朝他微微点了点头。

肖拖着凯特经过火场的时候她闭上了眼睛。再睁开眼的时候她已经到了走道的边上，她两边的墙壁都被炸没了，而且他们正在下坠——

她双脚重重落地，随即双腿一弯，倒在甲板上翻滚开去。肖已经站了起来，这人简直像个超级战士。凯特往上看去，看到马丁、常和另外那人从着火的口子中飞了出来，朝着底下甲板落下。他们重重摔落在她身旁，她险些没来得及滚到一旁。三个男人都还活着，但凯特怀疑他们可能摔断了几根骨头。她丢开背包，开始朝他们爬去，但头上又发生了一次爆炸，船体的碎片被撒向空中。碎片成堆落下，雨点般坠落到他们身上。凯特蜷成一团，努力保护好自己。

肖把她拉了起来："我们必须跳下去！"他指着下方的水面。

凯特瞪大了眼睛，这里起码有二十英尺高。船身周围，大火正在水上熊熊燃烧。

"不，绝对，不可能。"

肖抓起她的背包，往下边扔了出去，然后抓住她的胳膊，把她朝甲板边上拽去。凯特闭上眼睛，深深吸了口气。

大卫从对面的士兵手中接过咖啡纸杯，说了声"谢谢"。

他边啜饮咖啡，边看着房间四周的屏幕。那些放下武器的伊麻里士兵正走进要塞，他们会成为那些牲口棚里新的住户。

两个技术员正在放大燃烧着的瘟疫船的图像，以评估它的破坏程度和解体速度，好判断要不要再朝它来一发。

在屏幕上，船体的一侧发生了爆炸。一个伊麻里士兵把一个女性拖过火场，把她丢到了下面的甲板上。她蜷成一团，然后那个士兵把她拉了起来。

大卫浑身僵硬，那女人的头发是黑色的……但他认得出这张脸，这不可能。但是，那真的是凯特。要不就是大卫终于精神崩溃了？战斗和他的抉择带来的精神压力最终击碎了他眼中的现实？他看到的是不是只是他希望看到的东西？

他看着凯特和那个伊麻里士兵搏斗，然后被他扔进了下面的海里。她多半死了。

大卫走到技术员身边："把这边的画面倒放。"

画面一格格倒转。

"停。"

大卫往前靠近屏幕，现在他可以确定了，那就是凯特。一个伊麻里士兵把她像个破布娃娃似的拖来拖去，最后从船上扔了下去。这家伙死定了。

他转过身，对酋长说："我回来之前，这里由你指挥。别对那艘瘟疫船开火，无论如何都不要。"

几秒钟之后他已经走出了控制站，冲下第一段阶梯。

"大卫！你需要帮忙吗？"卡茂在上面朝他喊道。

CHAPTER 55

摩洛哥北部

休达

原伊麻里军事基地

大卫打量着港口里的船只。这里有大量渔船，可只有几艘摩托快艇。大卫试着权衡利弊。航程和速度，哪个更重要？两者他都需要，但是分别需要多少？那儿有艘圣汐 80 游艇[①]。他试着回忆这一型号的规格参数。他两年前曾经看过它的资料，打算买一艘。他记得它全长 24 米半，巡航速度二十四节，最高速度可达三十节。航程可达三百五十海里。但港口尽头还有艘大家伙，一艘四十米长的圣汐游艇。运气好的话，它后面会有个船坞，里面装着艘小潜水艇。他朝那艘点点头。“我们坐那艘大些的摩托游艇。”他对卡茂说。

几分钟后，那艘四十米长的游艇朝着地中海出航，驶向那艘正在夜色中燃烧的游轮。

凯特的胳膊和腿都累了，她只能勉强把自己的头部保持在水面以上。船还在朝空中喷涌黑烟，往水里倾撒残骸。每隔几秒钟就有碎片差点砸到她。

但他们无处可去：一道厚实的火墙在水上熊熊燃烧，形成一个圆圈，把他们困在了靠近船体的一小片水域当中。

她全身上下都在酸痛，她的肺疼得几乎不能呼吸。

肖朝着某个东西游去——是一片残骸。他把那东西拽回到她和另外三个男人身边：“抓住它。我们得等火小些，然后努力游到岸边去。”

---

① 译者注：圣汐（Sunseeker）是世界著名豪华游艇品牌。圣汐 80 为该公司一款经典产品。

大卫打量着那艘失去动力的游轮。它在海上熊熊燃烧，好像一场野火。船身正在原地崩塌，间或随机地在某个部位发生爆炸。涡轮引擎的油箱某个地方破了，油在水面上燃烧，形成了一个围着船的半圆形火圈，火势凶猛。每层甲板上都有人跳下来，有些人毫无疑问是在自寻死路。他们消失在火墙后的水面下。大卫看不出那些人要怎么能逃出来。他们肯定无法游过火墙，而且火场的厚度太大，他们也无法潜泳过来。

他只能希望凯特落水后还活着，在那里等着他。

大卫走到下层甲板上，检查小潜水艇。他打开舱盖，检查了一下控制仪表。没氧气了，那还能做什么？等着火熄？如果她受伤了怎么办？

“大卫，你需要什么？”

“氧气。”

凯特刚瞥见水下有什么东西，瞬间之后它已经抓住了肖，把他朝水底拖去。

开始凯特以为那是条鲨鱼或者别的什么海洋生物，但肖浮上水面，狂乱地挥舞着手臂。他往后伸手，摸到了那块漂浮着的残骸，然后紧紧抓住它，把自己拽过去。那个东西也升上了水面，朝肖身上猛捶过去，把他打到了残骸下面。现在凯特看出来了，这是个男人，而且他强壮得让人吃惊，他的肌肉非常发达。他戴着水肺，背后还背着几个气瓶。肖一边英勇战斗着，一边拼尽最后一点力气继续游泳，但那个恶棍太强壮了。他一拳头打在肖的脸上，让他的脑袋撞到了下面残骸的坚硬表面上。肖瘫倒在残骸上，那人抓住他，开始朝水下潜去。

凯特朝他们游去，把自己投身到这场战斗中。她用力推着那个戴着水肺的潜水者的面具，用另外一只手抓住肖，努力想把他解救出来。

这个凶徒摘掉了自己的面具：“见鬼，你在干什么？”

大卫。

凯特一时间无法动弹，一股强烈的感情如潮水般淹没了她，她觉得自己的手脚发麻，她喝下了一大口海水。

大卫松开肖，伸手抓住她。他深深凝望她的眼睛，然后张开嘴想要说什么。肖的拳头正中他的脸颊，把他打到了水面下。肖朝他追下去，但凯特恢复了镇定，挡到他们中间。

“男孩子们，冷静点！”她推开他们俩，自己隔在中间。

“你在保护他？”大卫吵吵着。

“他救了我的命。”凯特说。

“他把你从船上扔了下来。”

“哦，这个事情……说来话长。”

大卫瞪着她：“不管怎么说吧，我们要离开这里。”他从背后解下一个气瓶，推向凯特，“拿着这个。”

凯特指着马丁、常和另外一个科学家：“他们怎么办？”

“他们是谁啊？”

“他们得跟我们一起走。”凯特坚持说。

大卫摇了摇头，动手把气瓶带子挂到凯特肩上。

她推开大卫，游到那些人身边：“我不会把马丁和其他人丢下的。”

“好吧，你们三个，”大卫回头冷冷地瞥了肖一眼，“你们四个，可以共用一个气瓶。”

“凯特，我需要跟你谈谈。非常紧急。”马丁说。他几乎无力把头部保持在水面以上了。

那个欧洲科学家开口了：“不需要分氧气给我。我可以一个人游过去。”

所有人都望着他。

“我是个顶尖的游泳健将。”他解释道。

大卫把另一个气瓶丢给肖：“好吧，你们大家可以开个协调会来商量怎么分配，我们要走了。”他抓住凯特的胳膊。

“等等。”凯特说，“马丁受伤了，而且病得很重，你带着他，大卫。”

“不。”他游近凯特，“我不会再让你离开我的视线了，再也不会了。”

她听到肖在后面呻吟着什么，但时间这一刻仿佛停顿了。她迷迷糊糊地点了点头。

“看在老天的分儿上，”肖说，“我会带上马丁。你们俩带着那个科学家，反正他用不了多少氧气的。”他朝那个欧洲科学家比了个手势，“至于你……我觉得你很会游泳。”

欧洲人一个猛子扎进了水下。马丁抗议了一下，但肖抓住他，把他拖下了水。大卫把呼吸面具戴到凯特脸上，他们潜下水，但她奋力挣扎回水面上。

“怎么了？”大卫问道。

“常。”

大卫望过去。

常医生正在踩水：“我还以为你们准备丢下我。”

他救了马丁的命。凯特想：“我们不会丢下你的。”她朝大卫示意：“抓住他的手。”

“我可没这爱好。”①

“噢，别这样！”她抓住常的手，另一只手紧紧握住大卫的手，然后他们三个人一起朝水下潜去。

凯特第一个吸氧气，然后换常。大卫需要的氧气看起来比他们俩少。

凯特看不到肖和马丁，也看不到另外那个人。上面的火墙感觉似乎在没完没了地向前延伸。她透过面具往上望了望。水上的火焰很美，她以前从未见过这样的景象。水顶上，一朵橙红色的花朵怒放着，绽开着，萎谢着，仿佛是慢速摄影画面。

常游在她身边，他闭着眼睛，水里一定是有汽油。

大卫领着他们继续往前。他脚上挂着脚蹼，强有力的双腿带动着脚蹼在水中蹬动。

终于到了火场尽头，凯特看到水上的黑色夜空。大卫带着他们往上游去，

---

① 译者注：原文是双关语。一方面说自己能力不足，一方面开玩笑说自己不是同性恋，不喜欢牵男人的手。

他和常一冲出水面就大口吸气。

凯特抬起一只手，挡住刺眼的亮光。另一艘船漂在那里，就停在火场旁边。是一艘白色的游艇，装着深色的窗玻璃，有三层楼高。她知道“三层楼”肯定不是正确的航海术语，但是对她来说这东西看起来就像是一栋三层楼公寓，只不过前后都有甲板向外延伸。

大卫把她和常朝游艇拖去。一个高个子黑人站在船尾，朝水中伸手，抓住凯特的双臂，毫不费力地把她拉上了船。

凯特把背包放下，看到那个非洲人一只手就把常提了起来，在她身边放下。

大卫开始爬上梯子：“我们是最先到的吗？”

非洲人点点头。

大卫停下了，从凯特手上拿过面具转而往下。正下到一半，一个脑袋从水里冒了出来。

是那个欧洲科学家。

“你看到另外两个人了吗？”大卫朝他叫道。

“没。”他擦去脸上的水，“我一直闭着眼睛，水里面有汽油。”

凯特觉得这人都快喘不过气来了。她很想跟大卫说几句话，但他已经走了，回到漆黑的水里。

等待的每一秒感觉就像是一小时那么长。

“我叫卡茂。”

凯特转向他：“凯特 · 华纳。”

他扬起眉毛，惊讶地看着她。

“啊，我经常看到人们这副表情。”她转回头看着水面。

水面上又冒出来一个脑袋。是肖。马丁没跟他在一起。凯特走到栏杆边：“马丁在哪儿？”

“他不在这儿吗？”肖在水里转动身子，环顾四周，“他吓坏了，以为自己快被淹死了。我觉得他游在我前头。该死的，我在水里什么都看不清。”他又潜入了水下。

凯特望着那堵火墙。如果马丁游向水面，在那火墙当中冒出来……

她继续等待着，感到肩头被盖上了一张毯子时，她小声说了声“谢谢”，没转头去看是谁放的。

两个脑袋冲破水面，一个男人把另外一个拉上了船：是大卫——带着马丁。

马丁的脑袋被严重烧伤了，他几乎失去了意识。

大卫把马丁弄上船，平放在沙龙里的一张白色皮沙发上。常跑到马丁身边，开始确认他的伤势。卡茂拿过来一个急救箱，凯特开始在里面翻找。

水面又分开了。“你们找到他了吗？”肖叫道。

“是的！”凯特喊道。

肖刚够到梯子，大卫就朝卡茂喊道：“我们离开这里。”

凯特和常继续忙着照顾马丁，直到把他的头部包扎好。马丁的呼吸平稳下来。

“他会好起来的。”常说，“接下来我一个人就行了，凯特。”

大卫抓住凯特的胳膊，带着她朝下层甲板走去。他的手紧紧握住她的二头肌。她身上湿透了，完完全全精疲力竭，但是看到大卫，知道他还活着，不知怎的她就兴奋起来，心情异乎寻常地快乐。

大卫关上门，转身上好锁。“我们需要谈谈。”他脸朝着门说。

CHAPTER 56

摩洛哥北部

腰间传来一阵火辣辣的疼感，多利安被痛醒了。

他转了一下身子，立刻疼得大叫起来。这一动他就痛得更厉害了。击中他的东西还在他身体里，在里面移动着，挖开伤口，就像一把烧红了的刀子。

他摘下头盔，弯下腰看看伤到自己的是什么。

一根树枝正好从他上半身的护甲下边，贴着骨盆上缘的地方笔直戳了进去。他小心地解开自己的护甲。这动作又带来了一阵剧痛，让他不得不停下一会儿。他把护甲丢在一旁，把下面的内衣拉上来。

那根树枝只戳进去了几英寸。如果再进入一点，可能就戳到他的肝脏了。

他咬紧牙关，有条不紊地把木头抽了出去。

他观察了一下伤口，他在流血，但会好的。现在他还有更要紧的问题要处理。

即便在夜色中，他也能看到树顶上升起的那三根烟柱，是直升机编队的残骸在燃烧。

休达没有空中力量——所有的空军都被部署到西班牙南部去了。但占领基地的不管是什么人，他们显然拥有大量的地面部队。他们会派出地面部队吗?

他站了起来。

有尖叫声传来——从坠机所在的位置。他的本能接管了身体，他抓起头盔和护甲，朝燃烧着的残骸跑去。

直升机点燃了森林，大火熊熊燃烧，形成了一堵多利安的视线无法透过的火墙。叫声更响了，但多利安听不清在喊什么。

他披上护甲，又戴上头盔，然后绕着火墙外面跑动，寻找过去的路。另外一边的火墙没那么厚，但他仍然看不清楚直升机那边的情况。他觉得自己也许过不去了。

多利安抽出自己的手枪，把枪连同剩下的弹夹一起丢到地上，然后把卫星电话也放到地上。他把手揣进护甲里，朝着火焰的边缘走去。他的靴子、衣服和头盔都是防火的，但能承受的热量有限度，而且他身上有些部位这套衣甲没有覆盖到。

他深深吸了口气，冲进火中，脚步重重踏在地上，火烫得简直让人受不了。他屏住呼吸，然后……他冲破了火墙，进入一小块没有火的空地。多利安现在看清了里面的情形：三架直升机坠毁的地方相隔不远，燃起的火焰连到了一起，形成了这个火环。每架直升机都已经完全被火焰包围了。多利安从里面什么也弄不出来，而且叫声也不是直升机里的人发出来的。

又有一阵哭叫声传来。多利安转过身，找到了声音的源头。飞行员身上黑色的伊麻里防弹服让他在黑色的地面和漆黑的夜里几乎是看不到的，即便在火光下也是如此。

多利安跑到他身边。这男人的腿弯成了一个不自然的角度，旁边有个很深的伤口。他已经把自己的大腿根部紧紧绑起止血，这拯救了他自己的生命。但多利安不知道这算不算好事。他成功地从燃烧的直升机里爬了出来，但他无法跑，甚至站都站不起来。

“救命啊！”那人叫道。

“闭嘴。”多利安不假思索地隔着黑色头盔对他说。要怎么办？这人已经失血过多，这里也没有医疗手段。多利安下意识地伸手去摸自己的佩枪，然后想起来他把枪留在火墙外了。结束他的痛苦，然后出发。敌人很快就会到这里来，搜索这片区域。他会连累你被杀掉的。但多利安不能这么做，不能让自己丢下这个人，把他自己的士兵丢下烧死。他弯下腰，抓住这人的胳膊。

“谢谢你，长官。”飞行员喘着粗气说。

多利安顿了一下，然后站起来，走到一旁拿起飞行员的头盔再回来：“戴好头盔，我们要穿过火场。”

多利安忍着痛把那人扛到肩上。他身侧的伤口疼得厉害，仿佛在被切割，在被戳刺，他感觉自己好像快被撕成两半了。

他跑到火边，吸了口气，然后冲进火墙。这次他的速度要慢得多，虽然他拼尽了全力。

他一穿过火墙，就把那人丢到地上，然后自己也倒了下去。风在把火朝另一个方向吹去，他们暂时安全了。

多利安喘不过气来，而且痛得想要呕吐。除了疼还是疼，他甚至都不知道到底是哪里在疼了。他眼角的余光看到了放在地上的枪、弹夹，还有电话。如果他能拿起枪，就可以结束这男人的痛苦了……多利安试着要站起来，但疼痛和疲惫两面夹击，让他倒在地上动弹不得，只能静静躺着。

飞行员爬到多利安身旁，开始做什么。多利安想要把他推开，但飞行员反手按住了他。他的腿上又传来一阵剧痛，这家伙在折磨他。多利安想要用脚踢他，但那家伙用身子横压住他的双腿。剧痛一浪高过一浪，朝多利安不断涌来。他会被淹死的，他正在被淹死，眼前的树林渐渐模糊。

多利安醒来的时候，天还很黑，但直升机坠毁的地方已经没有火了，只有烟。他还是很疼，但他又能动了。在他身边，那个飞行员躺在那儿睡着了。

多利安坐起身来，每个动作都让他疼得眉头紧皱。他的双脚被烧伤了，皮肤东零西落。那双已经被烧坏的靴子被脱了下来，放在旁边。靴底很光滑，上面的橡胶之前被烧融了，流到了他的脚底和脚面上。飞行员当时是在脱他的鞋子，多半是为了抢救多利安的双脚。那些融化的橡胶凉下来要过多久？如果靴子一直穿在他脚上，多利安可能再也无法行走了。

一双完好的靴子就放在多利安被烧坏的那双旁边。

多利安又瞧了瞧那个正在呼呼大睡的飞行员，他赤着脚。多利安把靴子拿到自己脚旁，有点小，但是还能穿，看他要走多远了。他需要搞清楚这点。

他爬到自己的手枪和卫星电话旁。他又看了看飞行员，考虑着自己的下一步行动，飞行员腿上伤口周围的区域已经出现了感染迹象。

多利安按下电话按键。

“先遣舰队。”

“我是斯隆。”

“长官，我们还——”

“闭嘴。叫威廉姆斯船长接电话。”

“将军——”

“舰长，我为什么还见鬼地被困在敌人控制区的树林里？”

“长官，我们已经派出了两支救援分队。敌方把两支小分队都从空中打下去了。你深入了他们的射程范围。”

“我不想听你说你们失败了多少次，舰长。传一张地形图到我电话上，叠合上他们的射程范围。”

“好的长官。我们认为休达可能在朝你所在的位置派遣地面部队——”

多利安拿着手机，研究着上面的地图，不再理会船长。他觉得自己从现在的位置走到休达的射程范围外最近的一个会合点大概需要三个小时。他瞥了一眼自己烧伤的双脚，四个小时更现实。这将是个艰难的任务，但他能完成。

飞行员发出一声鼾声，引起了多利安的注意。他朝飞行员看看，有些烦恼。怎么办？飞行员不远处，枪和弹夹隐约可见，无声地提供了一个解决方案。

他在脑海中寻找着别的办法，眼神飘移不定。他想到的每个其他方案最后都遇到了一个冰冷而不容改变的念头。别做个傻瓜，你知道必须做什么。多利安生平第一次，他给这个心声配上了一张脸：阿瑞斯。他现在知道了，他第一次能辨别出自己的想法，真实的想法，能感到自己在第一次亚特兰蒂斯瘟疫暴发前，他的父亲把他放进那根管子里之前是个什么样的人。这一刻是他做出一个又一个艰难决定的平生的缩影：他的感性的、人性的自我的希望和那个冷酷残忍的声音之间的斗争。阿瑞斯，是阿瑞斯一直在他思想深处徘徊不去，以看不见的方式驱动着多利安，引导着他的思考。多利安在这一刻之前从没真正注意到自己内心的这种斗争。阿瑞斯又在叫喊了：别软弱，你是特殊的，你必须活下去，你的种族全靠你了。他只是我们的大业中损失的又一名士兵。别让他的牺牲蒙蔽了你的判断力。

多利安把电话拿到脸旁："舰长，我会发给你一套坐标。"

他看了看飞行员，然后看看自己烧伤的双脚——这双脚还能走。

"长官？"

多利安的思想仿佛是怒海孤舟，来回晃荡着，那声音现在更坚决了。这世界不是为弱者们建造的，多利安，你正在下史上最大的一盘棋，不要拿"国王"去冒险拯救一颗卒子。

"我在，"多利安说，"我到达撤退点的时间预计是……"

不要——

"……八小时内。注意，我还带着另一个生还者。如果到时候我们不在那个坐标，救援队伍的任务是进入树林，朝着四十七度角方向前行寻找我们。"

这时，那声音消失了，沉默了。多利安的思维完全属于他自己了，他自由了。他……不同了，或者说他终于成了他一直想要成为的那样的人？他耳中响起的声音打断了他的沉思。

"收到，将军。祝好运。"

"舰长。"

"长官？"

"我房间里那个女孩。"

"好的，长官。她就在这里——"

"告诉她……我很好。"

"好的，长官。我会照办——"

多利安结束了通话。

他跌坐回地上。他饿了，他需要吃东西，需要恢复体力，考虑到他还得带着额外的负重，尤其如此。他必须去打猎。

他听到远处有一阵低沉的隆隆声滚滚而来。是雷声吗？不对，是马匹在森林中疾驰的蹄声。

CHAPTER 57

地中海上

休达海岸附近

最近一个小时里，凯特和大卫一多半时间根本就没再说什么话。这让她很高兴。他们躺在一起，都光着身子，裹在床单里，睡在这间木饰主客房的特大号床上。

对她来说这简直是场美梦，感觉他们就像是正躺在豪华酒店的客房里，外面的世界似乎就只是一场噩梦而已。她觉得安全，轻松，她有多久没这样了……久得她已经记不清了。

凯特把脸贴在大卫的胸膛上。她喜欢倾听他的心跳，观看他的身子随着呼吸一起一伏。她用自己的手指在他胸口红色的烧伤痕迹周围画圈圈。这看起来像是他被打上了烙印。“这里的伤口是新的呢。”她轻轻地说。

“这是在这个扭曲的世界里弄到只匹木马所付出的代价。”他的声音很严肃。

这是个笑话吗？她撑起身子，望着他的眼神，希望找出答案，但大卫没看她。

他某些地方不一样了，更冷酷，更疏远。他们做爱的时候她就感觉到了这点，他不像在直布罗陀的时候那么温柔了。

她把头靠回他的胸口，半掩住自己的脸：“我做了个和木马有关的梦。梦里你在画画——”

大卫把她从身上推开：“我坐在一张绘图桌前——”

凯特完全震惊了。她点点头，迟疑着说：“是的……外面是个阳台，能望到一片蓝色的海湾，还有一片森林覆盖的半岛——”

“难以置信……”大卫低声说，“怎么回事？”

马丁之前的话在凯特的脑海里回响。我们相信亚特兰蒂斯基因跟某个量子生物学过程相关，涉及速度比光速更快的亚原子微粒……

凯特曾经给大卫输过血。不过这并不会改变他的基因组，不会让他拥有亚特兰蒂斯基因，但让他们之间存在了某种联系。

“我认为这跟亚特兰蒂斯基因有关——它激活了某种量子生物学联系——”

“够了，就此打住，别再讲高科技天书了，我们必须谈谈。”

凯特把后面的话咽了回去：“那就谈啊。不用我给你发一份正式邀请函吧。”

“你抛弃了我。”

“什么？”

“在直布罗陀。我信任你——”

“我能不能提醒你一下，你之前中了——三枪？基冈当时准备杀了你。”

“他没有。”

“我跟他做了个交易——”

“不，你没有。他需要我，他希望我去杀掉斯隆，他把我们俩都耍了。你本该来找我——”

“你认真的吗？大卫，你当时走路都勉强。基冈告诉我，那栋房子里有一大群他的手下——伊麻里的特工。他们的确是他的部下吧，对不对？”

“他们是——”

“换了你又能做什么呢？你被包围了——”

“我不会对你说谎。我不会跟你一起睡觉，然后夜里溜走。”

凯特感到一阵焦躁。她努力恢复镇定：“我从没对你说谎——”

“你不信任我，你都不跟我说——”

“我救了你的命。”凯特站起来，摇了摇头，“我做了就做了，都过去了。”

“你还会做这种事吗？”

凯特抑制着回答他的冲动。

“回答我！”

她瞪着大卫，他反瞪着凯特。他变化太大了，可是，这仍然是那个男人，她对他……

“是的，大卫，我还会这么做的。你在这里，我也在，我们都活下来了。”她还有些别的话想说，但现在说不出口，在他像这样用那冰冷的眼神死气沉沉地看着她的时候说不出口。

“不信任我的人，我不会纳入我的指挥之下。”

凯特爆发了：“你的指挥之下？”

“没错。”

“嗯，这太好了，因为我可不打算加入你在这里领导的军队或者是什么别的见鬼的组织。”

门上响起了敲门声。对凯特来说，这简直是根救命稻草。她张开嘴，但大卫抢先开口了。

“现在不适合——”

“我是卡茂。事情很急，大卫。”

大卫和凯特一起把他们的衣服从床单里翻出来，他们背对着背穿上衣服。大卫冷冷地、彬彬有礼地看着她，等她点了点头之后就打开了门。

“大卫——”卡茂开口说。

“什么——”

“那个老人。”

“他怎么了？”

“他死了。”

大卫回头望着凯特。他的表情变了，冷酷瞬间消失了。她看到了同情，看到了她爱上的那个男人。这让她兴奋，听到卡茂带来的消息让她伤痛，两种情绪冲突起来。然后她惊觉过来：马丁的脸被烧伤了，但他伤得并不重。是常的瘟疫治疗手段突然失效了吗？没了马丁，下面她要怎么办？她还没感谢过他。她对他最后一次说话都说了什么？

“多谢你……通知我们。”大卫说。

“你必须现在就来一趟，大卫。带上武器。”

“什么？”

卡茂四下张望了一下，确定周围没有别人：“我认为他是被人谋杀的。”

马丁在上甲板上的封闭生活区里，静静地躺在那张白色的皮沙发上。

每个人都在这里了，凯特、大卫、肖，还有两位科学家——常和那位欧洲科学家。他最后自我介绍了一下，说自己也是个医生，叫亚瑟·雅努斯。凯特盯着马丁看了一会儿，走过房间跪倒在他身边。她努力控制住自己的感情，对她来说，马丁是最接近于父亲的人。他不怎么胜任这项工作，但毫无疑问他努力了。而且出于某种原因，这让她更难过了。她努力让自己的头脑清醒。她必须集中精神。

卡茂的话在她脑海中回响：我认为他是被谋杀的。

她没有看到搏斗的迹象。凯特检查了一下他的手指甲，没有皮肤，没有血。他身上有几处擦伤，但凯特觉得没有哪处是他们从瘟疫船上逃出来之后的。马丁看起来跟卡茂把他从水里拉出来的时候一模一样，她抬头看着那个非洲人，用眼神发问：你确定吗？

他轻轻偏了下头。

凯特摸了摸马丁的脖子。没错……她把他的头挪动了一下，试了试它活动的范围。有人弄断了他的脖子……凯特感到自己的呼吸停顿了。做下这事的人，不管是谁，也在这个房间里，正盯着他。

“凯特，对马丁的事情我感到很遗憾，”肖开口说道，“真的。但我们必须离开这艘船，继续出发。我们在这里不安全。”

肖也看出来了吗？他知道了？

“她哪里都不会去。”大卫说。

“她会的。”肖寸步不让，“现在，告诉我你要把我们带到哪儿去。我好安排人接应我们撤离。”

大卫没理他，朝着凯特迈出一步。

肖抓住他的胳膊："嘿，我在跟你讲话呢。"

大卫转过身，猛地一推，几乎把肖推倒在地板上："你再碰一下我，我就把你从船后面扔下去。"

"那你还等什么？现在就动手啊。"

卡茂站到大卫身后，让肖看到打起来会是二对一。

凯特冲到三个男人中间："行了，这场睾丸酮展示[①]已经够了。"

她抓住大卫的胳膊，把他拖到一边。

① 译者注：睾丸酮水平和"男性气概"相关。

CHAPTER 58

摩洛哥北部

“谢谢你，长官，谢谢你救了我。”飞行员说。

多利安用自己的刀子割下一片烤煳了的肉，囫囵咽进肚里：“别提这事了，我是认真的。对谁都别说。”

飞行员犹豫了一下：“好的，长官。”

他们默不作声地吃着，不一会儿就把肉上最好吃的部分吃完了。

“这让我想起了我还是孩子的时候，跟我爸爸去野营。”

多利安真希望这多愁善感的蠢货能闭嘴，要不干脆昏过去。他又看了看这人的伤口，从周围感染的迹象来看，他肯定会丢掉这条腿……这还得他能撑到明天早上。想到这些，多利安做出了回应：“我父亲从不……野营，压根儿不去。”

直升机飞行员张开嘴想说什么，但多利安继续说了下去。

“他在军队里做事，他对此感到非常骄傲。自然，他的兴趣都放在了伊麻里国际集团上，尽管我小时候那更像是他加入的一个俱乐部，一个社会团体，后来它才成为一项事业。我们曾经一起做过的事情大概只有参加阅兵。第一眼看过去，我就知道我将来想要做什么了。我看着皇帝[①]的那些士兵排列成行，踏着进行曲前行。我胸中的心脏和着他们音乐的节拍跳动。”

“真了不起，长官。你那时候就知道你想要做个军人了？”

多利安那天晚上就对他父亲说：我想要走在队列前头，爹地。请给我买个小号，我会成为皇帝的军队中最优秀的号手的。多利安在那根管子里的重生消除了他腿上和腰部的伤疤，但他父亲给他的那顿痛打还留在他的记忆里。

---

① 译者注：指德皇威廉二世。一战后他被迫退位，此后德国不再有皇帝。

迪尔特，这世界就是这样对待号手们的。

“是的。我那时候就知道了。一个军人……”

但他是什么时候知道的？他成了什么？1986年他从那根管子里出来的那天。他已经不一样了，他变成了阿瑞斯。是的，现在看来这点如此清晰，但——

“等等，长官。你刚才说皇帝的部队？”

“没错，这事情……说来话长。现在，闭上嘴，休息一下，这是命令。”

多利安半个晚上都醒着，只睡了个把小时，的但他醒来的时候觉得精力大大恢复了。第一缕阳光在东方出现，森林里处处都活跃起来。

多利安醒来时就有了个主意。为什么之前他没想到？要让这主意有成功的机会，他需要迅速行动。

他悄悄走到飞行员身旁。飞行员的呼吸很轻，伤口的血还在往森林的地面上渗，在他周围形成了一片黑红色的血泊。他时不时抽搐一下。

多利安从他身边走开，在一块岩石上坐了很长一段时间，倾听着周围的动静，试图分辨方向。等他确定之后，他检查了一下手枪，然后出发。

多利安透过灌木丛能看到两个柏柏尔的部落民。一个睡在地上，另一个看起来像是个军官，睡在帐篷里。他相当肯定这里只有两个人。只有两匹马在附近，系在一棵树上。

在燃烧的火堆旁放着一把大砍刀。多利安准备用这把刀下手，枪声会引来注意，而他现在不需要被人注意。两个睡着的柏柏尔部落民不成问题。

多利安又踢了那匹马一脚，它静静地在林间穿行。回到营地里后他得先打个电话，把撤退时间提前。骑着马他和飞行员能多快到达那里？或者更应该问的是:那个人还有多长时间？多利安希望自己能知道，那会成为最终底线。这两匹马会救回飞行员的性命的。他又踢了马一脚，它对这指挥做出了反应。他把另外一匹马的缰绳牵在身后，那匹马跟着他们的步调前行。令人惊奇的动物。

靠近营地之后，多利安勒马缓行，然后不等马停下就跳下马背。

“嘿！起来了。”

多利安边说边朝卫星电话走去。

飞行员没回答。

多利安停住了，不要。他转过身。他知道他会看到什么，但他还是朝着他的同伴跑去。他用两根手指按住飞行员的脖子。他摸着冰冷的皮肤，知道自己不可能摸到任何脉搏，但他仍然把手指在上面放了一会儿，盯着那双紧闭的眼睛。

多利安一阵狂怒，他几乎要冲这个男人的尸体一脚踢过去。他想跪下来，用拳头打他的脸——因为他居然死了，因为他居然耍了自己，因为……所有一切。他站了起来，两匹马被吓到了，退开几步。一匹马嘶鸣一声，跳了起来。愚蠢，臭烘烘的兽类。他转过身想踢一脚，但它们躲到了他够不着的地方。没关系，他会把一匹马驱策至死，然后换乘另外一匹，把它也累死。

他朝卫星电话跑去。

“先遣舰队。”

“给我接威廉姆斯舰长。”

“表明你的身份。”

“你他妈的以为我是谁？这些天你们接到了很多打错的电话吗？叫威廉姆斯接电话，要不等我从这个鬼地方出去我会把你撕成上下两截！”

“稍，稍等，长，长官。”

两秒钟之后。

“我是威廉姆斯——”

“修订时间表。我会在一个小时之内到达登陆区。”

“我们到达那儿最快是——”

“一个小时之内！一个小时，或者更早。他们洗照片能洗那么快的。你最好他妈的也在那之前滚到那儿去。如果我得自己一路走回舰队，你的寿命就会骤然缩短的，舰长。”

大卫听到舰长在叫喊着要直升机紧急起飞。

“我们会……按时到达的，长官。”

“那个女孩——”

“我们好好照顾着她呢——”

“让她消失。”

“你是想——”

“我不管她去哪里，总之等我回去她最好是不在那里了。”

多利安挂断了电话。

他骑上离他比较近的那匹马，用尽全力踢下去。

CHAPTER 59

地中海上

休达海岸外某处

“是肖杀了他。”大卫断然说道。

凯特缩了缩身子，朝他们卧室关着的门瞥了一眼：“小声点。”

“为什么？他知道是自己干的，他也知道我知道这点。”

凯特望着他的眼睛。他十分愤怒，她从他的身上能看出这点，从他的声音里也能听出这点，她甚至还能感觉到这点——在更深的层次上。就仿佛她的一部分在他的体内，反之亦然。愤怒仿佛从他身上散发出来，渗透到她的体内，就像是一条沥青高速路上散发的热气。她感到这愤怒在感染着她，感到她自己正在努力坚持抵抗，下意识地准备好再次战斗。所有一切都失去控制了。她必须制止这种状况，必须找到新的出发点。凯特决定了：她就从大卫开始。她需要他，想要他，没有他的话她什么都做不到……没有他的话她什么也不想做。

大卫在房间里来回踱步，沉思着——凯特能感觉到，他脑子里全是些阴暗的想法。她伸出自己的手，等大卫自己撞上她的手，然后一言不发地把他牵到床上，让他坐下，自己蹲在他前方。

“我希望你能跟我谈谈，好吗？”她双手捧住他的脸。

大卫仍然低头望地，回避着她的眼神：“我会把他们一并打包的，包括卡茂，只是为了以策万全。我们会让他们下船，在哪里都行。食物只供我们两个人吃是绰绰有余的，然后我需要跟英国人和美国人联系。”他摇了摇头，“斯隆的舰队就在摩洛哥海岸外不远处。为什么他们还没有过来？在等什么？我们可以迅速打完这场仗。他们是不是没燃料了？飞机也许是，但他们有核潜艇——有很多啊。我们可以干掉敌人的舰队，然后我们就开始包围伊麻里营地，就地审判战犯。动作要快。”

“大卫——”

他仍然不看着她：“这听起来很残忍，我知道，但这是唯一的办法了。也许这就是一切的意义所在：这场瘟疫。它是终极的考验，是提升，是审判日，人们被暴露出各自的真面目。你应该已经看到了他们的所作所为，凯特。是的，这是场考验，是个机遇——一个净化世界上所有不道德的、没有价值的、对自己的同类没有同情心的人的机会。”

“人们处于绝望中，他们的行为并非本意——”

“不。我认为瘟疫只是揭示了他们的本来面目，让大家能看到他们是会帮助不幸的人们，还是会转身抛弃自己的同类，抛下他们等死。现在我们知道谁是什么样的人了。我们要把伊麻里和所有的伊麻里的支持者包围起来，然后消灭掉他们。之后的世界会更好。一个和平之地，一个人们彼此关心的世界。没有战争，没有饥荒，没有——”

“大卫，大卫，这可不像你。”

他第一次抬头望着她：“嗯，也许这是新的我。这是个业内笑话。”

凯特咬咬牙，她很想抽他一巴掌：“你听起来简直像是我认识的另外一个人。他想要减少世界人口，消灭那些不能成为他心目中的理想人类的人。”

“嗯……也许斯隆的观点是对的，仅仅是‘执刑’错误。这是个双关语。”

凯特真是要爆发了，她闭上眼睛。她必须扭转这场争论，改变谈话的方向，鼓励他坦白，好搞清楚他到底遇到了什么事，为什么他会变成这样。只关注事实。她隐隐约约听到大卫又在嘟囔着什么。

“我是说，那些潜艇是不是出了问题。要不然他们完全可以发射巡航导弹来——”

“我知道他们为什么没攻击伊麻里舰队。”

“等等。怎么回事？”

“我会告诉你的，但你必须先告诉我你遇到了什么事。”

“我？没什么。日复一日，坐办公室。”

“我是认真的。”

“好吧。让我们看看……从哪儿说起呢……斯隆杀死了我——实际上，杀了我两次。”他拉起自己的汗衫，“你看，伤疤都没了。”

露出的皮肤光滑得好像初生的婴儿。凯特之前都没注意到这事，他们那时候在……她用尽自己的每一分意志力才抑制住从他身边逃开的冲动。他到底是什么？

“我……我不明白。”

“你也加入不明白俱乐部啦。不想听下去了吧？”

“把所有的事都告诉我。”

“好吧。大卫·威尔第二次死掉之后，我理所当然地复活了，在一座神秘的亚特兰蒂斯建筑里醒来。嗯，既然是亚兰特蒂斯的东西，你知道，这就完全合理了。那儿只有一条出路，我就像只被困在迷宫里的老鼠。然后刚才说的这迷宫把我扔到了休达外面的山上。”他直勾勾地瞪着前方，仿佛在回忆那时的情景，“太可怕了。那是一片烧焦了的废土，我所有恐惧的总和。我之前极力想要阻止的一切：伊麻里、多巴计划，全部摆在了我的面前，以最恐怖的方式。我完全失败了，眼前的那一切简直是不真实的。伊麻里巡逻队抓住了我，把我带进了基地。然后我看到了基地的性质，看到了他们在里面干了什么。”

凯特点点头：“然后你决定要和他们战斗。”

“没有，起初没有。我对此感到羞愧，非常羞愧。我的第一反应是想要逃出那个集中营，找到你。”他看着凯特，在一瞬间，她又看到了她爱上的那个男人。他强壮而又脆弱，而且是……大卫。

他移开了自己的视线：“但我完全不知道你在哪里，漫无头绪，不知该从何找起。之后我才决定投入战斗，占领基地。”

“大卫，你改变了很多。”

“到今天为止，我已经杀死了数以百计的人——见鬼，我甚至都不知道具体有多少。大多数都是当时想要杀死我或者我的队友们的坏人——嗯，基本上都是，只有少数例外，我用狙击枪射杀的几个。休达和以前不同，这跟服从命令杀人是不一样的。是我制订了计划，让一些人接受了我的计划，当那一刻到来的时候，是我按下了按钮，一下就杀死了好几千士兵，把那片土地化为战场。是我制造了这场大屠杀，而且我认为那是正当的，认为他们活该。而且我想要结束战斗。我感到心中有一股烈火般的冲动。我还想杀更多。我想要把他们全都消灭掉。趁现在就杀，能杀就杀。”

凯特明白了。她在直布罗陀离开了他，他在休达决定进行战斗。伤口不会一夜之间痊愈，他的怒火也不会一夜之间消失。但现在有个机会，有扇能让她从中穿过，接触到他心灵的窗口。大卫在床上烦躁地挪动着身子。他现在很脆弱，凯特觉得自己下面要说的话将会决定“他们”的未来，多半也会决定其他很多人的。她平静地说道：“我需要你的帮助，大卫。”

他转过头来，但什么也没说。

“在接下来的四十八小时内，世界人口中有90%将会死去。”

“什么？”

“是瘟疫，它发生了突变，在德国发生了一次爆炸——”

“是斯隆。他从南极洲那边的建筑当中带出来一个手提包。”

“在那个手提包里的不知什么东西发射出了一个辐射信号，扫过全球，这个辐射改变了瘟疫。现在对它没有任何防御措施，兰花素已经失效了。世界上的每个国家都面临大面积感染和死亡，它们正在崩溃。但我想我能找到疗法。马丁之前一直在和一个叫‘统一体’的秘密组织一起工作。组织里包括疾控中心的人。我认为他很接近于找到疗法了。我手上有他的笔记，但我需要你的帮助。”

“你认为——”

“还有另外一件事，我必须说的一件事。我爱你，大卫。我对于在直布罗陀不辞而别伤害了你感到抱歉，我对于没告诉你基冈的事情感到抱歉，我对于不信任你感到抱歉。这种事再也不会发生了，无论发生什么，从今往后，你和我会携手共度。还有，我要郑重声明，我不在乎你死了多少次，也不在乎你身上多了或者少了几个疤。”

大卫吻了她的唇，感觉跟在直布罗陀的那个吻一样。她似乎能感觉到那股暴怒从他体内消失了，仿佛这个吻拧开了某个压力阀门，之前里面的高压都快爆炸了。

他们的唇分开之后，他望着凯特，温柔回到了他的眼中。

“还有一件事：我会服从你的命令的。”

“实际上……我觉得也许暂时该由你来发号施令。我这人……太看重眼前的事，缺乏宏大视角。还记得我刚才说的有些话吧，”大卫摇了摇头，“在这件事上，我说的那些话可不怎么明智，甚至完全是非理性的。而你看起来明白现在到底是怎么回事。你来思考，我来战斗。”

“这事我做得来。”

大卫站起身，朝卧室四面张望着：“神秘游艇谋杀案，外加全球末日倒计时，双重约会地狱啊。”

“你还真是一点都不无聊。”

“只是想让你保持对我的兴趣。接下来，你想先应付哪件事？瘟疫还是谋杀马丁的凶手？”

“我想——”

船忽然减慢了速度，凯特觉得它似乎准备在水中停下：“怎么了？”

“我不知道。”大卫用胳膊搂住她，带着她走到房间另一边。他朝那边的门厅指了指。门厅后是一小段楼梯，楼梯底下是一间精致的主浴室。他递给凯特一把手枪，“待在那里面，锁好门。我——”

她又吻了他一次：“当心，这是给你的第一个命令。”

CHAPTER 60

摩洛哥

丹吉尔附近

伊麻里第一先遣舰队

多利安冲进了舰桥。里面的人们迅速转身站起，站姿僵硬。

“全体注意！”

“你说有给我的消息。”多利安对舰长说。

舰长拿出一张纸条，多利安接过它打开来。

我找到华纳了。

她拥有密码。

申请撤离。

她周围保卫严密。

在休达附近的游艇上。

目的地未知。

待命。

多利安考虑着可行的选择。如果那些该下地狱的英国佬没在海峡布雷，他的舰队就可以开过去了。柏柏尔人控制了休达和摩洛哥北部，这进一步限制了他的选择。

“我们已经从福恩吉罗拉派出船只追踪他们。”舰长说。

“估计多久能截到他们？”多利安问道。

“不知道。”

“你说个不知道是什么意思？”

“他们的航行速度接近三十节，我们没有哪艘船的速度能跟得上。”

多利安摇了摇头。

“但如果他们放慢速度或者停下来，我们就能赶上他们。或者——如果他们进入了某个港口，我们可以把他们堵在里头。”

“通知我们的情报员。另外给我张休达的射击范围地图。我需要知道怎么绕过他们的炮火飞过去。”

CHAPTER 61

地中海上

休达海岸线外

大卫在他和凯特的舱房门口等了一会儿，听着外面的动静，希望能有点让他能推断出船到底怎么了的线索。发动机已经完全停转了，这艘一百三十英尺长的游艇现在几乎是悄无声息地漂在水上。他朝通往舱外阳台的落地窗那边瞧了瞧。

他从门口退开了。如果杀死马丁的人控制了这艘船，他们应该会在这间主卧房外面埋伏着，等着他自投罗网。

他退到了阳台上。视野内没有别的船只,休达那边的灯光也已经看不到了，照亮船上的只剩月光。

大卫在阳台上一点点前进，然后溜进了船上的沙龙——卧室之外的生活空间就是这里了，里面空无一人。

嵌在墙上的小灯闪烁着，照亮了厅里奢华的会客和餐饮设施。

主甲板完全被主卧房和会客餐饮区占据。下面的甲板上是船员宿舍和客房。

假如过了几分钟之后他还活着，他一定要回去让凯特移动到下面的甲板上。下面的房间没有阳台，窗户也少，在那里保卫她要更容易些。不过他也可以把主卧外面的阳台收进船身里，把主卧侧面的入口封上。哪种选择的防御性能更好？他等会儿得好好比较一下。

就在这时，他听到有脚步声从上面传来：在上甲板上。上甲板上有这艘船的驾驶舱，一间宽敞的客房，还有室内和室外两处休闲空间。

大卫快步走出船舱，举着枪冲上了楼梯。

上面的沙龙里也是空的。

他听到驾驶舱里有人在说话，大卫悄悄走过去。

雅努斯医生站在那里，脸上还是那副冷漠的表情，似乎对大卫拿着枪出现毫不关心。大卫转头扫视周围。卡茂和肖站在左舷，争论着什么，他们转身盯着大卫。

“大卫——”卡茂开口说。

大卫转动着念头。常不在。

“常呢？”

“我们没看到他——”

大卫冲出驾驶舱，原路穿过顶层的沙龙。他正要冲下楼梯，沙龙的浴室门打开了。常从里面滑步而出，边走似乎还边自言自语。

大卫转过身子，把枪举在前方，冲到常身前。

常差点摔回浴室里，他举起双手，瑟瑟发抖：“我……我很抱歉，我不知道该不该冲水……然后我感觉到船停了……我……”

卡茂、肖和雅努斯都走进了沙龙。非洲人最先开口：“我们要没油了。”

大卫垂下了持枪的手，但仍然把它紧紧握着：“这不可能。我们离开休达的港口的时候还有超过半油箱的油。”

“没错。”卡茂说，“但输油管上有个洞。船一直在漏油。”

大卫盯着眼前的四个男人。他们中的一个杀死了马丁，现在又切开了输油管。他希望这艘船被困在这里，动弹不得。为什么？要撤退？

肖开口说道：“另一个地方可能也坏了，发动机房有弹孔。”

卡茂微微点头，证实的确那边也遭到了破坏。

弹孔，大卫思量着。会不会是瘟疫船上的士兵朝着这艘船开火过？或者是在休达的交战中被打到了？这有可能……

他的心中形成了一个计划。他首先要解决燃料泄漏问题，然后他们才能继续前进，但漏洞的大小——无论是被特意割开还是仅仅被子弹切断——可能会揭示杀手的身份。

“刚才你们每个人都在哪里？”

“我在厨房做吃的。”雅努斯说。

“我在驾驶舱，”卡茂说，“我没想到要去检查燃料，但我看到我们的油量数据之后，我就关闭了发动机。”

“我在……”常开口说，“……用洗手间。”

肖清了清嗓子，挺直了背:“我正准备敲你的门，要求你把华纳医生交给我。考虑到我们的处境，我现在更坚持这个要求……”

大卫本希望两个科学家之一看到了卡茂，希望卡茂能有不在场证明。他非常非常希望能排除卡茂的嫌疑。他心目中的头号嫌疑犯是肖，然后是常。

“把你们的枪给我。”

“我……我没有枪——”

“这不是对你说的，常医生。”大卫盯着卡茂和肖。两人都一动不动。

“大卫，地中海上有海盗。”卡茂说，“我们需要武装——”

“这是命令。”

卡茂点点头，瞥了肖一眼，然后抽出自己的手枪，枪柄朝外递给大卫。

“啊，你可不能命令我，我也不会放弃我的——”

“把你的枪给我，要不我就当场射杀你。肖，不信的话你试试。”大卫朝肖逼近一步，把枪口抬到齐胸高。

肖骂骂咧咧，但还是把枪交出来了。他朝沙龙外走去。

“你待在这儿。你们都待在这儿。”大卫朝卡茂点点头，“把我的狙击步枪和我们的自动步枪都拿来给我。”

大卫知道，无论是肖还是卡茂，要杀死他或者凯特都不需要用枪。但保证他们必须近距离动手能让大卫心里舒服一点儿。如果事情到了要打白刃战的一步，他觉得自己无论对上他们俩中哪一个都赢面较大。

凯特努力想要听清上面发生了什么。她时不时听到脚步声，但没有响起枪声，这是个好兆头。她考虑要不要离开浴室一会儿，去拿回卫星电话，给“统一体”打个电话。她希望搞清楚自己还有多少时间，搞清楚那些数据是什么。

她听到外面的门——卧室的门——“咔嗒”一下打开了。

她正想朝大卫打招呼，又犹豫了。有人正在房间里四处跑动，搜索着房间。

有人敲了敲浴室的门。

“谁——”

“是我，大卫。”

她打开了门，全身都轻松下来：“发生了什么事？”

“船在漏油。”

“漏——”

“要么是船上有人搞破坏，要么是有颗流弹把输油管弄破了。我认为是破坏。”他带着凯特回到卧室，将那里翻了个底朝天。

“你在找什么？”

“保险箱。”他指了指墙上一个带着密码锁的保险箱。箱子锁着，但边上有个小些的手提保险箱——可能是装项链用的——开着。里面放着几把手枪和几个步枪的弹匣。大卫关上保险箱，把钥匙交给凯特，“现在你和我都有枪，只有我们俩有。我们必须决定下一步要做什么。保持专注，他们中有个人的身份并非所说的那样，他们的下一步行动会揭示出这人是谁。”

CHAPTER 62

地中海上

休达海岸线附近

大卫领着凯特从楼梯爬到顶甲板上。那四个男人都在上面等着：卡茂和肖站着，不耐烦地走来走去；常和雅努斯坐着，朝窗外眺望，仿佛一切如常。

大卫盯着卡茂问道："我们还剩下多少燃料？"

"总容量的四分之一差一点。"

"航程？"

"这要看我们的航速——"

"我们能开到岸边吗？"

卡茂犹豫起来。这让大卫有些紧张："假如我们能堵上漏洞，我觉得应该能。但靠岸以后我们不一定能找到燃料。"

"我们在这里就是个活靶子。"肖说，"这艘豪华游船在地中海上是再美味不过的诱饵。等太阳出来以后，海盗要不了几个小时就会找上我们。"

大卫想要反驳这个论述，但……这话是对的。在瘟疫后的世界里，对那些从第一轮暴发中活下来的人来说，要避开伊麻里，也不想被关进兰花坊的话，海上比岸上要安全得多。地中海上各处都有很多幸存者躲在船上等待着瘟疫过去，在船上他们可以钓鱼和收集雨水为生——从一艘这种尺寸的船上可以收集到很多雨水。这艘一百三十英尺长的摩托游艇是个无法抵御的诱惑，必然会引来海盗。

见大卫没有反应，肖继续往下说："凯特，我需要用你的卫星电话。我会让我国政府用飞机把我们从这里撤走，飞机几个小时内就能到。你知道，我们现在正和时间赛跑。我们很快就能到达伦敦。在那里你可以继续你的研究，有希望拯救生命。"

常和雅努斯都站了起来："我们很乐意加入——"

"你们谁都不许离开。"大卫说。

"我们也一直在自己进行研究。"常说。

"什么研究？"凯特问道。

"研究治疗方法。"雅努斯说，"我们快找到永久性治愈的方法了，或者至少能找到一种替代兰花素的疗法。我们一直在秘密工作，保守我们的发现不让伊麻里知道。"

"你用在马丁身上的疗法。"凯特说。

"是的。"常说，"这是我们的最新实验型号。不是100%有效，但值得一试。"

凯特在大卫耳边小声说："我能跟你谈谈吗？"

走到甲板下面之后，凯特转向大卫，斩钉截铁地说："你知道，肖是对的。"

大卫望着窗外。肖的方案是他们最好的选择了，大卫不能把凯特带回休达。每个人都会看出她是谁，那一头黑发谁也骗不了。如果她在休达的消息走漏，全世界都会朝着这个基地袭来。

他不知道自己在伦敦能干啥，他就像是个被通缉的亡命之徒，但他多半能解决这个问题的。

可是如果是肖杀了马丁，如果是他破坏了输油管来制造出这个局面，大卫同意他的建议就等于是把凯特送到他的掌心里。

"让我考虑考虑。"大卫说话的时候仍然望着别处。

"大卫，还有什么好考虑的？跟我们一起去吧。"

"只是……给我几个小时吧，凯特。让我们先修好船。"

大卫以为凯特还会朝他继续施压，但她望了他一会儿，然后点点头："你们修船的时候，我希望能跟常和雅努斯一起工作。我希望给他们看看马丁的笔记。笔记里有些密码我一直还没能破解。"

大卫不禁失笑。在雅加达的时候，马丁就曾给他发去一条加密的信息，过去几个月里一连串的事件都是由这条信息开始的。那老人试图向大卫发出警告，但大卫和他的团队解开那条信息的速度不够快。“马丁真的很喜欢使用密码。”大卫琢磨着这样做的影响。这肯定有助于他达到目标：凯特能在寻找疗法上有所进展，而他可以借机好好想想该怎么办。

“只要确保别让他们打电话就行。”他说。

凯特接连几个小时都在跟常医生和雅努斯医生一起讨论马丁的笔记。两个男人起初一直在专注倾听，偶尔举手发问。

等凯特说完之后，他们先略微介绍了一下自己的个人背景，然后展示了他们自己的研究。向大家报告的时候，他们都站了起来。

凯特觉得常的经历和马丁的非常相似。常申医生今年六十一岁了，他从医学院毕业以后就加入了伊麻里研究院。他有段时间完全被研究的课题、被各种可能迷住了，但很快他就了解到了伊麻里的真面目。之后他整个职业生涯中都在试图阻止伊麻里做出最可怕的暴行。但最后，跟马丁一样，他陷入了困境，完全失败。

“有件事我必须告诉你，华纳医生。如果你听了以后不再想跟我合作，我也完全能理解。我是伊麻里先进技术[①]中心的科学主管。他们把你丢进‘钟’房的那天我就在现场。”

凯特沉默了很久，然后说：“我们现在是一起工作的同伴。我们还是专注于手头的工作，寻找疗法吧。”

“非常乐意。还有件事，你看起来……让我觉得很眼熟，我很好奇我们是不是在哪里见过面。”

凯特研究了一下对方的面容：“我……不这么觉得。”

“啊。好吧，我的记忆力没原来那么好了，华纳医生。”

“叫我凯特。二位都请这样称呼我。”

等常说完以后，雅努斯也跟大家分享了他的经历。亚瑟·雅努斯是个进化

---

① 译者注：原文 Qino，俚语，疑似来自 Kinetic 的转写。

生物学家兼病毒学家，他的兴趣主要在于病毒演化学——研究病毒如何突变和适应的学问。

“瘟疫袭来的时候，我正受雇于世界卫生组织，在阿尔及尔工作。”雅努斯说，“我差点没能逃出来。我之后到了休达。伊麻里在那里把我挑了出来，我被安排到瘟疫船上，做常医生的助手。”

常医生笑了：“但一直以来其实我才是做助手工作的人，雅努斯医生是我们团队中的天才，所有的突破都应归功于他。”

两个人互相推让着。

自我介绍完之后，他们描述了一下自己的研究工作和目标。凯特大感惊讶。这两个人是从另一个角度来对付瘟疫——寻找过去出现过的瘟疫和这场瘟疫之间的相同点，然后试图找出具有天然免疫力的人，看看他们是不是因为基因上有所不同而获得了对瘟疫的免疫能力。

雅努斯泡了几杯茶，分给大家，接着他们坐下来，边啜饮茶水边依次发言。等每个人都说完以后，他们停了一下，各自思考其他人的主张。

分歧而不是冲突，这样太好了，凯特心想。放松的氛围和协作让大家能轻易把注意力集中在工作上，集中在各种假说上。

尽管大家合作愉快，他们对马丁的笔记的研究却毫无进展。

他们现在集中精力在研究笔记中的一页，这一页上写着一串密码：

PIE= 伊麻孺?

535...1257= 第二次多巴？新的传输系统？

亚当 => 洪水 / 亚斯 坠落 => 多巴 2 => KBW

阿尔法 => 缺失 德尔塔？=> 德尔塔 => 欧米伽

7 万年 => 12500 年 => 535…1257 => 1918…1978

迷失的阿尔法而至太古亚特兰蒂斯宝藏?

他们抛出一个又一个假说，然后又把它们统统否定。凯特已经开始担心他们会灵感枯竭了。

她隔一会儿就会听到下面的发动机房传来梆梆声，然后肯定就会有一轮咒骂。每次都是肖和大卫互相咒骂，一直要等到卡茂用他低沉的男中音开口，他每次都用同样的说法来中断这场咒骂和当啷的合奏："先生们，别这样！"

凯特有点怀疑，等他们干完之后，发动机还能有点残骸剩下来不。

总的来说，这船上听起来就像底层甲板是在打群架的酒吧，上面则在开读书会。

在新一轮的敲打之后，卡茂最后一次发出了"先生们，别这样！"的叫声，然后大卫从下面爬了出来，满身油污。

"我们快修好了，"他说，"但接下来就是坏消息了。我们没有足够的燃料开回岸边。"

凯特点点头。她考虑实施肖的建议，打电话给英国政府，但最后觉得还不到时候。大卫看起来还是很紧张，要是海盗出现了他们该怎么办？跑下去到他们房里，分发枪支然后指望他们能把海盗打跑？指望那个杀死马丁的人不会在交火当中朝着她或者大卫来一枪？

大卫朝洗手间走去，多半是要把自己身上洗干净。

雅努斯放下他的茶杯："最让我困惑不解的是这一行：PIE= 伊麻孺？这看来简直像是句喜剧台词。也许这句话是为了把心怀恶意的读者赶走，是个幌子。我们应该考虑把这句话跳过去——"

"你刚刚说什么？"大卫从洗手间里出来了。

"我——"

大卫用油乎乎的手拿起马丁写着密文的那张纸。

凯特想把那张纸从他手上拿回来："大卫，你把它弄脏了……"

"你知道这上面写的是什么意思吗？"大卫问凯特。

"不知道。你呢？"

"知道啊。"

"哪一部分？"

"全部，我知道这页文字是什么意思。这些不是科技术语，它们是历史学术语。"

CHAPTER 63

地中海上

休达海岸不远处

大卫瞧了瞧凯特和那两个科学家，然后把马丁的密码又读了一遍。

PIE= 伊麻孺?

536...1257= 第二次多巴？新的传输系统？

亚当 => 洪水 / 亚斯 坠落 => 多巴 2 => KBW

阿尔法 => 缺失 德尔塔？=> 德尔塔 => 欧米伽

7 万年 => 12500 年 => 535…1257 => 1918…1978

迷失的阿尔法而至太古亚特兰蒂斯宝藏?

他是对的吗？是的，他肯定这点。但他还是不敢开口——这太非同寻常了，太……怪诞了，即便他自己也不太敢相信。

“能不能请你先洗一下手？”凯特恳求道。

大卫放下那张纸：“这又不是大宪章——”

“这是写给我的东西，而且它可能成为找到瘟疫疗法的关键。”

大卫觉得，这一刻的她再可爱不过了。在游艇顶层的豪华沙龙里，她坐在一张白色的皮革俱乐部椅上，另外两个科学家肩并肩坐在附近的沙发上。他们面前的咖啡桌上摆着三个精美的瓷杯，每个里面装着半杯红茶。这个场景看起来有些古怪，仿佛他们身处迪拜的顶层豪华套间，正在喝下午茶。

大卫把那张纸递给凯特，走回洗手间。他搓洗了一下双手，又琢磨了一下那段密码。是的，他是对的。他听到下面的发动机房里零星的敲打声，肖和卡茂快干完了。然后呢？大卫必须决定他们的下一步行动。他的决定至关重要，他能感觉到这种分量。如果他猜错了，跳进了杀掉马丁、弄坏游艇的人的掌心里……

他走回洗手间外:“你们真的不知道这是什么?不是在骗我?”

“不。”

这三位科学家脸上的表情怎么看都有些令人怀疑,这让大卫忍不住笑了:“你们大概在想,你们聚集了世界上顶尖的科学家来研究这个,然后你们居然需要渺小的我,一个中途辍学没能读完博士研究生的可怜家伙来解开这个谜?”

“我不知道你……真的,读过博士——”

“在哥伦比亚大学,欧洲史——”

“你为什么辍学?”凯特问道,她脸上的怀疑之色减少了些。

“由于……健康原因。2001 年 9 月发生的事情。”被埋在一栋因为恐怖袭击倒塌的大楼下面,然后花了一年时间康复并不是通常意义上的“健康原因”,但大卫不知道不这样说的话该怎么描述那件事。那一天改变了他的人生,改变了他的职业。他随即放弃了自己的学术生涯,但他从没丢下对历史的爱好。

“好吧,没错……”凯特轻声说。

“我以前告诉过你,我喜欢历史。”他有些好奇,她还记不记得他在雅加达说的那段话。

“是的,你说过。”凯特说,神情仍然有些忧郁。

他又花了一小会儿整理思路。他的想法是这段密码是人类历史的一个大略梗概,特别标出了历史性的转折点。但……他还是从他最有把握的地方说起吧。

“一件一件说。PIE 不是吃的‘派’,或者别的什么糕点。这个词是指一群人。”

迎接他的是三张茫然的脸。

“PIE 是‘原始印欧人’的首字母缩写。有人认为这些人是在世界历史上最重要的一群古代人。”

“原始什么……”凯特开口说,“我从没听说过他们。”

“我也没有。”常医生说。

“我也不知道。”雅努斯医生说。

“他们知名度不高。具有讽刺意味的是，他们的文明几乎是今天所有分布在欧洲、中东和印度的文明的先驱。实际上，全世界一半的人口都是原始印欧人的直系后裔。”

雅努斯朝前俯身：“你们怎么知道？基因库——”

大卫抬起一只手打断了他：“我们历史学家有另一个工具，我们觉得它跟基因库同样重要。它被人类代代相传。我们可以标定出它随着时间发生的变化，能追踪它在世界各地发生的分化——它在不同的地方发生的变化。”

三个科学家谁都没提出新的猜测或者评论。

“语言。”大卫说，“我们知道，欧洲、印度和中东几乎所有的人说的语言都来自同一个根源语言：原始印欧语。它是那群原始印欧人在大约八千年前说的语言。我们相信这群人要么住在安纳托利亚——今天的土耳其，要么住在亚欧大草原——今天的俄罗斯西南部地区。”

“真神奇……”雅努斯嘟囔着，朝窗外瞥了一眼。

“大卫，这些东西很有趣。但是我还是不明白，它们跟这场瘟疫是怎么扯上关系的？”凯特轻声问道。

雅努斯看看大卫，又瞧瞧凯特：“我同意。但我个人很乐意继续听你讲这个问题。”

大卫朝凯特做了个表情，仿佛在说，至少这里还有个欣赏我的人。

雅努斯继续说：“我有两个问题。第一，你怎么知道你刚才说的那些是真的？”

“嗯……直到1783年，我们都还不知道原始印欧人的存在。那一年，一位名叫威廉姆·琼斯的英国法官被派到印度工作。琼斯是个优秀的学者、语言学家，他懂得希腊语、拉丁语，然后开始学习梵文——主要是为了让自己能熟悉印度本地的法律，这些法律大多数是用梵文写成的。琼斯得到了一个重要的发现：梵语和古代西方的古典语言诡异地相似。这完全出乎人们的预料。在他对梵语、希腊语和拉丁语进行更深入的比较研究当中，他意识到这三种语言有一个共同的古代原型。我们现在看到了三种语言，彼此相隔万里，暌违千年，但它们是从同一个根源语言演化而来的，我们现在把这种语言称为原始印欧语。琼斯是个真正的学者，所以他对这个谜进行了更深入的探索，发现的结果令人震惊。还有其他的语言也来自原始印欧语，而且并不是只有那些小语种：从印度到英国，所有主要的源语言都是。拉丁语、古希腊语、古挪威语，如尼语、哥特语——它们全都来自原始印欧语。今天来自原始印欧语的语言的名单非常长。整个日耳曼语系，包括挪威语、瑞典语、丹麦语、德语、英语——"

雅努斯举起手，轻声说："请容我说一句。我想多听听关于原始印欧人的事情。你说还有其他的派生语？"

"哦，是的，多得不得了。整个拉丁语系：意大利语、法语、葡萄牙语、西班牙语……让我们再看看……整个斯拉夫语系：俄语、塞尔维亚语、波兰语。还有，巴尔干诸国的语言。当然还有希腊语。希腊人是原始印欧人的直接后裔。梵语，我刚才说过了；印地语、波斯语、普什图语、赫梯语、吐火罗语、哥特语，还有很多的印欧语系语言已经灭绝了。事实上学者已经能从这些语言反推回去，重建原始印欧语。原始印欧语实际上就是我们了解原始印欧人的基础。他们的词汇当中有马、轮子、农耕、畜牧、雪山，还有一个天上的神。"

大卫停了一下，对下面的话他也不太有把握："基本上，我们知道原始印欧人在他们的时代是非常先进的——他们对马、轮子及其他的各种工具和农业技术的运用，让他们在那一地区成为一股强大的力量，他们的后裔接下来统治了从欧洲到印度的大半个世界。正如我说过的，今天全世界大约半数人都说印欧语系的语言。在许多方面而言，原始印欧人就是最伟大的失落的文明。"大卫又停了下来，然后看看雅努斯，"你刚才说有两个问题？"

雅努斯正在沉思中，过了一会儿他才发现整个房间的人都在等他回话："噢，是的。我……想知道……现在他们在哪儿。"

"这确实是个谜，我们甚至还不确定该到哪里寻找他们。我们对他们的了解建立在语言重构和神话上——特别是那些他们跟语言一起传给后裔人群的神话。历史学的工具包括：语言、传说和文物。在这个案例当中，我们没有多少文物，只有他们的语言和神话。”

“神话？”雅努斯问道。

“这里有另一次重构：我们通过比较不同文化中共同的神话来重构过去——寻找几乎一样，只有微小差异的传说出现的时间。显然，故事的名字会改变，但叙事的梗概是相同的。比如，各地普遍相信人类有两个先祖：一对兄弟，有时候是一对双胞胎。在印度，是摩奴和阎魔；[①]日耳曼人有莫努斯和伊米尔的故事。[②]这些神话渐渐被改编整合进了历史。罗马人有瑞莫斯和罗慕路斯；[③]犹太人那里有该隐和亚伯。另一个共同的神话是大洪水——在几乎每个原始印欧人的后裔文明中它都以某种形式出现过。但最重要的，共同的神话是一场远古的战争。这场战争以杀死一头常常被叫作某某龙的巨蛇为终结。[④]”

常拾起那张纸：“看起来格雷医生对原始印欧人是什么人略知一二。这写的是什么意思？原始印欧人 = 伊麻孺？我没见过‘伊麻孺’这个词。”

大卫朝凯特望去。我们要告诉他们吗？

凯特毫不犹豫：“伊麻孺是，或者很可能该说曾经是，尼泊尔山区里的一群僧人。在尼泊尔设施出事以后，大卫差点死在那里，是他们救了我们。”

常缩起身子，大卫觉得他想要说什么，可能是想道歉。但凯特没有停顿，继续说道：“我和几位僧人谈过。照料我们的是一个叫米罗的年轻僧人，一个是年老的僧人，骞。他给我看了一件古代遗物：一幅绣帷。他相信那是一件代代相传了几千年的历史记录。上面描绘了四大洪流。第一个是火之洪流，我

---

① 译者注：前者是印度神话中的天神，多次转生，其中第七次转生者被视为人类祖先；后者是他的兄弟，从天降落地上成为地上第一个死者，死后变成了死神。

② 译者注：前者据罗马史学家塔西佗称是日耳曼人神话中的人类始祖；后者是北欧神话中的原始巨人，对立的巨人和诸神的共同祖先。实际上这二者并不出现在同一神话中，但印欧语研究者们认为他们是日耳曼神话中的兄弟始祖。

③ 译者注：罗马传说中的建城始祖兄弟。

④ 译者注：例如巴比伦神话中杀死诸神的祖母多头龙提亚马特，北欧神话中杀死世界蛇尤尔姆冈特，印度神话中黑天降服多头毒蛇加利亚，因陀罗杀死魔龙弗栗多，希腊神话中神和英雄杀死巨蛇、九头蛇等等。这些故事都被视为同一故事原型的派生。

相信指的是多巴大灾难——七万多年前一次改变了人类的火山爆发。绣帷上显示，一个神拯救了一群濒死的人。神把自己的血给予了他们。我认为这个描绘是一个寓言，代表着一个亚特兰蒂斯人在这些濒死的人身上使用了一种基因疗法。其中使用的基因——亚特兰蒂斯基因——帮助这一小批人活过了之后的火山冬天。”

常用力点头：“这和伊麻里的假说相合——他们认为亚特兰蒂斯基因是在七万年前被引入人体的，它导致了那场巨变：脑神经连接方式发生了变化，智人种和其他人科从此分道扬镳。”

“骞还告诉我，伊麻里实际上是从伊麻孺分裂出去的团体——一部分僧人在几千年前离开了他们。伊麻里对寓言和神话感到厌烦了。他们希望从科学和考古学中找到答案。”凯特说。

“这有可能，但我无法判断。”常医生说，“我从没升到能了解伊麻里的真实历史的职位。伊麻里保密很严，对外说的是自己的一套神话叙述。格雷医生以前可能知道这段历史——他是伊麻里理事会的成员之一。这个理事会由伊麻里三个最高级的官员组成。你认为这就是他在笔记里提到伊麻孺和原始印欧人的原因吗？他们和这场瘟疫是不是有什么关联？”

凯特思考了一下：“我知道马丁在寻找什么东西。他对我说的原话是：‘我以为它在西班牙南部这里，但我错了。’也许他是想要循着伊麻孺和原始印欧人的历史踪迹去找到那个目标……也许那东西就在他们手上。”她忽然有了个新想法，“伊麻孺那边的确有个东西，一个箱子。那张绣帷上描绘的第二次洪流是洪水之洪流。这一次那个神又回来了，告诉人类要悔改，还有要搬到内陆去。但很多人都拒绝了，他们无视了神的警告。但伊麻孺保持着信仰，他们听从了警告，把一个大箱子搬到了高原上。”

“里面是什么？”大卫问道。

“我不知道——”

“你难道没问？”

“骞也不知道。”

“这样啊……那箱子看起来什么样？”

“一个很大的箱子，没有装饰，用几根杆子抬着。”

“绣帷上还有些什么？”他希望那些内容会给解读马丁的密码增添更多线索。最初的两幅画都支持他的假说，他快要解开整条信息了。

“第三幅是血之洪流，一场全球性的大灾变。第四幅是光之洪流，我们的蒙恩得救了。骞说这两幅是将要发生的事情。”

“你觉得这场瘟疫是不是就是血之洪流？”大卫问道。

“我认为是的。”

“你告诉马丁绣帷的事情了吗？”

“说了。”

大卫点点头：“这幅绣帷是按时间顺序排列的，它依次记录了人类历史上的几个重要转折点。我相信这段密文也是一样：它是马丁勾勒出的时间线，用来解读绣帷，试着找出过去发生的重要事件——那些事件是通往瘟疫疗法的钥匙。”

“有趣。”凯特喃喃道。

“太棒了。”雅努斯说。

“我同意。”常说。

大卫往后靠到椅背上。这就是马丁这段密文的意味所在了——他现在能肯定了。剩下的谜是：谁杀了马丁，又是为什么要杀他？肯定是船上的某个人。是不是两个科学家里的一个因为马丁的研究杀了他？

靴子踏在薄毯上的声音打断了他的思绪。大卫转过身，看到肖冲进了房间。

“我们修好了。我们需要做出决定——”他打量了一下房间四周的情景，这才看到里面的四个人，“见鬼的这算什么？红茶餐会？”

“我们在研讨马丁的笔记。”凯特边说边指了指咖啡桌上的那张纸。

肖抓起那张纸。

大卫朝他猛冲过去，把那张纸从他手里扯了出来：“别，你把油污弄到上面了。”他把那页日记放回咖啡桌上。凯特脸上的表情在说：和野蛮人相处不容易吧，是不是？他太了解她了。他听到背后的肖怒吼起来。

“你在逗我玩吗？我们现在正——”

大卫缓缓把头转向肖，准备战斗，但此时地平线上出现了一点闪烁的微光，吸引了他的注意力。他盯着那边看了一会儿，然后站起来，走到窗边。没错——是夜航灯。一艘船，两艘，看航向是笔直冲着他们来的。

CHAPTER 64

尼泊尔到特拉维夫的路上

米罗把沉重的背包放下，走到石崖边上。下面印度西部未经开发的绿色高原一路延伸到天边的山脉，太阳正在落到山的那边。这幅景象，这如画的图景让他想起了僧院。他的思绪立刻闪回到了他在那里，在他唯一知道的家园中的最后一段时间。那时他站在另一处石崖顶上，俯视下方，看着那些木制建筑燃烧、崩塌、坠入山下，只留下一片烧焦了的黑色山崖。

米罗把这回忆从脑海中赶开，他不愿想到那幅场景。骞的话语在他心中回响："心溺往昔，作茧自缚。控制你的思想，不然它就会控制你，使你永远无能自拔。"米罗澄净自己的思想后，转身回到背包旁。和之前每一天一样，他会在这里扎营，然后随着第一缕晨光离开。他先拿出帐篷，然后拿出捕兽夹和他每天晚上都要看的地图。他觉得自己应该是在克什米尔地区附近，可能在印度北部或巴基斯坦，也可能是在阿富汗东部的什么地方。但说老实话，他不知道自己在哪里，而且一直以来他一个人都没有看到，没人能告诉他任何话来供他参考，好判断自己的位置。骞早就预料到了这点："你会走过一段很长的孤独的旅程，但你会找到你需要的一切。"

米罗提出的每个问题，骞都飞快地给出一个回答。食物？"你这一路仅有森林里的动物为伴，它们会维系你的生命。"和之前几个夜里一样，米罗进入森林，开始布置机关。这一路上他都在吃坚果和浆果，他一般都吃得够多，能维持自己的精力，撑到第二天早上他吃到一顿高蛋白的动物肉的早餐之时。

机关放好以后，他支起帐篷，铺好垫子。他坐下，聚精会神地调整呼吸，寻找内在的宁静。渐渐地，它来了，他心中的记忆和冥思都缓缓消散。在他的恍惚中，太阳落到了远方的山脊后面，一张黑色的大幕罩住了群山。

他听到远处有个机关"啪嗒"一响。明早又有早餐了，至少这点可以肯定。

米罗退回帐篷里。骞给他的剩下两样东西都放在角落里，都是书。第一本的名字叫作《垂死者的颂歌》，但是让米罗惊讶的是书里没有歌，只有三个非常简单的故事。

第一个故事讲的是一个父亲，牺牲了自己来拯救他的女儿。第二个是关于一个男人和一个女人的，他们越过一片广袤的废土，去寻找他们的祖先留给他们的宝藏。要治愈他们垂死的人民，那宝藏是他们唯一的希望。最后一个故事说的是一个谦卑的人，他杀死了一个巨人，成为国王，但他放弃了自己的权力，把它还给人民。

骞当时指着这本书说："这本书是通向我们的未来的指引。"

米罗踌躇着说："未来怎么可能被写下来？"

"它写在我们的血脉中，米罗。战争总是一样的，只是名字和地点变换。这凡世间是有恶魔存在的，它们就住在我们的心中，我们的脑里。这是我们的奋斗历史，一部过去的战争的记录，它将在未来被重复。过去和我们的天性预定了我们的未来。读这本书，好好理解它。"

"未来会有试练吗？"

"认真点，米罗。生活就是一场试练，我们每天都在其中。你一定要心无旁骛。当他们需要你的时候，你一定要在他们身边。"

"他们是谁？"

"你很快就会遇到他们了，他们会来到这里，他们会需要我们的帮助。那时需要，那以后会更需要，你一定要准备好。"

米罗琢磨了一会儿这些话。不知怎的，这让他有些兴奋。他感到充满了决心和干劲："我要做什么？"

"一条巨龙在追赶他们，他们将只有很短的喘息之机。龙会找到他们，朝他们头上喷出火焰。你必须建造一架在天上飞驰的马车，把他们带走。他们一定要活下来。"

"等等，有条龙？它在朝这边来？"

骞摇了摇头："米罗，这是个比喻。我不知道到底是什么会过来，但我们一定要做好准备。而你还必须为之后的旅行做好准备。”

米罗之后几周都在做一个吊篮——用在那辆会送这些人逃离龙口的马车上。他曾以为这完全是骞用来分散他注意力的借口——为了不让他去打扰那些年长的僧人。但接着他们真的来了——凯特医生和大卫先生——正如骞所说的那样。大卫先生和米罗上次见到他时一样，一只脚踏进了鬼门关，但华纳医生治好了他。

骞其他的预言也同样成真了。龙来了，飞过天空，喷出火焰。凯特医生和大卫先生险险逃脱。米罗当时又是在山顶上，盯着他做的吊篮。它被挂在一个巨大的气球下面，和许多别的气球一道朝天边飞去，飞离下面正在燃烧的僧院。他们早就知道了——那些年长的僧人，他们这些年来只收了一个年轻人，米罗。他们没有试图逃避自己的命运，“它被写下来了，”骞曾说过，但是是谁写的？

米罗打开第二本书：《人类最初的部族：一段历史》。对这本书他更不能理解。它是用一种古老的文字写成的，骞曾让他学习过这种文字。米罗很乐意学习英语，但这种文字不同了——它要困难得多。还有，书上那些话……到底是什么意思？

“你会知道答案的。那之后，你的旅程才会开始。”骞当时说。

“如果你知道答案，为什么不干脆告诉我？”米罗笑着问他，“我们可以节约点时间，我可以坐上气球，很快到达……”

“米罗！”骞扶着桌子稳住身体，“旅程本身就是目的。自己找到答案，获得领悟，是你的旅程的一部分。这旅途中没有捷径。”

“噢，好吧。”

米罗到达过去曾经是特拉维夫的地方之际，他觉得他看懂了那两本书。而且他立刻和过去不同，因为他沿途的所见所闻，还有为了生存所做的那些事。

他找到了一艘渔船，他觉得人家会让他搭上去的。

“小家伙，干吗？”

“搭船。”米罗答道。

“你朝哪边去？”

“西方。”

“有什么东西拿来做船费？”

“只有颗乐意干苦活儿的心。还有……你从没听过的、最了不起的故事。”

渔夫怀疑地看了看他：“好吧，上船。”

CHAPTER 65

地中海上

休达海岸外某处

大卫盯着海上那两处灯光又看了一下。“卡茂！”他喊道。

几秒钟不到，那个高个子非洲人就出现在沙龙里，浑身都是油和汗水。

“我们起航出发。”大卫说。

“去哪里？”肖叫道。

大卫转向他：“关上船上所有的灯。”回头对卡茂说，“航向背对那些灯光。”大卫边说边朝窗外指了指，“全速。”

“基督啊。”肖说完就跑出了沙龙。船上的灯光逐渐熄灭。

大卫从驾驶室里拿出双筒望远镜，对准海上的灯光。就在他把镜头聚焦到那两艘船上的同时，他们关掉了船上的灯。靠着月光大卫根本看不清船上的标志，甚至也分辨不出船型，但有件事毫无疑问：他们在肖关掉这边的灯的同时也关掉了自己船上的灯。

大卫感到游艇猛地向前一跃，他们起航了。

肖回到了沙龙：“他们关上了他们船上的灯——”

“我看见了。”

“他们在追我们。”

大卫无视肖，朝着站在门口的卡茂说：“给我拿地图来。标出我们的位置。”

“让我打电话吧，大卫。我国政府可以用飞机把我们撤出去，这是我们唯一的撤退方法了，你也知道的。”肖说。

卡茂带着地图回来，把它在咖啡桌上铺开，盖住了马丁的笔记。他指着西班牙和摩洛哥之间的海域上的一个点：“我们在这里。”

大卫飞快地思考着。

“好吧。”肖断然说道，“这件事我来说好了，有人杀死了马丁。”

房间里每双眼睛都看着他。

“我们都知道这点。这间房里有三个医生、三个军人。我们都有足够的知识，能明白他是被谋杀的，被我们中的一个人谋杀的。不是我干的，也不是凯特，所以我提出以下建议：凯特带着所有的枪待在主卧室里，把自己锁在里面。我们五个男人待在这里，在上甲板等着特勤空降队的士兵过来。这样能保证凯特的安全。”

肖死死盯着大卫：“我相信，这是我们目前最主要的目标。”

大卫读出了凯特的身体语言。很微妙，但是能看出她在想：这主意不错。这的确是个好主意，如果能信赖肖的话。但如果是他杀死了马丁，这就是个完美的陷阱。解除所有人的武装，把他的同伙叫过来，然后不管他们是什么人，都能轻松抓住凯特了。

大卫朝着地图上的一个小点指了指：“这是哪里？”

“阿尔沃兰岛。”①

“在休达的时候你说过，伊麻里已经控制了地中海上诸岛。”

“是的，他们也占领了阿尔沃兰岛，那儿有个很小的哨所。”

“多小？”

“微型的，整个岛屿面积还不到十分之一平方公里，也就是……十五到二十英亩。岛上有个灯塔，有间房子，大概有六个卫兵。有个停机坪，上面有两架大型直升机。没多少防卫设施……”他看起来明白了大卫的想法，“但……只靠两个人要占领那里很困难。”他的目光几乎是不由自主地转向了肖。

“防卫设施？”大卫问道。

“是的，有一些，几个固定炮台，我们得先对付它们。这个哨所主要是用来给遇到麻烦的伊麻里船只提供空中支援的——救援人员，驱逐海盗等。”

“直升机是大航程的吗？”

---

① 译者注：西班牙西南部小岛，西班牙海军在此有少量驻军。

“是的，绝对是。当时有讨论过要不要让它们支援对西班牙南部进行的入侵行动，但最后它们没出动。”

大卫点点头。如果他们能夺下阿尔沃兰岛上的哨所，他们就可以飞往任何地方。

肖终于忍不住了：“你不会是真的这么打算吧。你可以从这里直接被空军接走，而你的选择是去袭击一个伊麻里的哨所？这太可笑了。”

大卫叠起地图：“我们就这样定了，这不是讨论会。”他把地图递给卡茂，“设定航向。”

肖站在那里，一动不动。

“大卫。”凯特开口说。不需要别的话，那副我需要跟你谈谈的表情已经给了大卫足够的提示。他跟着凯特走下楼梯，进入他们的卧室。

她把大卫身后的门轻轻关上：“我很抱歉，但我认为我们必须——”

“我希望你能相信我，凯特。让我这么做吧。”他等待着她的回答。

凯特慢慢点了点头：“好吧。”

“我们会在五小时之内到达阿尔沃兰——假设追我们的那些家伙没在这之前追上的话。我们需要在到达那里之前搞清楚是谁杀了马丁。”

“我同意。但首先，我希望我们能解开马丁其余的密码，然后我需要给跟统一体打个电话，汇报我们的发现。如果……在阿尔沃兰遇到些不好的事情，至少他们会得到我们的研究结果，他们有希望自己找到疗法。”

她在提出交易：大卫帮她探索疗法，而她同意他的计划——并且信任他。折中，妥协，信任，真正的人际关系就是这样。他擅长处理这种问题，他喜欢这样。他点点头：“嗯，好啊。”

多利安在床上翻了个身：“进来。”

他的房门打开了，一个腼腆的水手一步步挪进屋来，他递给多利安一个封着的信封。

多利安一把抓过信封，把它撕开。

见鬼的你们在哪儿？

华纳快要解开密码了。

我们的目的地是阿尔沃兰岛。

预计到达时间为 5 小时后。

到那里去。

准备好。

CHAPTER 66

地中海上

大卫和凯特回到沙龙里的时候，那两位科学家还在里面等着他们，并肩坐在那张白色的皮沙发上。他们脸上的表情一片平静，仿佛整个世界并没有在全球性传染病大流行中垂死挣扎，仿佛刚才并没有人指控他们有谋杀的嫌疑。他们实在让大卫大为惊叹，他不能肯定自己对这种镇定是感到嫉妒还是惊喜。

“我们准备好继续了，当然前提是你们也准备好了。”雅努斯说。

凯特和大卫坐到沙发边上的安乐椅上。

这间镶着木板、装饰着玻璃的房间现在里面只靠咖啡桌上的三根蜡烛照明，感觉之前的科学研讨会变成了一场深夜通宵聚会。

大卫把写着马丁的密码的那张纸拿起来，在桌上转了一圈，在每个人面前摆了一会儿，就像是降灵会上传阅通灵板[①]似的。

每个人都把那段笔记重新读了一遍。

PIE= 伊麻孺?

537...1257= 第二次多巴？新的传输系统？

亚当 => 洪水 / 亚斯坠落 => 多巴 2 => KBW

阿尔法 => 缺失 德尔塔？=> 德尔塔 => 欧米伽

7 万年 => 12500 年 => 535…1257 => 1918…1978

迷失的阿尔法而至太古亚特兰蒂斯宝藏?

“有些地方仍然让我迷惑不解。”大卫说，“我相信头两行都是单纯的笔记——一条是关于原始印欧人的。就像我们刚才讨论过的，我相当肯定，马

① 译者注：欧美一种占卜道具。玩法类似碟仙。

丁认为伊麻孺就是原始印欧人，或者至少是他们的直接后裔。另一条指的是在535年发生过，在1257年再度发生的一件事。我知道那是什么事情，我待会儿就解释。接下来的三行是个编年表——一条时间线，和凯特在伊麻孺的僧院中看到的绣帷上的事件的时间对应、重合。但我认为马丁的这个列表可能并不完整。我们一步步来。”

大卫指着亚当这个单词读道：“亚当、阿尔法、七万年。”

“在我们做研究记录的时候，”凯特说，“阿尔法指的是临床实验的第一人——接受某种实验性疗法的第一人。”

“没错。”大卫说，“我觉得亚当就是第一个接受亚特兰蒂斯基因的人类。这是绣帷上的火之洪流那部分里的故事，也是马丁的编年表中的第一个重大事件。下一列是‘洪水 / 亚斯坠落、12500年’，我相信‘亚斯’是亚特兰蒂斯的缩写，也就是‘洪水中亚特兰蒂斯坠落了’，我在直布罗陀那边的亚特兰蒂斯结构体当中的时候，那里有个密室，里面放映了一系列的……全息立体电影。我认为它们播放的就是这个事件——亚特兰蒂斯坠落在直布罗陀巨岩脚下。在电影当中，那艘亚特兰蒂斯飞船贴着水面巡弋，然后降落在岸边，靠在一个史前巨石阵定居地旁。两个穿着环境服的亚特兰蒂斯人从船上出来，打断了史前部落的一次祭祀，救出了一个尼安德特人。他们刚回到船上，飞船就被一拨大浪冲到了陆地上，摧毁了那个远古城市。当退去的海水把船拖回到海上的时候，它下面发生了爆炸，飞船被炸毁了。”

“飞船之后被掩埋在那里将近一万三千年，直到1918年，我父亲帮助伊麻里找到了它。”凯特说。

“没错。让我不解的部分是那个注脚：‘缺失的德尔塔’[①]。”

“德尔塔意味着变化。”凯特说，“‘缺失的德尔塔’……就是说有个变化没有发生？”

“如果我们把马丁的笔记、那幅绣帷，还有我那天夜里在直布罗陀看到的

① 译者注：这里原文和前后文不一致。据前后文修。

东西联系起来……在绣帷上的前两次灾难中，亚特兰蒂斯人都直接和人类发生了接触，拯救他们或者是警告他们。这意味着直接的联系。”

凯特在椅子上往后一靠：“会不会是亚特兰蒂斯人在以某种方式引导人类进化呢？就像是在做实验，隔一段时间干预一下——然后在一万两千五百年前，这种干预消失了，因为那艘船爆炸了：亚特兰蒂斯的坠落。”

“我相信马丁就是这么想的。”大卫忽然有了一个灵感。他是不是又找到了拼图的一块碎片？

在南极洲的时候，大卫在管子里复活以后，那个亚特兰蒂斯人把多利安先放了出去——让多利安开始就有领先优势。然后他看着大卫和多利安殊死搏斗，似乎他早知道结果，似乎他只是在等着他的斗士——多利安——取得胜利。

然后大卫在南极洲又死了一次。但和第一次死亡时不同，他没在南极洲复活。他苏醒时身在直布罗陀的亚特兰蒂斯遗迹中——在摩洛哥的穆萨山地下的一部分中。有人让大卫在那里复活了。另一个亚特兰蒂斯人？大卫曾注意到，在他复活的房间里的地板上有另一套被毁坏了的衣服。他试着回忆全息电影的内容。他很肯定，那里面的两套衣服在事故中都没有被毁。

不管怎么说，事实是无法否认的：另一个亚特兰蒂斯人把他救了回来——在多利安和南极洲的那个亚特兰蒂斯人杀死他之后。

不同的派别？一派显然想要他死。另一派救了他。

大卫现在能肯定两件事：第一，亚特兰蒂斯人在进行一场内战；第二，他绝不要告诉凯特或者那两个科学家在自己身上发生的那些事。

“我有个猜想。”大卫说，“我相信我看到的——亚特兰蒂斯灾难——并不是自然现象。我认为这是一场攻击。”

“谁发动的攻击？”常问道。

“我不知道。”大卫说，“但亚特兰蒂斯人会不会有两个派系？或者是有个叛徒，他破坏了飞船，以阻止干预？我是说，看看人类的历史长河。所有的重大事件都发生在最近一万三千年之内——农业、城市、文字，你能想到的所有一切。人口数量在这段时间内发生了爆炸式增长。这跟冰河期的结束和气候变暖在时间上重合，但也……”

雅努斯俯身向前：“我明白你的‘缺失的干预’假说的内涵了，不过我觉得有个漏洞。年表中的下一列：‘多巴 2、535……1257、德尔塔’——这意味着的确有变化发生了——离现在不远。而你说你在视频当中看到那艘船已经被毁了。”

大卫点点头：“我认为那两个亚特兰蒂斯人一定是死在直布罗陀了。这是唯一的解释。我认为是杀死他们的人引发了 535 年的变化。”

雅努斯点点头：“我也这么认为，因此我才奇怪：如果在 535 年亚特兰蒂斯人对我们进行了干预——按照你的说法，这就是又一次‘德尔塔’——他们现在在哪儿？如果他们有控制人类进化的能力，他们躲在哪里？”

大卫思索着这个问题。他没有答案，而且，真的，这是个很好的问题。他的想法已经走得这么远了，这让他多了点防御心理，仿佛自己必须不断丢掉一个又一个可能来让自己的假说更坚实。他感到自己略有点紧张，似乎在准备迎接战斗。

常放下自己的茶杯：“我也觉得这是个有意义的问题。不过，我还是想再听你说说实际发生的事情——多巴 2 这个事件到底是在 535 年还是 1257 年？格雷医生是否不清楚准确的时间？”

这问题让大卫回过神来，专注起来：“不，我不这么认为。我相信这两个时间点是一个时间段的起点和终点，各以一个特定事件为标志。”

“哪个时间段？”雅努斯问道。

“欧洲的黑暗时代。”

“哪两个……事件？”

“火山爆发，然后瘟疫流行。”大卫说，“第一次迎来了黑暗时代，第二次引领欧洲走出了黑暗。有很强的证据显示，第一场瘟疫——535 年——和在印尼的多巴火山附近的一次大规模火山爆发有关。”他想了想，“你们可以把它视为第二次多巴大灾难。”

“第二次多巴大灾难？我怎么没听说过。”凯特说。

大卫笑了。现在是他，在反过来告诉她一次火山爆发改变了人类的命运。“这个理论并不广为人知。”他用她在雅加达第一次告诉他多巴灾变理论时候的话原样奉还。

“此言大妙[①]。”凯特说。

“据我们所知：535 年，全世界的气温出现了急剧下降。具体来说，出现了一次长达十八个月的冬天——一个寒冷、严酷的冬季，阳光很少。这是记载在历史记录中的。实际上在史载记录当中这是最严重的一次气候变化。在中国，8 月份下了雪[②]。整个欧洲都出现了庄稼绝收，然后就是饥荒。”

“火山冬天。”

“是的，整个亚洲和欧洲的历史记录都证实了这点。冰芯样品也证明了这点，斯堪的纳维亚半岛和西欧的树木年轮证据也显示，在公元 536 年到公元 542 年之间树木生长速度下降了很多，直到公元 550 年以后还没有完全恢复。但把人类推进黑暗的并不是这次超过一年的冬季，而是接下来的问题——已知历史上最可怕的一场传染病。”

“查士丁尼瘟疫。”凯特低声说，“按致死率来算的话，它是历史上最可怕的一场灾难，但我看不出来这跟火山爆发有什么关系。等等，再跟我说说你怎么知道这一切的？”

“对你来说可能很难相信这点，但是我真的曾经非常接近博士学位，我的研究课题就是欧洲黑暗时代的起源和影响。”他瞪大眼睛，盯着凯特看了一会儿，然后动作夸张地耸了耸肩，“你知道的，我不止有张漂亮脸蛋和一副小蛮腰的哟。”

凯特摇了摇头，脸上的表情半是尴尬半是难以置信：“我承认我错了。请

---

① 译者注：原文为法语而不是英语，意思比较微妙，这个翻译一方面意思和语气最为接近，另一方面也和前后说话的语气略加区分。

② 译者注：《魏书》记载：天平三年 / 公元 536 年，“八月，并、肆、汾、建四州陨霜，大饥”。这条记录国内研究者引用不多。

继续。”

“下面是我们所知的内容：地中海东部多达三分之一的人口死在了这次瘟疫中。东罗马帝国被打垮了，其首都君士坦丁堡瘟疫之前是个有五十万人口的城市，之后人口不到十万。人们用当时的罗马皇帝查士丁尼的名字来给瘟疫命名。这场瘟疫带来的大屠杀之惨怎么说都不为过，这世界从未见过这样的事情。有些病人会苟延残喘好几天才死，另外一些发病后几分钟就一命呜呼。街道上尸骸累累，死亡的气息无处不在。皇帝下令把君士坦丁堡的尸体进行海葬。”大卫心中想起了休达，他集中精神，“但尸体实在太多了，在古代的城市中，尸体是很危险的东西。所以皇帝下令在城市外面挖掘巨大的墓穴，把尸体丢进去焚化。历史记载说，他们在人数超过三十万之后就不再统计了。”

三个科学家全都一言不发。大卫喝了点水，继续讲述。

“在历史学家看来，这场瘟疫值得注意的原因不仅仅在于它的致命性，而且还在于它重新塑造了整个世界。在很大程度上，我们现在生活的世界的直接起点就在于6世纪的那些事件。”

“你这话的意思是？”凯特问道。

“在瘟疫之后，我们看到了古代世界的超级城市纷纷消亡。曾经是一个超级大国的古波斯崩溃了。东罗马帝国一度接近于收复它西部的故土——人们口里的‘罗马’一般是指那片土地。但在这场传染病之后，它被围攻，险些灭亡。它最终成了拜占庭帝国，再无恢复之日。我们在全世界都可以看到这种文明的衰退——强大的帝国变得虚弱，蛮族部落攻城略地。从查士丁尼瘟疫中我们学到的最大的教训就是：瘟疫来袭时受害最严重的是那些最先进的文明，那些互相联系最紧密的文明，那些建立了国际贸易线路和超级城市的文明。境况最好的是那些与世隔绝的、简单的社会。看看6世纪的不列颠——它是个非常好的例子。发生瘟疫时，当地处于不列颠的罗马人后裔的统治之下。从文物当中我们知道，他们和许多国家进行贸易，远达埃及——顺便说一句，瘟疫最初正是在埃及出现的，或者是在埃及最早被记录的。”

“我没明白。”常说。

“瘟疫是通过贸易路线传播的。不列颠行省一直在跟几个在东岸登陆的日耳曼部落作战。当6世纪中期瘟疫暴发的时候，这些部落基本是被压制、被看作野蛮人的，没人跟他们做生意。不列颠人基本上拒绝和他们通婚。瘟疫暴发之后，这些部落抓住了时机，在不列颠岛上扩张，最终占领了整个岛。其中最主要的部族就是盎格鲁人和撒克逊人。今天在大不列颠岛和世界各地的人们说英语——一种日耳曼语系的语言——是因为这场瘟疫……和之后盎格鲁人和撒克逊人在战争中的胜利。不仅仅是不列颠岛，世界各地都发生了这种事：先进的文明，拥有人口密集的城市的文明，建立了贸易线路的文明纷纷灭亡。被关在他们城门外的野蛮人崛起，侵入。大部分情况下他们会转向其他地方。有时候那些蛮族侵略者会建立起他们自己的政权，然后通常一个世纪以后就轮到他们被新一拨侵略者劫掠。一个属于伟大的城市和文明的时代真的就此终结了。之后是黑暗时代，而且这一时代持续了很久——接近一千年。这是历史进程中最大的一次倒退。实际上，黑暗时代真正结束要等到下一次大瘟疫之后——”

“且慢。”凯特说，“我必须承认这里我完全搞不懂。我是个基因学家，我还是看不出一次火山爆发和之后的火山冬天跟查士丁尼瘟疫是怎么联系起来的。”

“历史学的一部分就是沿着过去的记录，寻找事物的轨迹。那场瘟疫表现出的轨迹是从北非开始，传播到埃及，然后从那里暴发开来，朝着整个地中海东部传播。它到达君士坦丁堡之后，瘟疫被商贸船带到了整个文明世界当中，各地就像多米诺骨牌一样依次倒下。有些地方还有待商榷，但很多历史学家都相信，瘟疫是被北非的运粮船带到欧洲的，最初传播疾病的就是那些货船上的老鼠。”

“大卫说得没错。”雅努斯说，“这是个巨大的讽刺：剧烈气候变化带来的真正危险反而跟天气无关。危险在于生态体系变得不稳定，导致原本没有交集的生物体发生相互接触。我们知道，大多数传染病暴发都出现在作为储存宿主的野生动物被迫离开它们的天然居所之后。这些动物尽管携带着致命的病原体，但健康无虞。在‘第二次多巴火山喷发’之后，世界各地的生态体系都出现了不稳现象。如果格雷医生的理论没错的话，这简直太有趣了。在古代世界里要制造全球性的基因改变是非常困难的。一场瘟疫是个完美的工具，但有个很大的问题。”

“传播。”凯特说。

“完全正确。”雅努斯说，“那时候世界各地相隔遥远。造访所有的文明去散播一种疾病是不可能的。一次火山喷发用火山灰覆盖世界，然后制造出一个完美的传播机制。火山带来冬天，在有些地方是干旱，然后是洪涝。植物生长速度会严重减慢，然后又反弹。在北非这种地方，啮齿类动物的数量会大大增加：发生一场生育爆炸。数量增大后鼠类会寻找新的栖息地，因为它们旧有的生态系统支撑不了这么多的老鼠。有些老鼠身上带着瘟疫病毒，然后它们来到了人类居住的区域。尽管老鼠对这种瘟疫病毒免疫——它们是储存宿主——它们背上的跳蚤却不是。所以跳蚤会死于瘟疫，而且致死的机制会让它们把疾病传播出去。感染了这种病的跳蚤实际上完全是饿死的，细菌会在它们的内脏里增殖，使它们失去吸收营养的能力。它们会饿得发疯，从啮齿类动物的背上跳到任何它们能找到的新宿主身上，把病菌传给人类。当然，啮齿动物和它们背上搭便车的跳蚤几千年来一直在传播疾病。查士丁尼瘟疫中的天才之处，如果这里可以这么形容的话，是对病菌进行了基因修饰。我相信这是通过火山来散播的。从天而降的火山灰改变了老鼠身上共生的细菌——而不是直接向人类传播疾病。人类直接感染的传染病会很快平息,过去。格雷医生的注脚——‘多巴第二？新的传播体系？’——我相信是表示他自己对这个问题不是很肯定。在我们的研究——常医生和我完成的工作的基础上，我们可以肯定这儿的确有新的传播体系，一个极其巧妙的体系。某个人，不管是谁，通过修饰老鼠身上的一个细菌品系，保证将会出现多轮暴发，一次持续性的基因改变。它在储存宿主——这里是老鼠——身上沉眠，等待着合适的时机到来。”

“这和历史记录相符。”大卫说，“第一拨流行发生在535年左右，但此后又有新的几波，有的甚至比第一拨更猛烈。死者数量我们无法估量。瘟疫一阵又一阵袭来，持续了两百年。可能多达一半的欧洲人都死了。然后在大约750年之后，瘟疫平息了，直到1257年左右——马丁笔记的下一部分。1257年，又一座火山爆发了，还是在印度尼西亚。我们近来才发现了这次爆发，但我们相当肯定：印度尼西亚龙目岛上的撒马拉斯火山这次爆发的威力极其强大。其影响超过了1815年的坦博拉火山爆发，后者造成了著名的'无夏之年'。从树木年轮样本上，我们看到1257年发生了同样的现象：一次为期超过一年的火山冬天。传染瘟疫的老鼠又来了，瘟疫回到了欧洲。这一次比之前要晚了将近七百年，历史记录要更清晰了。这次瘟疫暴发几乎跟上次一样，但有更多人注意它，更多人在历史记录中提到了它。在欧洲，人们叫它'黑死病'。但这二者其实是同一种传染病——"

"淋巴腺鼠疫。"凯特说。

"正是。"大卫肯定道，"相隔近千年，同一种疾病，再度造成同样巨大的破坏——"

"暂停，"凯特抬起一只手，"黑死病在欧洲大约始于1348年，差不多是这次火山爆发一百年后——"

"对。"大卫边说边举起自己的双手比画，"你看，历史是这样的：1257年，一次巨型火山爆发，诡异的是地点和效果都跟6世纪那次相似：引起一次火山冬天，在欧洲造成大面积饥荒。我只能假设是同一疾病回来了，但这次有些地方不同了——某种免疫上的……"

"CCR5德尔塔32。"凯特边说边沉思起来。

"什么？"

"马丁对我提到过这个东西。最多16%的欧洲人身上有这个基因突变。这个突变会让他们对艾滋病、天花和其他一些病毒免疫，可能对导致鼠疫的细菌也免疫。"

"有趣。"大卫说，"历史上最大的谜团之一就是黑死病的源头。我们相当确定6世纪暴发的那场查士丁尼瘟疫是从非洲传到地中海东部的。但黑死病不同。同样的背景——火山爆发，同样的疾病——但是我们相信这次疾病，黑死病源于亚洲中部。蒙古帝国控制下的强权和平让驻扎在中亚的蒙古军队把疾病沿着丝绸之路带到了东方。在蒙古人围攻克里米亚半岛上的卡法城时，攻城的蒙古军还把染病者的尸体用投石机抛进城墙里。[①]”

“真的？”凯特问道。

“嘿，这在当时可是个全新的战术，堪称中世纪生化武器。在卡法之战后，瘟疫迅速扩散到整个欧洲。历史学家们曾假设，这一百年的时间差的原因可能在于从亚洲传过来需要时间，但也可能是——”

“因为这个突变。”

“有可能。”大卫想要回到自己确知的领域，避免臆测，“在接下来的几年里，欧洲人口的30%到60%都死于黑死病。中国每三个人里面就有一个死去。实际上，全球人口花了一百五十年才恢复到黑死病前的水平。但恐怕我所知的仅限于此了。总之，我不知道这个编年表的意义何在。我只知道这些指的是什么事情，也知道对应的日期。”

“我能提供点线索。”常说，“正如雅努斯医生之前说过的，我们的工作理论是现在这场瘟疫仅仅是激活了过去的瘟疫中感染的病毒，意图完成某些半途中止了的基因转变。我们一直在试图分离出过去的瘟疫造成的影响，以更好地理解人类基因组的变化。”他冲大卫比了个手势，“威尔先生，你对瘟疫之间存在联系的判断是对的。几年前，一群研究者发现查士丁尼瘟疫是耶尔森氏杆菌，或者叫耶氏杆菌引起的——就是它们导致了淋巴腺鼠疫。我们相信，两次瘟疫中耶氏杆菌都发生了基因突变。我们利用伊麻里来搜集证据。他们保存了从两次瘟疫中的死者身上获取的样本，我们对那些样本进行了基因测序，还对同期的耶氏杆菌样本进行了基因测序。我们还拥有1918年西班牙流感的样本，我们发现了一些相同的基因序列，我们认为这些都跟亚特兰蒂斯瘟疫有关。依据格雷医生的笔记和我们的讨论，我相信我们的数据是解开这

---

① 译者注：此事在公元1347年。

个谜的关键一环，找到疗法的钥匙。不幸的是，这些数据在瘟疫船沉没的时候丢失了。”

沙发上的雅努斯坐直了身子：“常医生，我要向你道歉。”

常转脸看着他，满脸困惑。

“我一直不完全信任你。”雅努斯说，“我是被派到你手下的。你一直在主持我们的研究，但直到今天之前，我一直觉得你可能是个忠于伊麻里的人，一个试图获取我的研究结果的人。我对你隐瞒了许多我的发现，”他拿出一根记忆棒，“但我把它们都存在这里头了。我们一起做的研究结果也在，都在里面了。我相信这足以揭示格雷医生在寻找的基因变化——所谓第二次德尔塔——也就是亚特兰蒂斯瘟疫的基本基因结构。”

常看着那根记忆棒说：“重要的是你手上有这些数据。如果我在你的位置……我觉得我多半也会做出同样的举动。不管怎么说，这里看起来还差最后一块——欧米伽。对我来说，这个词指的是终点——这些基因变化的最终目标。下面记的‘1918…1978’看起来是说明格雷医生认为它应该在这之间的某一年发生。第一行的‘KBW’这个缩写我不懂。威尔先生，这又是什么历史名词吗？”

大卫自从第一眼看到这一页密码之后就在脑海里把“KBW”翻来覆去想了很多遍了。可他甚至连个猜想都没想出来：“不，我不清楚这是什么意思。”

“我知道这是什么意思。”凯特说，“‘KBW’是我的姓名首字母缩写，凯瑟琳·巴尔顿·华纳。我认为，我就是‘欧米伽’。”

CHAPTER 67

地中海上

休达海岸外某处

多利安透过直升机的玻璃望着下面飞逝的海面。太阳的倒影在广阔的黑色水面上闪烁着，仿佛一个指引他飞向自己天命的灯塔。

他琢磨着德国那道白色的光门，它会通向哪里？另一个世界？另一个时间？

他打开了头盔里的耳机："我们的预计到达时间是？"

"最快三小时，也可能三个半小时。"

他们能赶在凯特一行人的前面吗？时间很接近。

"接那边的哨所。"

一分钟之后，多利安已经在跟阿尔沃兰岛上的指挥官交谈了。

阿尔沃兰岛上的伊麻里上尉放下电话，回头看向哨所里另外四个士兵。他们正在一边打牌一边抽烟。"烧点咖啡，我们得保持清醒，有客人要来啦。"

大卫努力想要理解凯特刚才说的话："我就是欧米伽。"

肖溜进了房间。"我正在煮咖啡——"他看了看周围，"这是怎么了？你们看上去好像活见了鬼似的。"

"我们正在工作。"大卫恼火地说。

凯特打破了房间里的紧张气氛："我很想喝点咖啡。谢谢你，亚当。"

"没问题。"肖说，"常医生？雅努斯医生？"

大卫注意到他没被点到问要不要咖啡，他才不在意这种事情呢。

"噢，我要，多谢了。"仍然在沉思之中的常嘟囔着。

雅努斯望着窗外，大卫看不懂他脸上的表情意味着什么。当他意识到所有人都在等他回答之后，他迅速地说："我不用，不过还是谢谢你。"

肖回来的时候带来了两杯咖啡，然后跑到窗边，在大卫斜后方晃悠。大卫看不到他，但知道他就在那里，这可让他有点在意。

雅努斯第一个开口："我不是怀疑你说的话，凯特，这点我先要说清楚。不过，我还是希望重新审视一下我们关键性的假说，并且探索几个……其他的可能。"

大卫觉得凯特有点紧张，但她没说什么，只是小口喝着咖啡，点点头。

雅努斯继续说道："第一个假说是：这幅绣帷是一个记录，它描述了亚特兰蒂斯人和人类之间的互动，特别是他们在七万年前进行了干预，拯救了人类——向人类体内注入了亚特兰蒂斯基因，改变了人类的脑神经连接方式，改变了全人类的命运——还有，他们在大洪水之前对人类进行了警告。绣帷的另外半边我们认为是将要发生的事件。对此我尚有疑问，但暂且保留。

"我们的第二个假说是马丁的笔记是个编年表——他试图解读过去，试图确认人类基因发生变化的转折点——试图指引我们找到瘟疫的疗法。

"我们的第三个，也是最后一个假说是，这个编年表中提到了一次失踪的改变：在某个时间点之后，亚特兰蒂斯人对于人类进化的干预失败了——时间大约是在大洪水和亚特兰蒂斯坠落前后。威尔先生的理论是，这一事件是亚特兰蒂斯人之间的内战导致的。说了这么多之后，我倾向于这样的假设：欧米伽，亚特兰蒂斯人对人类进化进行的所有干预的终极目的——就是亚特兰蒂斯瘟疫中的幸存者，特别是那些高速进化者。亚特兰蒂斯人想要的结果难道不就是他们这样的吗？他们是最明显的选择。作为一个科学家，我总是倾向于采用最简单的解释，之后才会去研究更……更奇异的可能。"

在大卫看来，雅努斯的论述很有说服力。他正准备开口，却被凯特抢了先："那为什么马丁把我的名字放在编年表里，放在'欧米伽'的顶上？"

"对我来说，这个问题是这样的。"雅努斯说，"我认为可以通过审视马丁的动机来找到答案。我们知道，他所做的一切，所有的研究、所有的交易、所有的妥协，都是为了一个目的——保护你。我相信，这里他的动机仍然不变。如果他的笔记被人发现，他希望读到笔记的人会去找到你，去保护你的安全，好让你能来解读这些笔记，好让你待在发现疗法的人身边。”

大卫不自觉地点了点头。言之有理。

“这个图式很有道理。”常说，“不过在我看来，整个时间线上还是有个问题。7 万年前：亚当，亚特兰蒂斯基因的引入。一万两千五百年前：亚特兰蒂斯的坠落，缺失的德尔塔。公元 535 年和 1257 年：第二次多巴，两次火山爆发以及随后的两次淋巴腺鼠疫，黑暗时代的开始和结束，接下来是文艺复兴。然后是 1918 年：一件亚特兰蒂斯的遗物，‘钟’，释放出了西班牙流感。然后是今年，它引发了第二次瘟疫——亚特兰蒂斯瘟疫。马丁这里把时间写错了：1918……1978。1978 应该是今年才对——这次瘟疫才创造出了‘欧米伽’。”

“这说法很合乎逻辑。”雅努斯说。

“你是哪一年出生的？”大卫问道，“嗯，我打听这个是为了纯粹的科学目的。”

“问得机智。”凯特说，“我生于 1978 年。不过……我母亲怀上我是在 1918 年。”

“什么？”雅努斯和常异口同声问道。

大卫听到肖在自己身后移动，然后站到了人群前，他第一次表现出对这场谈话感到有兴趣。

“是真的。”凯特说，“马丁是我的养父。我的生父是个矿井工程师，在第一次世界大战期间是美军军官。他被伊麻里雇用来发掘直布罗陀地下的亚特兰蒂斯遗迹，给他的回报就是牵起我母亲的手举行婚礼。他挖掘出的东西，‘钟’，释放出了被叫作‘西班牙流感’的传染病。命运弄人，那场瘟疫夺走了我母亲的生命。但他发掘出的遗迹里有个房间，房间里放着四根管子，他发现那些管子是治疗和休眠装置。他把我母亲，还有她肚子里的我放进了一根管子里。我们在里头一直待到 1978 年，我在那年出生。”

雅努斯往后靠到沙发背上。这足以改变一切。

凯特的话让常申医生大为震惊，尽管他早知道“钟”和休眠装置的事情——他吃惊的不是那部分。

1978 年的时候，他在伊麻里国际集团资助的一个科研项目中做研究员。一天早上他接到霍华德·基冈打来的电话，之前他从不知道这个人。基冈说他是伊麻里集团的新领导人，他需要常申的帮助，常申会得到可观的回报，以后再也不必为研究经费发愁，而且将要从事伟大的工作——一项能拯救世界的工作，尽管他永远也不能对别人说。

他同意了。基冈带着他走进一个房间，房间里放着四根管子。一根里面装着一个小男孩，后来他知道那是多利安·斯隆。另一根里面装着帕特里克·皮尔斯，基冈说是那个男人发现了这些管子。还有一根里面装着一个怀孕的女人。

“我们会把她最后一个放出来。你要竭尽全力拯救她，但救孩子是最优先的。”

常申这辈子从没这么害怕过，之后发生的事情永久烙印在他的记忆中。他记得抱着那孩子的时候，她的眼睛……凯特·华纳此刻正用同一双眼睛盯着他。难以置信。

亚当·肖对凯特的经历赞叹不已。这里的情况比我原先以为的更复杂；她的重要性比我原先以为的更大。但无论如何，我都会把她安全送达。

凯特等得不耐烦了：“能不能有人说句话啊？”

“好的，”雅努斯开口说，“我要收回我先前的判断。我现在相信你就是‘欧米伽’，而且……有些东西要重新评估了。其中之一就是我对马丁的工作的理解。我不再觉得他的笔记仅仅是个编年表了，那只是它的一部分意义。马丁的这段密码还有更多的意义，它同时是一份修复人类基因组的路线图，描绘了如何修正亚特兰蒂斯基因带来的问题，创造一个独立的地球人 - 亚特兰蒂斯人的混血种，一个新的物种——你就是这个物种的第一人。马丁记录的这一系列事件始于亚特兰蒂斯基因的被引入——到亚当身上——然后他一路追踪亚特兰蒂斯人的干预：在大洪水时期缺失的矫正，接下来的黑暗时代……最后是你，凯特，一个拥有稳定的、功能正常的亚特兰蒂斯基因的人。多亏了那根管子，它拯救了你的生命，让你以那样非同寻常的方式出生。但是……真正的问题是，重要的问题是：我们下一步该做什么？我们有我和常的研究数据，我们明白了马丁的笔记。我们需要找间实验室——”

凯特打断了他：“还有件事我还没告诉你们大家，马丁是个叫作‘统一体’的组织的创始人之一。那是个世界各地的研究者们组成的团体，他们已经做了好几年的实验，一直在寻找疗法。在马贝拉，马丁有一个研究站。”她的脑海中出现了一个想法，“我当时在一栋包铅的大楼里工作。我做了一系列的实验，马丁定期会找我取 DNA 样本。”

“你觉得他当时是在你或者是那些实验对象身上做实验吗？”常问道。

凯特现在能肯定自己的想法了：“都有。马丁告诉我，他相信我是一切问题的关键。看看那段密码，欧米伽……是的。我知道了，统一体那里有他所有的研究结果，我之前跟他们联系过。”

大卫的脸上满是震惊之色。

“怎么了？”凯特问他。

“没什么。”他摇了摇头。

她集中精神继续对常和雅努斯说道：“我认为我们应该把我们的研究结果发给统一体，再跟他们讨论一下我们的理论。”

雅努斯从口袋里拿出那根记忆棒：“我赞成。”

常点点头。

CHAPTER 68

地中海上

阿尔沃兰岛附近

和统一体的通话成果丰硕。

凯特觉得她终于理解了她在马贝拉参与的那些实验了。

统一体花了好几年开发出了一套被称为“基因交响乐”的程序。“交响乐”程序能预测出一种基因疗法或者是逆转录病毒导致一个给定的基因组发生基因变化之后会出现的基因表达。这些预测再加上对亚特兰蒂斯的内源性逆转录病毒潜藏在基因组里的位置的了解，就能预测出一个人对亚特兰蒂斯瘟疫和某个给定的疗法会有什么样的反应。

常和雅努斯的研究辨识出了中世纪的开端和结束时那两场瘟疫导致的基因变化，这些知识正是统一体所缺少的——至少他们希望如此。

凯特望着雅努斯医生操作着计算机，把研究结果上传到“交响乐”那边。他真是个天才，凯特从没见过他这个年龄的人有这样的计算机水平。

凯特把卫星电话切换到免提模式，开口问道：“现在怎么样了？”

“下面只有等待了。”布伦纳医生说，“程序会自动运行，算出可能的疗法。然后我们会试验那些疗法，希望能有好运。如果我们找到了有效的疗法，我们就能迅速实施。马丁给你们讲过我们的基因植入装置吗？”

“我不知道那是什么。”雅努斯说。

“简单说，我们在真皮层下植入了一个生物技术装置，它能让我们向每个人施用专门定制的疗法。所有的植入装置都通过无线网和当地的兰花坊中的服务器相连接。”

他披露的这些让凯特大吃一惊：“我还以为那些是用来追踪的。难道兰花素不能提供治疗吗？”

布伦纳迅速答道：“嗯，是，也不是。植入物的确提供对居民的监控——在我看来这种追踪装置是非常重要的。因为人类基因组千差万别，我们发现任何疗法都需要针对个人做点微调。”

凯特点点头。这真是太先进了——一种植入人体的生物技术装置，它能在每个人身上施行针对个人基因组调整过的疗法，这领先之前市场上的医疗水平几十年。只有在伊麻里和瘟疫的威胁下人们才取得这样的突破，这简直可耻。

“既然是植入装置在进行真正的治疗，那为什么还要给每个人吃兰花素？”雅努斯医生问道。

“有三个原因。在早期的临床试验中，我们发现植入物并不能对所有人都找出有效的治疗方案。植入装置用被植入者体内的蛋白质和酶制造抗体——本质上是进行一系列复杂的剪裁过程，来制造它所需的治疗药物，但只靠它本身来进行这个过程的话只对大约 80% 的病人有效。所以我们给它们提供一个病毒库——打个比方，就像是一块病毒黏土，它们能用这块黏土雕出所需的疗法。兰花素药片里的就是这个病毒库。”

“太有意思了……”雅努斯看起来陷入了沉思。

“其他原因呢？”凯特问道。

“哦，嗯。”布伦纳说，“我说起科学来入迷了，第二个原因是速度。我们知道我们可能会需要迅速施行新的疗法：生产一种新药不可能那么快，而且治疗方案肯定需要因人而异。我们知道我们应该找出一个基础疗法，然后用植入物来进行千万种微调，让它能在全世界通用。”

“还有最后一个原因呢？”

“希望。人们每天服用兰花素……我们觉得，我们需要给他们一个看得见摸得着拿得住的东西，他们了解的东西：治疗疾病的药品。现在，我希望你们已经为我们补上了缺失的环节——我们需要传给植入物的新规则。‘交响乐’现在正在处理你们传来的数据。如果它能找到正确的疗法，我们就能在几小时内向全球各地的兰花盟国居民施行治疗。”

小沙龙里的三位科学家纷纷点头。大卫和肖大眼瞪小眼。

布伦纳打断了屋子里的紧张气氛：“还有件事我没告诉你，华纳医生。”

“什么？”凯特对话筒问道。她懒得切换通话模式。

“兰花盟国领导层命令我们执行安乐死计划。”

“我不明白——”

“给我们预设了一套作战命令。”布伦纳继续说道，“如果兰花素失效或者是伊麻里成为切实的威胁，命令要求我们朝那些植入物发关闭命令——好让垂死者迅速死去，让兰花国这边成为幸存者构成的世界，以拯救盟国。目前为止，我们对这些命令都置之不理，埋头进行我们的研究，希望领导层不会真的实施这个计划。但我们听到风声说，如果我们再不执行安乐死计划，盟国的军队会接管统一体，然后替我们执行计划。”

凯特跌坐到白色沙发上。

一时间所有人都说不出话来。

“你们能不能继续推迟安乐死计划？”凯特问道。

“我们可以试试，但……我们还是指望你们的疗法能有效吧。”

回到他们楼下的卧室以后，大卫冲着凯特几乎是咆哮着说：“你是说你这段时间一直有能力跟一个全球性大联盟进行电话联系？”

“是啊。怎么了？”

“再给他们打个电话，然后这么说……”

凯特拨通了统一体的电话。布伦纳医生？——不，没什么问题。我想请你帮个忙。我需要你和英国情报部门联系，问问他们是否有个叫作亚当·肖的军官。另外，能不能向世界卫生组织问问一个叫作亚瑟·雅努斯的医生的信息？——是的，这些信息很有用——好的。等你搞清楚以后立刻给我回电。这事情非常重要。

保罗·布伦纳医生挂上电话，看着记下的名字——肖、雅努斯。那艘船上发生了什么事？凯特有危险吗？

他现在实际上觉得自己跟她关系相当亲密了。几周来他一直在视频里看着她，而后他终于跟她的真人交谈了。他希望凯特平安。他拿起电话，拨通了他在世卫组织和英国情报机构的熟人。两边都答应说他们一旦有结果就会立刻回复他。

保罗还有个电话要打——他希望能打那个电话——但先要等着“交响乐”，等着它给出结果。

他走出自己的办公室，走进疾控中心办公大楼的大厅。这里的气氛压抑，所有人都工作过度，精疲力竭了。士气很低，这很正常：他们在寻找瘟疫疗法上毫无进展，看不到任何希望——一直到不到半小时前凯特打来那个电话之前都是如此。

“交响乐”还要多久才能出结果？如果通过凯特和她的团队发来的研究数据真的能找到疗法的话……

“兰花”指挥中心的玻璃墙分开来，两片玻璃朝两边滑去，让他从中通过，狭小的会议室里所有人都把头转向他。这地方看上去就像是间大学宿舍里的自习室，而且是一群学生已经塞在里面过了两个月：会议桌横七竖八地乱摆着，四处都是笔记本电脑、成堆的稿纸、地图，被咖啡弄脏了的报告，还有里面的咖啡喝到一半的一次性纸杯。

他们脸上的表情告诉了保罗他想要知道一切。

墙上挂着的四面大显示屏证实了这点。它们上面都闪动着一行文字：确认一种疗法。

他们之前看到过这行字很多次了，每次他们的庆祝都会比前一次低沉几分。但这次的气氛不同，所有团队成员都涌向保罗，所有人都激动地谈论着新数据和下一步行动。各个研究站纷纷被提名进行下一步研究，又纷纷被否决。

“我们就在这里试，在我们自己人身上。”保罗说。

“你确定？”

“我们有些人已经不能再等下去了。”他朝安乐死计划最后期限的倒计时瞥了一眼。还有不到四个小时了，不能再等下去的人有很多。

但他希望在把这疗法推向全世界之前先确定一下，他必须打一个电话。

在回办公室的半路上，保罗在临时医院停了一下。

他站在妹妹的床边。她的呼吸很轻，但保罗知道她认出了自己，她朝保罗伸出了手。

保罗靠过去握住了妹妹的手，她的手上没什么力气。

“我认为我们找到办法了，伊莲娜，你很快就会好起来的。”

他感到妹妹握紧他的手，力度那么轻微。

保罗拿起电话。几分钟之后，他接通了白宫战情室。

“总统先生，我们找到了一种新疗法。我们非常看好其前景，我请求您暂缓安乐死计划。”

CHAPTER 69

地中海上

阿尔沃兰岛附近

“要多久？”大卫追问道。

“布伦纳说他会尽快给我回话的，统一体那边也很忙——”

“我们还有不到三个小时就到阿尔沃兰了。等我们到那里之后，我就必须把肖和卡茂武装起来，科学家们也要有所安排。我们必须搞清楚他们中是谁杀了马丁并且弄坏了船。”

凯特坐到床上，她知道如果他们开始讨论凶手，结果只会是又吵一架。而她不想吵架，不想跟他，不想在这个时候。她一把扯掉自己的汗衫，丢到椅子上。

大卫的眼睛亮了。他拔出手枪，塞到枕头下面，他脱掉自己的汗衫，然后脱下裤子。

他朝凯特走去。凯特吻了吻他的肚子。他把她推倒在床上，爬到她身上。

一瞬间，整个外面的世界仿佛都不复存在。她忘了瘟疫的事情，忘了伊麻里，忘了马丁的笔记，也忘了船上的凶手。大卫，这一刻她只想要他，对她来说他是世上唯一重要的东西。

甲板下面热得像火炉，但大卫懒得去开空调。

他在床上翻了个身，光着躺在凯特旁边。他们俩身上都全是汗。大卫的呼吸比凯特先平缓下来，但两人谁也没说话。

时间仿佛凝滞了。他们俩盯着天花板，大卫不知道过了多久，但最后凯特转向他，吻了吻他的下巴。

宁静的一刻被这一吻打破了，然后大卫问出了一个问题，和布伦纳通话之后他一直在避免想到这个问题："你觉得这样有用吗？统一体得到了雅努斯和常的研究结果，然后就……我不知道该怎么说，'把它们拼到一起'，就像是《三角力量》里面那样，然后神奇地就得到了疗法？"

"三角力量是什么？"

"你开玩笑吧？"

"是什么？"

"《塞尔达传说》[①]里的，"大卫说，"你知道的。林克收集三角力量，救出塞尔达公主，拯救海拉尔王国。"

"我从没看过这片子。"

"嗯，这是……是个电视游戏，不是电影。"她怎么可能不知道塞尔达传说？这比马丁的密码内容更让大卫震惊。但……明天再讨论这事好了。她搞不好连《星球大战》和《星际旅行》都分不清。如果几个小时之后他们都还活着，他看来要有很多教学工作要做了，"好吧，忘了塞尔达吧。我的问题是，这样能行得通吗？你怎么觉得？"

"我觉得必须行得通。我们已经做了一切能做的事情，也只能做到如此了。"

大卫恢复了躺在床上盯着天花板的状态，他甚至不知道自己问那个问题到底想要干吗。他感到一阵突如其来的担心、恐惧，不是为了即将到来的战斗，是为了别的东西，一种他捉摸不透的感觉。

凯特又坐了起来："你对船为什么会了解那么多？"她在试着转移话题。

"我以前在雅加达有一艘。"

"我以前可不知道秘密特工们有空闲玩游艇什么的。"她半开玩笑地说。

大卫笑了："那不是用来娱乐的游艇，我向你保证，不过本来可能是。我买它是用作逃亡计划的道具——以防万一。而且最后的确用上了，如果你还记得的话。"

---

① 译者注：任天堂著名经典游戏系列。《三角力量》是其中的名作，下文提到的林克是男主角，海拉尔王国的塞尔达公主是女主角。

“我记不得，我倒是想能记得。”她扯了扯床单。

她说得对，大卫这才想起来。在审讯她的过程中伊麻里给她打了药，他救出她然后一起逃走的经过她几乎都不记得了。

“你怎么处理它？”她问道。

“那艘游艇？送给了一个雅加达的渔民。”他笑着望向远方，“不过那船可真不错啊。”这一刻他有些好奇：那艘船现在在哪儿？哈尔托是不是带着他全家从爪哇主岛搬到了某个小岛上？爪哇海上有几千个无人居住的小岛，他们在那里大有机会幸存。哈尔托可以去打鱼，他的家人可以去采集植物。瘟疫不会传染到那里，伊麻里也不会去荒无人烟的岛屿上追捕这么几个人。如果世界的状况继续恶化下去，他们可能会成为地球上最后一批人类。也许这样子世界会更好。单纯的人们继承了整个地球，过着历史上99%的时间里人类过着的那种生活。

“你在哪里学的驾船？自学的吗？”

“我父亲教我的。我还是个小孩子的时候，他经常带我出海。”

“你跟他讲话多吗？”

大卫艰难地从床上撑起身子：“不，我还小的时候他就死了。”

凯特张开嘴想要道歉，但大卫打断了她：“没什么，过去很久了。1983年，黎巴嫩，我那时候七岁。”

“海军陆战队兵营被炸那次？”

大卫点点头。他的目光飘向那套伊麻里制服，看着制服上代表上校的银色橡树叶肩章。“他当时三十七岁，已经当上了中校。如果活着，他可能会升到准将甚至更高的位置。那是我童年的梦想。我一直在脑海里幻想着自己穿着一身海军陆战队制服，肩膀上扛着一颗将星屹立。真滑稽：过了这么久，我还是能看到我在自己想象中的那副样子，太有趣了。人们在童年时的梦想多么清晰，之后的生活又是多么复杂。一个单纯的志向变成了成百上千的心愿和各种细节——大多数都是关于你想要什么，想做什么样的人的。”

凯特把目光从大卫身上移开，然后在床上转动身子，躺到他身边，眼睛看着别处。

这是她给他独立空间的方式吗？大卫不知道，但是他喜欢有她在身旁，喜欢她柔软的肌肤挨在他身上的感觉，喜欢她温热的身体传到他皮肤上的热度。

“下葬的那天，我母亲把叠好的国旗带回家，放在了壁炉上。那之后二十年它一直在那里，放在一个三角形的黑木箱子里。箱子上刷了好多层油漆，有个玻璃门。她在边上摆放了两张照片：一张父亲穿着军服的半身相，还有一张是夫妻俩一起拍的，在热带某个地方，他们脸上满是笑容。那天屋子里塞满了人，他们一直在说一样的话。我走进厨房，拿出个我能找到的最大号的黑色垃圾袋，然后把我的玩具塞了进去——所有的兵人、坦克模型，以及任何和军队哪怕有半点间接关系的玩具。然后我回到我的房间里，整整玩了三年任天堂游戏。”

凯特温柔地吻了吻大卫的额头紧挨着发际线的地方：“《塞尔达传说》？”

“《三角力量》我打了似乎有几百万遍。”他望着凯特笑了，“然后，有一天，我开始对历史非常感兴趣。我读遍了我能找到的所有历史读物，特别是军事历史方面的，尤其是欧洲和中东的。我希望知道，这个世界怎么会变成现在这样的。赖活着，也许我是在想，历史教师可能是全世界最安全的职业，历史课堂可能是这行星上离真实的战场最远的地方。但“9 · 11”发生之后，我只想做一个战士，就好像我的整个世界都被颠覆了，我想要复仇。但也是想要做我认为我能做好的事情——我天生就适合做这行，但我一直在害怕。也许男人终归不能逃脱自己的天命。无论你做什么，人们也无法改变自己真正的本性。它潜藏在人们内心深处，好像已经死了，被埋葬了，但其实一直在驱策着你前行。”

凯特什么也没说。大卫很高兴她没说什么。她只是把身子贴得更紧，把头靠到了大卫的颈窝里。

过了一会儿，大卫感到凯特的呼吸放缓了，他知道她这是睡着了。

他吻了吻凯特的前额。

嘴唇离开凯特的时候，他忽然意识到自己多么疲惫不堪，讨论马丁的笔记让他精神疲惫，和凯特一起的那段时间让他身体疲惫，告诉她那些以前从未告诉过任何人的事情让他感情疲惫。

他从枕头下面抽出枪，放在自己身边伸手就拿得到的地方。他瞧了瞧门口，如果有人开门他会听得到的。如果有人来袭击他们，他来得及反应。他只要眯一小会儿。

CHAPTER 70

大卫睁开双眼的一刻就知道，自己回到了地中海边那栋别墅里。凯特站在他身边。走廊尽头，一扇拱形木门若隐若现。他们右手边是两扇开着的门。光线从门里涌出，照亮了这个狭小的空间。

大卫对那些门和门后的房间都有印象——他曾经在这里看到过凯特。

这是她在做的梦，我在她的梦里边，大卫想道。

凯特走到走廊尽头，朝着前面的门伸出手去。

“别。”大卫说。

“我必须去。答案就在门后面。”

“别去，凯特——”

“为什么？”

大卫一直非常害怕。在梦里他知道了为什么：“我不想任何东西发生改变，我不想失去你。我们就待在这里，待在原地吧。”

“跟我来。”她打开了门，光明淹没了通道。

他疾步追上去，冲进了门里——

大卫在床上坐了起来，气喘吁吁地用力呼吸。

他刚才把凯特从他身上甩了下去，但这样她都没醒。

他把她的脑袋转过来，面对自己：“凯特！”

她在冒汗，脉搏微弱。她正在发烧，而且失去了意识。

我该怎么办？去叫个医生来？我不能信任他们。恐惧攫住了他的全身——他从没感到如此程度的恐惧。他把凯特搂进怀里。

让凯特大吃一惊的是，门外居然是露天。

她回头朝门望去，但——她背后没有门，只有一艘巨舰高高耸立。她站在一片海滩上，那艘船停在岸边，两边沿着海岸线伸展开去。不知怎的，凯特就知道了那是什么——阿尔法登陆艇。这个世界上的原始人类将来会把它叫作亚特兰蒂斯。

这不可能，凯特想。这是七万年前，多巴大灾难的时候。

一个声音在她的头盔里响起："最后记录到的生命信号就在山那边，转向二十五度。"

"收到。"她听到自己边这么说边起步，飞速越过满是火山灰的海滩。

在山脊上，她看到了它们：黑色的尸体。从山谷一路堆到一个山洞的入口。

她越过那段路，进入了山洞。

她的环境服上的红外感应器证实：这些人都已经死了。

她几乎要放弃希望的时候，她面前的显示屏上闪出了一个红点。一个幸存者。她靠近了些。

她听到身后传来脚步声。她转过身就看到一个大个子男性，一个非常强壮的个体。他手里抓着某样东西，朝她猛冲过来。

她握住自己的电击棍，但那个男人停止了冲锋。他倒在那个女人旁边，把手里的东西递给了她：一块变质了的肉。女人狼吞虎咽起来。

凯特这时才发现，这个女人身上还有另一个生命信号。一个婴儿。已经发育了两百四十七个本地日。

那个男人倒在了洞壁上。他是这个部落的首领吗？很有可能。他们俩会死在这里，死在这个山洞里。他们这一物种也会就此灭绝。

这也是我所属的物种，凯特想。他们是我的同类，可能是最后的两个了。只要进行一次基因改变，我就能拯救他们。我不能坐看他们死去，我不会这么做的。

在明白自己在做什么之前，她就已经把这两个人科生物扛到了肩上。这套环境服的外骨骼和计算机控制负载分配系统能轻松承受他们的重量。他们也已经虚弱得无力反抗了。

回到船上之后，她立刻把他们送进了实验室。

他们这一物种还太稚嫩，无法进行全部基因修饰。那只会杀死他们。她做出了一个决定：给他们注入基因前体。这会救回他们的性命，但也会带来一些麻烦。她会守在这里，帮助他们，引导他们，修正出现的问题。她有的是时间，有无穷无尽的时间，她会把他们培育成熟。以后她会将那些基因完全激活，等到他们准备好。

“你在干什么？”一个男人的声音在她背后响起。

是她的同伴。她开动脑筋：该对他怎么说？

“我……”

他站在门口，光线从他背后溢进实验室。凯特看不清他的脸，她必须弄清楚他是谁。她站起身来朝他走去，可还是看不清他的脸。

凯特知道同伴正在等待她的回答。她必须讲点什么给他听,她会说出事实，但要加以扭曲。

“我正在进行一次实验。”她走到他面前的同时说道。她抓住对方的肩膀，可他的脸还是被光线淹没得看不到。

大卫擦去凯特脸上再度渗出的一层汗水。像这种情况,我只能去找医生了。我不会让她死在我怀里的。

他把凯特放到床上，但她忽然抓住他，急剧地喘息起来。她大口吞咽着空气，忽闪着瞪大了眼睛。

大卫仔细观察着她的表情，想要理解她的状况。

“见鬼的到底怎么了？我跑过那道门，但是——”

“是我做的。”她喘着粗气说。

“什么？”

“多巴，七万年前，我救了那些濒死的人。”

她神志不清了，大卫想。

“我马上去找医生来。”

凯特紧紧抓住大卫的前臂，摇摇头：“我很好，我没疯。那些不仅仅是梦，它们也是记忆，”她终于喘匀了气，“我的记忆。”

“我不——”

“1978 年我并不仅仅是从管子里出生——我同时被复活了。这其中有太多我们还没意识到的东西。”

“你是——”

“我就是那个给予了我们亚特兰蒂斯基因的科学家。我是个亚特兰蒂斯人。”

下部

亚特兰蒂斯实验

CHAPTER 71

地中海上

阿尔沃兰岛附近

大卫努力想要弄懂凯特刚才的话：“你是——”

“亚特兰蒂斯人。”凯特重复道。

“听着，我……”

“听我说，好吗？”凯特现在喘过气来了。

这时响起了敲门声。

大卫抓起枪：“是谁？”

“卡茂。我们还有一个小时就到了，大卫。”

“懂了。还有别的事吗？”

卡茂停了一会儿。

“没有，长官。”

“我很快就出去。”大卫朝门外喊道。他转身面对凯特。

“见鬼的，这到底怎么回事？”

“我现在记起来了，大卫。许多的记忆，就好像水坝决堤，洪水喷涌。该从哪里说起呢？”

“你从哪里获得这些记忆的？”

“那些管子——伊麻里认为它们是治疗舱。那只是它们一部分的功能。它们会治愈放进去的生物，但它们最重要的功能是复活亚特兰蒂斯人。”

“复活？”

“如果一个亚特兰蒂斯人死了，他就会在管子里重生，带着自己所有的记忆，跟死前 样。亚特兰蒂斯基因——它比我们认为的要更复杂。它是个了不起的生物技术结晶。它会让人体发出辐射，某种亚原子编码的数据。记忆、细胞结构、人体各种信息都会被收集起来，发送备份。”

大卫站在原地，不知该说什么。

“你不相信我。”

“不。”大卫说，“相信我，我相信你，我相信你刚才说的每句话都是真的。”他心中忆起了自己在南极洲和在直布罗陀的两次复活，重生。他感到凯特需要他。她正经历着某种他完全无法理解的事情，“如果这世上只有一个人相信你，那就是我。你也听过了我的经历——我的复活。但我们还是梳理一下这事吧。先说最重要的：你怎么会有亚特兰蒂斯人的记忆的？”

凯特擦了擦自己脸上的汗水：“在直布罗陀，那艘飞船被破坏了，几乎被完全摧毁。我记得的最后一件事是回到了飞船里。在爆炸中，我被甩飞了，我的搭档……他抓住了我。我不知道之后发生了什么。我一定是死了，但我没有复活。那艘飞船肯定是把复活程序关闭了——要么是因为被炸坏了，要么是因为复活了也无路可逃。也可能是被他——我的搭档——关闭的。”凯特摇了摇头，“我差一点就看到他的脸了……他救了我，但我没能在管子里重生。1919 年，我父亲把海伦娜 · 巴尔顿——我母亲——放进了那根管子里。我在 1978 年降生。那根管子的程序被设定为把亚特兰蒂斯人的状态回溯到死前的一刻。它让一个胎儿发育起来，把记忆植入其中，然后把胎儿催熟到标准年龄。”

“标准年龄？”

“差不多就是我现在的年龄——”

“亚特兰蒂斯人不会老的吗？”

“会的。但是人们可以停止老化，只要做几个简单的基因修饰就行。老化只不过是细胞程序性凋亡而已。但对亚特兰蒂斯人来说，阻止老化是个禁忌。”

“不老是被禁忌的？”

“这被视为……噢，这很难解释，但是……被视为对生命的贪婪。等等，这说法也不完全对。有那个成分，同时这也被视为一个不安全的信号——放弃老化意味着执着于永不结束的青春，就像你始终没准备好进入生命的下一阶段。拒绝死亡意味着生活永不完结，这样的生活并不幸福。但有些特殊人群被允许停止老化，维持在标准年龄——深空探险者就是其中之一。”

“所以那个亚特兰蒂斯人——”大卫犹豫了一下，“你，是个……宇宙探险家？”

“这么说并不确切。我很抱歉，老是用词不准。”她抱住自己的脑袋，“你能去浴室里看看有没有头疼药吗？”

大卫拿回一瓶雅维[①]，凯特倒出四片药，干吞了下去。大卫对这剂量毫无异议。她是医生，我知道啥呢。

“我们两个，是一支科学考察队——”

“你们来这里是为什么？”

“我……记不起来了。”她揉了揉自己的太阳穴。

“科学家，什么类型的？你的专业是？”

“人类学，最接近的术语应该是什么？人类进化学家。我们在研究人类的进化。”

大卫摇了摇头：“这能有什么危险？”

“在蛮荒世界做研究工作永远是危险的。万一我们在野外被杀掉了，就会按照预设程序复活，好继续工作。但我复活的时候有些地方出错了。那根管子把记忆植入了我体内，但它无法让我进一步发育——我还没出生的身体被包裹在我母亲体内。这些记忆在我的潜意识里徘徊了几十年，直到现在——直到我到了标准年龄。”她跌倒在床上，“我之前做的所有事情都受到这些潜意识里的记忆的驱动。我决定成为一名医生，然后决定做研究者。我选择研究治疗自闭症患者的基因疗法，这其实也是我想要修正亚特兰蒂斯基因的愿望的一种表现。”

“修正？”

“是的。七万年前，我给地球人引入亚特兰蒂斯基因的时候，人类的基因组还没有准备好接受它。”

---

① 译者注：又名芬必得、布洛芬。止痛药。

“我不明白。”

“亚特兰蒂斯基因极其复杂，它是一种用于生存和通信的基因。”

“通信……我们共同的梦境？”

“是的。这就是我们能做同一个梦的原因——通过穿过我们大脑的亚原子微粒的辐射，我们下意识地在进行交流。你在摩洛哥北部，我在西班牙南部的时候开始的。这是因为我们都有亚特兰蒂斯基因,而且我们被链接在一起了。人类还需要千万年的时间才可以有能力使用这种‘链接’。我给予人类亚特兰蒂斯基因好让他们能活下去。当时帮助他们求生是它唯一的作用，但事情失去了控制。”

“什么？”

“人类,还有实验。我们必须定期进行基因修饰——改造亚特兰蒂斯基因。”她点点头，仿佛在自言自语，“我们利用逆转录病毒基因疗法来进行修饰——是的，就是这个：人类基因组中的内源性逆转录病毒，这就是它们的本质——我们过去给人类施行的基因疗法的化石，增量更新。”

“我还是听不懂，凯特。”

“马丁是对的，真是难以置信。他太天才了。”

“我——”

“马丁那份亚特兰蒂斯基因修饰年表——一万两千五百年前的事件后基因修饰并未就此停止。”

“没错……”

“他的‘失落的德尔塔’和‘亚特兰蒂斯坠落’指的是我们飞船的毁坏和我的科学队伍的消失。我们从此不再能改变人类的基因组。”

“所以这意味着——”

“但改变还在继续。别的什么人从那时起一直在干预人类进化。你的理论是对的，有两个派系。”

多利安合上双眼。开战之前他从来都睡不着。还有几个小时就到阿尔沃兰岛了，就能抓到凯特，把她带到阿瑞斯那里去了。等他把那个亚特兰蒂斯人放出来，他就能最终搞清自己的本性，自己是什么样的人了。他有些紧张，他将会知道什么？

他试着在心里勾勒阿瑞斯的形象，是的，阿瑞斯就在那里，回望着他。一个玻璃曲面上反射出来的扭曲形象，一根空心管子的玻璃曲面。

多利安后退了几步。十二根管子排列成半个圆圈，四根里面装着些……又像猿又像人的东西。很难说清到底是什么。

他身后的门“哧”的一下打开了。

“你绝不应该来这里！”

多利安听出了这声音。但他几乎不能相信自己的耳朵，他慢慢转过身。

凯特站在他身后。她身上穿着的衣服跟多利安身上的很像，但不一样。多利安的是套制服，她身上的则更接近于无菌实验室里的研究人员穿的套袍。

凯特看到了那些管子，眼睛瞪得溜圆：“你没有权力把他们——”

“我在保护他们。”

“别想骗我。”

“是你把他们置于危险中，你把我们的部分基因给了他们。你低估了我们的敌人的仇恨心，他们会对我们一族的每个成员追杀到底。”

“正因为这样，你绝对不该来——”

“你是我们种族的遗民，现在他们也是。”

“我只是对一个亚种进行了治疗。”凯特说。

“是的，我取样之后就发现了这点。这一种族从此再也不是安全的了，你需要我的帮助。”

CHAPTER 72

地中海上

阿尔沃兰岛附近

凯特走到水池旁，洗了洗脸，仿佛这样能洗去她思维上的蜘蛛网，帮助她回忆。她觉得问题的答案、全部的真相就在她脑海深处，就是差一点，怎么也够不着。

她回到卧室里的时候，大卫已经穿好护甲在等她了。她的直觉告诉她，他脸上的表情叫作“我准备好投入战斗了”。

“你怎么知道亚特兰蒂斯人有两个派系的？”

“我就是知道。还有两艘飞船。马丁猜的是对的，它们来自两批不同的人。”

“在南极洲有些排了几英里长的管子。它们里面装的是什么？更多的科学家？士兵？一支军队？”

凯特闭上眼睛，在眼皮上揉了揉。这完全是个迷宫，虽然答案是现成的。

“我……想不起来。我觉得他们不是探险队。”

“那就是士兵了。”

“也不是。也许是？再给我点时间好吗。我感觉整个脑子一团糟。”

大卫坐到床上，一只手搂着她。他们静静地坐了一会儿，最后他说：“我们还有不到一个小时就要登陆了。我们必须猜一下凶手是谁。”

凯特点点头。

“我怀疑的首先是肖，其次是常医生。”他说。

“我们逆向思考一下，”凯特说，“让我们先从动机开始。谁会想要杀马丁——他们中哪一个会想要杀掉他？”

“马丁快要找到疗法了——我们从他的笔记可以看出这点。”

“所以会想要阻止他找到疗法的人就该是我们的头号嫌疑对象。”凯特说，

“在我看来很明显，常医生和雅努斯都希望找到疗法，我觉得这就足以把他们排除在外了。我们知道，防止找到疗法对伊麻里来说是头等大事。这艘船上从一开始就只有一个忠诚于伊麻里的军人，卡茂。”

“不是他。”大卫迅速回应道。

“你怎么能这么肯定？”

“他在休达救了我的命。”

“这有可能是他的任务——救你一命，然后跟着你找到我。”

大卫嘘了口气：“换个角度看看吧。一开始的时候，常医生也是忠于伊麻里的人。”凯特能看出他现在生气了，“见鬼，他其实是这艘船上杀戮最多的人。他在尼泊尔杀了多少人？几百个，或者几千个？”

“我不觉得他能弄断马丁的脖子。”凯特说。

“也许马丁活着的时候不能，但如果……如果常在此之前就杀死了马丁呢？你说他在瘟疫船上给马丁打过药。也许是那药物杀死了他，然后常在此之后把他的脖子弄断，好掩盖真相？”

“就算是药物杀死了马丁，我们也无法检验，船上没法验尸。卡茂嫌疑更大。他受过杀人的训练。”

“我也受过，还有肖。”

“你没提到雅努斯。”

“我只是……不觉得那会是他。我不知道为什么。”

“肖在马贝拉救了我的命。”凯特说。

“这有可能是他的任务——”

“这的确就是他的任务——”

“伊麻里给他的任务，”大卫说，“这是另一种可能的动机。忘了疗法吧。如果马丁知道前来的空降特勤队士兵是哪些人，然后他知道肖并不是其中一员？”

大卫这句话让凯特沉默了。

“你说过，肖肯定很熟悉那个伊麻里集中营内外的道路。”

“说到这里，你之前跟上我们讨论的速度也很快啊。”

大卫摇摇头：“此言大妙啊。”

有些话在这次讨论或者争议之前凯特就想说了。至少在它继续发展下去，变得不可收拾之前她一定要说出来：“听着，我不知道是谁杀了马丁，也不知道我们该做什么，但我知道：无论你决定要做什么，我都会支持你的。”

大卫吻了吻她滚烫的额头：“这就足够了。”

所有人都在游艇的顶层甲板上集合。大卫递给卡茂一支自动步枪和一把手枪。他自己肩上挂着一支同样的自动步枪。

肖看看大卫，又看看卡茂：“你还没给我武器——”

“闭嘴。”大卫说，“我们还有二十五分钟到达阿尔沃兰岛。下面就是我们的行动安排。”

等大卫讲完了他的作战计划之后，肖连连摇头：“你会让我们全都被杀掉的。凯特——”

“我们就按照这个安排行动。”她斩钉截铁地说。

在驾驶舱里，大卫朝卡茂点点头，后者随即打开了无线电步话机：“阿尔沃兰哨所，我们是从休达之战中幸存下来的伊麻里军官。我们请求靠岸。”

哨所回应了，询问卡茂的衔级和伊麻里军官编号。他迅速而平静地报上了这串信息，一直背对着大卫。

“他们同意我们靠岸了。”卡茂说。

“很好，继续吧。”

CHAPTER 73

阿尔沃兰岛

大卫调节了一下望远镜的焦距，从船上的驾驶室已经能看到阿尔沃兰岛了。初升的太阳照亮了这个矗立在地中海上的小石块，它的面积还不到一个街区大小。有一栋单薄的水泥和石头建筑伫立在岛上对面那头，两层楼高，看起来简直像是个中世纪的监狱。岛中央高耸着一座灯塔，逼视着其下简陋的小楼。

岛的另外一端是直升机停机坪，上面有三架直升机静静地待在上面。

小岛和大海相接之处有座二十英尺高的悬崖，悬崖底部有个码头伸向海中。大卫把船头对准码头驶去。

“岛上经常停着一整队三架欧直 X 立方直升机[①]？”

卡茂摇了摇头：“不，通常只有一架，他们有增援，可能是来自原先的伊麻里舰队或者进攻南部西班牙的部队。”

大卫考虑着这个新情况，每架直升机能装十二个人。在小楼里可能会有超过四十个全副武装的士兵，随时待命出击，人太多了。

他在心里默默调整作战计划。

卡茂把小艇在码头上拴好，开始爬上悬崖旁的通往岛上的楼梯。

码头上没有士兵。他爬到楼梯顶上停了下来，观察着面前延伸开去的地表。光秃秃的，全是石头和泥土。这里也没有士兵，只有地上的尘土在随风飘拂。灯塔在前面五十码的地方。在朝阳的照耀下，塔身投出一条长长的阴影，仿

---

① 译者注：欧直 = 欧洲直升机，空中客车公司前身之一欧洲直升机公司推出的直升机品牌，欧直 X 立方是空中客车公司 2010 年推出的尖端直升机。

佛是一条黑色的道路，通往未知的领域。

卡茂走出阴影，他希望岛上的人能看清他身上没有带武器——要不可能会送掉他的性命，他把双手往两侧摊开。

手无寸铁地靠近一个防御工事让他感觉很紧张，但现在别无他法。

有人开了一枪，离他三英尺的地上泥土飞溅。

卡茂停住脚步，高举双手。

楼顶上出现了三个狙击手。

七个士兵从楼里跑了出来，包围了卡茂。

“表明你的身份！”其中一个士兵厉声喝问。

卡茂举着双手，冷静地说道：“我相信你们收到了我发去的信息。你们得给我武器，然后我们该马上去攻击那艘船。他们正在找我。”

那个士兵犹豫了一下：“船上有多少人？”

“两个军人，装备精良，训练有素。他们在顶层甲板上，等着我回去。三位科学家在下层甲板，被分开单独锁在三个舱房里。他们没有武装。那个女人是目标。我们需要把她完好无损地捕获。”

那个伊麻里士兵朝步话机里讲了几句，楼里又出来三个士兵，加入到卡茂周围那七个士兵的队伍中。

“你们得给我武器——”

“闭嘴，留在这里。”那个士兵说，“我们等会儿再对你进行甄别。”他示意他的部下跟上他。他带走了七个人，留下两个看守卡茂。现在屋顶上只有两个人了，狙击手之一一定也加入了袭击队伍。

卡茂仍然略微举着双手站在原地，看着那支队伍走到岩石平面的边缘，冲下楼梯，朝着底下的码头前进。

他紧盯着那边。

五秒，十秒，十五秒，二十——

码头上发生了一次巨大的爆炸，一拨火浪直冲到悬崖顶上，冲击波把卡茂和他身边的两个士兵都吹倒在地上。他滚动身形，一拳打到较近的那个士兵身上，打昏了对手。另一个士兵正从地上爬起，卡茂朝他冲了过去。那人试图防御，但卡茂把他拽进自己怀里。他把那人的脑袋往地上撞去，然后感到对方的四肢瘫软下去。

他头也不抬地抽出对方身旁挂着的手榴弹，把它朝屋顶扔去，希望能在那里的狙击手们重新就位之前干掉他们。他迅即抓起又一枚手榴弹，也抛到了屋顶上——以防万一第一枚没炸到敌人。屋顶上响起两声爆炸的同时，卡茂又扔出了第三枚手榴弹。这颗砸开了一楼的一扇窗户，从窗子里飞进楼去。

他抓起身旁士兵的自动步枪，朝着小楼飞奔。他必须冲到楼旁，躲到窗户下边把自己掩蔽好。如果在那之前手榴弹就爆炸了，它抛撒出的杀伤破片和玻璃碎片会把他撕碎的。

大卫加快了蹬腿的速度。脚蹼在水中推动着他前行，他忍不住欣赏了一下阿尔沃兰岛周围的海底群礁。要不是在现在这种状况下，他会花上好几天在这里潜水，尽情享受美景。但他必须抓紧时间，他往前冲去。他试着在脑海中形成一幅地图，想要估计出自己游了多远了。如果他出水太早，靠近上面的小楼，那楼顶上的狙击手们会把他轻松收拾掉的。

最后他判断该从水里出去了。他迅速丢掉气瓶和水肺。他身上只带了一把小刀，没有枪械。

他走到石崖边上等待着。他很想探头瞧瞧，看看自己有多接近直升机，但他不敢冒这个风险。

他等待着。

轰隆隆的爆炸声响起,大卫瞬间投入行动。他把自己拉上满是尘土的崖顶，朝着直升机全速冲刺，它们至少有六十码远。

哨所那边又传来了两次爆炸声。

凯特把抓枪的手挪了挪，她觉得拿着枪让她很不舒服，小救生筏在海面上剧烈颠簸着。

“无论如何，我还是真的感到很抱歉，伙计们。”

“我完全理解这种做法。”雅努斯医生说。

“我附议。”常医生表示赞同，“这真的是唯一的办法了。”

肖用很小的声音嘟囔着什么。凯特只能分辨出几个咒骂的单词，这几个词让她觉得幸好自己听不清他说什么。

在远处，一次爆炸摇撼着整个小岛，凯特看到那艘一百三十英尺长的游艇上喷出无数碎片，如雨点般落入地中海。

让她惊讶的是，她看着那艘游艇喷出火焰的时候心里感到一阵失落。尽管在这船上的旅程充满了焦虑，压力重重，她和大卫在甲板下的那些时光仍然值得珍视。她不知道未来会是怎么样的。

大卫马上就要冲到那三架直升机旁的时候，他看到卡茂出现在小楼顶上。

大卫停下脚步，转向楼房那边略等了一下。

卡茂扛起一把狙击步枪，把它指向大卫和直升机这边，然后从左往右摆动了几次。

他松开握住步枪的手，然后朝大卫比了个手势：安全了。

这结果出乎大卫的预料之外。他本以为至少会有一个士兵在看守直升机的。斯隆在的话，他不会让直升机无人看守，所以他不在这里——大卫现在确定了。

这里的指挥官把所有的兵力都投入到攻击那艘船上了。或者……

大卫靠近第一架直升机的舱门，迅速往里看了看，然后冲向其他几架。全是空的。卡茂是对的：这里一个人都没有。

为什么？他们是不是在直升机上布置了机关？大卫需要找出哪一架上油最多。他走到最近的一架直升机门旁，往里看了看，没有绊线。他抓住门把手，转动起来。

卡茂在小楼里穿行，寻找备用油箱。他在一楼一间储藏室里找到了。他提起两箱油，走出了小楼。大卫在门外等着他。

“有斯隆的踪迹吗？”

卡茂摇摇头。

“这肯定是一支先遣队——试试看轨道枪会不会把它们打下来。斯隆绝不会拿自己的生命冒险。我们要赶快了，他不会在先遣队后面太远。”大卫琢磨了一下，“你在里面看到炸药没？”

“有的。”

“拿出来，让我们给斯隆留个惊喜。”

五分钟后，大卫坐在直升机里，静静地望着阿尔沃兰岛的陆地飘向远方。视野变成了开阔的海面，卡茂调整了一下直升机的航向。载着凯特和那三个男人的救生筏稍微漂离了原地，但很容易就找到了。

按照大卫在游艇上提出的方案，凯特带着装枪支和计算机设备的包第一个上来，接下来依次是：雅努斯、常、肖。

所有人都登上直升机之后，卡茂通过大卫头盔里的无线电问道：“去哪儿？”

老实说，大卫毫无概念。但……他们不能往北去西班牙，也不能往南去摩洛哥，朝西去大西洋也不可以。

“东。低空飞行。”

CHAPTER 74

阿尔沃兰岛

阿尔沃兰岛还远在视野之外的时候，多利安就看到了那两根粗壮的烟柱。

飞行员把多利安乘坐的领队直升机停在离小岛五百米的地方盘旋，让三架直升机上的人员都能观察一下哨所的情况。

一艘巨大的游艇在码头上燃烧，一栋石头水泥的两层小楼和边上的灯塔也在熊熊燃烧。多利安错过他们不算太久，大概一个小时吧。

“长官，”飞行员说，“看来我们没赶上宴席。”

这人显然罹患有“强迫废话综合征”——多利安感觉近来他周围的人们当中染上这种怪病的人比例颇高。

“很有见地，你过去肯定是个情报分析员。”多利安嘟囔着考虑下一步做什么。

“刺客首领，这里是刺客三号，我们的燃料只剩40%了。请求下降，加注燃料——”

“否决，刺客三号。”多利安冲头盔里的话筒喊道。

“长官？”他自己乘坐的直升机驾驶员扭头望着他，“我们的燃料剩下也不到50%——”

“刺客小队：和哨所保持距离。刺客三号，把最近的那架直升机点了。”

旁边的直升机发射了一枚导弹，岛上停机坪上的两架直升机之一爆炸了。瞬间过后，岛上爆发了一次更猛烈的爆炸。

“他们在直升机上设了陷阱？”驾驶员说。

“没错，把另外一架也打掉。”多利安说，“我们最近的燃料供给点在哪儿？”

“马贝拉或者格林纳达[1]。侵攻部队报告说这两个地区都已经占领——”

“他们往东边去了。”

“你怎么——”

“因为他们知道我们在追他们，他们没有别的地方可去了。”多利安盯着坐在他对面的助手科斯塔，“我们在那个区域——东面——有没有瘟疫船？”

科斯塔拼命在自己的笔记本电脑上敲击着：“有的，但它马上就要在卡塔赫纳靠岸了。”

“让它掉头。告诉他们往南开，跟我们在中途会合。”

“好的长官。”

“那人有没有消息？”多利安问道。最后一条信息里说，阿尔沃兰岛，赶快。他是不是有危险？

“没有，长官。”科斯塔朝窗外望去，望着下面燃烧的小岛，“他可能已经被——”

“不许对我说出那个字，科斯塔。”

保罗·布伦纳医生在办公室的沙发上睡得正沉。门忽然被推开了，猛地撞到墙上，把他吓得半死。

保罗从沙发上撑起身子，在咖啡桌上四处摸索着找眼镜。他头晕目眩，分不清东西南北。刚才几个钟头他睡得很熟，他已经……相当长时间没有这样了。

“什么事？”

“你得来这边看看，先生。”实验室助手的声音在颤抖。

是因为激动，还是恐惧？保罗戴上眼镜的时候，对方已经飞快地离开了房间。

保罗跟在他后面，跑过疾控中心指挥中心的走廊，跑进医疗区。他眼前

① 译者注：西班牙南部城市。加勒比海的格林纳达是依此命名的。

是一排排的塑料帐篷，帐篷里放着病床。保罗从外面看里面躺着的人只能看到模模糊糊的轮廓。他没有看到某些东西,这更让他恐惧。没人动弹,没有灯光,没有有节奏的哔哔声。

他朝房间深处走去，他把最近一张床边上的塑料拉开。心脏监视示波器没有声音，没有起伏，关闭了。躺在它下面的病人一动不动，血从她的嘴里流出来，染红了下面的白床单。

保罗慢慢走到他妹妹的床边。情景一模一样。

“生存率？”他向医师问道，声音了无生气。

“0%。”

保罗吃力地走出医疗区，每走一步都在害怕，他强迫自己走下去。他心里空荡荡的，一片绝望。瘟疫暴发之后，不，自从二十年前马丁·格雷邀请他到日内瓦开会，告诉他自己需要他的帮助来进行一个能在最黑暗的时刻拯救人类的计划之后，他头一次感觉如此绝望空虚。

“兰花”指挥中心的玻璃门再度分开，几小时前显示着“交响乐”程序的计算结果的屏幕现在显示着一幅世界地图，地图上用闪动的红字标出世界各地的伤亡统计数字。

房间里的人们沉默的表情反映出了屏幕上数字的恐怖，保罗踏进房间的时候，迎接他的是沉郁的目光。看着他的人比之前少多了，队伍里有些人是瘟疫中的幸存者，有免疫力，保罗就是。但对大多数人来说，兰花素是他们生存的关键，而它最终失效了。这些团队成员都被送进了医疗区，或者说是停尸房。

过去人们都会围绕在桌旁，边走边争论。现在剩下的男男女女们都沉默地坐着，眼睛下方挂着黑色的眼袋。桌子上到处都是一次性纸杯，里面的咖啡满满的。

团队带头人站起来，清了清嗓子，保罗朝前走进房间。他开始说话，但保罗一个字也听不到。他的注意力完全集中在那幅地图上了，仿佛他已经陷入了恍惚，仿佛那幅地图在把他吸进去。

波士顿兰花坊：总人口的 22% 已确认死亡。

芝加哥兰花坊：总人口的 18% 已确认死亡。

他浏览着数据。

在地中海，意大利南面，有一个小岛闪烁着绿光，似乎是个像素点烧坏了，或者是显示错误。

保罗按下触摸屏，地图在那里放大。

马耳他

瓦莱塔兰花坊：0% 确认死亡。

维多利亚兰花坊：0% 确认死亡。[①]

“这是什么？”保罗问道。

“假的吧！”一个分析员叫道。

“我们怎么不知道！”另一个人也叫了起来。

站在一旁的团队带头人举起手来：“先生，我们正在收集统计世界各地的死亡人口数据。”

“马耳他还没有报告？”保罗问道。

“不，他们报告了，他们报告说无人死亡。”

另一个分析员开口说：“马耳他骑士团发布了一份声明，说他们‘在这个危机重重、战云密布的黑暗时刻，我们一如既往地为人们提供庇护，照料和慰藉’。”

保罗转回头看着地图，不知道该说什么。

“我们认为，”团队带头人开口说道，“他们只是想要维系医院骑士团[②]的神话。另一种可能更糟糕：他们想要吸引更多健康人去帮助他们维持岛屿的机构运行。”

“有意思……”保罗嘟囔着。

① 译者注：这里的维多利亚和瓦莱塔都是马耳他城市名。

② 译者注：马耳他骑士团前身。建立于中世纪十字军东征期间，以慈善事业为主业。

“其他所有地方目前上报的死亡率都在 15% 到 39% 之间，我们认为有些地方的数据有些异常。梵蒂冈兰花坊上报说是 12%；上海一区是 34%，而上海二区的数字大约只有这个的一半……”

保罗朝门口走去，脑中飞快地思索着。

“先生？有别的疗法了吗？”

保罗转向分析员。他不知道白宫是不是在队伍里安插了人，一个会向上级汇报最新治疗方案的确切成败结果的人，一个能告诉华盛顿要不要动手接管统一体、启动安乐死计划的线人。

“有些……别的东西。”保罗说，“我在研究的东西，和马耳他有关。我希望你和维多利亚以及瓦莱塔两地的领导人联系，尽量多挖出点信息。”

保罗的助手跑进了房间：“先生，总统打电话找你。”

CHAPTER 75

地中海上

偌大的直升机里一片寂静。凯特登机之后不久就迅速睡着了，大卫觉得这和机身的微微振动不无关系。他挺直腰杆坐在座位上，盯着窗户外面。卡茂和肖在前头驾驶舱里，卡茂在驾驶。雅努斯和常坐在他对面。两个医生都累坏了，一副呆若木鸡的样子。

凯特靠在他身上，头搁在他的肩膀上。大卫一动都不敢动。他的右手藏在右腿下面，握着手枪，准备一有情况就开枪。

他肩上睡着凯特，手里握着自己的枪，四个嫌疑人都在面前。大卫觉得自从发现马丁死后自己从没感觉这么好过。知道他们已经实施了新疗法，感觉就更不错了。

凯特呼吸平稳。她在游艇上睡着的时候可不是这样，那时她总在做噩梦，满身大汗。大卫有些好奇她现在梦到了什么，梦到了哪里……或者说回忆起了什么。

雅努斯开口说话，声音很轻，很小心，生怕吵醒了凯特："我必须赞美一下你，威尔先生。你在船上的表现让我非常敬佩，很少有人能这样。你对历史的把握……非同凡响。我以前还以为你只是一个普通的军人。"

"没什么，经常这样。"大卫有点怀疑雅努斯在迂回作战，他的态度就像是在试图从一个知道某些宝贵信息的嫌疑犯那里把那些信息挖出来，但他想不出这位科学家究竟目的何在。

"不过还有些地方让我困惑不解。"

大卫扬起眉毛，没说话。话说得越多，惊醒凯特的风险就越大。

雅努斯拿出马丁的密码，让大卫又看了一遍。

PIE= 伊麻孺？

538...1257= 第二次多巴？新的传输系统？

亚当 => 洪水 / 亚斯坠落 => 多巴 2 => KBW

阿尔法 => 缺失 德尔塔？=> 德尔塔 => 欧米伽

7 万年 => 12500 年 => 535…1257 => 1918…1978

迷失的阿尔法而至太古亚特兰蒂斯宝藏？

“马丁的密码的最后一行写着：‘迷失的阿尔法而至太古亚特兰蒂斯宝藏’。你觉得这句话是什么意思？”雅努斯把笔记叠好收起来，“另外我很好奇为什么马丁把那条关于 PIE 的笔记放在顶上。这一行看起来……毫无必要——如果按照我们的理论，疗法就藏在凯特和之前两次淋巴腺鼠疫大流行中的幸存者体内的基因组当中的话。”

大卫不得不承认：这家伙说到点子上了。

“可能是个伪装，或者是误导其他找到笔记的人。”

“是的，可能是。但我有另外一种假设，是不是我们还缺少一个环节——另一个基因转变点，阿尔法、亚当、亚特兰蒂斯的引入。”

大卫思忖着这一意见：“也许……但 6 世纪和 13 世纪的瘟疫前后的尸体已经并不容易找了，尽管整个欧洲埋着几百万具这种尸体。而你现在说到的是单独的一具尸体，它在七万年前被埋在了非洲的某个地方……要找到它实在是连一丝一毫的希望都没有。”

“的确如此。”雅努斯叹了口气，“我提出这点只是因为貌似在我们当中，以你对笔记的理解最为深入。有些诡异的是，看起来在这里，你的历史学学术背景比我的科学学术背景更有用。你的历史学背景看起来和此事相关的程度比我的科学背景更高。”他朝直升机窗外望去，“我不知道马丁有没有找到它。他会不会通过某种途径锁定了亚当的遗骸位置？会不会在笔记里的什么地方留下了暗示？”

大卫思忖着这些话，他是不是还有话没说完？“另一个思考的方向，”雅努斯说，“是马丁的动机。他显然知道凯特是这个基因学谜团的一部分，但他本来的目的是用疗法来交换她的安全。如果他已经凑齐了全部的环节，也许他设计出的最后这条暗示——亚当的位置——仅仅是针对凯特的。”

“可是这里并没有暗示。没有时间，没有地点，就一句话‘迷失的阿尔法而至太古亚特兰蒂斯宝藏’，我们甚至都不知道这个太古宝藏到底是什么东西。”

“的确。不过，我对此有个解释。如果我们考虑一下那幅绣帷——我们一致同意那是解开马丁的密码和时间表的关键所在，那上面描绘的故事里有个东西很清楚是个来自太古的宝藏：那些先民在亚特兰蒂斯坠落和大洪水的时期搬到高原上的那个圣柜。”

大卫几乎是无意识地点了点头。为什么之前他没看出这点？可是这又意味着什么？亚当和这个宝藏之间又有什么关系？那个箱子——圣柜——里面到底是什么？“是的……这很有意思……”大卫嘟囔着。

“还有后面那个问题，威尔先生。密码的第一行：‘PIE= 伊麻孺？’你觉得马丁到底为什么要把这句话放在这里？”

“让我们想到绣帷？”

“是可以,但显然凯特不用这句话也想到了绣帷。也许这句话是某种提示？这句话看起来……有些多余。完全可以把它拿掉,下面的时间表仍然是完整的。它实际上没有提供任何有用的信息。最后那行什么太古宝藏的也一样。当然，要是它们实际上是暗示，提示我们亚当和这个宝藏的所在地那就另当别论。它们可能以某种方式帮助我们解开这个‘亚特兰蒂斯实验’的秘密。”

常医生抬起头来，那样子好像刚从梦中醒来：“你是觉得——”

“我觉得，”雅努斯说，“这里还有些别的东西我们没看出来。我不知道我们能不能把凯特叫醒，听听她的观点，似乎整个谜团都围绕着她。”

大卫下意识地把凯特拢紧：“我们不能叫醒她。”

雅努斯飞快地扫了她一眼：“她生病了吗？”

“她很好。”大卫说。谈话开始之后他第一次用这么大的声音说话，“她只是需要休息，我们都休息一会儿吧。”

“好吧。”雅努斯说，“我能不能问问我们的目的地？”

“等我们快到了我会告诉你的。”

CHAPTER 76

凯特觉得这次的梦比之前鲜明得多，简直不是梦……是一段回忆。她走进飞船的变压舱，等待着。阿尔法登陆艇，就是这艘船的名字。

空气在四周回旋，她穿着的衣服略微摇动。

面前巨大的舱门分开了，露出之前看过的海滩和石崖，原本覆盖这陆地的那层黑灰已经不见踪影。

她头盔里“啪啦”一下猛地响起了人声，把凯特吓了一小跳。

“建议你乘坐一辆飞车。路很长。”

“收到。”凯特说。她的声音听起来不像自己的，机械而冷漠。

她走到墙边，把手掌按到控制板上。一团蓝色的电气涌出，她移动手指操作面板。墙打开了，一辆悬浮合金飞车开了出来，在房间里停下等着她。

凯特登上车子，按动控制面板。飞车掉头，疾驰而出。但凯特几乎没感到它的移动——车上的装置制造出了一个时空泡，让她不会因惯性而摇晃。

飞车掠过海滩，凯特抬头看看天空，一片澄净——火山灰已经无影无踪了。阳光明媚，凯特看到海滩边上的悬崖上绿色的草木繁茂。

这世界正在痊愈，生命正在恢复。

她实施了那次治疗以后过多久了？几年？几十年？未来人类会把那些基因叫作亚特兰蒂斯基因吧。

飞车升起，越过悬崖。

这片绿色的原野景观让凯特惊叹不已。丛林回来了，生长在灰烬之上，仿佛大地的伤痕上生长出来了一个全新的世界——一片广阔的花园，这些早期人类的圣地。

远处一根黑色的烟柱升入天空。飞车朝那边冲了过去，然后他们的定居点就出现在地平线上。他们在一道高高的石墙下建立了家园，用石墙保护自己在夜间免遭肉食动物的伤害。营地被设计成只有一条进入的通道，入口处防卫森严。窝棚和坡屋形成一个圆圈，最大的建筑物在营地的后方，直接跟石墙砌在一起。营地中央点着的公共火堆也有助于驱赶猎食者。

凯特知道这些人类以后会学会生火，但在他们发展的这一阶段，他们还只能利用闪电等自然现象带来的火焰。因此保持火焰燃烧不熄对营地来说极为重要——这既是为了火焰提供的防御效果，更是为了用它来烹饪食物：熟食有助于他们的脑部发育。

四个男性站在火堆周围照料它，朝里面添加燃料，保证它永不熄灭。火焰下面是一个方形的石头火塘，升腾而起的火焰周围被一圈大石头围住，这是一堵避免孩子们被烈火烧到的围墙。这里的孩子太多了，可能有上百个，他们四处奔跑嬉戏，还互相比画着手势。

“他们的人口正在爆炸。”她的搭档说，“我们必须采取措施，我们必须限制部落的规模。”

“不。”

“不管的话，他们会——”

“我们不知道未来会发生什么。”凯特坚持说。

“我们这样会让他们的未来更糟糕——”

“我准备去看看阿尔法。”凯特转移了话题。他们的人口的迅速增长值得关注，但这不成问题。这颗星球不大，但哪怕人口再增长许多倍也是够用的——只要他们保持和平。这才是她要关注的重点。

飞车降落到地上，她走下车子。营地四处的孩子们停了下来，朝她望去。有些开始朝她走去，但他们的父母冲过去，把他们按倒在地上。大人们随即也趴了下去，脸贴在泥土上，双臂摊开。

她搭档的语气更不快了：“这可太糟了。他们把你当作一个神祇——”

凯特装作没听到这话：“我要继续深入营地。”

凯特示意要那些人站起来，但是他们仍然脸朝下趴着。[①] 她走到离她最近的一个人，一个女人身旁，把她拖了起来。她又把旁边一个人也搀扶起来，然后所有人都站起身来，朝她跑来。他们簇拥着她走过营地中心噼噼啪啪燃烧着的火堆。

她走过火堆后立刻就看到了部落首领的茅屋。它比一般的屋子大，上面装饰着象牙。两个肌肉汉子站在屋门口做守卫。她走到门口的时候，两个守卫都朝边上退开了。

里面一个年纪较大的男人和一个女人坐在墙角。阿尔法。他们看起来如此苍老，如此憔悴。那次在山洞里险些饿死之后，他们一直没能完全恢复过来。另有三个男人围着屋子中间的一个方形石台坐着，在讨论着一幅地图或者是别的什么绘画。他们全都站起身来。最高的一个朝着凯特走来，但老人颤巍巍地站起身来，挥手把他赶回去。他朝着凯特鞠了个躬，然后转过身指着墙壁。一系列原始的图画文字排成一列。头盔把它们翻译了出来：

在天神前，唯有黑暗。天神按照他的形象重造了人类，又创造了一个草木繁茂泥土肥沃的新世界给他。天神带回了太阳，许诺说只要人还按照神的样子生活，太阳就会照耀他，保佑他的国家。

这是个创世神话，周密得让人惊讶。他们的思维已经朝前大大跃进了一步，获得了他们之前从未有过的自我解析和解决问题的能力。他们把自己新获得的才智集中在一切问题中最大的问题上：我们怎么在这里的？我们是什么？谁创造了我们？我们存在的目的是什么？

第一次，他们意识到了他们的存在充满不解之谜，他们急切地想要答案。所有新兴的智慧种族都会这样。没有绝对可信的答案，于是他们把自己对过去发生的一切的理解记录了下来。

她的搭档现在听起来更紧张了：“这可是极其危险的。”

“也许没那么——”

---

① 译者注：原文如此。不知道他们脸朝下看不到她动作的情况下示意有什么用。

“他们还没准备好。”他不容争辩地宣布。

他们还太稚嫩，不该涉足神话学。但他们的思想已经发展到这一步了，随之而来的宗教也能成为一件有力的工具。

“我们能解决这个问题。这……可以拯救他们。”

她的搭档没有回应。

他用沉默向凯特施加压力，他出言争辩的话反而会更轻松些，他无言地要求她证明自己的陈述。

“我们必须终止这个实验了，趁着我们还没让他们的处境更危险。”她的搭档最终柔声说道。

凯特有些动摇了，这么早发展宗教的确很危险，宗教会带来腐败，部落中自私的成员会利用它为自己牟利，操纵他人。任何邪恶的事情都可以用它找到借口，找到根据。但如果使用得当，它也能成为一个非常强大的促进文明发展的力量，一个指引。

“我们可以帮助他们。”凯特坚持道，“我们能解决这个问题。”

“怎么做？”

“我们给他们人性的准则，我们会把教训和伦理植入他们的神话故事中。”

“这救不了他们的。”

“以前这样做起过作用。”

“效果没多久的。当他们不再相信神话的时候会发生什么？神话故事无法永远满足他们的心灵。”

“等这个问题出现的时候我们再来解决。”凯特说。

“我们不能老牵着他们的手走路，不能由我们来解决他们的所有问题。”

“为什么我们不能？是我们创造了他们。现在他们的身体里有一部分是我们。这是我们的责任。而帮助他们大概就是我们现在能做的最有意义的事情了。我们肯定是回不了家了。”

这次她的话没再遇到反驳，她的搭档心软了，暂时的。她讨厌分歧，但她知道有些事必须去做。

她抬起前臂，按动控制面板。飞船上的计算机迅速解析出了这些原始人使用的符号语言，它还很粗糙，所以计算机轻松编制出了这种语言的词典。她抬起自己的掌中控制器，机器上亮起了一束光，照到石墙上，她在部落的人们写下的那行字下面投射出了另一行符号。

年长的阿尔法点点头。两个男性冲出屋子，带回两张老大的绿叶，里面装着某种暗红色的浓稠液体。凯特开始以为那是碾碎的浆果，但随后她意识到了叶子里盛着的到底是什么，是血。

男人们开始把血液往灰色的石墙上涂抹，开始抄写她投射出的符号。

凯特睁开双眼。她又回到了直升机上，和大卫在一起。舱门大开着，飞机底下的海面波光粼粼。空气充入她的肺部，让她感到阵阵疼痛。她擦去额头上的一层汗水。大卫在看着她。

他朝机舱中央挂着的头戴式耳机指了指。凯特俯身过去，把耳机扯下来戴到耳朵上。大卫朝前倾斜身子，按动通话键。

“我们现在正用保密线路通话。”他说。

她下意识地看了看对面坐着的常和雅努斯。

“你怎么了？”大卫问道。他紧紧盯着她，对呆坐在那边的科学家们毫不关心。

“我不知道。”

“告诉我。”

“我不知道。”凯特擦去脸上新冒出的一层汗水，“记忆滚滚而来，我现在无法阻挡它们出现。我正在重新活过那段时光……就好像它们正在……接管我……我觉得，我不知道。我很害怕我正在……失去一部分自我。”

大卫的目光在她身上扫来扫去，似乎不知道说什么好。

凯特努力集中精神：“也许我到了年龄，然后，无论那个管子具体做了什么，亚特兰蒂斯人的疗程就让那些记忆复苏，接管我，然后　　”

“没什么东西接管你的思维。你现在是什么，将来还会是什么。”

“还有另一件事情，我觉得我们漏掉了什么东西。”

大卫把目光投向那两个科学家：“什么？”

“我不知道。”

凯特闭上眼睛，但这次没有回忆出现，她只是睡着了。

CHAPTER 77

地中海上空

凯特腿上一阵阵震动，惊醒了她。她睁开眼首先看到的是大卫的眼睛。

凯特从自己兜里掏出正在振动的手机，看了看号码。区号404，是佐治亚州亚特兰大市，疾控中心。统一体，保罗·布伦纳。意识到这点之后，她睡意全无，接听了电话，她听着对面的声音。保罗·布伦纳现在十分惊恐，他的语速极快，说话像放机关枪似的。疗法失败了，没有其他的疗法。安乐死计划已经被授权实施。你能救救我们吗？

“先别挂。”她对电话说。

她坐直身子。“之前的疗法不起作用。”她对大卫、常和雅努斯说道。

“还有别的东西，凯特，那个基因学拼图中还缺少一块。”雅努斯说，“我们需要更多的时间。”

“我们有些意见。”凯特对电话说。然后她听着对面的话，点点头，“是的，好的，什么？好的。不，我们正……”

她抬头看着大卫：“我们离马耳他有多远？”

“马耳他？”

凯特点点头。

“全速的话，大概两小时或者更短。”

“马耳他的兰花坊报告死亡率为零，那儿有什么东西。”

大卫没说什么。他爬过坐在对面位子上的常和雅努斯，开始对驾驶舱里的肖和卡茂讲话——凯特觉得他是在让把航向设定到马耳他。

凯特揉了揉自己的脑袋。她对事物的感知和过去有些不同了，她更加……疏离、冷淡、麻木，简直像个机器人。她完全控制着自己的思维；她对自己亲身经历的感觉也像是其他人的。面临着巨大的危险——全人类的90%可能将要死去……但她的感觉就像是正在做科学实验。结果还未确定，但无论结果如何，对她本人都没任何影响。我到底怎么了？她的感性，她的情感中枢似乎正在悄悄离她远去。

大卫回来了。他猛地坐回凯特身边的凳子上："我们两个小时内就到马耳他。"

凯特把电话举到耳旁，开始和保罗谈话。我们会去查查——你能不能再拖延一下——我们不知道那里有什么——尽力吧，保罗——事情还没绝望。

她结束通话，望着面前这群人。

雅努斯没等她说什么就抢先开口了："它一直在这里，就在我们眼皮子底下。"他指着那张抄着马丁的笔记的纸，"迷失的阿尔法而至太古亚特兰蒂斯宝藏。首字拼起来就是马耳他。"

大卫扫视着那段密码，凯特看着他。他的脸色变了，这是什么表情？内疚？[①]

她打断了沉默："马丁在找那个东西——不管是什么——已经很长时间了。他之前认为那东西在西班牙南部，但他告诉我那位置不对，他搞错了。他一定是在那之后往笔记上加上了那一句。"

"你知道那东西是什么吗？"雅努斯问道，"亚特兰蒂斯人的太古宝藏？"

凯特摇摇头。

大卫把她拉近自己的身子："我们几个钟头之内就会知道了。"不过他的眼神却对凯特说着另外一句话：你记得吗？凯特闭上眼睛，试图集中精神回忆。

变压舱里的压力变化让衣服发出一种特殊的飒飒声，这声音跟别的声音完全不可能搞混。

凯特头盔里的声音很脆："现在有两个定居点了。"

---

① 译者注：那句怪话的原文更通顺，直译为"失踪的阿尔法通往亚特兰蒂斯的宝藏"。但为了保证藏头，中文只能这样。实际上笔记的第一行使用 PIE 这个首字缩写就是一次提示，后面用凯特名字的首字母缩写是第二次提示，但他们之前没能看出来。

“收到。”

“发送最初定居点的坐标。”

凯特的头盔里显示出一张地图。他们的飞船，阿尔法登陆艇，仍然停在非洲海岸旁，她当初就是在那里给予了当地人亚特兰蒂斯基因。

一辆悬浮飞车静静等在舱室中央。门缓缓打开，露出外面的风景。凯特乘上车，驶离飞船。

这世界的绿色比之前更多了，又过了多少年？

到营地之后，她更真切地意识到已经过了很久。茅屋的数量至少是上次她看到的五倍，最少过去了一代人。

营地的气氛也变了，肌肉发达的战士们身上穿着衣服，画着战纹，在营地周围巡逻。当她飘近的时候，他们转向她，举起长矛威胁她。

她握住电棍。

一个年长些的男人从屋子里摇摇晃晃地走出来，走到战士们面前，对他们喊叫着。凯特听得入迷了。他们语言的发展令人震惊：他们已经发展出了一套复杂的语法结构，尽管现在使用的词汇越发有点“不正规”。

战士们放低矛头，掉头走开。

她降下飞车，冒险走入营地。

这次没人鞠躬，没人五体投地。

前方部落首领的棚屋也大变样了，当初那个简单的坡屋已经变成了一座石墙的庙宇，直接和山崖的岩石建在一起。

她朝庙里走去。

村里的人们在两边排列成行，和她保持距离，同时又争着要看她一眼。

在庙门的门槛旁的守卫朝两边走开，让她进入了庙里。

里面的房间又大又黑，尽头的祭坛上躺着一个身子，一圈黑色的人影跪在祭坛前。

凯特走向他们，那些人纷纷转身。

她从眼角的余光中看到一个老人朝她走来，是阿尔法，凯特很惊讶他这么久了还活着，治疗产生的效果看来相当可观。

凯特瞥了一眼那具尸体，然后望向祭坛上方的符号。这里躺着我们首领的次子，在野地被他兄弟的族人所杀，为他们贪图我们土地上的果实。

凯特迅速读完了剩下的文字。看起来这位部落首领的长子建立了自己的部落——一群在野地里游荡的游牧民，时不时劫掠他人。

首领的次子从父亲那里接管了这个部落狩猎和采集的地域，他被视为他父亲的继承人，下一任部落首领。他们发现他死在野外，周围的树上和灌木丛里的果子都被采得一干二净，他是第一个死在他哥哥发动的袭击中的人。他们很担心以后还会有更多，他们在准备作战。

“我们必须制止这件事。”她的搭档在凯特的头盔里出声道。

“我们会的。”

“战争会让他们的思维更敏锐，技术更先进。这会造成巨大的灾难——”

“我们会制止这场战争的。”

“如果我们把两个部落之一迁走，”搭档说，“我们就没法管理他们的基因组了。”

“有办法解决的。”凯特说。

她抬起手，朝墙上投出符号。

汝等不当做无益的报复。汝等当离开此地。汝等当开始大迁移。[①]

凯特睁开眼，就看到大卫正盯着她。

“怎么样？”

“没什么。”她擦了擦额头上的汗。那些记忆改变她的速度更快了，继续接管。她正在变得越来越像那个遥远的过去里的她，越来越远离她自己的天性，越来越不像那个和大卫坠入爱河的女人。她又朝大卫挨近了点。

我能做什么？我想停下这一切。我打开了那扇门，但我能把它关上吗？

① 译者注：原文为双关，和“出埃及”是一个词。

这感觉就像是有人正把她摁着，把那些记忆硬灌进她喉咙里。

凯特站在另一座庙宇前，她还是穿着环境服。前方，一群人簇拥在另一个祭坛周围。

凯特从庙门口往外望去。地上草木繁茂，但看起来这里的土壤没有之前在非洲的那么肥沃。他们在哪里？也许是黎凡特地区[①]？

凯特靠近祭坛。

祭坛上放着一个石头柜子，她之前见过它——在绣帷上，在描述大洪水的画面上。那时水面升高，淹没海滨，把古代世界的那些城市从地上抹去。伊麻孺把这个柜子搬到了高原上。她对此确信无疑。这就是那个在马耳他等待着他们的宝藏吗？

那几个人从地上站起来，转身面对她。

凯特现在看清了，在庙宇主通道两边的壁龛里坐着好几伙打这样的人。他们跪坐在那里冥想，寻求宁静。

他们会成为伊麻孺，那些把圣柜带到高原上的高山修士，那些坚守信仰、想要遵循传统正道而活的人。

凯特沿着过道向前。

“你知道必须做的事情。”她的搭档说。

“是的。”

祭坛旁的人们退开，她爬上阶梯，朝石柜里面窥视。

是阿尔法，部落的建立者和首领。他躺在那里，一动不动，冰冰凉，他最终还是死了。奇怪的是，他的面容看起来和凯特在那个山洞里第一次看见他那天的样子很像。当时他把那块烂肉带给了他的配偶，而后自己倒在洞壁上，躺下等死。她把他扛了起来，然后救了他，这次她救不了他了。

她转身看着那些聚在祭坛周围的人，她可以拯救他们。

---

① 译者注：今叙利亚、黎巴嫩、巴勒斯坦等地和地中海东部小岛的旧称。

"这很危险。"

"没别的办法了。"凯特说。

"我们可以终止这次实验，就在此时此地。"

凯特下意识地摇了摇头："我们不能，我们现在不能倒退回去。"

她完成调整之后，走下了祭坛。信徒们蜂拥而至，迅速走到石柜后面。他们拿出个东西——一个石头盖子——然后把它盖到柜子上。

她看着他们在圣柜的边上刻下一系列符号。

她的头盔把那些符号翻译了出来：

这里躺着我们种族的第一人。他从黑暗中幸存，他见到了光明，他跟从了正道的召唤。

凯特睁开双眼。

"我知道在马耳他的是什么了，伊麻孺在保护的就是那个东西。"

大卫用眼神对她说：别说出来。

"是疗法的一部分吗？"雅努斯问道。

常俯身向前。

"也许是。"凯特说。她盯着大卫，"到马耳他还有多远？"

"不远了。"

多利安从口袋里拿出卫星电话。

向东，目标马耳他，见鬼的你在哪儿？

他回头走过瘟疫船的甲板，爬上直升机："我们出发。"

CHAPTER 78

凯特站在一处巨大的指挥中心里，对面的墙壁被一幅全息地图占据。她从没见过这样的显示。地图上实时显示着每个大洲的人口数量。

墙角的一个警报灯闪动起来。

有飞船在靠近。

她的搭档跑到一个控制面板前，在涌现出的蓝色光雾中操作了几下。“是我们的船。”他说。

“怎么会？”

五万本地年之前，凯特和她的搭档收到了一份广播信息：他们的世界，亚特兰蒂斯人的母星，被暴力攻陷了，在仅仅一天一夜的时间内。怎么可能会有幸存者？会不会之前母星的紧急广播是错的？凯特和她的搭档听从了广播的建议，把自己这支科学考察队隐藏起来。他们还以为自己是他们一族的孑遗，以为他们在这宇宙中从此再没有别的同伴，以为自己是两个被困在这里，再也无法返回故乡的科学家。他们搞错了吗？

“这艘飞船是一艘救生飞船。”她的搭档转向她，“一艘复活船。”

“他们不能来这里。”凯特说。

“太迟了，他们已经着陆了。看样子他们是想把飞船埋藏到南极点那边的大陆上的冰层之下。”她的搭档又在控制面板上按了几下，他似乎变得紧张起来，他是不是有些不安？

“谁在船上？”凯特问道。

“阿瑞斯将军。”

凯特全身感到一阵战栗。

场景变换。凯特现在站在另一艘船上——这艘不是登陆艇。这艘飞船要大得多，她眼前的玻璃管向外绵延数里。

脚步声在空中回荡。

“只剩下我们了。”阴影中传出一个声音。

“你来这里干什么？”她的搭档叫道。

“为了保护‘烽火站’。还有，我读了你们的研究报告，你给那些原始人注入的求生基因，我发现这……很有希望。”这声音的主人走到了明处。

多利安。

凯特差点就要往后退避，阿瑞斯将军就是多利安，怎么会？她定睛再看，这人的相貌和多利安并不一样，但给凯特的整体感觉是这躯壳里装着的就是多利安。或者事实正好相反？阿瑞斯潜藏在多利安心中。凯特之前隐隐感觉到了那部分存在——而现在直接看到了它纯度 100% 的样子？凯特看着阿瑞斯，可她看到的一切都只能让她想起多利安。

“这里的本地人跟你毫无关系。”她的搭档说。

“恰恰相反。我们的未来全靠他们了。”

“我们没有权力——”

“你们也没有权力改变他们，但事情已经发生了。”多利安说，“你们把我们的基因组的一部分给予他们的那一刻，你们就把他们置于了危险之中。我们的敌人会追杀他们，就像追杀我们一样。一直追杀，无论我们逃到哪里，哪怕是到宇宙的尽头。我想要拯救他们，让他们免于威胁。我们促使他们进步，而他们将会成为我们的军队。”

凯特摇着头。

多利安盯着她：“你早该听我的。”

那无穷无尽的一排排玻璃管消失了。凯特现在到了同一艘飞船里的另一个房间中。这里只有十二根玻璃管子，竖立在地上，在她面前排成一个半圆。这房间她以前见过——在南极洲。她、大卫和她父亲就是在那里会合的。

每根管子里都装着一个不同的人类亚种。

她身后的门打开了。

多利安。

“你……在进行自己的实验。”凯特说。

“是的。但我告诉过你，我没法独自完成这个实验，我需要你的帮助。”

“你在自欺欺人。”

“没有你，他们会死掉的，”多利安说，“我们也都会死的。他们的命运就是我们的。最终战争是无可避免的。要么你给他们所需的基因装备，要么他们就被消灭。我们的天命已然注定。我到此地就是为他们而来。”

“你在说谎。”

“那就让他们去死好了，什么也别做，坐看一切发生。”他等了一会儿，凯特什么也没说，他继续说道，“他们需要你的帮助，他们的转变只进行了一半，你必须把你开了头的事做完。别无他法，没有退路，帮帮我吧，救救他们吧。”

凯特想起了自己的搭档，想起了他之前的反对。

“你这支小探险队里的另一个成员是个蠢货，只有蠢货才会反抗既定的命运。”

凯特的沉默是个信号——对她和多利安都是。她的犹豫不决看来鼓舞了他。

“他们已经出现了分化，我收集了标准样本，自己进行实验。但我没有专业知识，我需要你，我需要你的研究，我们可以改变他们的。”

凯特崩溃了，她觉得自己正沦陷在多利安的魅惑之下。就跟以前那次一模一样——她的以前，在旧金山那次。她想要理性思考，想要做个交易，但她的脑海中又回想起了她在直布罗陀，之后在南极洲的那两次经历。在南极她被多利安逼得无路可走。这是一再上演的历史。同样的角色，在不同的舞台上演出不同的戏码，结果却是相同的。只不过这一次是在很久以前，在另一次生命中，在另一段时光里。

“如果我帮了你，”她说，“我希望确信，我们团队不会受到任何伤害。”

“我向你保证，我会加入你的团队——作为安全顾问。你还需要采取几个行动来掩护我们这里的工作，另外你应该把我的辐射信号也编入你们的复活管程序中——以防万一……我遇到什么不好的事情。”

多利安把脑袋靠在直升机后排座椅背上，合上眼睛。那不是个梦境，那也不是回忆。他就在那里，在过去的时光中。

而且凯特也在那里。开始反对他，后来协助他。他拿到了凯特的研究，利用了那些研究结果。然后，当已经用不着凯特的时候，他就背叛了她。

跨越漫长的时光，他们又上演了同一出戏码，为改变人类这个种族而战。她站在他们一边，而他只想创造一支军队，好面对那个无比强大的敌人。

谁是正确的？

他还察觉到一件事：凯特和他同时回忆起了这些事件。似乎他们通过一张网络联系在一起，同时在接受来自过去的信号和记忆，被这些驱使着去完成自己的天命。因此她会获得密码的，阿瑞斯就是这样策划的。他安排那个手提包是不是就是为了这个目的？

看到凯特让多利安更加充满活力，她的恐惧、她的脆弱，都跟从前一样。他上次有能力掌控凯特，这次也一样。她手上有多利安所需的研究结果和信息，很快他就能拿到那些了，她只需要回想起来就好。

但刚才不仅仅是过去发生的事情，还有某种信息的片段——她会回想起的密码的片段，阿瑞斯早就知道会这样。多利安越靠近凯特，她就越接近于回想起其他的部分，回忆起他需要的密码。他把时机控制得刚刚好，很快他就会抓到凯特，获得最后的秘密，那个她藏得最严密的东西，而她将会彻底失败。

CHAPTER 79

地中海

马耳他附近

大卫看到马耳他的两个大岛出现在地平线上。

在过去的六百年间，这个陆地面积仅仅一百二十二平方英里的小小群岛，是整个地球上反复争夺最为激烈的地方。

在第二次世界大战中，全世界没有哪个地方单位面积内的轰炸投弹量有马耳他这么多。德国和意大利空军将马耳他夷为了平地，但英国人仍顽强坚守。

在有些城市，比如拉巴特[①]，居民们撤到了地下，居住在靠着几英里长的隧道互相连接的石室中。这些地下洞穴历史悠久，它们在罗马时代被用来掩埋死者，但在第二次世界大战的惨烈厮杀中它们保护了无数马耳他居民的生命。

在纳粹德国空军把地狱之火倾泻到马耳他的土地上之前差不多四百年，另外一个恶魔也曾踏上马耳他的门槛：奥斯曼帝国的庞大舰队。1563 年，土耳其苏丹苏莱曼大帝亲率大军袭来。他的舰队有接近两百艘战船，载有将近五万名士兵——这是当时世界上最庞大的一支武装力量。

之后的几个月被称为“马耳他大围攻”，其结果改变了世界历史。这次攻城战是一场难以想象的野蛮冲突，是历史上最血腥的战役之一。双方发射的炮弹估计多达十三万枚，马耳他三分之一的居民在战争中死去。医院骑士团和大约两千名从西班牙、意大利、希腊及西西里撤到马耳他的散兵游勇坚守岛屿四个月，最终，奥斯曼舰队在损失了数以万计的兵力之后掉头回家了。

很多历史学家一致认为，如果 1565 年奥斯曼占领了马耳他，他们将能轻

---

① 译者注：马耳他城市，和摩洛哥首都同名。

松占领欧洲大陆。文艺复兴的传播将受到干扰，整个世界的命运都会被永久改变。

马耳他的居民们当时誓死战斗，他们是不是在捍卫自己生命以外的什么东西？

大卫又看了看那张纸，迷失的阿尔法而至太古亚特兰蒂斯的宝藏。

马耳他究竟有什么？太古宝藏？它跟正在全世界肆虐的瘟疫之间有什么关系？

大卫是个历史学家，他心目中的“事实”是对多个来源的信息进行对比后从中拣选出的真相。最好能有现场目击者证实，要有不同背景和动机的目击者就最好了。

宝藏只是用来吸引愚人的诱饵，那些神话里的宝物无不如此，约柜、圣杯，他一个也不信。军事史通常要可信些，将军们会各自统计伤亡，真实的数字大体在双方的统计结果之间。

有一件事是真的，有史以来无数军队曾为争夺马耳他而战，而它极少被攻陷。

记忆这次更清晰了，凯特感到自己仿佛可以操纵它们，仿佛自己能在时间的长河中前后移动。

她还是穿着那套环境服，所在的地方是一个只有一间房的简陋小屋。她朝棚屋门外望去，外面的气候看起来和之前的地方都不同，这里天气潮湿多雨，地上的植被基本上是热带植物。不是地中海，可能是在南亚。

三个女人坐在地上，拼尽全力制作着什么。凯特走到她们身旁，朝下窥去，是那幅绣帷。她们正在编织警告，以防万一我们遭遇失败，她想。

亚特兰蒂斯人把这一任务交给了她们——她把任务交给了她们——作为一个后备计划。

她现在知道了。

她走出窝棚，走到营地里的空地上。这个定居点让人感觉随时准备搬走，似乎它只是被匆匆建起，很快就会被放弃。

一座临时的神庙立在营地中央，她走了过去，入口处的卫兵让开了，她踏入庙中。那个石头圣柜就在里面，僧侣们围着它，低垂着脑袋盘腿而坐。

听到她的脚步声，一个男人站了起来，朝她跑来。

“洪水很快就会到来了。”凯特说。

“我们准备好了，明早我们就动身前往高原。”

“你们警告其他的定居点了吗？”

“我们派人传信了。”他低头继续说道，“但他们不肯听取我们的警告，他们说他们已经掌控了这个世界，他们不畏惧涨水。”

那座史前的庙宇消失了，取而代之的是玻璃和钢铁的墙壁，上头大部分面积都被全息显示覆盖。

凯特站在阿尔法登陆艇的控制中心，盯着世界地图，她的搭档在她旁边站着。

整个南亚的海岸线都在颤动。洪水上涨，永久地改变了大陆的形状，淹没了沿岸的定居点，有些定居点就此永远消失。

画面切换到了一颗卫星的视角，上面显示一群人正爬上群山，避开洪水。他们带着她之前看到的那个石头柜子——圣柜。

凯特还是看不到她的搭档，但在眼角的余光里她看到了多利安。他站得笔直，瞧着显示的目光里只有些微感兴趣的迹象。

“这并不全是坏事。”多利安说，“人口数降低会方便我们让基因组均一，很可能会减少些麻烦。”

凯特不想回应他。多利安是对的，但是她知道这个解决方案的内容，她对它深怀戒惧。他没说出具体内容的这个“麻烦”在过去一万年里不断加剧——无法控制的侵略欲，倾向于采取战争，倾向于先发制人消灭任何可能的威胁。这种愈演愈烈的趋势是求生基因固有的功能失调。人类的逻辑思维告诉他们，他们周围环境中的资源总量是有限的。以他们现有的技术，他们居住的地方只能供养有限的人口。他们希望保证这部分人是他们的人，能传递下去的是他们的基因。战争——消灭任何和他们争夺这有限资源的对手——就是他们的解决方案。但他们这一种族学会种族灭绝的速度也太快了，快得好像有别的什么人在跟凯特他们作对，也对人类进行了干预。

凯特心底隐隐浮现出另一个可能：这是多利安干的。他背叛了她？拿到她提供给他的研究结果之后进行了修改？她和多利安/阿瑞斯的合作她一直瞒着自己的搭档。她知道搭档不会赞成这样，但在她看来没有别的办法了。这些人类部落需要得到比他们提供的更多的基因改进——只要多利安的说法是真的，他对亚特兰蒂斯人的大敌的判断是准确的话。

我还能怎么办？凯特问自己。她选择了唯一合乎逻辑的道路。

全息显示又变了。全球地图上遍布红点：是死亡率读数。

她的搭档转过身面对控制台："人口警报。"

"我们必须进行干预。"多利安说。

"不，这个水平还用不着。"搭档反驳道，"我们要按照在本地的先例行事——只有在发生灭绝危险的时候才干预。"

凯特点点头。他们的"先例"是七万年前确立的——当时她选择把亚特兰蒂斯基因给予那山洞中的两个人。他们那一亚种当时在灭绝的深渊边上摇摇欲坠。

她张开嘴正要说话，显示墙上忽然弹出一个警报：

人口警报：8471 号亚种：灭绝危险 92%。

凯特瞧了瞧地点，西伯利亚。是丹尼索瓦人，洪水不可能淹到他们那里啊，发生什么事了？

屏幕上又一个警报弹了出来。这次在另一个地点：

人口警报：8473 号亚种：灭绝危险 84%。

这个亚种生活在印度尼西亚的岛屿上。霍比特人，这个亚种后来会被命名为弗洛勒斯人。是什么让他们的人数急剧减少？洪水带来的压力，再加上不久前搬到岛上的那些富于侵略性的智人？凯特已经知道历史的走向。弗洛勒斯人会灭绝。这是在什么时候？她朝全息显示看去，辨认着上面亚特兰蒂斯文的时间标志。

这段记忆来自大约一万三千年前。确认的同时，她意识到另一个令她震惊的事实：她将要见证亚特兰蒂斯的坠落了，她将得以看到发生了什么，缺失的德尔塔。

第三个人口警报又出现了。

人口警报：8470 号亚种：灭绝危险 99%。

尼安德特人。直布罗陀。

她的搭档跑向另一个控制面板，用手指在上面摆弄了一会儿。他转向多利安。

“你干的好事！”

“我干了什么？这是你们的科学实验啊。说到底，我只是个军事顾问。博士们，别让我站到你们的对立面。”

搭档没说什么，等待着凯特的加入。

“事有轻重缓急，尽力拯救生命为先。”她说。

他在面板上操作了几下，然后凯特感到飞船向上升起。地图显示出它的飞行轨迹。它飞过非洲大陆，朝着直布罗陀高速行进。

多利安站在那里盯着她，一动不动，好像一尊雕像。

她的搭档跑到门口停下脚步：“你来吗？”

凯特正在沉思。三个灭绝警报——在同一时间，这意味着什么？

是多利安在消灭所有其他的亚种吗？是他在测试自己的武器，顺便终结实验？他是不是已经获得了想要的东西？他是不是背叛了她？或者其实跟他无关？

是他们的敌人的所为？

是偶然的？纯粹巧合？

这些都有可能，但可能性很小。

凯特很快就会知道真相了。

她的搭档背对着她。

这让她心中不由得想起另一个问题：他是谁？

她需要看到他的脸，需要找出她的这个盟友是谁。

她需要找出答案。

她努力集中精神："是的，我也去。"

保罗·布伦纳医生盯着兰花指挥中心墙上那些屏幕拼出的世界地图，死亡率正在攀升。

布达佩斯兰花坊：总人口的 37% 确认死亡。

迈阿密兰花坊：总人口的 34% 确认死亡。

角落里有个倒计时钟，显示着：1 ∶ 45 ∶ 08。

还有不到两个小时，人类就会几乎全部灭绝，或者至少是进入人类进化的下一阶段。

安乐死计划实施之后，世上将只剩下两种人：进化者和退化者。千万年来，人类第一次变成了两个分离的亚种。保罗知道，这种状况会迅速结束的，就像过去一样：只剩下一个亚种，那不会是低进化者。

幸存者们会占有整个世界，劣等基因的携带者们将被清除。

CHAPTER 80

你正在收听的是英国广播公司，人类的《胜利之声》栏目。今天是亚特兰蒂斯瘟疫后第 81 天。

下面是特别新闻栏目。

女士们、先生们，治疗方法找到了。

兰花同盟各国，包括美国、联合王国、德国、澳大利亚和法国的首脑们宣布，他们最终找到了亚特兰蒂斯瘟疫的疗法。

这声明来得正是时候。英国广播公司刚刚获得了一些机密文件，显示在某些兰花坊中的死亡率已经高达 40%。来自世界各地的目击证人给我们的证言也证实了这一点。

几个兰花坊的高层人士在匿名前提下接受了采访，他们坚持说现有的兰花素制造工厂已经被安排转产新药。新药将会在几个小时内发放。

以上是英国广播公司特别新闻报道。

CHAPTER 81

凯特又回到了变压舱里，穿着环境服。她飞快地转身，朝搭档看去，他也穿上了环境服。

“无人机确认，只有一个幸存者。”

一个幸存者，这不可能，太……容易处理了。“收到。”凯特说。

她转过身，多利安在门口，他没穿环境服：“你们两个去吧，我来看船。”

凯特很想看看他的表情，搭档在把剩下的个人装备穿好。

房间里的空气被抽空了，多利安在那之前险险逃出了房间。

两辆悬浮飞车从墙里开了出来，她和搭档各自乘上一辆，飞出登陆艇。

眼前的景象让人屏住呼吸：一个史前的定居点，周围是一圈巨石阵，仿佛一个露天圆形剧场，中心是一个巨大的石头火塘，一团明亮的火焰从中熊熊升起。

几个人类的人正把一个尼安德特人往中心的火堆上送。但飞车靠近以后他们害怕地放开了他，纷纷逃开。

她的搭档抓住尼安德特人，给他来了一针镇静剂，然后把他甩到自己的飞车里。他们掉头迅速返回飞船。

“我不相信他。”她的搭档在私密频道里说。

我也不相信，凯特想，但她没说出来。如果多利安背叛了他们，搞出了这些事情，部分程度上这也是她的错误，是她完成了他所需的研究。

多利安望着下方飞逝的地中海上的波光。他半梦半醒，缺乏睡眠让他疲惫不堪。

记忆现在不断向他袭来。他就像在被强迫观看一场电影。又一个场景开始了，他不能转身，无法逃离。从自己的思维里你能逃到哪儿去呢？直升机和他对面坐着的伊麻里突击队员们渐渐消融，他周围出现了一个房间。

他很熟悉这个地方：直布罗陀的遗迹。

他站在控制中心，望着凯特和她的搭档冲出去救那个原始人。

蠢货。

烂好人。

为什么他们就不能接受无可避免的事情呢？他们的科学和道德让他们对真相视而不见。这真相确定无疑：这颗星球上乃至它所在的宇宙中的空间，只够一个智慧种族生存。资源是有限的，生存下来的必须是我们。我们在为我们的生命而战。这些科学家会作为被道德感诱惑误入歧途的人而被后人铭记。他们给那些原始人树立道德规范，企图维持和平，企图维护一个谎言：共存是可能的。在一个资源有限、人口增长无限的环境中，一个种族必须战胜其他的种族才能生存。

他键入控制指令，给炸弹编程。

他走出指挥中心，沿着走廊跑去。

一个个转角瞬间闪过，然后他站在了一间有七扇门的房间里。他激活了头盔内的显示屏，等待着。凯特和她的搭档进入了飞船。

多利安引爆了第一颗炸弹——埋在外面海底的那颗，爆炸掀起一阵大浪，冲向飞船，把它卷向陆地。当退去的水流把船身拖回海里的时候，多利安引爆了其余的炸弹。它们会把那艘飞船，阿尔法登陆艇，炸成几块。

他走进七门之中的一扇门。然后他知道自己到了南极洲，他自己的船里。很快，我就能解放我的同胞，而后我们将会夺回这个宇宙。

他走到控制台前，拿起一支电浆枪。

然后回到那个七门房间里，站在正中。

他们只有一条逃生路线，只有一条逃出直布罗陀的路。他会等在这里。

凯特看着她的搭档把那个尼安德特人放进一根管子里。

“阿瑞斯背叛了我们，他在跟我们作对。”

凯特沉默着。

“他在哪儿？”

“我们该怎么——”

她的头盔上亮起了一盏警示灯。

海啸袭来。

“他在海床上放了炸弹——”

冲击波冲到了船身上，把她甩到了舱壁上。

她浑身剧痛，此外还有些别的什么。

她失去了控制，现在这些记忆过于真实了。

她竭力想看清周围，但一切都沉入黑暗。

大卫把脑袋探进直升机驾驶舱，插进卡茂和肖之间，俯瞰着下面的马耳他首府瓦莱塔。瓦莱塔的狭小港口塞满了船只，它们几乎覆住了每一寸水面，队伍从港口里一直排到外头的海面上。从高空的直升机上看下去，这些船就好像是一支正从港口出征的蚂蚁大军。在它们靠岸的地方，人们排成四条长龙，然后会合成群，熙熙攘攘地穿过瓦莱塔的主干道，直奔兰花坊。正在升起的太阳从一座高楼的圆顶后放射出强烈的光芒，大卫不由得抬起一只手遮住自己的眼睛。

为什么他们要逃往此地？这里有什么东西能拯救他们？

直升机猛地颠簸了一下，把大卫甩到了后排座位里。

“他们发射了防空导弹！”

“躲开！”大卫叫道。

他抓住凯特，抱住她。她几乎一动不动，眼神涣散。

凯特睁开眼睛，又是一次冲击袭来，但感觉和刚才不一样——这次不是海啸。她回到了直升机上，跟大卫在一起，他俯视着她。

她怎么了？她觉得现在和以前不同了。她新得知的那些东西、那些记忆，它们以某种无法描述的方式改变了她，人类是……一个实验。他是实验的一部分吗？

“怎么了？”大卫问她。

凯特摇摇头。

“你还好吗？”大卫追问道。

凯特闭上眼，摇摇头。她不想面对现实。

大卫把凯特在直升机的长座椅上固定住，然后抱住她。直升机倾斜过来，摇晃不休，炮弹在他们周围爆炸。马耳他和过去的年代一样防卫森严。

他们接受乘船来的难民，但任何人都不许从空中靠近。

大卫拿起卫星电话。“给统一体打电话。”他对凯特说，“告诉他们，我们乘着一架伊麻里的直升机，但我们是友军。让马耳他停止对我们开火，我们得着陆。”

凯特睁开双眼，看了看他，然后挣扎着拨打号码。大卫一直看着她。很快，她就开始跟保罗·布伦纳交谈了，语速飞快。

布伦纳挂断电话。凯特和她的队伍已经到马耳他了。

“给我接瓦莱塔兰花坊的领导。”他对助手说。

多利安看到了远处的爆炸，瓦莱塔看来会对任何靠近的飞行器开火。

他打开自己头盔里的麦克风。

“给我们找一艘难民船。”

“长官？”

“快做，我们无法从空中抵达岛上。”

十分钟后，他们开始在一艘拖网渔船上空盘旋。

多利安望着绳子被朝下放去，他的部下们跳到船甲板上，举起手中的武器。船员和乘客们退进了船舱里。

多利安踏上甲板，朝骚动不安的人群走去。

“你们不会受到伤害的，我们只是要搭个便船去马耳他。”

大卫感觉到了直升机在停机坪上着陆的轻轻一震，他把凯特脸上的头发拂开：“你能走路吗？”

他觉得她的身体很温暖，没发烧，但是……太过温暖了。她身上发生什么事了？我不能失去她，在发生这么多事情之后更不能。

她点点头，大卫扶她走出直升机，然后用胳膊搂着她离开着陆平台。

他们背后有个敌人：常、雅努斯，或者是肖，他们其中的一员。大卫不知道是哪个，但他知道，卡茂同样在他身后，卡茂会看好他的背后的。现在他只需要关心凯特。

“华纳医生！”一个男人前来迎候他们。他戴着名牌眼镜，身上的套装皱巴巴的，似乎他穿着这身衣服睡过觉，“布伦纳医生大致告诉了我们你的研究。我们是来帮你——”

“带我们去医院。”大卫说。他不知道除此之外还能说什么，凯特需要帮助。

大卫简直不能相信自己的眼睛，这家医院的设施是顶级的，但到处都躺着垂死的人们，而且看起来没人想去帮他们。

“这里是怎么回事？为什么你们不给这些人进行治疗？”大卫朝那位当地领导问道。

“没必要。难民们到这里的时候生着病，然后几个小时后他们就好了。”

“不需要治疗？”

“他们的信仰拯救了他们。”

大卫看看凯特，她看起来好多了，额头上不再汗如泉涌了。他把凯特拉到一边：“你相信吗？”

“眼见为实，但我不知道怎么会这样，我们需要找到事情的源头。给我找点能写字的东西。”

大卫从一张床旁边的桌子上拿来一个信笺簿。

凯特在上面飞快地写写画画。

大卫回头看了看那个兰花坊的领导人，他似乎像一只老鹰似的正在观察他们。雅努斯正在医院大楼的一个角落里架起凯特的计算机和样品采集器——之前他看到过的那个热水瓶似的装置。卡茂和肖站在他们旁边，大眼瞪小眼，仿佛只等拳击比赛的铃声一响，他们就要开打。

凯特把她的草图递给当地领导："我们在找这个东西，一个石头柜子——"

"我——"

"我肯定它就在这里，它在这里很长时间了。一个叫作伊麻孺的团体几千年前把它藏在了这里，带我们到它所在的地方去。"

领导人的目光往两边转转，咽了口唾沫，然后带着他们离开人群，走到别人听不到的地方："我从没见过这东西，我不知道这是什么——"

"我们只需要找到它。"大卫说。

"拉巴特，传说马耳他骑士团退到了那里的地下墓穴中。"

多利安跟着那一大群粗野的家伙一块涌进了马耳他首府。天啊，他们臭死了。他们身上带着病，拥挤着，推搡着，希望快点冲到安全地带。

他用一块粗劣的毯子裹住脑袋，藏起自己的面容，努力不吸进周围不断袭来的恶臭。说起来，干大事的人总是要吃些苦头的。

在医院那头更远的地方，他看到了一架伊麻里的直升机从地面上起飞，朝着岛内飞去。

多利安转头朝他身边的伊麻里特别行动小队士兵说："他们在移动，给我们找架直升机，我们需要离开这里。"

CHAPTER 82

马耳他

大卫能透过直升机的玻璃窗看到下面的小城拉巴特的全貌，跟他之前以为的完全不同。

拉巴特如今是座被完全放弃了的废城，似乎在瘟疫袭来时，这小镇上的每个生灵都逃走了，慌乱得只来得及在背包里塞上几件衣服。这里的居民成群结队地逃到了马耳他的两个兰花坊里。要么去了维多利亚,要么去了瓦莱塔。

他扫视着坐在对面的常和雅努斯的面孔——面无表情、神情冷漠。透过直升机座椅间的空隙，他能看到肖和卡茂在玻璃上的倒影——面无表情、神情刚毅，而且专注。在拉巴特只有他们六个人了。杀死马丁的凶手必定会采取行动——无论他的终极目标是凯特，还是疗法，或者是别的什么。

大卫又朝窗外望了望。他的思绪飘向了历史，飘向了确定的领域，他最了解的领域。

拉巴特位于马耳他的旧都姆迪纳古城的旁边，历史学家相信姆迪纳的建立是在公元前 4000 年之前。

马耳他最初的居民是一群神秘的古人，他们大约在公元前 5200 年左右从西西里移居到这里。

20 世纪考古学家在马耳他的两个岛上到处都发现了巨石砌成的庙宇。一共有十一座，其中七座之后都被联合国教科文组织宣布为世界文化遗产，它们的确是举世奇珍。有些科学家相信，它们是这颗行星上最早的自立建筑①。不过，没人知道是谁建造了它们，也没人知道为什么。它们的历史能追溯到公元前 3600 年,还可能更早。这些建筑的年代——以及马耳他本身的历史——

① 译者注：建筑工程上指靠地基和自身框架支撑、无外部支撑或者承力拉索的建筑。

是个不寻常的事实，它和目前对人类历史的主流认知冲突。

古代希腊的黑暗年代[①]上限只到公元前1200年。苏美尔等地最早的文明，第一批城市，其历史也只能上溯至公元前4500年。阿卡德王国建立于公元前2400年左右，而巴比伦被认为建立于公元前1900年。就连最接近于这些庙宇——在建筑特征上最接近的英国巨石阵，人们认为也不过是建于公元前2400年——仍然比某些神秘的人群在马耳他与世隔绝的小岛上建起那些高大的神庙晚了超过1000年。对马耳他这些巨石建筑没有任何人能解释，它们的历史，建立起它们的人的历史，都已经失落在时光中。

历史学家和考古学家仍在就文明的诞生地争论不休。很多人声称，最早的定居点出现在今天印度的印度河谷，或者是今天中国的黄河流域。但占绝对上风的意见是，以永久定居和职业分工为特征的文明，最早建立于大约4500年前[②]，地点在黎凡特地区。这个范围也许还更大，整个肥沃新月地带都有可能——总之和马耳他相隔千里。

而且在肥沃新月地带的史前居民留下的遗迹稀少，更兼建筑粗劣。和马耳他那些无可置疑、相当壮观、技术先进的石头建筑形成了鲜明的对比——后者可能还比它们年代更早。一个孤立的文明曾在此地繁衍，曾为某些超自然的力量竖立起高大建筑，但不知怎么就消失得无影无踪，没有留下任何历史记录，唯有他们曾在其中膜拜天神的庙宇尚存。

第一批留下历史记录的马耳他居民是希腊人，接着腓尼基人在大约公元前750年来到这里。差不多三百年后，迦太基人取代了腓尼基人。但他们在马耳他的统治随着罗马人在公元前216年的到来骤然终止，后者短短几年间就征服了整个群岛。

在罗马统治马耳他期间，总督把他的官邸建在了姆迪纳。差不多1000年

---

① 译者注：迈锡尼文明衰落和希腊文明兴起之间的历史阶段。这个阶段希腊附近地区没有发达文明。

② 译者注：原文如此。当为公元前4500年之误。

后[①]，公元 1091 年，诺曼人征服了马耳他，永久改变了姆迪纳的城市格局。这些来自北欧的侵略者围绕姆迪纳建起了防御工事，还挖掘了一条宽阔的护城河，把姆迪纳和相邻的城镇拉巴特分隔开来。

不过，关于姆迪纳最有名的传奇故事还是圣保罗的故事，在公元 60 年，使徒保罗乘坐的船只在马耳他沉没之后他在此居住过。

保罗当时在去罗马的路上——被押送去，这个后来被宣告为使徒的男人当时是被作为政治犯看待的。保罗乘坐的船遇上了一次强烈的风暴，沉没在马耳他岸边。船上所有的人都安全游到了岸上，据说一共有二百七十五人。

传说马耳他本地人收留了保罗和其他的生还者，照圣路加的记载：

……才知道那个岛的名字叫马耳他。

岛上的居民对我们很友善。

他们生起了火，给我们取暖……[②]

路加在新约中写道，当火生起来以后，保罗被一条毒蛇咬了，但他没有生病。岛上的人们把这视为他非同常人的标志。

按照传统，使徒作为难民在拉巴特的一个地洞中住了下来。他选择在地下谦卑地生存，拒绝了当地人提供的舒适生活条件。

那年冬季，马耳他的罗马总督部百流邀请保罗去他的官邸。保罗在那里治愈了部百流身患重病的父亲，据说部百流之后皈依了基督教，成为马耳他的第一任主教。实际上，马耳他的确位列在第一批皈依基督教的罗马殖民地中。

“我们该在哪里着陆？”卡茂的声音从步话机里传来，打断了大卫的遐想。

“在广场上。”大卫说。

“去圣保罗教堂？”

---

① 译者注：原文如此……但是公元前 216 年到公元 1091 年有 1300 年了，这里可能是“差不多 1300 年”之误。也可能是漏了一句话：公元前 216 年后 1000 年左右，阿拉伯人占领了马耳他。但阿拉伯人并未对此地多做改变。

② 译者注：《新约 · 使徒行传》第 28 节。此处系引用马耳他旅游部门采用的版本，和国内通行本略有不同 。

“不。地下墓穴还要再往前一点，我们在广场上着陆，然后我带路。”

他必须集中精神思考。某群神秘的古人曾居住在马耳他，此后各个国家在几千年里反复争夺这个小小的岛屿。奇迹般的治愈。有证据显示早于世界各地的文明的巨石神庙。现在，马耳他的某个东西又在拯救染上了瘟疫的难民们。这些要怎么联系到一块去？

直升机着陆了。他转向凯特：“你能走吗？”

她点点头。

大卫觉得她看起来……很遥远。她还好吗？他有股无法抑制的冲动，想要用双臂抱住凯特，但她已经走出了直升机。那两个科学家正笨拙地爬出座位，跟着她下飞机。

肖和卡茂也跟了过去。

“我以为地下墓穴就在圣保罗教堂下面。”雅努斯说。

“不。”他们身后直升机的咆哮声渐渐减弱，但大卫差不多仍得用吼才能盖过噪声。他瞥了一眼圣保罗教堂。这栋石头建筑建于 17 世纪，就建在当年那个使徒曾过着俭朴生活的地洞顶上。那个洞现在被称为圣保罗洞窟。

一行人离开咆哮声渐渐减弱的直升机。大卫边走边解释道：“地下墓穴就在前方。由于卫生原因，罗马人不允许本地的市民们把尸体埋葬在姆迪纳市的城墙之内。他们在拉巴特这里开掘了一个巨大的地下网络，一个地下墓穴，包括许多墓室，就在城墙外边。”大卫其实很想多加几句——作为历史学家的他简直忍不住这种诱惑。拉巴特的地下墓穴里，基督徒、多神教徒和犹太教徒的尸体肩并肩地躺着，宛如同一教派的成员。这是在罗马时代几乎闻所未闻的宗教宽容行为，很多罗马官员都惯于迫害宗教领袖①。

在罗马统治下的马耳他，多神教徒、犹太教和基督徒的家庭让他们亲爱的家人安息在地下墓穴的毗邻墓室中的这个时候，有一个人称“人数的扫罗”

① 译者注：实际上罗马在基督教成为国教之前在多数地区多数时候都实行宗教宽容政策。认为罗马对宗教不宽容是基督教史学家造成的错误偏见。

的男人，他是个犹太人，同时是个罗马公民，正狂热地投身于迫害耶稣的早期追随者的活动。扫罗曾非常想要趁着它还稚嫩的时候摧毁新兴的基督教教会，但之后他在前往大马士革的路上皈依了基督教——此时耶稣早已经死在了十字架上。“大数的扫罗”后来被人称为使徒保罗，拉巴特的地下墓穴也为了纪念他而更名。

大卫把注意力集中到眼下的任务上。

他们埋头走过又一条小巷之后，他停在一栋石头房子前。面前的铭牌上刻着：

博物馆部

圣保罗

地下墓穴

雅努斯推开铁门，又推开一道沉重的木门。一行人走进了博物馆大厅。

这个房间相当大，地上铺着大理石地板，屋里一片寂静，安静得有些诡异。墙上装饰着海报、照片和油画。玻璃盒子里装着些石头做成的东西，大厅边上的几条走廊里挂满了大卫认不出是什么的小手工艺品。不过其他人的目光都集中在大卫身上。

“接下来？”常问道。

“我们在这里建立营地。”大卫说。

他刚一说完，卡茂就开始清出一张桌子，把他的行李包放在上面，开始拿出他们的武器装备：手枪、突击步枪，还有护甲。

雅努斯朝凯特跑去，向她的背包伸出一只手：“可以吗？”

凯特心不在焉地把背包交给了他，雅努斯随即开始搭建一个研究站。他打开计算机电源，把马丁给凯特的那个热水瓶似的分离DNA样品的装置连上去。

雅努斯把卫星电话放到桌上：“我们要不要给统一体打电话，报告我们的进展？”

“不。”大卫说，“等我们有值得报告的东西再打，暴露我们的位置是……

不明智的。”

他瞧了瞧电话，队伍里有一个人一直在这么做——暴露他们的位置。他从桌上抓起电话，把它递给凯特：“拿好电话。”

肖站在卡茂几英尺开外的地方，看着他摆放武器和防具。大卫用目光死死地盯着他，和他对视了一会儿。

肖率先退出了对峙。他面无表情地晃到挨着通往地下墓穴的楼梯口的一张小桌旁，从桌上拿起一本折叠小册子，打开来开始阅读。

“接下来呢，大卫？”肖漫不经心地问道，“我们要等着一个中世纪骑士从下面逛出来，然后去问他有没有看到过一个古老的石头柜子？”

雅努斯开口说话，试图缓和紧张气氛：“我想指出，我们当前的境况刻不容缓——”

“我们要进去。”大卫说。

卡茂把这话理解成了一个暗示。他穿上护甲，把另一套递给大卫。

“简直是大海捞针。”肖说，他拿起小册子，“下面的地道网非常大。通常只有少数墓穴向公众开放，但那个……装置可能在下面任何一个地方。这涉及好几英里长的隧道。”

大卫试着读出凯特的表情。她脸上没有表情，神情几近冷漠。她又在记忆闪回中了吗？

“我觉得我们该分头行事，”雅努斯说，“这样一次能探索更多面积。”

“这不会……有危险吗？”常胆怯地说。

“我们可以两人一组下去：每组一个士兵、一个科学家。”雅努斯说。

大卫考虑了一下这个建议。他还可以选择在博物馆这里留下一部分人，但留在这里的人可以把墓穴入口封闭，也可能呼叫支援。他没有很好的选择。

“好吧。”大卫说，“肖和常，你们打头。”大卫想把他怀疑的两个对象放在一起，让他们最先出发，让他们跟队伍里其他人保持距离，“卡茂和雅努斯第二队，我和凯特最后下去。”

“该死的，我们压根儿不知道下面有什么。”肖几乎是在叫喊了，“我才不会赤手空拳下去，你乐意的话现在就打死我好了，大卫。”

大卫走到桌边，拿起一把战术突击刀，把它朝着肖丢过去，刀尖冲着肖。肖抓住了刀柄，他的眼神一闪。

“你现在有武器了。你第一个下去，要不我马上就打死你，不信试试。”

肖停了一会儿，然后转过身，带头走下楼梯。常紧跟上他，其他人也依次走下去。

CHAPTER 83

马耳他

拉巴特

圣保罗地下墓穴

地下墓穴里满是尘埃，一片昏暗。博物馆的照明系统已经不工作了，但发光半导体灯的灯光照亮了周围散乱的陈列柜和一些贴在墙上供游客们驻足观望的墓穴介绍。

走了大概十分钟以后，隧道分叉了。

“我们一个小时后在这里会合，无论发生什么，如果没找到东西也回来。”大卫说，“走过的地方尽量画出地图。”

“当然，老妈。一个小时内回家，带着我们的家庭作业。”肖恼火地说道。他转过身，带着常走向愈发昏暗的走道。

之后凯特、大卫、卡茂和雅努斯沉默地朝前走去。五分钟之后，隧道再次分叉了。卡茂和雅努斯朝着新的岔路转去。

“祝好运，大卫。”卡茂说。

雅努斯朝凯特和大卫点点头。

“也祝你们好运。”大卫说。

他和凯特又一言不发地走了一会儿。当大卫认为其他人已经不可能听到他们讲话的时候，他停了下来：“告诉我，你知道这里是怎么回事吧。是什么救了马耳他这里感染瘟疫的人们？”

“我不知道。在过去，我看到了圣柜。但我不知道它到底怎么了，我看到伊麻孺把它带上了高原，但那之后发生了什么我就不知道了。”

“这里有些巨石砌成的神庙，差不多有六千年的历史——全世界已知最早的遗迹。这里关于奇迹式的治愈的传说可以追溯到罗马时代，圣保罗在马耳他登陆的时候。会不会是伊麻孺把圣柜拿到这里保管的，以策安全？”

“这有可能。”凯特神思不属地说。

“圣柜怎么能治愈这些病人？”

“我不知道——”

“那里面是什么？”

“尸体。亚当，我们的阿尔法——我们给予亚特兰蒂斯基因的第一人，现在大概只剩骨头了。”

“他的骨头怎么能治愈病人？”

“我……我不知道。我们过去对他做过些什么，我在那里，但是我看不到，我甚至看不到我搭档的脸。人类基因组分化了——我们管理的实验遇到了麻烦。”

“……实验。”

凯特点点头，但没抬眼看他：“大卫，我身上正在发生着什么，我很难集中精神。还有另一个问题，多利安也在——”

“在这里吗——”

“不，他也在过去，我认为他拥有另一个亚特兰蒂斯人的记忆。那是个叫阿瑞斯的战士，他比科学考察队晚些时候到达地球。”

大卫站在那里，目瞪口呆。

“怎么会？”

“他也加入了考察队，在直布罗陀。那些管子被重新设置成也接收他的辐射信号。当西班牙流感暴发之后，多利安被放进了一根管子里。他复苏的时候一定也带着记忆，以我得到那个科学家的记忆的同样方式。”

“难以置信。”大卫小声说，他被一种新的恐惧慢慢包围，慢慢淹没。多利安也拥有过去的知识，可能比凯特还更多，这给了他战术优势。

“你的计划是什么，大卫？”

大卫的思绪回到当下，回到这个光线暗淡的石头隧道中。

“我们去找出这下面的东西，看看我们是否能利用它找到疗法，然后离开这个见鬼的地方。”

“其他人呢？”

“他们其中之一是凶手，内奸。我们就把他们留在这下面，我们必须和他们保持点距离，要保证你的安全这是唯一的办法了。”

凯特跟着大卫在地道中穿行。

地下墓穴让她想起了马丁曾带她在马贝拉下面钻过的石头隧道。实际上，她觉得拉巴特小城本身就和马贝拉有许多相似之处。

凯特觉得有一个记忆就在触手可及之处——她前世的生命的完结，在直布罗陀所发生的余下的事情的真相。但她有种感觉，如果她让这个回忆走进自己的脑海，她作为自己的最后一部分就会流出去，然后她还会失去大卫。在她看来，这里最大的敌人就是揭晓的记忆。但她也知道大卫是对的：在另外的某条隧道里，有个杀人凶手潜藏其中。

CHAPTER 84

佐治亚州

亚特兰大

疾控中心

保罗·布伦纳医生慢吞吞地打开了他外甥的单人病房。

男孩静静躺在那里。保罗恐慌起来。

一秒钟之后，马修的胸膛微微升高了一点。

他在吸气。

保罗轻轻把门关上。

“保罗舅舅！”马修翻过身来咳嗽的时候看到了他。

“嗨，马特[①]，我来给你做检查了。”

“妈妈呢？”

“你母亲她……还在帮我做事。”

“我什么时候能去看她？”

保罗待在原地，不知道说什么好。“快了。”他神思不属地嘟囔着。

马修坐了起来，又咳嗽起来，咳得全身抽搐，把些小血点子喷溅到了自己手上。

保罗盯着男孩手上的那些血点渐渐变大，开始流动，汇聚成小小的红色溪流。

马修看了看手上的血，然后把手往自己的汗衫上擦去。

保罗抓住他的胳膊:“别擦——就……等等，我去找个护士来。”他站起身，逃出了房间。他听到马修在叫他，但保罗已经冲出了房间，快步走开。他不

① 译者注：马修的昵称。

能看下去了，不能再在那个房间多待哪怕一秒钟了。“我最终崩溃了，不行了。”他想。

他想回到自己的办公室，锁上门，躲在里面等着一切过去，等着整个世界成为过去。

他的助手出现在他眼前：“布伦纳医生，你有传真——”

他摆摆手，快步从对方身边走过：“我不管，克拉拉。”

“一份来自世界卫生组织，”她说着，举起两页纸，“还有一份来自英国情报部门。”

保罗从她手上抓过那两页纸，快速翻阅了一下，然后又读了一遍。他转过身，蹒跚地走进自己的办公室，眼睛还盯在纸上。这意味着什么？

他关上门，立刻开始拨打凯特·华纳的电话。卫星电话没响，直接转入语音留言。那边不在线？在信号区之外？

“凯特，我是保罗。嗯，布伦纳。”其实她当然该知道是哪个“保罗”找她。不知怎的，仅仅是给她留个言也让布伦纳精神紧张，“听着，我刚从我在世卫组织那边的熟人那里得到消息，看起来那边的档案里没有一个叫亚瑟·雅努斯的医生。英国情报部门那边也给了我回答，他们没有叫作亚当·肖的特工，他们甚至查阅了保密档案。”他顿了顿，不知道该说什么，“我希望你没事，凯特。”

多利安摔上直升机的门，看着下面涌动的人群越来越小。他和他的特别行动队在瓦莱塔上空高高升起。

“我们的目标是哪儿，长官？”飞行员回头问他。

多利安掏出自己的手机，没消息。

“他们往西去了。”他喊道，“我们得去找到他们那架飞机，先在附近的城市里找找看。”

在拉巴特地下的圣保罗地下墓穴中，卡茂走在雅努斯前面。这个高个子黑人举着一把突击步枪向前。他绑在枪上的手电筒发出的光柱只照亮了宽阔隧道的很小一部分。他身后雅努斯拎着的灯发出的光线能照亮的部分也不多。

“你从哪儿来，卡茂先生？”雅努斯平静地问道。

卡茂犹豫了一下，然后答道：“非洲。”

“哪个区域？”

卡茂又沉默了一下，似乎并不乐意回答：“肯尼亚，内罗毕郊区。现在我们该——”

“离现代智人的诞生之地很近啊。我觉得这真是再合适不过了。我们的探险队里该有个来自东非的人。我们在找的就是个东非人，他改变了历史，他让人类走上了今天这条道路。”

卡茂转过身，用手电筒朝雅努斯的脸照过去：“我们该保持安静。”

雅努斯抬起一只手遮住自己的眼睛：“没问题。”

在墓穴里另一个地方，常医生走在肖的前面一点。这个英国士兵让常先走。“为了安全。”肖说。

常停下脚步，转身面对肖。他手中的提灯跟着晃了过去。

“你记录我们走过的路了吗？”常问道。

“不但记了，我还沿路丢了面包屑呢。[①] 医生，接着走。”

提灯的光仅仅照亮了肖的半边脸，这一刻常忽然觉得这个三十出头的男人瞬间看起来年轻了许多。

这张脸——年轻些的脸——常认得。他是在哪里见到这张脸的？

好些年前，好几十年前，就在他把凯特从管子里，从她母亲的身体里取出来之后不久。

他记起来了，霍华德·基冈，时钟塔的领导，伊麻里董事会的两名成员之一，坐在他的办公室里，在一张巨大的橡木桌子后面。常正在他对面的椅子上不安地挪动着身子。

---

① 译者注：格林童话《森林中的糖果屋》中主角用面包屑来标记走过的路。

“我希望你去给你从管子里弄出来的那个男孩做一次彻底的检查。他名叫迪尔特·凯恩，但我们现在管他叫多利安·斯隆。他出现了些麻烦……在适应新环境上。”

“他是不是……”

基冈用手指指着常：“是，你得告诉我他出了什么问题，医生。别漏掉任何东西，去给他做个全身体检，然后回来。明白没？”

等常做完检查之后，他回到了基冈的办公室，坐在那张硕大无朋的桌子前面，同一个座位上。他打开自己的拍纸簿，开始做报告。生理上，完全健康。身高比同龄人平均值高两厘米，身上有几处新擦伤，有几处明显的疤痕，也是新近出现的……常抬起头：“你是怀疑有人虐待他？”

“老天哪！不，医生，只有他虐待别人。见鬼的他到底怎么了？”

“我恐怕我不——”

“听我说。六十年前，他进入那根管子之前，他是个世上最可爱的小家伙。当他出来以后，他坏得就像条他妈的毒蛇。他是个有人格障碍的反社会者。那根管子对他做了什么，医生。我希望能知道到底是什么。”

常只能坐在那里，不知道说什么好。

通往书房的侧门打开了，多利安跑了进来。

“外面待着去，多利安！我们在这儿工作呢。”

多利安身后，另一个男孩跑了进来，撞在他身上。他从多利安的肩膀上窥视着前方，就是这张脸。

那两个男孩退出了房间，顺手带上了厚厚的房门。

基冈坐回自己的椅子上，捏着自己的鼻梁。

常讨厌这种沉默：“另外一个男孩……”

“什么？”基冈向前俯身，“噢，他是我儿子，亚当。我把多利安作为他的兄弟抚养，希望这样能让多利安多点家人的感觉，稍微稳定些。多利安自己的家人都死了，但……我现在怕得要死。我很担心多利安的黑暗面，他的病态心理会感染亚当，让他也变得扭曲。这是种病态，大夫。他身上有某些地方非常、非常不对头。”

常醒过神来，他在石头的通道里。记忆远去，微弱的灯光回来了。他盯着亚当·肖，盯着他能看清的那半张脸。是的，就是他。多利安的养兄弟，基冈的儿子。

“怎么了？”肖追问道。

常往后倒退了一步：“没什么。”

肖朝他逼近：“你听到什么了吗？”

“没……我……”常拼命寻觅着词句，想找个借口。快想，说点什么。

肖慢慢地笑了：“常医生，你记起我来了，是不是？”

常僵立原地。为什么我动不了了？就好像有条无形的毒蛇咬中了他，让麻痹毒素流遍了他的全身。

“我一直好奇你会不会想起来，这太糟糕了。马丁也记得我。”

“救命！”常大叫起来。刹那间，肖从腰带上抽出刀子，飞快地抹过常的喉咙和气管。血飞溅到石墙上，常跌倒在地上，喉咙里咯咯作响。他捂着自己被切开的喉头，拼命想要吸一口空气，但吸不到。

肖在常的身上擦了擦带血的刀子，然后踏过这个濒死男人的身体。他在隧道底部放了一个炸弹，迅速设置好，然后朝隧道深处奔去。

卡茂听到些动静，停了下来，听起来好像有人喊了一声救命。他转向雅努斯，这人手里拿着什么东西，武器？

卡茂举起手中的枪。

一道刺眼的光向他袭来，卡茂见过的任何东西都没有这么亮。他的脑袋里响起一个声音，不是空气震动，像是个音叉直接在他脑袋里面爆炸了。他跪倒在地上，雅努斯对他做了什么？他觉得自己的头似乎在膨胀，似乎他的大脑快要从里往外爆开了。

雅努斯一言不发地从他身边走过。

呼救声让大卫也停止前进了，是谁？那个凶手采取行动了。

声音传来的地方不远。相邻的隧道？交叉的隧道？

凯特的声音小得几近耳语："大卫——"

"嘘，继续前进。"然后他走到前面带路，在隧道里狂奔。之前大卫在每个路口都要停一下，把突击步枪左右晃晃。

现在速度是关键，和其他人以及刚才的声音之间拉开距离，找一个安全的、容易防守的地点。

在前方，隧道到了尽头。那里是一个很大的墓室，里面有一张直接从岩石上雕出来的石桌。

大卫放慢了奔跑的速度，他想着应该怎么办，要掉头吗？

他停了下来，然后背上传来一种奇怪的感觉。他刚要转过身子，有人在背后出声道："不许动。"

CHAPTER 85

马耳他

拉巴特

圣保罗地下墓穴

大卫举起双手。他能感到凯特的目光在望着他，看着他的脑袋，好奇他会不会转过去朝他身后的人开火。大卫是想这样做,但他不知道后面是什么人，也不知道有多少人。

另一个声音打破了沉默，这个声音大卫认识。

“放下你们的武器，他们就是我们一直在等的人。”

大卫和凯特慢慢转过身，都盯着从隧道深处的阴影中步出的那个年轻人。

“米罗。”凯特小声说。

“你好，凯特医生。”米罗朝大卫点点头，“大卫先生。”

“跟我来。”米罗说。他转过身，带头朝隧道深处走去。两个全副武装的士兵走在他两边，大卫觉得他们可能是马耳他骑士团的人。

隧道通往一个相当大的方形石室，它比其他的墓室要大得多。六个守卫站在房间周围，手中拿着枪，随时准备开火。

在房间最里面，一片比地面略高一点的祭坛上放着一个石柜。

凯特冲到柜子旁，解下自己的背包。她转身朝士兵们说：“你们能不能把盖子掀起来？”

米罗对他们点了点头，四个卫兵放下自己的枪，走到石柜旁。

“米罗，你怎么会在这下面？”大卫问道。

“说来话长，大卫先生，但我可以说……其间经历我再也不想重来一次了。”

“嗯，我明白你的意思。”

在祭坛上的凯特正俯身探入石柜当中，在操作什么。大卫走上前去，从她身边窥探了一下石柜里面，光线太差，他只能看出里面有一副人类骨骸。

他身边的凯特在操作一个大卫认不出来的装置，应该是从她包里拿出来的。他知道她在收集基因样本，但他完全不明白是怎么做的。

他转向房间里祭坛外边站着的那些人。米罗沉默地站在人群中央。大卫觉得他身上有些地方和当年自己在尼泊尔的僧院里第一次见到的那个年轻人大不相同了，变得成熟、稳重。

大卫把目光转回到凯特身上："你拿到所需的东西了吗？"

她点点头。

"米罗，"大卫说，"我们需要回到地面上，去我们的电脑前，我们要到那里才能处理样品。"他顿了顿，"我们认为，可能有个杀人犯在这下面。"

"我们在这里会没事的，大卫先生。"米罗朝那些士兵点点头，"他们守卫这个地方已经很长一段时间了，他们可以把你们安全送出地下墓穴。"

几个士兵从人群中走出来，站在通往地面的隧道入口处。大卫和凯特跟了过去。

多利安眼角的余光看到地上有架直升机一晃而过，一架伊麻里的直升机。

他指着它："那边！他们就在前面不远了。"

看到第一缕照进隧道的日光的时候，大卫才意识到自己有一会儿没听到身后卫兵们的脚步声了。他往后瞧了瞧，但那些卫兵已经不见了，他摇了摇头。又多了一个不解之谜啊，他想。

回到地面上后，凯特跑向计算机，放下自己的背包，迅速开始工作。

大卫检查了一下枪上的弹夹，他精神紧张的时候习惯这样。然后他开始在房间里走来走去，但目光从不离开地道入口。

"现在怎么样了？"他扭头朝凯特问道。

"我需要把新的一套数据上传给统一体，希望他们能从中找到疗法。"

"要多久？"

她揉了揉自己的额头，盯着屏幕："我不知道——"

"为什么不知道？"

她抬起头瞪着他："喂，我的脑子现在都快成一锅粥了。之前是雅努斯上传的——做这事他比我擅长多了。"

他暂时把目光从隧道口移开："好吧，好吧。我只是感觉有些……火烧眉毛。"

一阵啾啾声打破了紧张的气氛。

"那是什么？"

凯特从她兜里掏出卫星电话："语音邮件。"

凯特把电话放在桌上，继续盯着电脑屏幕敲击键盘："你愿意的话你听一下。我听说现在火烧眉毛了，我要忙着工作。"

大卫看了看电话，然后转头望着地道，举起手中的武器。他在心里记上了一条：当凯特在工作的不要给她增加压力。还有另一条：不要说可能会被用来反唇相讥他自己的滑稽话。

他听见从洞穴深处光线照不到的地方有脚步声传来。微弱，谨慎，仿佛是有人正朝出口走来——又不想被人听到。

大卫让凯特看着自己，把一根手指举到嘴唇边，然后从地道口走开，在边上找了个位置。他把自己的枪对准出口，准备随时开火。来的应该是肖——他很肯定这点，而且对方应该也做好了作战准备。

多利安探身从驾驶舱里看着下面停在广场上的伊麻里直升机。

"停在它边上？"飞行员问他。

"当然，最好再发条短信，报告一下我们的位置，要不要再放个照明弹啊？"

飞行员停住了："长官？"

"在别的地方着陆，他们有可能在直升机附近等着，好打我们的埋伏。我们走过去。"

多利安又查了查手机。没有新信息，为什么？

亚当死了吗？

他希望没有。要是那样，这损失太大了。亚当是他最后一个亲人，他在世上唯一的亲属，是他的兄弟。这世上只有亚当能让多利安放心地把抓捕凯特的任务交给他，他就在拉巴特的某个地方，多利安能感觉到这点。但为什么？这里有什么？多利安完全肯定历史学能成为他的向导，揭示出拉巴特为什么如此重要。但……天杀的，历史学的内容太多了。

“你们有人知道拉巴特的历史吗？有没有什么重要的文化事件？”

士兵们转向他，脸上全都一片茫然。

飞行员在步话机里说：“古时候，罗马时代，姆迪纳是马耳他首府。更早统治这里的腓尼基人和希腊人也把这里作为首府。”

是谁给他们脑子里塞进这堆没用的狗屎的？多利安想着。

“很有趣……但我们并不在姆迪纳，不是吗？拉巴特有什么？”

“他们在这里埋葬死者。”

“什么？”

“罗马人对卫生看得很重，安全也是。他们在城市周围修建城墙，不让死者埋在城墙之内。拉巴特是个卫生城——”

“见鬼的你在说什么？接着说前面的问题！”

“这里有墓穴，很古老，圣保罗地下墓穴。”

多利安琢磨着这条信息。是的，大卫和凯特到这里肯定就是为了这个——尸体。古老的基因中隐藏着疗法的线索。这个古老的城市下方，那些多年以前使用的墓穴中埋藏了几个千年的时光，会不会有人把某具古代的尸体藏在这些墓室当中，把它伪装起来，让它外表看上去平平无奇？没关系，他需要的只是凯特和密码，以及她大脑里的那些知识。

一个人影缓缓从黑暗中走出，大卫的手指扣住了扳机。他轻轻加了一点儿力，准备开火。

那人从地道里走了出来，高举着双手。

是雅努斯。

桌边的凯特站了起来："谢天谢地你来了，我需要你的帮助。"

雅努斯朝她走去。大卫下意识地把枪口跟着他移动。

"你找到它了？"雅努斯问道。

"是的——"

"圣柜——绣帏上那个？它就在这里，一直都在？阿尔法、亚当？"

凯特点点头。

"真是意想不到啊……"雅努斯嘟囔着，看向计算机，"能让我来操作吗？"

"当然了，请。"凯特让开了。

"卡茂在哪儿？"大卫扭过头叫道。

"那声大叫后我们就分开了。"

"他还活着吗？"

"我当然是希望这样啦。"雅努斯一边说一边敲击着键盘，视线在计算机上转来转去。

大卫盯着地道出口，而凯特和雅努斯盯着计算机。他们就这样过了一分钟。

然后雅努斯点点头："这就行了——一切开始的地方，第一个接受亚特兰蒂斯基因的人类。如果我们把他的基因组，淋巴腺鼠疫时代的尸体的基因组，还有西班牙大流感中的幸存者的基因组三者联合起来，这就行得通了。我想他们可以利用这套数据分离出所有的内源性逆转录病毒。"他转向女士，"这就行了，凯特。"

凯特抓起卫星电话，把它和计算机连起来。她开始操作计算机："开始上传了。"

雅努斯从计算机旁走开，朝着地道入口走去。

"你不能下去。"大卫说。

"我恐怕我非下去不可。"雅努斯答道，他转身对大卫说，"作为我这样一个科学家，这是千载难逢的机会。那是整个新种族的第一人啊，开启了之后一切的遗传大转折啊。历史，科学，不管多危险，我必须亲眼去看看它。"

“待在这里——”

雅努斯钻进了地道，大卫没来得及阻止他。

凯特把卫星电话从计算机上拔下，迅速拨号。大卫在她和地道入口之间找了个利于防御的位置。

保罗，我刚发过去一套新的数据——是的——什么——不，我没检查留言。

凯特的眼睛瞪得溜圆：“不……我……谢谢你告诉我。等你收到数据给我回电。”她结束了通话，“雅努斯和肖，他们俩的身份都是假的。”

大卫听到地道里靠近出口的地方又传来脚步声。他抬起枪，准备开火，但从黑暗中走出的那个身影停下了。

CHAPTER 86

马耳他

拉巴特

圣保罗地下墓穴

凯特盯着地道入口，努力分辨正在靠近外面的人，那个身影高举双手走了出来。

卡茂。

他站在地道入口处，用胳膊竭力挡住光线，仿佛外面的光会吞没他似的。

“你还好吗？”大卫问道。

“我……看不见了。”

大卫冲过去，帮卡茂走出隧道，让他坐进凯特身前那张长桌旁的另一把椅子里。凯特觉得，卡茂看上去有些茫然失措，有些虚弱。

“发生了什么事？”大卫问道。

“雅努斯。他用一个发光武器把我致盲了，我有一阵子完全不能动。”

大卫盯着凯特：“他有可能窜改了数据。”

凯特张开嘴正要说话，桌上的卫星电话就开始振动。她停了下来，抓起电话，迅速接电话。

一个结果——不——我认为你们必须——我同意，保罗——等你们知道以后给我回电。

她结束了电话。他们只能把赌注押在那一个疗法上了，但……

“他们找到了一个疗法。”她说，“他们正在实施它，他们别无选择。”她瞪着大卫，“我们需要跟雅努斯谈谈。”

大卫走近卡茂：“你的视觉状况有多糟糕？”

“好点了，但还是模模糊糊。”

他在自己的指挥官面前冲壳子，凯特想。

大卫从桌上拿起一杆突击步枪递给卡茂："我希望你对任何从地道里出来的事物开火。"

他转身对凯特说："我敢打赌，常已经死了，现在下面只有肖和雅努斯在。我们知道雅努斯去哪里了，我会把他带回来的。"他又对卡茂说，"我到了地道出口处的时候，会在出来之前大喊'阿喀琉斯出来了'。"

卡茂点点头。

然后大卫就离开了，消失在黑暗的地道中。

凯特走到桌边，拿起一把手枪。她用手指抚摸着枪身上蚀刻的文字：瑞工-绍尔[①]。

"你知道那东西要怎么用吗？"卡茂低沉的声音在大厅里回荡。

"我学东西非常快的。"

亚当·肖又在地道石壁上的凹陷处放上了一堆炸药。下一个放在哪儿？他该画张回到博物馆大厅的地图的。地道似乎永无尽头。他听到远处什么地方有脚步声传来，他关上了自己的提灯。

他缩到地道边上的墓室深处，把刀子从刀鞘里拔出来。橡胶刀柄在他的手指上摩擦，发出轻微的响声。

那个走近的人影带着一盏提灯，随着时间过去，灯光越来越亮。

肖伏低身子等待着。这墓室很小，只有大约六英尺宽、十英尺长的小小一间，是主隧道边上附属的许多小墓室之一。

他试着在脑海里勾勒出那个脚步声的轨迹，因为他知道自己只有一刹那的时间用来冲过去，杀死他的猎物。

更近了。

---

① 译者注：瑞工=SIG，瑞士工业公司的缩写。绍尔是德国公司。绍尔公司生产了一系列由瑞士工业公司设计的手枪，命名中均冠以这两个单词。

更近了。

那个身影出现在他视野中。

雅努斯。

肖放他过去了，他松了口气。但雅努斯身后又传来一阵脚步声，卡茂?

他们之前是在一起的。

肖止住了动作。

大卫。

在追着雅努斯。

然后他也跑过去了。肖感到有些庆幸，在他心底深处，他可以勉强承认，在接近战当中威尔能赢他，就算亚当有出其不意的优势。他开始执行这次任务之前读过大卫的档案，读过他在时钟塔的人事报告。他一直在寻找杀掉大卫的方法，自从他第一眼看到大卫的那一刻起，自从大卫从地中海的海水中冒出来，把他往瘟疫船的一块漂浮残骸上狠撞开始——毫不夸张地说，这让肖深深意识到大卫在近身战当中有多强悍。

不过现在肖不用担心大卫——他正朝着地道深处冲去，远离了他最珍爱的凯特。这给了肖一个抓住凯特，完成任务，并且对大卫进行复仇的机会。

亚当从墓室里走出来，往左拐，沿着大卫出现的那条路走去，朝凯特走去。

雅努斯全速奔跑。提灯发出柔和的光，照亮了前方的石室。

里面应该有守卫——从历史经验看来理当如此。

雅努斯拿出口袋里的量子魔方，放慢了脚步。他现在能看到它了，圣柜，就躺在前面房间的尽头。令人吃惊，它和之前看到的时候完全一样。

两个卫兵从石墙后面转了出来，挡住了他的去路。

雅努斯激活了魔方，耀眼的光芒淹没了整个区域。他调节了一下，把亮度进一步提高。

前方的两个人倒了下去。他听到房间里传来更多人体倒在石头地上的声音。

他跨过门卫们，打量着里面的情景。有六个全副武装的白人士兵，还有另外一个人——一个年轻的亚洲人，穿着一身祭袍。

雅努斯走到圣柜旁，往下看去。

他就在这里，第一人。他们把他保存起来，传颂他的故事。经过这么多年以后,他们这一物种的发展已相当可观。他们已经超出了当初他所有的期望。但他必须做的事情没有改变。他告诉自己：我别无选择。

他抓住阿尔法的股骨，拿起它，用力把它朝着石柜壁上砸去。

一个小小的金属芯片掉了出来，然后被如雨的灰色尘埃覆盖住了，消失不见。

雅努斯伸出手，拂去灰尘，在底下摸索着芯片。

他花了几个月才找到它，只剩这最后一环了，一旦它消失……

他把芯片举起，对着光线，望着这个他和他的搭档在大约七万年前埋进去的技术产品。这个小小的植入物能发出辐射，帮助他们在几万年中对人类基因组进行持续修订。每次他们编写一段新的辐射程序以后，它就会改变植入物辐射半径内所有人的基因组,调整人类进化的方向。这个装置已经老化了，能源几近耗竭,让它的辐射半径大大缩减了。雅努斯曾担心自己能不能找到它。但在眼下的瘟疫当中，它按照计划发挥了作用：运行了其中的紧急程序，激活周围人的亚特兰蒂斯基因，拯救了那些聚集在它附近的人。要死掉这么多人雅努斯才能找到这块芯片，真是遗憾。但没了这装置以后，再也没什么能阻挡他已经启动的最终基因转变了。

在这一刻，雅努斯再也无法抑制住自己的好奇心。他激活了植入装置的记忆模块，看着遥感记录卷动而过。植入装置里的记录是从他们向那个部落发出警告的时候开始的。那些人把这个圣柜从当时所在的热带地区带走，扛进群山，穿过沙漠，登上了一艘船。他们航行到了这里，留在了马耳他。他们希望岛屿相对与世隔绝的地理位置能保护他们，让他们等到雅努斯和他的搭档归来。但他们俩再也没能回去，而岛屿的保护也被证明只是暂时的。

野蛮人到达了岛上，他们带来了这个与世隔绝的部落几乎已经忘却的一样东西：暴力。伊麻孺被侵略者消灭了，就像雅努斯自己的种族被另一个暴虐的种族消灭一样。历史总是在重复。他给那些人的指导是不是错了？在一个过于文明而忘了战斗为何物的世界里，最后的野蛮人会成为统治者。

那些占据了马耳他的蛮族开始探索伊麻孺留下的那些巨石神庙，在一座神庙的深处，隐藏着圣柜和阿尔法的尸体。进入这里的一群人被植入物的辐射改变了。最初得到好处的是腓尼基人，然后是把前者从马耳他驱逐出去的希腊人。那些希腊入侵者带着获得的遗传学优势回到了故土。在那里他们脑神经连接方式的变化开花结果，持续了好几个世纪。

希腊的环境培育出一些之前从未出现过的人物，有个别天才得以接触到了某些东西，某些深藏在潜意识之下的共同记忆。这种共同记忆以神话的形式表现出来——一个叫作亚特兰蒂斯的发达城市，沉没在直布罗陀的海岸旁。雅努斯现在明白了：是这个植入装置给人们添加了这个共同记忆，希望某个文明社会能找到飞船，从而救出雅努斯和他的搭档。某种意义上，这个植入装置和它散布的亚特兰蒂斯神话最后的确救了他。希腊人是最初意识到这个故事的，他们把它记录了下来，把故事传扬开来。在之后的许多个世纪里，亚特兰蒂斯的故事潜藏在每个人的内心深处。

雅努斯看着希腊人和之前的腓尼基人遭遇了同样的命运。希腊人变得越来越文明，同时也变得越来越无力抵御开到他们城墙外的大军——罗马大军。

在罗马人吞并了希腊，到达马耳他之后的岁月里，他们的帝国急剧扩张，文明也随之扩张。罗马人修建道路，制定法律，还创造了一套至今仍在使用的日历[①]，人类达到了新的高度。罗马的扩张看起来永无止境，但每次它扩大自己的边界，新的边疆就越发难于防御。一段时间之后，罗马同样衰落了，倒在蛮族部落面前。蛮族越过罗马防御薄弱的边界，在罗马的土地上定居。最终，他们朝罗马人那些宏伟的都市发动了攻击。

就在罗马崩溃之际，今天的印度尼西亚岛上，在赤道附近，火焰和火山

---

① 译者注：指现代公历的源头儒略历。

灰从一座超级火山中升腾而起。落下的火山灰带来了史上有记录以来最可怕的一场传染病，后来人们将之称为查士丁尼瘟疫，也带来了新的一拨基因变化。贸易陷于停滞，经过马耳他的人员流动也濒于消失。植入物的辐射无法作用到足够多的人身上以扭转这个趋势，世界倒退回了更原始的状态，等待着希望和拯救的到来。

来的是黑暗。在将近一千年中，周围再也没有伟大的文明。马耳他，以及周围所有的人类艰难摸索着方向。在这样的背景下，另一座火山爆发了，然后黑死病蔓延开来。

难民们登上马耳他，植入装置释放出新的一拨辐射，引起新的基因变化。那些幸存者从马耳他扬帆归乡，使得阿瑞斯对人类的改变未竟全功，并掀起了文艺复兴运动。

那以后，这个植入装置陷入了休眠——直到亚特兰蒂斯瘟疫暴发。兰花素在全球的失效最终将它重新激活，暴露出它的位置，让雅努斯得以找到它。

现在雅努斯完全明白了在亚特兰蒂斯坠落之后的整个历史进程。藏在圣柜里面的这个小小的植入装置和它庇护下的那些人发动了一场战争，对抗黑暗，对抗阿瑞斯用火山灰降下的基因变化，对抗 6 世纪和 13 世纪的瘟疫，然后最终，对抗亚特兰蒂斯瘟疫。

上下千年，人类始终挣扎求存，他们的战斗何其壮观。亚种 8472 的适应能力真是值得赞叹。现在他们的历史将走到尽头，但他们会安全无虞，雅努斯非常肯定这一点。

他把芯片扔回柜子里，然后把它碾碎。

他听到身后传来脚步声，然后声音又骤然中止。雅努斯转过身，发现大卫正站在墓室的门口，拿着一支会发射出硬化处理过的高速飞行投射物的原始武器[①]。

雅努斯伸手去拿量子魔方。

① 译者注：原文如此，作者突然恶意吐槽卖萌。

“别动，雅努斯，否则我发誓我会开枪打死你的。”

“喂喂，威尔先生，对一个救过你性命的人，你可不该这样啊。”

CHAPTER 87

佐治亚州

亚特兰大

疾控中心

保罗·布伦纳走进“交响乐”的控制室。房间里的气氛一片欢腾，中心的屏幕上闪烁着两个单词：一个结果。

他们获得了亚特兰蒂斯瘟疫的一种新的基因疗法，一个新的希望。

“实施，”保罗说，“在所有的兰花坊实施。把数据传给我们所有的分支机构。”

他沿着走廊跑去，冲进他外甥的病房。

男孩静静地躺在那里，没有转头看看保罗，他现在处于半昏迷中。

不过还有时间，保罗想。

在通往圣保罗地下墓穴的大厅里，凯特从桌前起身，往后一靠。她不知道自己还能做什么。

一个影子从地道里冲了出来，速度快到让凯特看不清。凯特转过身，太快了，这个身影把卡茂从椅子上撞得飞了出去。突击步枪当啷啷掉在地上，两个人影在地上翻翻滚滚，撞到了博物馆的一个玻璃陈列柜上。卡茂朝冲出来的身影打去，但凯特都能看出他看不到敌人，找不到方向，不知所措。他肯定打不赢的。

凯特踉跄着前进，举起了手枪。

他们在地上剧烈地扭动着，凯特想要瞄准卡茂的对手。她心里觉得这人有几分像肖，但她不希望真的是这样。她以前就深受被她所信任的人背叛之苦，她曾发誓自己再也不会让这种事发生了。肖在马贝拉救了她，但……

那个身影从卡茂身上爬起来。手中拿着一把刀。血喷涌而出，流到白色的大理石地板上。卡茂抽搐了几下，然后一动不动了。

那人转身面对凯特。

肖。

凯特想要扣动扳机，但她动弹不得，她做不到。

肖从她手里拿走了枪。

“你做不到的，凯特。为此感到庆幸吧。”

大厅对面的门打开了。多利安·斯隆大摇大摆走了进来。他身后跟进来四个人，呈扇形散开，在大厅周围就位。有两个守在地道入口两旁。

“见鬼的，你们这么久都跑哪儿去了？”肖叫道。

“放松点。”多利安漫不经心地说，“交通问题。”他扫视着房间，“威尔呢？”

“在地道里。”肖说。

多利安朝守在入口两侧的士兵点点头。

“不用。”肖说，“这里只有一个出口。”他从口袋里拿出一个小盒子，按下上面的按钮。隧道里回荡起一阵倒塌的声音，如雷声隆隆渐渐靠近。他抬头对多利安说，“这样就没有出口啦。”

多利安笑了：“真高兴见到你，弟弟。”

大卫耳朵里听到爆炸声之前，背上就先感觉到了。天花板正在塌下来。

他从眼角的余光里看到了米罗。他躺在那里，一动不动。大卫冲向那男孩，用自己的身子护住他。

石头落在他身上、他周围，他耳朵里嗡嗡作响。他身子下面米罗的身体感觉分外脆弱。米罗能活下来吗？

又一块石头砸到大卫的身上，他痛苦地蜷起身子。又一块砸下来——砸到他的腿上。疼得要命，但他没动，他保持姿势，等待着终点的到来。

终点来了，但并不是他以为的那种。一个圆形的光罩罩住了他，像穹顶一样覆盖在上头，挡住了落下的岩石。但大卫仍然没动。

凯特瞪着多利安："我不会帮助你的，我们已经找到了疗法。"

多利安笑得更欢了。就像个知道什么秘密的人："噢，凯特。你真有意思。我完全不在乎什么疗法，我来这里是为了你大脑里的那串密码。"

"我没有——"

"你会有的，你会想起来的。然后，我们就会得到我们需要的东西。"

多利安的一个手下抓住凯特，把她拖出了博物馆大厅。

CHAPTER 88

马耳他

拉巴特

圣保罗地下墓穴

大卫感到一只手抓住他的肩膀，把他翻了过来。石室里现在一片黑暗，静寂无声，他还是什么也看不见。

一道黄色的光晕缓缓在房间里扩散。

面前的人看起来似乎在用自己的手掌照亮房间，他捧着一个东西，一个小小的立方体，在发光。

大卫盯着那张脸，是雅努斯，他用那个立方体为大卫挡住了落下的石头。

“见鬼的，你到底是什么人？”大卫嘶声问道。

“说话文明点，威尔先生。”

“你认真的吗？”

雅努斯站起身来，平静地说：“我是两名科学家之一，我们很久以前来到这颗行星，研究本地的人科生物。”

大卫咳嗽起来：“一个亚特兰蒂斯人。”

“你们称为亚特兰蒂斯人的存在，我的确是。”

大卫研究着雅努斯的面容。是的，他认出来了。在南极洲，好些天之前，当大卫还在管子里的时候，他曾看到这张脸在那个巨大舱室的尽头盯着他。然后这张脸就消失了：“是你——在南极洲。”

“是的，尽管并不是真人。你在南极洲看到的是我的化身，一个远程控制的我的代理。”

大卫站起身来：“你救了我。为什么？”

“我恐怕得走了，威尔先生。”

“等等。”大卫站起来，瞧了瞧地上的枪，考虑了一下要不要把它捡起来。还是不了，雅努斯用那个魔方弄瘫了那些士兵，他完全可以把大卫也放倒。而且雅努斯救过他的命——现在是救了两次了，“你发给统一体的疗法是假的，对不对？”

“那是实实在在的——”

“它能治愈这瘟疫吗？”

“它会治愈人类所遭的苦痛。”

大卫不喜欢这话的腔调，也不喜欢雅努斯明确表示出“谈话到此为止”的态度。

雅努斯盯着掌中的立方体，他把另一只手伸到从立方体放出的光晕中，开始抖动自己的手指，看起来他好像在给它编程。

大卫琢磨着自己的处境。有人在这下面放了炸弹，然后引爆了它们。这不会是来自顶上的爆炸的，在第二次世界大战期间，德国人和意大利人在这些地下墓穴上头丢下了数不清的炸弹，也没能把它们炸塌。是肖，他把地下墓穴封闭了，而且他应该抓到了凯特，他会不会已经把凯特交给多利安了？

“肖抓到了凯特。”大卫说。

“哦，我想应该是的。”雅努斯头也不抬地说。

“她拥有你搭档的记忆。”

“什么？”雅努斯的脸上满是震惊——这是大卫头一次看到他露出表情。

“几天前那些记忆开始冒出来，最开始是在她梦里，然后就算她醒着的时候也无法让它们停止出现。”

“这不可能。”

“她说还有第三个人参加了你们的科考队——一个军人，她和那人串通，修改了基因组，她说他的名字是阿瑞斯。”

雅努斯静静地站在原地。

“多利安拥有阿瑞斯的记忆，他抓住了凯特——肖的任务就是这个。我现在确定了，休达的伊麻里基地里有些小道消息说，多利安从南极洲的遗迹中带出了一个手提箱。它制造出了某个门似的东西，他正在把凯特带到那里去，她处于危险中。”

“如果你说的这些是真的，威尔先生，那我们所有人都处于危险中。如果他们到达了那个传送门，如果她被交到阿瑞斯手上，这颗行星上的所有人，还有这颗行星之外的很多人，很可能全部都将死于非命。”

CHAPTER 89

马耳他

拉巴特

圣保罗地下墓穴

大卫走到触手可及雅努斯的地方。那个立方体放出柔和的黄色光线，从下方照亮了他们俩的脸，制造出一幅“坐在营火旁的两个男人”的画面。

“帮我去救她。”大卫说。

“不对。”雅努斯回答说，现在他的语声尖锐、急促，“是你要帮我去救她。”

“什么——”

“你对于你被卷入的事件还毫无概念，威尔先生。它所牵涉到的范围远大于——”

“那就告诉我，相信我，任何答案我都有心理准备了。”

“首先，我要求你发誓，你会服从我的命令——就是说如果我发出命令的时候，你会听命而行。”

大卫瞪着他。

雅努斯继续说道：“我业已观察到，在高风险、高压力的情况下，你会倾向——或者不如说是会要求——获得指挥权。你不适应接受命令、承担风险的角色，特别是在生死攸关的情况下，尤其是在涉及凯特的情况下，这是个麻烦。这不是你的错，这很可能肇因于你的过去——”

“我可以跳过心理分析讲座吗？谢谢。听着，如果你答应我，你会竭尽全力去救她，那你要我做的任何事我都会照办。”

“相信我，为了救她我会采取一切我能力范围之内的行动。但恐怕我们的机会不大，每一秒钟都很宝贵，威尔先生，我们现在就开始行动。”

雅努斯站在原地，伸出一只手。他掌心的那个发光的立方体从手上飘了出去，冲进了石墙里，从落点中心喷出一团尘雾。

大卫立在原地观看着。那个立方体朝隧道深处前进，似乎是一团切割石头的激光。

大卫摸了摸它挖出的墙壁，很光滑——就像是直布罗陀那间屋子外头的那些狭小通道，他曾经从那条黑暗的隧道中步行出去。这些东西我真的是一无所知，他想。

“所以你当时就是这样——”

“在我的旅途中，这个小小的量子魔方曾帮我解决了好几个障碍。”

大卫又看了看从这条光滑的隧道里往外飘出来的尘雾：“呃，嗯，真是多亏了……量子魔方……”

地面上的米罗轻轻动弹了一下。大卫走过去，弯下腰：“他会没事的吧？”

“是的。”

大卫把米罗的身子翻过来：“你感觉怎么样？”

米罗缓缓睁开眼睛：“一锅粥。”然后咳嗽起来。大卫帮他坐起身子。

“放松点，我们就要出去了。”

“我们？”雅努斯问道。

“没错，我们不能把他留在这里。”大卫猛地停了下来，摇了摇脑袋。他需要时间来适应现在这个新的指挥关系，“也许该说，我恭敬地请求你考虑一下，我们最好把他带上。他是伊麻孺的成员，他在我们之前就找到了圣柜。他的知识会有用的，而且他也能帮助我们。”

雅努斯走近他们，打量着这个少年：“难以置信，这么多年之后居然……你们还剩下多少人？”

米罗抬起头：“就剩下我了。”

“太遗憾了。”雅努斯说，“好吧，请加入我们的队伍……”

“我叫米罗。”

“很高兴见到你，米罗。我的名字是亚瑟·雅努斯。”

米罗深鞠一礼，幅度达到了他坐姿下的极限。

在房间出口处，那个立方体正继续朝石头墓穴深处挖掘隧道。随着它朝远处移动，它发出的黄色亮光越来越微弱。大卫不知道它要多久才能挖开到地上的路，更重要的是，他不知道自己能不能及时救出凯特。

直升机起飞了，凯特不再挣扎着反抗肖和她身边的卫兵。她现在还能去哪儿呢？在着陆之前她是被困在机舱里了。着陆以后呢？她能不能逃得掉？

那些家伙把她紧紧地绑在座位上，她的双手也被紧紧捆在一起。

她瞪着坐在对面的多利安，看样子他已经把自己经常挂着的那副讽刺的笑容给臻于完美了。这个讥笑的表情仿佛在说：我知道某些你不知道的事情，你将要遭遇一些糟糕的事情，那时候我将会咧嘴大笑。

她真想揍他。肖坐在多利安身旁，他微微偏头望着直升机窗外，就像是个第一次坐飞机的开心的孩子。

“是你杀死了马丁。”

“你害的。”他咕哝着说。

“你弄断了他的脖子——”

“兰花素失效的那一刻他就死定了。你延长了他的痛苦，凯特。”

这是个谎言。

“为什么，亚当？”

肖终于把自己黏在窗户上的目光撕了下来：“我知道如果他醒过来，他会认出我的。我本以为我不管，他就会自己死掉，但常的疗法让他好起来了。当你离开去……和大卫一起的时候，我终于找到了机会。我做了我必须做的事情——为了完成我的任务。无关私人恩怨。”

多利安俯身向前：“别听他的，凯特。我们俩都知道，这是私人恩怨。现在该有，嗯，七万年了吧？”他又笑了，“这是你最大的盲点，不是吗？人。你从来都看不透别人。你精明得像个魔鬼，但你从来对近在眼前的大叛徒都视而不见。我真是爱死你这点了。真是滑稽啊！”

凯特闭上了眼睛，她希望自己不要有反应，她能感到内心深处愤怒在升腾。

多利安怎么总是能激怒她呢？他总能这么轻易地操控她。这个恶棍似乎知道操纵她的每一个按钮所在，他那么轻易地按下按钮，一直咧嘴笑着，完全清楚她会做出什么反应。

她努力集中精神，试着把他从头脑中驱逐出去。在黑暗中，一个声音响起："他背叛了我们。"

凯特睁开眼睛。周围是钢铁的墙壁，房间里竖着四根管子。一个尼安德特人站在其中一根里头，一动不动。她正在直布罗陀，在她父亲1918年发现的那间船舱里。这是最后的那段记忆，那段她之前没能继续的记忆。看到多利安，听到他的话，触动了这段记忆的机关。

"你听到我的话了吗？"那声音又响了起来。

凯特的头盔内出现了一个视频窗口，一个和她戴着同样的头盔的人在视频里，是雅努斯。他就是亚特兰蒂斯科考队里的另一名成员，就是她的搭档。

"你有没有——"

"我听到了。"凯特说。她正靠在房间中央的一张桌子上，她转过身子面对雅努斯，她必须告诉他。

"我——"她磕磕巴巴地说道，"是的，阿瑞斯背叛了我们——"

又一次爆炸撼动着船身。

"——但我帮助了他。"她头盔里来自雅努斯的视频信号消失了，她盯着他但只能看到头盔上的镜面反射。显然雅努斯不想让凯特看到他的表情。"他告诉我，他想帮我们，让他们安全，让我们所有人。"她飞快地补充道。

"他利用了你——以及我们的研究。他肯定已经拥有了他所需的基因疗法，可以建立起他的军队了。"

凯特看着雅努斯走到房间对面的一个控制面板前，他飞快地在上面操作着。

"你在干什么？"凯特问道。

"阿瑞斯会试图控制母船，他需要用母船来运送他的军队。我把船给封锁了。"

凯特点点头，她看着自己头盔显示器上卷动而过的指令。每一行似乎都带来更多的记忆、更多的了解，他们现在所在的这艘飞船只是一艘本地登陆艇。他们来到此地乘坐的是一艘更大的科学考察船，那艘飞船能做深空飞行。他们的研究总是希望把留下的痕迹减到最少，把被目击的次数减到最少。他们在行星表面进行实验研究的时候不需要那艘船，他们也不想要它被看到。因此他们把它藏到了这颗行星唯一的卫星后面，把它深深埋藏起来。如果他们要用船的话，登陆艇上的传送门能让他们立刻到达母船。但雅努斯现在输入的指令正把母船给锁死——之后它不会接收任何来自直布罗陀或者南极洲的远程控制指令了。以后他们无法回到母船上了，而阿瑞斯也上不去。至少无法通过传送门上去。

雅努斯继续在控制板上操作着："我还要设置几个陷阱，以防万一阿瑞斯还是设法到达了飞船上。"

凯特看着指令滚滚而过。船身又遇到了一次爆炸，这一次比上一次要强烈得多。

雅努斯停了下来："飞船正在断裂，它会被撕碎的。"

凯特呆站在那里，不知所措。

"阿瑞斯已经把他的疗法付诸实施了吗？他已经把那些人转化完毕了吗？"

凯特努力思考："我不知道，我想应该没有。"

雅努斯在面板上疯狂地输入指令。凯特看到一系列 DNA 序列闪过。计算机正在进行模拟。

"你在干什么？"她问道。

"这艘飞船会被摧毁，那些原始人会找到它。我正在调整外面的时间稀释装置，让它放出能把我们所做的全部基因调整倒卷掉的辐射。他们会变回我们找到他们之前的模样，接受第一次治疗之前的模样。"

这就是了——"钟"是雅努斯用来逆转亚特兰蒂斯基因导致的干预的装置。只不过，在这段一万三千年前的记忆里，当雅努斯在给它设定程序的时候，他预想的目标基因组是错的。那些他嘴里的原始人一直都没能找到这艘飞船，直到 1918 年，凯特的父亲才把它从直布罗陀湾海底挖了出来。雅努斯没有算到这个时间差异，没有算到“钟”被发现得这么晚，也没有算到这当中会发生的遗传学变化。而且凯特知道将会有两次大变——马丁的时间表上的“德尔塔”，6 世纪和 13 世纪暴发的两次瘟疫。是的，那两次一定是来自阿瑞斯的干预，是他对凯特帮助他完成的疗法的微调。为什么来得如此之晚？为什么他等了一万两千年？这段时间他在哪儿？雅努斯又在哪儿？他在过去活在这里，而在未来他在那里。

船身又抖动起来，把凯特甩到了墙上。她的头部撞到了头盔上，身体瘫软下去，她什么也看不到了。她听到脚步声，雅努斯的声音在她的头盔里回响，但她听不懂他说什么。她感到雅努斯把她扛了起来，带走了她。

CHAPTER 90

马耳他

拉巴特

圣保罗地下墓穴

大卫点亮一盏灯，盯着雅努斯：“给我解答，我希望知道我们在对付的是什么。”

雅努斯瞧了瞧前方的圆形石头隧道。立方体悬浮在空中，慢慢往前挖掘。

“好吧，我们正好有点时间，提出你的第一个问题吧。”

我该从何问起？大卫想了想：“你救了我，怎么办到的？为什么？”

“用到的方法超出了你对科技的理解能力——”

“哦，请把它简化到我这原始人的大脑能接受的程度吧，显然七万年前亚特兰蒂斯人的干预也没能让它完善起来。”

“简单说的话……这个‘怎么’在某种程度上和‘为什么’是相关联的，我就从那里说起。我还得先给你讲点背景知识。我之前说过，你在南极洲实际上并没有看到我，你看到的是我的化身。你猜出来为什么这样了吗？”

“你当时在直布罗陀。”

“没错，很好，威尔先生。你们那位格雷丁医生实际上已经推测出了亚特兰蒂斯人在这颗行星上的大部分历史活动。看到他的年表让我大为震惊。它相当精确，除了那些他知识结构中存在的漏洞，那些他不得而知的东西。”

“例如？”

“他称为‘亚 - 斯坠落’——亚特兰蒂斯的坠落，我们的飞船在直布罗陀海岸附近的毁灭。那是一次人为攻击，正如你所知，我们有两个人，我们是科学家，飞过一个个银河系，研究无数人类世界中的人类进化过程。”

“难以置信。”大卫嘟囔着。

“这个世界和你们这一种族，才是难以置信呢。我们这一族非常古老，很久以前我们就把注意力转向了别的世界，特别是那些孕育出了人类形式的生命的世界，这让我们着迷。在我们的探索中有个问题特别重要，那是一切问题中最重要的问题：我们来自何方？”

“进化——”

“只是其生物学过程，问题的答案远远不止于此，你们的科学有一天也会发现这点的。你们已经知道，这个宇宙恰好能支持人类形式的生命。实际上，这宇宙完全是被规划好这样的。如果任何一个宇宙常数有哪怕一丁点的变化——引力常数、电磁作用常数、时空维度——就不会有人类形式的生命。只有两种可能：要么人类形式的生命能出现是因为这宇宙的法则完全偶然地支持它，要么就是：宇宙是被创造出来支持人类形式的生命的。”

大卫琢磨着雅努斯的陈述。

“我们最初的假设是，这只不过是偶然；我们的存在不过是多元宇宙中数量无限的宇宙中存在的无限多的生物化学的可能结果之一。我们的理论是，我们存在，是因为数学上我们必定存在于某些宇宙中：考虑到有无限多的可能存在的宇宙，而我们出现的概率是有限小的。我们存在于这个宇宙中是因为它是我们的大脑能意识到的唯一一个。”

“嗯嗯。”大卫除此之外完全不知道能说什么了。

“然后我们有了一个发现，它改变了我们的认识，让我们开始质疑之前的理论。我们发现了一个量子实在，一个亚原子的存在，弥漫于整个宇宙中。这是在我们的存在问题上最重要的发现。起初主流意见认为这个量子实在只不过相当于又一个宇宙常数，我们的宇宙中它必须存在，人类形式的生命才能出现。但我们中有一部分人开始更深入地探究这个谜团。在千万年的研究实践之后，我们学会了如何接触这个量子实在，但我们撞上了一堵墙——”

大卫举起一只手：“好了，你把我搞糊涂了。我承认，我对什么是量子实在完全没有任何概念。”

“你知道量子缠结吗？”

“嗯，不知道。”

“很好。那我就这样说吧：我们发现所有人类都通过这个量子实在互相联系在一起。我们社会中有些成员间的这种联结特别强，他们甚至能利用这种联结来进行远程通信。”

大卫心中闪过那些他和凯特共同的梦境。

“威尔先生，你是不是觉得很难相信这些？”

“不。实际上我完全相信。继续。”

“我们把这个将所有人类联系在一起的量子实在称为‘起源实在’。探索它是如何出现的，我们是如何出现的，是我们最重要的工作。我们把这个问题称为‘起源之谜’。我们相信，起源实在对整个宇宙都有影响，它是人类意识的源头，也是意识的最终目的地。”

米罗点点头：“这就是你们教给我们的创世故事。”

“是的。”雅努斯说，“你们的思维进步得太快，程度太高了。你们渴望问题的答案，特别是关于你们的存在的问题。我们把我们拥有的唯一的答案给了你们，尽管进行了些修饰好让你们能理解。我们还把我们的准则也教给了你们——那是一套道德蓝图：我们发现，照此行事可以让我们更接近起源实体，增强那种联结，让人类彼此更加亲密，也更加接近起源实体提供的和谐。我们还特别强调了每个人的生命都是宝贵的。每个人都和起源实体相联结，可能会揭示出这谜团更多的内容。”雅努斯顿了顿，“不过，我们留下的许多信息都已经随着岁月流逝了。”

“仍然有些人信奉此道。”米罗说。

“是的，显然还有。最终我们在这里的行动是失败了，尽管开始的时候看起来前景那么乐观。在我们探索起源之谜的这些年里，我们从没见过哪个种族像你们这样。我们监测着所有有人类的世界，作为一个历史学家，你会对此很有兴趣的，威尔先生。在这颗行星上，三百五十万年前一次相对来说并不大的地理事件引起了一次灾变，直接导致了人类的出现。三百五十万年前，两块地壳板块的碰撞让今天的加勒比海西部的海床升高，形成了巴拿马地峡。

大西洋和太平洋第一次被分隔开来，其中的海水不再能进行大规模的交换。这导致了一系列连锁反应，最终这颗行星进入了一次冰期——它至今仍未完结。在西非，丛林面积开始萎缩，这个时候有若干种比较高等的类人猿住在那里的森林里。接下来的日子里，草原渐渐取代了茂密的丛林，逼得这些类人猿从树上下来，到草地上生活。这些素食主义者的食物来源大部分都消失了，好些种类都灭亡了，但有一小批类人猿走上了另一条道路:适应新的环境。它们大胆地走出去，进入广阔的平原，开始探求新的食物来源。它们破天荒地开始吃肉，这改变了他们的大脑，狩猎也有同样的作用。这些类人猿，这些史前的生存主义者，它们变得比之前的任何类人猿都更聪明。它们最终开始制造原始的石器，成群结队地一起去打猎。这种模式——气候突变，激变的环境导致物种濒临灭绝，然后适应者数量反弹——会成为一个经典的模式，你们这一物种就是伴着它的重现走到今天这一步的。我们在你们刚出现不久的时候就来到此地研究你们，希望这样一个上升的速度从进化史的角度看迅若流星的物种，能揭示出关于起源之谜的一些新知识。

“我们按照我们通常的规则行事，我们布置了一个‘烽火站’，让它跟着这颗行星的轨道运转。”

“烽火站？”

“一个屏蔽装置——防止任何外星人看到你们的发展，也防止你们观察到任何其他有人类的世界。你们称之为费米悖论的问题——有人类的世界必然很多，但你们一个也没找到——实际上是‘烽火站’造成的结果。它会过滤你们所看到的光线，也会过滤你们的世界朝屏蔽范围外发射的任何光线。我们也遵循了其他的惯例，我们把我们的飞船埋到了——”

“南极洲？”大卫问道。

“不，南极洲的那是另一艘，我等一会儿就会说到那个。我们通常会把我们的深空飞船藏在附近的小行星带里，或者就像这次，藏在卫星上——这样更加安全，以防万一有探测器被‘烽火站’漏掉。宇宙是个危险的地方，我们不希望让人注意到我们的研究对象或者我们本身。我们开着登陆艇来到地球表面，留在了这里。那之后，日复一日，我们的日常工作和以前在其他的行星上没什么两样：采集样品，分析结果，然后冬眠，按照固定的周期醒来，重复这个过程。不过，十万年前，我们被一个不幸的消息提前唤醒了。我们的世界遭到了攻击。很快又来了一个消息，家乡被一个拥有令人难以置信的力量的敌人攻陷了。消息建议我们为自身安全起见最好留在被遮蔽的世界里。我们相信，那个敌人会追杀每个剩下的亚特兰蒂斯人，直到宇宙尽头。我们最担心的是这一末日之战的战火会延烧到所有人类身上，烧到所有有人类的世界上。接下来的事情你们都知道了。七万年前，今天印度尼西亚那里的一座超级火山爆发了，把火山灰喷向天空，导致了一次火山冬天，把你们这一物种带到了灭亡的边缘。人口警报将我的搭档和我从冬眠中唤醒，我们最担心的就是这种事情。我们觉得自己可能是我们的种族中最后的两个了——两个永远也回不了家的科学家。而今我们又要眼睁睁地看着某个人类种族可能灭绝，尽管我们的敌人还没找到他们，于是我的搭档做了个命运攸关的决定。”

“给予我们亚特兰蒂斯基因。”

“是的，她这样做了，没征求我的同意，甚至没告诉我。她后来对我说这是一个实验，给你们注入求生用的基因，来看看你们会取得多大的成功。反正事已至此，我也就同意了。

“差不多在她给予你们亚特兰蒂斯基因之后两万年，从我们的家乡飞来了另一艘飞船。它在南极洲着陆，从此留在了那里的冰层下面。飞船上装着我们最后的同胞。”

“那是个坟墓？”

“差不多，但是远不止于此。那是艘复活船，在我们的世界里，每个人都被允许活一百年。也有些例外，比如我自己这样的深空探险者。我们已经完全掌握了医疗科技，但总有发生意外的时候。这种时候，我们的人就会在这些飞船里复活。”

“那么里面装着的就是——”人卫问道，“死去的亚特兰蒂斯人？”

“是的，当我们的家乡遭到攻击的时候他们被屠戮殆尽。船上只有一个例外，偶尔我们的人民会投票选出一个公民，一个做出了伟大功业的人，把他存档，在我们的文化中这是个荣誉。那艘飞船里保存的是阿瑞斯将军，他是个来自我们的过去的老古董，我们已经早就越过了他所处的那个阶段。他被保存下来，用来提醒后人。他是我们最有名的军人，在那次攻击中，他不知怎的把那艘飞船开出了我们的家乡世界，把飞船开到了这里。”

“南极洲那艘飞船里其他的人……他们不能复活，走出管子吗？”

“他们能。不过，我们已经成了一个非暴力的种族。对我们世界的攻击，各种暴行、大屠杀……那些管子只能治愈身体所受的伤害。南极洲那些人可以复活，但是他们保留着他们的记忆，直到他们死去之前最后一秒的那些痛苦记忆，唤醒他们太过残忍。他们的心灵结构和你们的略有不同，他们心理上受到的创伤太大了。他们无法摆脱自己遭遇的那些痛苦回忆，他们处于永恒的炼狱之中，无法永远安息，也无法再活过来。”

要不是他自己体验过这种滋味，大卫都没法相信这些话——死去然后在管子里复活。多利安曾射中了他，杀死了他，然后他复活了，在一个新的身体里，一个精确的复制身体里。“我的经历就是这样，在多利安杀死我之后在那根管子里复活，就跟你家乡的那些人一样。”

“是的。”

“它是怎么运作的？怎么让人复活？”

“涉及的科技相当复杂——”

“给我简单讲讲吧。我想弄明白。”大卫瞧了瞧那个立方体，它现在也还没离开他们的视野，“我们还有时间。”

“好吧。你们称之为亚特兰蒂斯基因的那套基因技术实际上有好几个功能，和复活这个问题关系最大的功能是把人体发出的辐射编码，变成一股数据流。每个人的身体都会发出辐射。亚特兰蒂斯基因把这些放射性同位素发出的辐射变成了一幅细胞水平的蓝图——人们的身体的一个记录，包括你大脑中储存着你的记忆的那些细胞，持续备份直到你死去的那一秒钟。”

“多利安第二次杀死我之后，我是在直布罗陀的飞船里复活的。这又是？”

“我们的故事就是在此产生交集的，威尔先生。当复活飞船到达的时候，四万年前，我们已经给人类注入了亚特兰蒂斯基因。阿瑞斯对此非常感兴趣，他在地球人身上看到了一个机会，一个建立一支新的军队，用来向我们的敌人发起反击的可能。他坚持说，亚特兰蒂斯基因把你们也置于了危险中，让你们也成为我们敌人的目标，他说服了我的搭档。她背着我跟他合作，修订了基因疗法，想找出增强你们的求生能力的途径。我观察到了一些变化，起了疑心。我知道你们这个种族进步得实在太快了，不过我们之前当然从没对别的种族进行过这样的干预，所以我也不知道这是不是正常的。而且我从没想到过她会背叛我，但我知道她为什么会这样做——罪恶感，为了她在我们的家乡做的一件事，那个行动导致了我们的灭亡。”

“什么——”

“那是另外一个故事了。在地球这里，阿瑞斯找到了他需要的东西：能最终创造出他的军队的基因疗程。他想要破坏登陆艇，把我们也一起干掉——在直布罗陀近海发生的事情就是他干的，船被炸成了好几块。我们认为他的下一步行动将会是占领我们的深空飞船，他需要它来运输他的部队。我把深空飞船锁死，不让任何人从登陆艇或者南极洲到那边去。我还设置了一系列的警报和反制措施，但我们在直布罗陀近海的飞船很快就解体了，我的搭档被摔昏了。我把她抱起来，带着她去了我唯一能去的地方。”

“南极洲。”

“是的，阿瑞斯正在那儿等着我，他开枪杀死了她。当然，他事先禁止了我们两个人在南极洲的复活，他早有计划。他也向我开火了，击中了我的胸部，但我跌跌撞撞地逃进了传送门里，然后在直布罗陀的登陆艇的另外一块碎片里出来了。”

大卫转动着脑筋。是的，在他第二次复活的那个房间里，有一件被破坏了的衣服：“地上那套衣服。”

雅努斯点点头：“那是我的。当我逃进那一截飞船之后，我的第一步行动就是封闭登陆艇和南极洲之间的传送门，来保护我自己。然后我成功地爬到了一根管子里——你复活时看到的那几根管子之一。我被治好以后，就开始理清状况。我的处境非常糟糕，我发现自己身处其中的这块船体残片现在处于深水之中，远离海岸。如果我从里面出去，我游不到上面就会被淹死，而且我没法复制出一个氧气瓶来。”他瞥了大卫一眼，“我给你复制出那套伊麻里的上校制服要简单多了。”

“你是怎么——”

“我会说到的。”雅努斯抬起一只手打断了大卫的话，“我被困住了，而且孤身一人。我的搭档死了。让我惊讶的是，我首先想到的就是她。复活几乎是套标准化了的技术。通过亚特兰蒂斯基因发送出的死亡信号，是不可能伪造的。它必须如此，想想看，醒过来发现你自己变成了两个人，那会造成什么影响。我起初试图强制将她复活，欺骗系统让它相信她死了。真正的死亡信号当时被发送到了南极洲的飞船上，阿瑞斯把它给删除了。我的全局构想是，对我这一台计算机伪造出她的死亡信号，然后让她在最靠近岸边的那部分船体里复活——这样她就能逃出去，然后有希望阻止阿瑞斯。我试过了所有的办法，我失败了。不过，一万三千年后，我在某种意义上成功了。1918年，帕特里克·皮尔斯把他垂死的妻子和她肚子里的凯特放进了管子里。计算机之后肯定是执行了复活程序，但那孩子无法像复活程序中的胎儿那样发育成熟——它被母亲的身体限制住了。但一旦从母亲身体内被取出来，那个孩子，凯特，就开始长大。现在看起来，她的记忆开始回归了。那些来自我搭档的记忆一直沉眠在凯特的意识里，太让人惊奇了。”

“多利安是怎么获得阿瑞斯的记忆的？”

雅努斯摇了摇头：“我刚才说过，我当时很绝望，我试过了所有的办法。我一定是打开了所有的复活程序。阿瑞斯之前加入了我们的考察队，我们有他的辐射信号和记忆。但……那些记忆应该早就消失了千万——”

“如果我看到的报告没错的话，多利安在南极洲也死了两次。阿瑞斯可能是趁机把记忆填充进了他脑子里。”

“是的……这有可能。阿瑞斯可以轻易给他加入额外的记忆，甚至在多利安在那边复活的期间就让他看到那些记忆。和凯特一样，那些记忆，在她的心灵深处会产生一些影响，左右她的决定，就像是潜意识暗示。”他从大卫身边走开，“她成为一个遗传学家，专注于研究脑神经连接异常。她下意识地想要找出稳定亚特兰蒂斯基因、完成她的工作的方法。这简直是个精彩的故事。”雅努斯陷入了沉思，思绪似乎已经飘到了远方。

“那……然后你怎么样了？”大卫问道。除此之外他实在说不出别的话来。

“没什么然后。接下来的一万三千年里，我没有任何值得说的事情。我认为我试图逃出去，复活我死去同伴的努力失败了。我还有个最后的选择，在我身处的那个区域自杀，之前把我的复活点设定在另一块船体中。但我办不到，我看过我家乡那些被暴力杀死的人复活后成了什么样子——南极洲那些管子里的人，那些被困在永恒的炼狱中的人，所以我走进了管子里。之后一万三千年我一直在里面，等待着，指望情况会有所改变。”

大卫立刻就意识到了“改变”从何而来。在南极洲，当时大卫留下来阻击多利安和他的部下，让凯特和她父亲逃走。她父亲在直布罗陀引爆了两枚核弹头，把他当年挖出来的那块登陆艇碎片炸得粉碎。

“那两次核爆炸。”

“是的，它们让我所在的那块碎片移到了比较靠近北非的地方，确切说是摩洛哥，休达附近。我立刻激活了我和飞船之间的联络，我看到了直布罗陀发生的事情后，又连到南极洲那边，看到了那里的记录片段。我得知你牺牲了自己的生命来拯救另一个男人以及一个女人和两个男孩。你的对手，当时我还不知道他叫多利安，远远没有你那么高尚。你遵守了人性的准则、我们的道德原则，你尊重人类的生命。我了解阿瑞斯，我知道接下来会发生什么。你和多利安是死敌，阿瑞斯会让你们角斗至死，然后选择胜者。我决定把你的反馈数据传到直布罗陀去。我不得不暂时让我的化身显形，以捕捉你的辐射信号。这之后的事情你都知道了。你死后，就在我曾被关在里头的那部分飞船残骸里复活了。我把那些管子设定成会自毁的，好保证你会前进，会大胆走出去。”

“为什么？你觉得我能做什么？”

“拯救生命。我知道你是什么样的人，我知道你会做什么。你不仅做到了，你还做得更多：你让我找到了疗法。”

“你当时不可能知道这么多。”大卫说。

“是的，我完全不知道。一万三千年来，我所在的那部分船体第一次靠近了陆地，让我得以逃出。在外面看到的世界把我吓坏了，特别是伊麻里做的那些事。不过，我是个科学家，是个实用主义者。我那时候还不知道统一体的存在。在我当时所知的范围内，伊麻里进行的遗传学实验是最尖端的。我加入了他们，希望能利用他们的知识找到疗法。”

“你的疗法。那是假的，对不对？”

“它完全是真的。”

“它的作用是什么？”大卫追问道。

雅努斯瞧了瞧魔方发出的柔和黄光照明范围边缘的那个石头柜子：“它会修正一个错误。我很久以前没能制止那个错误的行动。”

“说人话。”

雅努斯无视大卫的要求。他只是盯着那个石柜：“阿尔法的尸体是所需的最后一环。我简直不能相信，这么漫长的岁月，他们把它保存下来了。”

“需要它来干什么？”

“找到一个疗法。让我们做过的所有基因修改——所有一切，包括亚特兰蒂斯基因——统统倒退消失的疗法。这颗行星上剩下的人类会变回当年我们发现他们的时候的模样。”

CHAPTER 91

意大利海岸附近

多利安知道，自己最后那一击正中凯特的心坎。他了解她，她是这么脆弱，这么容易操纵，他操纵她就像玩钢琴一样得心应手。

她的眼睛现在闭着，但多利安知道，她在想他。

他把脑袋靠到座位靠背上。直升机消失了，他仿佛掉进了一口井里，他无法阻止记忆涌上来。

他站在一个有七扇门的房间里，他拿着一把枪。

一扇门打开了。有个穿着一套环境服的人扛着另一个人冲进房间。多利安朝跑进来的人扛着的那个一动不动的人开火。爆炸把那人的身体撕成了碎片，把另一个人也朝后炸飞出去，撞在门上。

那个活着的人在地上蠕动着，挣扎着想要抱起那个死掉的人。多利安拉近距离，又抬起了枪。那个身影站了起来，多利安又开火了，正中那套环境服的中央。但他的目标还是穿过了另一扇门，逃掉了。

多利安考虑要追击。他跑回到控制板前，用手指在上面操作了一下。不，他的敌人身处直布罗陀飞船的一块残骸中，无路可逃。他很适合落得这样的下场——被永远禁锢在海底的坟墓中。

多利安发出指令，把一个传送门定位到通往科学家们的深空飞船上。他已经拿到了完成转变所需的基因疗法。一旦他拿到飞船，他就可以为他的同胞们复仇了。

控制面板没有反应。多利安盯着它，科学家们把他们的飞船锁死了。相当机智啊，他们挺聪明的，但他更聪明。

他走出这个尽是门的房间，走进一条走廊。多利安认出了这条走廊，之前他就看到过这里。一道门“哧”的一声打开了。

是同一个房间。这时候里面挂着三套环境服，在那个小凳子上有三个手提包。

他穿上一套环境服，拿起两个提包。

他大步走出房间，走进一间实验室。他在提包上做了一下设定，然后拿起一个银色的圆柱体，里面装着他的最终疗法。

他离开了飞船。

外面和他以前看到的一样，是一个巨大的冰窟。

他放下一个提包，在自己手臂上按动了几下。环境服里有个内建的控制面板。那个提包缓缓发生了变化，它看起来整个流动起来，然后那些银白色的合金变成的液体在地上旋转着升高，同时前后摆动，就像是一条从篮子里伸出来的眼镜蛇。银色的柱体上分离出两根分叉，然后又融合相接。无数触须交织，最终形成了一道闪闪发光的大门。多利安本能地就知道了那是什么：一个虫洞，一道直接通往他想去的地点的捷径。

多利安迈步穿过那道门。

他站在了一座山峰之巅，不对，这不是一般的山峰，是一座火山。下面一股股炽热的岩浆在翻腾涌动，周围的岛上满是风光优美的热带丛林。

他拿出那个圆柱体，然后把它丢进了岩浆池里。

这是怎么回事?

他的思维似乎在回答这个问题。一个后备计划，如果我失败了——如果我被困在了科学家们的飞船上——基因转变也仍然会继续进行，只是时间早晚的问题。这座火山迟早要喷发，药物会被喷到空中，然后洒落到全世界。

他把另一个手提箱放下，它形成了另一道门，他走进门里。

他出现在科学家们的飞船舰桥上。理所当然地，它被埋起来了，但他会很快让它重见天日的。

他走到控制台前，依次打开飞船的各套系统。他转过头。

他似乎觉得……

空气……正在被抽走。是的，他现在确实感觉到了。

多利安知道这里会有风险——那个科学家可能试图困住他或者杀死他。但他别无选择，只能冒险，坐等只会一事无成。他努力集中精神面对现在的危机。

他还有多少时间？

他边从舰桥往外跑，边在心里梳理着备选项。

太空梭船坞。不行，从那里出不去的。飞船至少埋在月面下两百米深，或许更深。还有什么方案？

他们的船上有没有传送门发生器？他们有没有被允许装备这东西？就算有，他也找不到的。

舱外活动航天服。是的，航天服里会有氧气。

他能感到空气每分每秒都在变得更稀薄。他停下脚步，把手按在墙上，打开一份船内地图。舱外活动服，它们会在哪儿？应该在某个气闸附近。

他的呼吸急促起来。

他试图忍住，但没多大用。

他在地图上搜寻着，他需要别的方案。医疗舱，离得很近。

他在走廊里踉跄前行，门打开了，他跌了进去。

六根玻璃管子闪烁着微光，在他面前一字排开。

他朝前爬去。

多适合我啊，他想道。被深藏于地下，在一根管子里消磨无尽的时光，我命中注定如此，无法回避。我永远不会迎来死亡，也永远无法完成我的使命，我的军队永远也不会出现，我也永远不会安息。

管子打开了。

他爬了进去。

多利安又回到了直升机上，风吹过他的脸，旋翼发出的咆哮声震动着他的耳膜。

德国的那道传送门，它通往飞船，通往阿瑞斯那里。聪明。

凯特，她拥有那个亚特兰蒂斯科学家的记忆。她能把飞船解锁，放出阿瑞斯。阿瑞斯和多利安一起就能完成他们在地球上的大业，把他们的军队投入最终之战。再过不久，他们就会迎来胜利。

多利安盯着凯特。她就坐在他对面，闭着眼睛。

阿瑞斯的话在他的脑海中回响。她是所有问题的关键。在不久的将来，某个时刻，她会获得一段信息——一段密码。这段密码是解放我的钥匙。你一定要在她获得密码之后抓到她，把她带到我这里来。

多利安对阿瑞斯的天赋赞叹不已。他对这个亚特兰蒂斯人的计划终于完全了解了，而这一领悟让他大为震撼。他感到……敬畏。多利安终于感到有人足以和自己平起平坐。不，比自己更强。但是阿瑞斯对他来说不止于此。多利安现在明白了：阿瑞斯设计出的整个过程一部分是为了他——为了多利安本身的成长。在南极洲的那些做戏，给他的寻找凯特的挑战，就像是阿瑞斯在……指导多利安。但还不止于此，阿瑞斯对他来说不止是个导师。多利安的体内有一部分来自阿瑞斯的东西：他的记忆。还有更多——他的渴望，他自己都没意识到的梦想。

父亲，这是最适合的称呼。阿瑞斯对他来说就是这样的角色。

他们很快就会再度团聚了。

多利安试着想象他们重逢的时候，他会说什么，阿瑞斯又会说什么。然后……阿瑞斯还会教给他什么呢？多利安能学到更多关于自己的事情吗？他现在知道了。他真实的愿望是——最终解开所有谜团中最大的那个谜：他是怎么成为现在这样的人的。

阿瑞斯和问题的答案在传送门那头等着他，他们很快就要到了。

CHAPTER 92

佐治亚州

亚特兰大市

疾控中心

保罗·布伦纳打开门，走到他外甥的床边。

“你感觉怎么样？”

男孩抬头看着他，张口说话，但完全语不成声。他这是怎么了？保罗有些奇怪。

他检查了一下孩子的生命体征，全部正常，生理上这男孩已经奇迹般地康复了。

保罗揉了揉自己的太阳穴。我这是怎么了？为什么我无法清醒地思考？他的思维仿佛坠入了一团雾中，被一团迷惑之云包围。他无法从中逃脱。

大卫努力想搞清楚雅努斯刚才的话是什么意思：“你要把我们弄回石器时代去？你要……让我们退化？”

“我要保障你们的安全，我之前说的那句话你没听懂吗？一个拥有无法想象的力量的强敌在追杀我们的族人，你们体内有我们的部分成分。退化，反进化是你们唯一的生存机会，这样才能拯救你们这一物种。”

“那也得之后我们还是原来的物种啊。听着，我们不要倒退，我绝不接受这种事。”

“我尊重你的选择，威尔先生。实际上，这就是为什么我选择了你——你为你的同类而战，你为他们牺牲自己，你遵循着人性的法则。但在这一刻，它只会害了你。你刚听到过你的世界，你的物种的历史。那些从树上下来、在大草原上寻找食物的类人猿，它们是生存主义者。去问问那些黑猩猩和大猩猩对于自己留在树上的选择做何感想吧，在那里讨生活要容易得多。但那些大胆走出去的、那些选择了艰难的道路的，它们最终变得更强大，适应了新环境，进化了——那些活下来的少数类人猿。在多巴火山爆发时朝海边行进的那些部落也是，他们也是生存主义者，这是你们这个物种的典型特征。现在这场考验中你们则将退化求生。”雅努斯忽然把头转向了隧道，“魔方挖通了——”

大卫抓起一盏灯：“我们的谈话还没完呢。”

“已经过了很长时间，威尔先生。”

大卫领着雅努斯和米罗走出了隧道，迎向从隧道入口照进来的一缕缕阳光。那个发出黄色光芒的立方体就悬浮在刚切割出来的出口旁。

大卫第一个越过洞口，他把突击步枪朝房间四处晃过。没有东西移动。在角落里，有一摊血在地上流动。大卫慢慢走过去，他有些害怕自己将会看到的景象。

卡茂，胸前有个刀口。

大卫弯下腰，把手指按在他朋友的脖子上，他感觉到卡茂的皮肤已经冰冷，而后迟迟也没有感觉到脉搏。但他仍然把手放在那里，等待着，他拒绝相信这个事实。

雅努斯和米罗望着这个场景，显然他们俩都不知道该说什么。

最后，大卫站起身来，走到凯特的计算机前。他关上计算机，把它和其他设备收拾到背包里：“我们出发吧。”

出去以后，大卫领着大家回到广场上。他们的直升机不见了。

他转向雅努斯：“你的计划是什么？我们没法阻止他们到达德国了——他们领先了太多。”

“有个替代方案，”雅努斯说，“如果我们能及时到达那里的话。”

“骑士团有架固定翼飞机。”米罗说，“你会开飞机吗，大卫先生？”

“什么飞机我都能开。”大卫说。但他没提到，着陆有时候会成问题，不必让他们为此担心。

多利安看着下面的大海变成了陆地。到意大利了，很快他们就会进入德国国境，然后不久就会到达传送门所在地。

凯特睁开双眼，多利安正盯着她。

她不会再回避他的目光了，她再也不害怕他了。她知道了他是谁，也知道自己是谁，历史不会重演的。

“你还好吧，凯特？”多利安挖苦道。

她用同样的腔调回敬：“我很好。”

直升机半个小时后着陆了。多利安把她拽了出去，踏上地面。

传送门周围围着一圈悍马车。车灯大开着，一束束白色的光柱射入寒冷寂静的夜空。

他们穿过那些悍马车的时候，凯特看到了地上躺着许多死去的士兵，瘟疫的受害者们。德国政府一定是派遣了部队前来调查传送门，但是他们都得了病，那些还没死掉的人一定也都逃走了。

多利安把她朝着发光的传送门拖去。

“跟我站到一起。”他朝身后的肖喊道，“我们进去之后门会关闭的。”

等肖和他们站到同一条线上之后，他们三个一起越过了门槛，然后他们站在了另一个地方。

凯特觉得这地方和南极洲那里的坟墓中的走道很像，但这里的走道更狭窄。她知道这个地方，这是她的飞船——深空运输工具，她和雅努斯就是乘坐它来到这里的。

凯特想要呼吸，但她发现完全吸不进气。多利安的眼神投向她，但他还没开口说什么，空气就开始涌进周围的空间。飞船认出了凯特？她的到来让它重新被激活了？是的，正是如此。

多利安抓住她的胳膊，把她拖进灯光昏暗的走廊。

他在一个十字路口停了下来，他看起来是在试图回忆起自己该去哪里。或者说在回忆自己当时去了哪里？

“这条路。”他说。

地板和天花板上的灯泡串发出的柔和灯光看起来比刚才亮些了。不对，凯特意识到只是她对周围的黑暗环境适应了些。

另一个变化也在渐渐发生，她正在适应。最后的记忆，她在南极洲死于阿瑞斯或者说多利安之手的记忆，改变了她。

凯特一直难于和其他人相处，她总是无法完全跟人“亲近”。她非常想要和他人建立私人关系，但她总觉得那样不自然，让她自在的只有工作。

她曾以为是这种个人的愿望把她吸引到了自闭症研究上，想为那些人找出治疗方法：脑神经连接方式的问题导致他们缺乏对社交暗示的理解能力，也无法好好组织语言。她现在知道她的动机所在要更加深远。

多利安有一点是对的：她不擅长读懂人们的心思，她很容易被人误导。但现在玩的是战略游戏，而她知道历史，她也知道玩家是什么人，她还知道未来的情节会如何展开。她比多利安更聪明，她会赢的。

CHAPTER 93

休达郊外

大卫让飞机全速飞行，已经无须担心有耗尽燃料的危险了。

在地平线上，休达出现在视野中。大卫激活了无线电，开始和飞行管制员通话。轨道枪可以轻松地把飞机从天上打下来，而他并不完全确定自己会得到什么样的回应，但他已别无选择。

大卫很快就得到了回应："你已被准许着陆，威尔先生。"

大卫这次的着陆往好了说也颇有些颠簸，但两个乘客对此都没有提出抗议。他们着陆了，而且还活着。凯特也还活着，至少就他所知还活着。一步一步来。

大卫、雅努斯和米罗走出飞机。大卫看到有一支车队朝着机场过来了，他下意识地握紧了手中的突击步枪。

车队停了下来，最前面一辆悍马的门被推开了。几天前给他打上烙印，然后帮助他占领了基地的人——柏柏尔人的酋长，从车上下来，朝他缓步走来。她脸上绽放出一个笑容。

"我还以为我多半再也见不到了你呢。"

"我也这样以为。"

她严肃起来："你是回来重新接管指挥权的吗？"

"不，只是过路。我需要一辆吉普车。"

十五分钟后，大卫已经在开着车疯狂地朝着他几天前出现的山丘飙去。当时他穿着一身伊麻里军服从亚特兰蒂斯的飞船残骸里出来。

"我不知道入口在哪里。"大卫对身后的雅努斯喊道。

"我会给你带路。"雅努斯答道。

他们继续朝前开着，大卫感觉这过程仿佛长得没完没了。坡度越来越陡，下面的地形满是岩石，越来越危险。他觉得时间每过去一秒钟，自己救出凯特的机会就又减少了些。

雅努斯终于拍了拍他的肩膀："在这儿停车。"

大卫把车停在一面陡峭的岩壁旁。他还没把车子完全停稳，雅努斯就蹦了下去，直奔前方。大卫和米罗努力跟上他。

"你的计划是怎么样的，雅努斯？"大卫朝前头喊道。雅努斯这一路上一直拒绝告诉他们任何计划的具体细节，这让大卫很紧张。

"我们回头再说。"雅努斯朝身后喊道。他拐了个弯，然后等大卫也拐过去的时候，这位科学家已经消失不见了。大卫旋转身子，四下搜寻。他左手边山壁上的岩石看起来有些像他出来的地方，但他吃不准。

"嘿！"大卫喊道。他跑到那块岩壁旁，摸了摸，很坚硬。他来回跑动着。米罗只是站在原地，仿佛在排队等着什么似的。

"雅努斯！"大卫吼叫起来。雅努斯背叛了他，他的计划中一直只有他自己——

雅努斯从那块坚硬的岩石中冒了出来。与此同时，岩石的影像在他身后淡去。

"我得先关掉力场。跟我来。"

"噢。嗯，你本可以……"大卫摇了摇头，跟在雅努斯身后。雅努斯带着他们走过那条量子魔方开掘出的隧道——大卫就是从这条路出来的。他们乘上了大卫之前用过的电梯。

大卫上次在这里的时候，所有的门都锁着，现在三个人靠近的时候它们纷纷打开。

雅努斯突然拐向右边，带着他们进入一个有四扇门的房间。

"接下来做什么？"大卫问道。

"接下来等着。如果我没弄错的话，凯特会知道该做什么，她不会单单打开关着阿瑞斯的管子，她会把整艘船的大门也打开，这时候我们的机会就来了。

我们必须在很短、非常短的一个时间窗口内完成所有的事情。”

雅努斯说出了他的计划剩下的内容，大卫唯唯点头。他对此毫无概念，他别无选择，只有相信雅努斯。

大卫转向米罗，抽出自己的防身手枪递给他。

米罗看了看枪，然后往后退了一小步。

“米罗，如果除了我们之外有别的人从那道门里出来，你就必须朝他们开火。”

“我不能，大卫先生——”

“你必须——”

“我知道要活下去我就必须这么做，但我办不到。我知道如果到了那个时候，我是没法扣下扳机的，我无法夺去他人的生命。在我前往马耳他寻找圣柜的旅途中，我学到了许多东西，其中最重要的收获就是，我了解到了我的真实本性。我很抱歉让你失望了，大卫先生，但我也不能对你说谎，我不会装出一副虚假的模样。”

大卫点点头：“相信我，你没让我失望，米罗，而且我希望这世界永远也不要有让你改变的理由，永远不要有那样的时候。”一瞬间他想起了自己，想起了自己在大学里的日子，在那栋大楼把他埋在下面，让他为了复仇踏上自己的旅途之前的日子。

雅努斯走到墙边，他走近之后一块墙板打开了。他从里面拿出另一块黄色的立方体，动手在它周围涌出的光晕中操作了几下。

他回到米罗身边，把这个立方体递给他：“这是跟我在马耳他的地下墓穴里使用过的那个一样的量子魔方。它不会致命，但会让射程里所有人瘫痪——你自己也一样，米罗。显然只有亚特兰蒂斯人能不受影响，但它多半能给你争取点时间，等待援兵到来。”

“还有更多的高技术武器吗？”大卫问道。

“没有用得上的了。依计划行事，记得跟好我的魔方。”雅努斯一步步靠近传送门，举起量子魔方，随时准备丢出去。

"过去之前，我想要先得到瘟疫的疗法。"

"我告诉过你了，威尔先生，对此的讨论已经完结了。你和凯特都拥有亚特兰蒂斯基因的完整体，你们都会保持原样活下去的。"

"我不能接受。"

"我不需要你接受。"

多利安带着凯特停在了一道双开门前。

他在控制板上操作了一下，门分开了。

房间里矗立着七根管子，中间一根里面装着阿瑞斯。他冰冷的目光跟着他们移动过，眼睛眨也不眨。

多利安久久地盯着阿瑞斯。"把他放出来。"他头也不回地对凯特说道。

凯特抬起自己被捆着的双手，动了几下手指头："先把我放开。"

多利安转身看着她："不放开你也可以做到。"

"我做不到。"她朝控制面板比了比，"我的手被捆着的话没法进行系统操作。放开我，然后我会放他出来。"她顿了顿，"有什么关系呢？你觉得你们俩加起来都制不住我？或者说你们三个加起来都不行？"

多利安朝肖点点头。后者掏出那把突击刀，把她手腕上的绳子割断。

凯特走向控制面板，她觉得阿瑞斯的眼神在跟着她移动。

她的下一步行动将会决定她的命运，还有其他许多人的命运。

记忆现在越发清晰了。最鲜明的是记忆里的人，而不是地点。雅努斯，他们曾一起研究过上百个世界，共度了千万年的时光。他一直是老样子，而她在途中不知何处改变了。她变得更富于同情心，更深思熟虑，更有紧迫感了。于是她希望跟一个更像她自己的人在一起：既有智慧，又有激情，就像是大卫。

无论如何，她心中对于雅努斯的记忆有一点最为突出：他是凯特认识的人里最聪明的。她把宝押在了这上面，她准备制造出的机会容不得雅努斯犯下半点错误。

面板上升起了蓝色的光雾，她开始操作。

在她周围的一盏盏灯纷纷啪啪亮起，其他的面板也在嗒嗒声中纷纷激活。

管子的门滑开了，阿瑞斯走了出来。

“干得漂亮，多利安。”

“大卫，就是现在！”

传送门打开了，雅努斯冲了过去。大卫紧随其后。

雅努斯奋力把那个立方体朝走廊里抛了出去。它往前冲去，一路留下一道黄色的流光。

这个立方体会找到凯特，而大卫会带着她回到传送门那边。雅努斯对大卫承诺说他会去处理飞船的事情，他决不允许它落入多利安或者阿瑞斯之手。

大卫跟着立方体跑去，他听到旁边的走廊里传来雅努斯的靴子踏地的声音。

阿瑞斯走出管子的同时，凯特猛地冲向房间另一边的多利安。她对他发动的攻击出其不意，她的拳头正中他的下颌，把他打得撞到墙上，然后倒在了地上。她扑倒在他身上，然后感觉到肖的手抓住了她，要把她拖开。但她的佯动已经成功了，她争取到足够的时间了吗？答案立刻就来了，一道刺眼的黄白色的光芒爆发了，淹没了整个房间。

大卫更加用力地驱使着自己的双腿，沿着走廊向前跑去。在前方那个闪光的立方体冲进了一个房间，然后爆发出闪光。大卫听到一声惨叫，他继续朝前奔跑。

肖疼得大叫起来，倒在了凯特和多利安身边的地板上，前后扭动着身子。

凯特站了起来，开始朝门外跑去。一双手突然抓住了她，她想要挣脱开去，但那双强有力的手强行把她转了个身。

大卫。

“跟我来。”他边说边沿着走廊全力跑去。

多利安的耳朵里嗡嗡直响，眼里直冒金星，有人在用力把他往上拉。对面墙上的面板正在爆炸，发生什么事了？

他感到飞船在抖动。

阿瑞斯掴了他一耳光，然后捧住他的脸：“醒醒，多利安。雅努斯激活了自毁程序，我们必须离开。”他拖起多利安，朝房间外走去。

多利安眼角的余光看到了肖。他躺在那里，痛苦地滚动着。多利安抓住了门框：“亚当！”

阿瑞斯把他拖了出来，双开门随即关上了。“我们只能把他留下。别犯傻，多利安。”他把多利安朝走廊前方拽去。

多利安跳了起来，掉头朝房间跑去。肖还在房间里痛呼。

阿瑞斯抓住多利安的双肩，把他压倒在墙上：“我不会丢下你的。如果你不肯丢下他，你就会让我们俩都死在这里，地上的所有人也都死定了。选择吧，多利安。”

多利安摇摇头。他的兄弟，他唯一的亲人……他无法做出决定。

那双手又在摇晃他的肩膀，再一次把他推得撞到墙上：“选吧。”

多利安感到自己在转身离开肖，离开这世上他唯一真正在乎的人。然后他和阿瑞斯奔跑起来。又是一次爆炸。他们不可能逃得掉了。

雅努斯把最后几条指令输入飞船，然后后退了几步，看着屏幕上显示的飞船各处发生的爆炸和解体。这艘巨大的飞船很快就会彻底成为一堆废墟。

但她会安然无恙。

这是唯一重要的事情——无论是这里，还是其他的那几百个世界，他到哪里都只为了这一个缘故。

又是一阵抖动扫过整艘飞船。他的死亡很快就会降临了，他终于做到了——献出自己的生命来拯救她。在直布罗陀湾底下的那间船舱里，在一万三千年时间的每一天里，他都在希望自己能做到这件事。现在这件事是如此轻松、如此简单。雅努斯知道为什么：他再也不会复苏、不会重生了。他不会再带着死亡的记忆醒来，不会面对阿瑞斯的复活和飞船里那些人面对的无尽的痛苦。他会死了，但他知道自己已经拯救了他过去现在唯一在乎的人。在这一刻，他理解了凯特父亲的故事。他在直布罗陀牺牲了自己，也理解了马丁，也许亚种 8472 比他以为的走得更远。不过就算是这样，很快也无所谓了。又一次爆炸让舰桥剧烈抖动起来，雅努斯稳住自己的身体。

也许还有最后纠正一个错误的时间。他激活了飞船的深空通信阵列，清了清嗓子，尽力站得笔直。

“我的名字是亚瑟 · 雅努斯。我是一个科学家，一个早已陨落的文明的公民……”

一对大门打开，前方的房间里有三个传送门。阿瑞斯在控制面板上涌现出的光雾中进行着操作。多利安浑浑噩噩地愣在那里，又一次爆炸炸开了船舱壁，与此同时阿瑞斯刚好把他拖进了传送门。

多利安踉踉跄跄地走进了房间。这里他之前见过，是那个有七扇门的房间。阿瑞斯正弓着身子，气喘吁吁，双手撑在膝盖上。

阿瑞斯喘过气来之后站直了身子：“现在你看到了，多利安，他们让你软弱，他们让你心有牵挂，让你感觉失落，他们想要妨碍你去做那些你为了生存必须做的事情。”他走出了房间。

多利安机械地迈动脚步跟着他。他仿佛灵魂出窍，没有任何感觉，没有任何情绪反应。

前面的宽大船舱里放着无数行管子，阿瑞斯在门口停了下来。

“现在你准备好了，多利安。我们会拯救他们，这些人将是我们的同胞。”

CHAPTER 94

休达郊外

凯特从拱顶传送门里飞了出来，大卫随即摔倒在她身旁的地上。传送门在他们身后关闭了。

米罗站到她身旁，帮她站起来。

“你还好吗，凯特医生？”

“我没事，米罗，谢谢你。”她跑到传送门旁的控制面板前。没错，和飞船之间的连接被关闭了，它被摧毁了，雅努斯干得漂亮。在她看到大卫一个人出现的一瞬间，她就明白了他们的计划。雅努斯一直很勇敢。

看到大卫让她肯定了一件事。那团她心中的火焰，那块她的自我的小小碎片，那朵她自己扇起的小火苗，仍然还在。所以她必须迅速行动，让它免于熄灭。

她调出一份船体结构图，其实不如说是他们所在的这一小块船体的结构图。这里有个医务室，他们的实验室之一。她能办到的，她开始编制程序——复活过程正在改变她的脑神经连接，她要制定一个能把这个过程逆转的基因疗法。她会失去那些亚特兰蒂斯人的记忆，但她会再次成为她自己。她的手指在面板上飞快地舞动着。

大卫坐了起来，盯着传送门看了好一会儿，然后跑到凯特这边：“雅努斯应该要出来的——”

“他不会来了。”

她快要找出解决方案了。实验室不远，就几层楼。

“他给了我们错误的疗法。”

凯特又做了几个最后的修订——

“嘿！”大卫抓住她的胳膊，他举起一个背包，“他给统一体的那个疗法会把一切倒转还原。《摩登原始人》[①]很快就要在外面的真实世界里重播了。”他盯着她，“我把你的计算机带来了，你能修正这个疗法吗？”

她抬起头：“可以，但那样的话我就没时间把我自己修正好了。”

“修正好……”大卫打量着她的脸，“我不明白。”

“复活，记忆，我正在消失。再过几分钟，复活过程的最后阶段就会完成了。我将……不再是我自己。”

大卫松开手，背包掉到了他身旁。

“你希望我做什么？”凯特的声音听起来很机械。她在等待着。

“我知道我的希望，那就是你。但我了解你——我所爱的女人。所以我知道你会做出什么样的选择，牺牲自己。我记得你几天前提醒我的事情，那时我们在地中海上一艘游艇的甲板下。你提醒了我我到底是什么人，而现在轮到我提醒你，你是什么样的人了。我欠你太多，无论我的希望如何，都必须这样做。”

凯特端详着他，她心中的眼睛看到了那些记忆。他那不合情理的嗜血，她把他带了回来，提醒他存在的风险。现在的情况也是一样，只不过她现在完全是太理性了，太没有人情味了。她知道自己的愿望，也知道其中的风险。但如果她选择自救，如果她抹去了那些记忆，等她离开这个遗迹，回到外面会看到一个蛮荒世界，里面满是她拒绝拯救的人们。她会跟南极洲那些管子里的人一样，永远无法快乐，永远被过去的阴影追逐。她会永远无法逃离这一刻，逃离这个决定带来的罪恶感。

选择看似很简单：她，或者是他们。从雅努斯提交给统一体的错误疗法中解救出那些受害者——或者是救她自己。但事情根本没那么简单，如果她选择了她自己，她就再也不会是原来的她了。但如果她选择了他们，她可能会失去最后一点点自我，失去让她还是现在这个，一直以来的这个女人的最后一点残片。

这一刻她最终理解了马丁，理解了他做出的所有艰难抉择，理解了那些牺牲，理解了他这么多年来背负的责任有多么沉重。还有，理解了他为什么

---

① 译者注：美国著名动画连续剧，主角为两个原始人，上演各种现代化的搞笑情节。

那么拼命地要让她远离这个旋涡。

她看着自己拿起背包，抽出里面的笔记本电脑。她调出统一体的程序，迅速敲击着键盘。她看到了——看到了雅努斯做了什么。他非常聪明，他一直在寻找亚特兰蒂斯基因的完美形式。飞船上他们的数据库所在的那部分被完全摧毁了，他们的深空飞船被锁定了，里面的数据库他也无法访问，他唯一的选择只剩下找到阿尔法的尸体了。

这太迷人了：她能从基因图上看出所有的内源性逆转录病毒在哪儿——那些她和雅努斯插入的，还有那些她帮助阿瑞斯/多利安制造的修改的结果。她就好像在做一个拼图游戏，她还是孩子的时候拼不好，但现在她是个成年人了，拥有最终完成拼图所需的知识和精神力。马丁是对的，中世纪的干预导致基因组出现了变化，引起了激烈的反应。那些变化让雅努斯试图使用"钟"释放出的倒卷疗法没能起到预想的作用。

生平第一次，在她的脑海中，她能抓住所有的变化，就像是能看见一堆瓦砾中的微小闪光点。她现在可以把它们挑出来，串到一起，形成不同的模式，产生不同的结果。她在计算机上操作着，模拟着各种场景。

"交响乐"的数据库——其中收集了来自世界各地的兰花坊的数十亿基因序列——是最后的一环。这世界非要走到灭亡的边缘才能完成如此伟业，真是太遗憾了。

真正的挑战在于她必须将所有的遗传变化稳定下来——包括她和雅努斯引起的，也包括阿瑞斯的干预。简而言之，她正在创造一个能同时对所有人起作用的疗法：无论是垂死者、退化者，还是高速进化者。她要创造一个同一的、稳定的基因组，一个亚特兰蒂斯-地球人的杂交基因组。

工作了将近一个小时之后，屏幕上闪出一条信息：

确认一个目标疗法。

凯特检查了一下。是的，这个会起作用。

她本该会感到极度兴奋、骄傲，可能还有放松。这是她一生的工作所追求的一刻：无论是作为亚特兰蒂斯人还是人类的一生。她最终创造出了会完成她毕生的事业的疗法，一种会拯救全人类、修正过去的所有错误的基因疗法。但现在她的感觉就像是不过完成了一个一般的科学实验，获得的结果正如她的怀疑和假想，她一辈子都在预期会有这样的结果。对这结果她本该感到欢乐，但现在只是冷冰冰的、毫无感情色彩的关注而已。亚特兰蒂斯人很可能同样无法感受到欢乐，可能欢乐对他们来说被丢失在四百万年前了。

那么她的下一个任务就是：修好自己，回到自己之前的模样，她不知道这个实验项目还有多大机会。

她抓起卫星电话："我们需要到地面上去。"

她跟着大卫走出飞船。她从山上朝下面的休达稍微看了一下，那面高墙下黑色的焦土上到处都是死人、死马。在墙里面，地上被大卫进行的那次大屠杀染成了红色。瘟疫船的最后几块残骸浮在港口外面的海面上，缓缓朝着海岸漂来。

这幅景象……是的，她做的抉择是对的。即便这意味着她正在放弃最后的一点点自我存在，她现在对此确定无疑。

凯特把卫星电话连到计算机上，把结果发给了统一体。

等数据上传完毕之后，她拔下电话，拨打保罗·布伦纳的号码。

对方迅速接听了电话，但听起来他心不在焉，无法集中精力。凯特不得不把事情反复说了好几遍。她知道这是怎么回事：保罗在那边已经实施了雅努斯的错误疗法——在他的团队成员身上。统一体现在是雅努斯的退化疗法的"爆心"，保罗已经身受其害。但凯特帮不了他，她只能希望保罗能看到她的结果，能想起来该做什么。

她结束了通话，现在只有等着结果了。

多利安走进了这个巨大、黑暗的洞窟："接下来做什么？"

"接下来我们要去战斗。"阿瑞斯说话时眼睛仍然盯着那好几英里的玻璃管子。

"我们没有飞船。"多利安说。

"没错。我们不能去找他们开战，但我们可以让他们到我们这里来。我把这艘飞船埋在南极洲这里，很重要的一个原因就在于此，多利安。"

CHAPTER 95

佐治亚州

亚特兰大市

疾控中心

保罗·布伦纳靠在墙上，稳住身子，要集中精神好困难。人都哪儿去了？

走廊里空空如也，办公室也都空着。他们在躲着他，他必须找到他们。

不对，他必须做的是另外一件事。她发给了他一个东西，在电影里那个漂亮的人。

几扇玻璃门滑开，里面的屏幕在闪烁。

结果数一。

结果数一，什么的结果？一个临床实验项目，他是这个项目的头。

什么的临床？治疗，瘟疫，他被感染了，被一个疗法。不对，这不可能啊，他怎么会被一种疗法感染？有些地方不对劲。

他打量着房间里面，空的，地板上到处都是咖啡杯，桌上和椅子上是被弄脏了的纸。

保罗坐下来，把一个键盘拖到自己面前。

一个念头在他脑海中闪过，结果数一。

他使劲敲击键盘，敲得手指都疼了。

屏幕上的文字变了：

将新疗法传输到所有的兰花坊……

CHAPTER 96

您正在收听的是英国国家广播公司，人类的《胜利之声》栏目，今天是亚特兰蒂斯瘟疫过后的第一天。

我们已经获知，初期报告中亚特兰蒂斯瘟疫的疗法带来的混乱和迷惑感只是疗法的暂时性副作用。

世界各地的兰花坊现在报告的疗法有效率是100%，今后人们无须再服用兰花素。

世界的领袖们为这一突破欢呼，他们提到了他们过去对医疗研究的投资和在这些黑暗的日子里对继续进行这一项目的坚定支持。

相关新闻。情报界人士报告说，伊麻里国际集团统治下的国家的公民被命令撤离沿海区域。南非、智利和阿根廷全国的人口都在朝着当地的山区前进，身上只带着食物和水。

“西方明日”智库的菲利普·莫勒博士对此评论说：

“他们已经输了。他们把赌注下在瘟疫会继续蔓延上，下在人类会毁灭上。而我们度过了这次危机，就像过去许多次一样。这挺合理的：他们正在如字面意义上的，躲到山里去。”

更为谨慎的观察家则推断，伊麻里的这次行动可能是更大规模行动的一部分，可能是反击的开始。

有更多细节曝光时我们将随时追踪报道。

CHAPTER 97

佐治亚州

亚特兰大市

疾控中心

保罗·布伦纳步履艰难地在统一体的走廊中走着。他觉得自己好像得了一场重感冒，刚好起来似的，但现在他能正常思考了，而且他知道自己应该做什么。可他有些害怕去做，害怕知道答案。

他从行动中心的玻璃滑门外走过时，注意到有个年轻的女性分析员独自坐在里面，盯着屏幕。桌子上仍然杂乱无章，到处都是咖啡杯和皱巴巴的纸张。

保罗朝门口走去。玻璃门分开的时候，那分析员回过头，看到了他。她的眼神中惊讶和期待兼而有之，也许还有几分放松，这让保罗稍放下了些防备。

“你现在可以回家了。”他说。

她站了起来：“我知道……我觉得我不想……一个人。”

保罗点点头：“其他人呢？”

“应该是走了，有些人……还在这地方。”

在这地方的太平间里，保罗在脑海中补完了她的句子。他走过去，关上了大屏幕：“跟我来，我家也一个人没有。”

他们一起走出了指挥室，保罗请这姑娘在他外甥的病房外稍候。他推开门，准备好无论看到什么都要坚强面对……

“保罗舅舅！”

他的外甥在床上兴致勃勃地翻了个身，但他试图撑起身子的时候，他的肌肉力量不足，他又倒回了床上。

保罗冲到床边，把一只手放到男孩的肩上：“放松点，小家伙。”

男孩朝他笑了：“你治好了我，是不是？”

“不是，是另一个医生，她比我要聪明多了，我只是照办而已。”

“妈妈在哪儿？”

保罗俯身向前，用双臂抱起小男孩，然后朝房间外走去：“你现在先休息。”

“我们去哪儿？”

“我们回家。”

保罗准备等男孩更坚强些的时候再告诉他。

等他们俩都更坚强些的时候。

凯特把笔记本电脑关上了，然后走到石崖边上，久久凝立。

大卫也站在那儿，在她身后，默默等待着。

他似乎感觉到了，她需要一点空间，但他还是不会让她离开自己的视野。

他们一起站在山巅，看着太阳沉入大西洋那头。它最后的几缕余晖投到山边，把休达那血腥的场景盖到一条长长的阴影中。她知道海峡对面也在上演同样的一幕，只不过在那边投下阴影的是直布罗陀巨岩。

当夜幕降下之后，凯特最终开口说话了：“接下来会怎么样，我们之间？”

“一切不变。”

“我已经变了，我不再是过去那个——”

“你刚才的行为让我更确定了你是谁。我们会好起来的，我可以等。”他走到石崖边上，好望着她的眼睛，“我绝不会放弃我所爱的人。”

当他这些话出口的一刻，凯特意识到她最重要的一部分仍然还在。她不再完全是她自己，但过去那个凯特的一部分还在，她可以由此起步。她笑了。

大卫努力分辨她的表情。他耸了耸肩：“怎么了？这话太肉麻了？”

她牵起大卫的手：“没，我喜欢这话。来吧，让我们去看看米罗在干吗。”

走到隧道入口的时候，她说：“我觉得你是对的，我们会好起来的。”

尾声

波多黎各

阿雷西博市

阿雷西博天文台

玛丽·考德威尔博士来回挪了几下鼠标，激活计算机。屏幕亮了起来，开始显示出夜里收集到的数据。她窗外这台射电望远镜直径达到上千英尺——是世界上最大的单面望远镜。它沉在地面以下，看起来就像是个光滑的灰色碟子，坐落在一片俯瞰远方的绿色山林的高原之上。

第一缕晨曦正从群山之间透出，照到这个大碟子上。玛丽以前从不肯错过这幅美景，但现在情况不同了，主要是由于他们损失的人员。

在瘟疫之前，天文台曾有十来个研究员在打理，现在只有三个了。阿雷西博的工作人员数年来一直在减少，因为预算不足。瘟疫又夺走了余下的大部分工作人员。

但玛丽仍然每天照常回来上班，跟过去六年里一样。她没有别的地方好去，也没有别的地方想去。她知道如今美国政府随时可能关掉他们的能源供应，但她决定要待到最后，一直到最后一盏灯光熄灭。然后她再踏入外面的世界，看看一个天文学家能找到什么样的工作。

早上她习惯喝一杯咖啡，但几周前咖啡就没了。

她盯着计算机，有什么东西……她在一条数据反馈信息上点了一下。玛丽感到自己的嗓子干了，她运行了一个分析程序，然后又用另一个程序分析了一下。两个程序都证实，这个信号是有序的，不是随机的宇宙背景辐射。

这是一条信息。

不，不止于此，这是她一辈子一直在等待的时刻。

她朝电话看去。自从她第一次梦想成为一个天文学家以来，过去二十年里，她在心里无数次预演过这一场景。她的第一直觉是去给美国国家自然科学基金会打电话。自从瘟疫暴发后她每周都给他们打一次电话，可从未有人回应。她也曾给斯坦福国际研究院[①]打过电话——结果也一样。该打电话给谁？白宫？谁会相信她？她需要帮助，需要人来分析这条信息。加利福尼亚山景城的地外文明搜索研究院？她还没试过跟他们联系。她没理由……也许……

项目组的另一名科学家约翰·毕晓普跌跌撞撞地走进办公室，他通常都得在起床后再过大约一个小时才会清醒过来。

“约翰，我发现了些东西——”

“请告诉我，你找到更多的咖啡了。”

“不是咖啡……”

① 译者注：和美国国家自然科学基金会同为阿雷西博天文台的管理方。

作者的话

谢谢阅读。

《亚特兰蒂斯：基因战争》出版之后的这八个月让我感觉时而怪诞离奇，时而精疲力竭，时而激动不安，时而几种感觉一齐涌上心头。

我希望《亚特兰蒂斯 2：末日病毒》对得起大家这么长时间的等待。我希望用这段时间尽我所能写出最好的小说。

许多读者对我太好了，纷纷撰写了《亚特兰蒂斯》的书评。我对此永远感激不尽。这些书评照亮了我写作的路途，我竭力奋斗，为的就是不辜负大家的瞩目。而且我从这些书评中学到了很多东西，并且那许多鼓励的话无疑是我写作本书的动力源泉之一。

如果你有时间给本书留下一段评论，我会真心感谢，我期待着听到你们的反馈。

我正努力写作《亚特兰蒂斯 3：美丽新世界》，起源之谜系列的第三部，也是最后一部。我不确定什么时候能写完，但如果你想要第一时间得知消息，请加入我网站上的邮件列表。网址是：agriddle.com（我只会在新书发布或者有重要通知的时候发送邮件）。

再次感谢阅读和关心本书的读者。

PS：一如既往地，您有任何想法或者意见都可以给我发 E-mail 到（ag@agriddle.com）。有时候可能要等上几天，但每封邮件我都会回复的。

附录

真实 VS 虚构

下面将会列举些事实

来看看《亚特兰蒂斯 2: 末日病毒》背后的科学和历史

人内源性逆转录病毒（HERVs）

人类全部基因中的接近 8% 确实是由 HERVs 构成的。不久以前，科学家们还相信这些病毒化石只不过是些基因垃圾。但现在许多人推测，HERVs 可能对于癌症、自体免疫性疾病、神经官能失调等多种问题有影响。

对 HERVs 的了解也许在未来将会开启通向各式各样治疗方法的大门。

辐射和人体

人体的确会散发出辐射，但和书中描述的可完全不同（这里有大量的虚构）。

所有温度高于绝对零摄氏度的物体都会散发出热辐射，也包括人体。

人体内部的同位素也会发出辐射，其中最常见的是钾 -40——在所有的钾元素（人类生存必需的元素之一）中这种同位素占了很大的比例。实际上，有个测量辐射剂量的标准单位叫作“香蕉等效剂量”（缩写 BED）。一个 BED 就等于一个人吃下一根香蕉后吸收的辐射剂量。

艾滋病疗法

全部是真的。

在为写作本书进行调查之前，我从没听说过“柏林病人”，更不知道让人实际上不再携带艾滋病病毒的疗法。该治疗方法（移植来自携带有 CCR5- 德尔塔 32 基因变体的捐献者的骨髓）费用过于高昂，无法大范围推广，但这一突破开辟了新的研究方向，也带来了新的希望。或许某种疗法的出现已然为期不远。

查士丁尼瘟疫和黑死病

真的。不过……

我在为写作本书对两次瘟疫进行调查时有不少发现，而其中最有趣的就是：两次瘟疫之前都有一次大规模火山爆发——两次都在今天的印度尼西亚。

而且看起来两次瘟疫（6 世纪的查士丁尼瘟疫和 14 世纪的黑死病）都是由同一种病原体引起的，那就是耶尔森氏菌（鼠疫杆菌）。

所以这两场史上有记录的最致命的瘟疫是由同一病原体引起的，而且又都是紧随印度尼西亚发生大规模火山爆发之后。

这两场瘟疫都极其重要，具有重大历史意义。查士丁尼瘟疫在相当程度上导致了古代世界的崩溃和黑暗世纪的开始。人口减少，加上当时世界上最强大的帝国（包括东罗马帝国和波斯帝国）纷纷被削弱，导致多巴大灾难之后某种程度上上万年连续不断的进步历程就此终结。

下面是这两场瘟疫的一些细节。

6 世纪的查士丁尼瘟疫是人类有历史记录以来第一次“超级瘟疫”。有很强的证据显示，这场瘟疫是印度尼西亚喀拉喀托火山爆发直接导致的。但对此人们仍然众说纷纭……更多细节可参见维基百科“Extreme_weather_events_of_535 - 536”（公元 535—536 年的极端气候）条目（网址：https://en.wikipedia.org/wiki/Extreme_weather_events_of_535%E2%80%93536）。

14 世纪的黑死病给人们留下的印象要深刻得多，主要是因为在历史记录中相关细节要多得多。我们知道它和查士丁尼瘟疫简直令人难以置信地相似：有相同的病原体，还有相同的发源地（据推测在中国）。

最近有个研究把整个火山 - 瘟疫理论给全盘贯通了，给我描写书中的阴谋带来了很大帮助。现在研究者们相信，在 1257 年前后印度尼西亚的一次火山爆发在欧洲导致了火山冬天和大面积的饥荒。论文链接：

http://www.insidescience.org/content/source-13th-century-volcanic-calamity-discovered/1426

黑死病暴发于这次火山喷发的接近一百年后，不过……对我来说这已经足够近了！

第二次多巴大灾难

535 年前后的喀拉喀托火山爆发非常像是第二次多巴大灾难：我们看到人口数量大幅下降（主要是由于随后的瘟疫），然后一千年后，人类发展历程中出现了又一次巨大的跃进——文艺复兴。

这多多少少和时间跨度更大的那一系列事件（译者注：指多巴大灾难 - 史前人类大跃进）能联系上。我觉得这种火山和瘟疫之间的关系相当意味深长。

原始印欧人

小说中所有关于原始印欧人（PIE）的细节（就我所知）都是真实的。

对我而言，他们是历史上最吸引人，也最缺乏研究探讨的人群。未来我们有望对他们了解更多。

马耳他骑士团

那些骑士团在历史上如何保卫马耳他的细节全部是真实的。

他们躲在圣保罗墓穴中的事情……是虚构的！

兰花素

虚构的。我们最好还是希望它永远不要成真吧。

致谢

我要感谢的人多得简直令人难以置信。

近来我学到的一件事是，当你仅仅是写作（而不是“作家”）的时候，写作要简单得多。我爱写作。但成为一名作家，好家伙，那可真是太花时间了！

在我打打字、散散步、想想心思（我写作的时候看起来就是这样）的这许多个小时里，许多人帮助我集中精力在写作上，帮助我做到最好。这样的人越来越多。

在家里，安娜保证我按时洗澡，维持些社会联系（在写除了亚特兰蒂斯人之外的角色时这点很有用）。现在她还参与了这次悬念重重的写作大冒险，进行校对，市场推广，以及差不多其他所有一切任务——唯有把句子凑到一起这件事除外（不管怎么说我必须自己养活自己啊）。

我还希望感谢：

我的母亲，为她一如既往的指导和鼓励。

大卫·盖特伍德，我的非同寻常的杰出编辑，处理我稿子的速度比量子魔方还快。

卡罗勒·杜博特，我的最终审稿编辑，提出绝对非同凡响的审稿和建议。

祖安·卡洛斯·巴奎特，为给《亚特兰蒂斯：基因战争》创作的那些真正的艺术杰作（很快《亚特兰蒂斯 2：末日病毒》也要靠你了！）。

最后还要感谢我从未谋面的两批人。

第一批是：你们，读者们。谢谢你们耐心阅读作者的后记和致谢，访问网站，注册加入邮件列表，在亚马逊上写书评，还有些时候会在关上最后一页之后给我写信。

过去八个月里，一直从你们那里听到各种声音的感受我无法言表，而且是我永远不会忘记的。在这次尝试的整个过程中，我从这里获得了最大的收益。

你们对我这么一个新人的创作的支持，我真的怎么感谢都不为过。

另一批人是：试阅者们。我很抱歉我没能更早说到你们，但我打心底里想要感谢你们。包括：安德里亚 · 辛克莱、安妮塔 · 威尔森、克里斯汀 · 戈尔汀、戴夫 · 雷尼森、安德鲁 · 维尼马尼亚医生、德鲁 · 艾伦、简 · 艾琳 · 马可尼、乔 · 奥班农、约翰 · 施密特、乔瑟夫 · 戴维斯、马可 · 克莱曼、理查德 · 捷克、斯基普 · 福尔登、斯蒂夫 · 波伊森、特德 · 赫斯特、提姆 · 罗杰斯，还有缇娜 · 维斯顿。

以及许多不能列名于此的人。